U0123774

天劫

赫亚降临

殷 坤◎著

台海出版社

图书在版编目（CIP）数据

天劫 : 赫亚降临 / 殷坤著 . -- 北京 : 台海出版社，
2023.7
ISBN 978-7-5168-3596-8

Ⅰ . ①天… Ⅱ . ①殷… Ⅲ . ①幻想小说－中国－当代
Ⅳ . ① I247.5

中国国家版本馆 CIP 数据核字 (2023) 第 121103 号

天劫：赫亚降临

著　　者：殷　坤

出 版 人：蔡　旭　　　　　　　　封面设计：树上微出版
责任编辑：王　艳

出版发行：台海出版社
地　　址：北京市东城区景山东街 20 号　　邮政编码：100009
电　　话：010-64041652（发行，邮购）
传　　真：010-84045799（总编室）
网　　址：www.taimeng.org.cn/thcbs/default.htm
E - mail：thcbs@126.com

经　　销：全国各地新华书店
印　　刷：武汉市籍缘印刷厂
本书如有破损、缺页、装订错误，请与本社联系调换

开　　本：710 毫米 ×1000 毫米　　　　1/16
字　　数：283 千字　　　　　　　印　　张：22
版　　次：2023 年 7 月第 1 版　　　印　　次：2023 年 7 月第 1 次印刷
书　　号：ISBN 978-7-5168-3596-8

定　　价：88.00 元

版权所有　翻印必究

目录

引子 1

1. 噩梦 6

2. 越狱 18

3. 破译 26

4. 猎杀 39

5. 突围 52

6. 弃子 66

7. 噬血兽 79

8. 亚当计划 89

9. 复仇 101

10. 救星 114

11. Z 空间 123

12. 元老 137

13. 掠食者 150

14. 无形牢笼 ⋯⋯⋯⋯⋯⋯⋯⋯⋯⋯⋯⋯⋯⋯⋯⋯⋯⋯⋯ 161

15. 死神 ⋯⋯⋯⋯⋯⋯⋯⋯⋯⋯⋯⋯⋯⋯⋯⋯⋯⋯⋯⋯⋯⋯ 171

16. 远程操控 ⋯⋯⋯⋯⋯⋯⋯⋯⋯⋯⋯⋯⋯⋯⋯⋯⋯⋯⋯⋯ 185

17. 杀生谷 ⋯⋯⋯⋯⋯⋯⋯⋯⋯⋯⋯⋯⋯⋯⋯⋯⋯⋯⋯⋯⋯ 200

18. 逃离 ⋯⋯⋯⋯⋯⋯⋯⋯⋯⋯⋯⋯⋯⋯⋯⋯⋯⋯⋯⋯⋯⋯ 208

19. 天空之城 ⋯⋯⋯⋯⋯⋯⋯⋯⋯⋯⋯⋯⋯⋯⋯⋯⋯⋯⋯⋯ 220

20. 雷神魄 ⋯⋯⋯⋯⋯⋯⋯⋯⋯⋯⋯⋯⋯⋯⋯⋯⋯⋯⋯⋯⋯ 231

21. 万灵岛 ⋯⋯⋯⋯⋯⋯⋯⋯⋯⋯⋯⋯⋯⋯⋯⋯⋯⋯⋯⋯⋯ 245

22. 黑星 ⋯⋯⋯⋯⋯⋯⋯⋯⋯⋯⋯⋯⋯⋯⋯⋯⋯⋯⋯⋯⋯⋯ 255

23. 祝融 ⋯⋯⋯⋯⋯⋯⋯⋯⋯⋯⋯⋯⋯⋯⋯⋯⋯⋯⋯⋯⋯⋯ 267

24. 妖王密室 ⋯⋯⋯⋯⋯⋯⋯⋯⋯⋯⋯⋯⋯⋯⋯⋯⋯⋯⋯⋯ 282

25. 威胁 ⋯⋯⋯⋯⋯⋯⋯⋯⋯⋯⋯⋯⋯⋯⋯⋯⋯⋯⋯⋯⋯⋯ 292

26. 一体网 ⋯⋯⋯⋯⋯⋯⋯⋯⋯⋯⋯⋯⋯⋯⋯⋯⋯⋯⋯⋯⋯ 304

27. 全民公投 ⋯⋯⋯⋯⋯⋯⋯⋯⋯⋯⋯⋯⋯⋯⋯⋯⋯⋯⋯⋯ 312

28. 统帅 ⋯⋯⋯⋯⋯⋯⋯⋯⋯⋯⋯⋯⋯⋯⋯⋯⋯⋯⋯⋯⋯⋯ 320

29. 对决 ⋯⋯⋯⋯⋯⋯⋯⋯⋯⋯⋯⋯⋯⋯⋯⋯⋯⋯⋯⋯⋯⋯ 328

30. 终局 ⋯⋯⋯⋯⋯⋯⋯⋯⋯⋯⋯⋯⋯⋯⋯⋯⋯⋯⋯⋯⋯⋯ 336

引子

  "人类应该灭亡，不是吗？"左锋推开房门的时候，听到领袖这样说。

  领袖是一个高大的白种人，穿着一件暗青色风衣，留着马克思式的大胡子，头顶闪着智慧的光芒。对于左锋而言，他不仅是领袖，更是自己的神。三年前的那个夜晚，没有他的出现，被枪毙之后的自己将和其他死刑犯一样，躺在冰冷的停尸房里，然后被丢进焚尸炉内化为灰烬。左锋至今还清楚地记得自己躺在停尸房里的感觉。

  那时，自己的心脏早已停止了跳动，大脑也停止了思考，按照人类的标准，自己已经死了。可是自己体内的大多数细胞还活着，神经系统还能感觉到停尸房的寒冷。这终生难忘的刺骨严寒一直持续着、持续着，直到领袖的出现。虽然看不清领袖的面庞，但左锋能感觉到他如同春风般柔和，如阳光般温暖。他意识到自己的心脏突然恢复了跳动，他看到自己新生的肌肉将结束自己生命的子弹从心脏中一点点挤出来，"当"的一声掉在地上。

  那一刻左锋相信神已降临，他将从此为神而活。

  此时，领袖的眼睛闪着冷峻如利剑的寒光，像正准备出击的猎鹰一样盯着坐在他对面的一把老式藤椅上的老者——一个被大家称为先知的老家伙。先知据说有未卜先知的能耐，在组织中地位极高。不过对于左锋而言，他只是个爱夸夸其谈的老头儿。

"这不是重点。"先知平静地看着领袖，灰白的山羊胡须微微颤动着。

放在平时，借个胆子左锋也不敢轻易打断领袖与先知的会谈。可是现在事态严峻，他只能轻轻地咳嗽了一声，说："领袖，我有要事汇报。"

"说吧。"领袖说。

"昨晚9点，103工厂有一批阿尔法种子试剂失窃。工厂方面立即启动了追捕行动。经确认窃贼是叛军的间谍，目前已经被处死。试剂箱也被追回，但是刚刚我们才发现其中一瓶试剂丢失了。"左锋一口气说完。

"丢失了？"领袖噌地站了起来，紧握双拳冲到了左锋的面前。

左锋不由得往后退了一步，低着头不敢直视领袖喷着怒火的双眼。

这时，先知幸灾乐祸似的说："正如我所预料的，种子失窃了。有第一次，就难免有第二次、第三次。我早就说过，利用外部工厂进行集中生产会有巨大的风险，可你就是不听。一旦叛军掌握了种子，后果不堪设想。"

这话像一勺汽油浇在领袖满腔的怒火上。领袖转过身来，涨红着脸大声道："没有什么风险比坐视叛军发展壮大更大。所有风险的根源就在于此。"

"不，你还是没明白真正的风险是什么。"先知说。

先知那冷冰冰的表情让左锋怒气直往上冲，忍不住嚷道："我们正面临毁灭。这就是唯一的风险。三个月来，我们在北美的据点损失了86%，在西欧的据点损失了65%，在亚洲、非洲、拉美的损失也超过了40%。叛军比我们强大，而且越来越强大。我们没有时间犹豫。"

"不许对先知大呼小叫。退下。"领袖轻声呵斥道。左锋乖乖地退到了一边。领袖对先知道："这小子虽然无礼，但是说的却是实情。我们必须立刻启动圣灵计划。"

"那你在犹豫什么？你还没有准备好。否则，你完全可以直接下命令。

作为领袖，你有这个权力。和我谈了这么久，难道只是出于尊重？"

"你知道我要什么。"领袖一字一顿地说。说话的时候，太阳穴旁边的血管鼓了起来，一跳一跳。

"风之密钥就在我身上，你随时可以拿去。协议在哪儿你也知道。但是我不会帮助你发动对全人类的战争。"

"为什么？"

"我们现在还没必要让地球和整个人类卷入宇宙大战的旋涡。"先知站起身来，走到窗边，仰头眺望窗外的星空，"赫亚会给地球和人类带来什么？是新生还是毁灭？这才是真正的风险。"

这话让左锋惊呆了。自从加入组织以来，他就被灌输这样的信念：赫亚是宇宙的唯一真神，是人类的创造者，是万物的救世主，会让人类获得救赎，会让地球获得新生。然而，现在，从组织最高层的嘴里却发出了怀疑赫亚的声音。

"你要背叛真神赫亚？"领袖质问，声音像是从北极刮来的寒风。

"不，恰恰相反，我在遵循真神赫亚的理念。他告诉我们，宇宙是复杂的，生命是崇高的，应该永远对生命抱有尊敬之心。我们没有权利去评判物种的贵贱，更没有权利去支配一个物种的未来。"

领袖蛮横地一挥手，打断道："我不关心人类的未来，就像人类不关心老鼠的未来。我们与人类的基因差别远远超过人类和猴子的差别。我信赫亚。我坚信赫亚是最好的统治者。他比人类仁慈、理性、文明、伟大……他比人类更适合统治地球。"

"我不得不承认，我缺乏你对信仰的热情。但我必须提醒你，基于信仰而非理性所作出的判断，往往不会正确。"

"你还是不同意立即启动圣灵计划？"

"我知道自己没有能力阻止你，但是我也不会助纣为虐。且不说按你的方式去操作，无数人、无数无辜的普通人会面临灭顶之灾，就是我们自己，真的做好迎接赫亚降临的准备了吗？"

"你总在强调做好准备，但是胜利不会自动到来！"

"我们很有可能被拖入前途未卜的星际战争。我们不必冒这样的风险。"

"我们已经在战争之中了！听，命运正在敲门。难道你现在还幻想着置身事外？"

"不是幻想。"先知深吸了一口气，"我们与卡伽利和谈怎么样？"

"什么？你怎么能说出这样的话？"领袖像触电一样弹开了。

"我们毕竟都是地球人。即使你不承认这一点，但至少要承认我们是由普通地球人进化而来的。目前赫亚和叛军最近的据点距太阳系都超过 3000 光年，赫亚不能直接控制我们，叛军也不能直接控制卡伽利。卡伽利在乎的是金钱和权力，而我们并不在乎这些。我们没有必要与他拼个鱼死网破，坐下来，什么都可谈嘛。你别忘了，赫亚与叛军的战争在整个宇宙中已经持续了几十亿年。地球在这么长的时间内一直置身于战场之外，现在为什么要卷进去？地球在未来几千年里都可以置身事外。我们……"

"够了。"领袖打断他的话，"人类正在毁灭地球。核弹、基因工程、生化工业、纳米材料……人类在根本没有弄清楚基本自然规律的时候就创造并大肆运用了这些东西。人类肆意改造自然，不，是在摧毁自然。你知道每天有多少物种从地球上消失吗？难道还要让这种情况持续下去吗？灭亡人类一个物种，可以拯救地球上成千上万的物种，况且我不是不给人类活命的机会。"

"可是……"先知的话没说完，人已经倒在了地上。

"您杀了他？"左锋问道。

"只是让他进入了休眠状态。"领袖把特制的小型手枪重新收入自己的风衣口袋里，脸色很快就平静如常。

"我知道怎么做。"说完，左锋小跑着冲出房门。他先叫两个手下到仓库里抬一个休眠仓送到楼上，然后毫不犹豫地干掉了先知带来的四个随从，并妥善处理了他们的尸体，之后又在四下转了一圈，确认没有其他人知道此事，这才回到房里。

这时，手下已经把先知放进休眠仓。左锋亲自盖上盖子，按下了启动按钮。休眠时间设定为无限期。领袖走到休眠仓旁，检查了一下，轻轻地拍了拍仓盖，说："一切都会好起来的。等你醒来，你会知道我是对的。"转头对左锋说："现在一切都准备好了。把他送到天机宫，对外宣称他正在闭关。传令下去，圣灵计划立即启动。"

说完，领袖推门走上了阳台，仰起头，挂着微笑的脸朝向满天繁星，眼睛微闭着，双手向天空展开像要拥抱整个宇宙，口中呢喃道："伟大的真神赫亚，全宇宙生灵的主宰，我们已让您等得太久。请宽恕我们的罪过。再给我们一个月的时间，一个月后您会得到您要的一切。"

1.噩梦

　　林鹤拖着疲惫的身体回到了家。他进入房间，回身把门关好，然后一头倒在床上。他只觉得两眼发黑、天旋地转。他在心里骂了一声，真不该碰那该死的东西。他迷迷糊糊地想，自己会不会是中毒了？不可能。生化武器自己也见识得多了，却从来没听说过有这种闪着橙色荧光的水银。管他呢，要死就死吧，反正活着也蛮无聊的。

　　突然，他感觉到窗口有个人影一晃。是谁？他一边叫着一边朝窗口望去。他没有看清那人的面孔，但是已经知道对方来者不善。他连忙一个鲤鱼打挺从床上跳了起来，也顾不得难忍的头痛，冲出房门。

　　林鹤看到刚才那个身影钻入了草丛，正要去追，却听到旁边妻子的呼救声。他回头一看，妻子抱着刚刚出生的儿子正被几个身穿迷彩服的绑匪拖上一辆军用吉普。

　　他飞快地冲向吉普车，拔枪射击。吉普车拐了个大弯，冲进了一片密林。他在后面拼命追赶，但脚步却越来越沉，眼看着吉普车消失在密林深处。妻子、孩子的哭喊也听不见了。

　　"队长，队长。"林鹤听到身后有人叫自己，回头一看，是陈一龙。林鹤大喜，叫道："老陈，真的是你？快帮忙救我老婆、孩子，他们被绑架了。"

"你先救我的儿子，救我的儿子。"陈一龙说着，血从嘴里涌了出来，把他全身染成红色，把他身边的一切，丛林、天空都染成了红色。"我只有这一个儿子，我只有这一个儿子。"陈一龙大声地叫着，张开双臂将林鹤紧紧抱住，"还我的儿子！"

"不，不，你听我说。"林鹤大声叫着，双手乱舞，拼命摆脱陈一龙的纠缠。

陈一龙消失了，丛林消失了，一切都消失了。这只是一场噩梦。

林鹤大口喘着气，睁眼看了看四周。一边是人工封闭阳台而形成的大窗户。木制的窗框上黄色的油漆裂着口子翘起老高，灰色的遮光窗帘像要从窗户上掉下来似的低垂着，遮挡住大半个窗式空调。另一边是陈腐的墙壁，房顶漏水形成的巨大青色斑块占据了整个墙角，从天花板一直延伸到地面，为霉菌繁殖提供了良好的场所。谢天谢地，梦中的丛林已不见踪影，冤魂也不再在身边徘徊、哭诉、叫喊。除了时钟的嘀嗒声和他自己的喘息声，屋里没有别的声音。

林鹤用尽全身的力气，就像是把自己从地狱中拉回来一样，吃力地坐了起来。"一切都过去了。我已经退伍了。"他对自己说，"我现在就是一个普通的出租车司机，一个普通的出租车司机。别想过去的事了。别想了。"

过了好一阵子，他觉得自己的情绪稍稍平静了些，瞥了眼挂在墙上的旧式石英钟。指针显示现在是下午 3 点 40 分，日期栏显示 9 号星期三。9 号？星期三？林鹤不敢相信自己的眼睛。难道自己睡了将近两天？他的肚子告诉他，这大概是事实，胃已经瘪得像自然博物馆里的树叶标本了。他从口袋里掏出手机，又得到了印证，一直在车上充着电的手机已经没电关机了。

好吧，就算睡了两天，也没什么大不了的，现在先解决肚子问题。冰箱里几乎是空的。林鹤在橱柜里翻了半天，找到一包快餐面。他摇了摇开水瓶，不出意外，没水。他扭开水龙头，见鬼，也没水。林鹤低声骂了一句，扯开快餐面的包装袋，直接把面饼塞到了嘴里。走出厨房的时候，脚不小心踢到了一个易拉罐，哗啦的响声刺得林鹤头皮发麻。林鹤本来不想管它，合住的那小子总是乱扔垃圾，根本收拾不过来。可是心底里对整齐、规则的喜好还是迫使他弯腰把易拉罐捡起来。林鹤手一扬，易拉罐划出一道完美的弧线，准确地落入三米外的垃圾筒里。

吃完快餐面，他走到书桌前，小心翼翼地捧起摆在桌上的全家福。最近空气质量太差，一天不擦就落满了灰。他朝相片轻轻呵了口气，然后从口袋里掏出一块手帕，细心地擦拭着。一边擦一边说："又梦见你们了。可是还是没能和你们说上话。下次我们能好好聊聊吗？"

"还有你们。"林鹤放下全家福，又拿起旁边一个相框，那是一张几十人的合影。他轻轻地擦去上面的灰尘，说："你们的家人都好着呢，除了……哎，不说了。你们好好的吧。"

这时候，他突然感觉到有三个人站在自己的房门外。

"快敲门！"一个说，声音故意压得很低，但林鹤依然听得一清二楚。

"等会儿，把家伙准备好。"另一个说。林鹤听到他在身上摸索着。

"紧张什么？"第三个声音带着轻蔑的口吻说，"他十有八九不在。"

"小声点儿。少把自己当诸葛亮。我们面对的可是强奸杀人犯。有点儿防备也好。"林鹤听出来这是第一个人的声音，他说的时候往后退了一步，"敲门！"

林鹤没有等敲门声响起，一把推开大门，叫道："你们干吗？"

门外的三个人像触电似的向后抽搐了一下，脸上写着惊讶。0.1秒的慌乱之后，三个黑洞洞的枪口指向了林鹤。"警察！"三个人同时大喊，"举起手来！"

林鹤别无选择，心中却无比迷茫。我做什么了？

警察并没给出答案，他们只是提问、提问、再提问。林鹤觉得自己仿佛回到了黑暗的高中时代，各式各样的问题扑面而来，其中 80% 自己根本不知道答案，确切地说根本不知道对方心中的标准答案。与高中时代唯一不同的是，林鹤现在不能交白卷。

"够了！我什么也没干，什么也没干，什么也没干！"林鹤咆哮着，冲着审讯自己的警察。警察被他震住了。

"你有种！"半分钟后，一个警察嚯地站起身来，揪住林鹤的衣领，提起来，"不过，你也别得意，DNA 的鉴定结果一出来，一样办了你！"

林鹤并没有被他吓倒，相反他感觉到对方的无助，心底里对他生出一点儿可怜。"如果真是我干的，我会说的。你们也挺辛苦的，为了破这个案子，几天都没休息了吧。不过，我真的已经把所知道的一切告诉你们了。你们不信，我也没有办法。"

"你的话，鬼都不会信。"

"不管鬼信不信，那就是事实。她怎么下车的，我真的想不起来了。"林鹤说完，将身子向后一靠，不像是个被审讯的犯罪嫌疑人，而更像是个胜利者。

"他会不会精神有问题？"负责记录的警察在之前揪林鹤的警察耳边嘀咕了一声。他虽然将声音压得很低，而且用手捂着嘴，但是林鹤却听得一清二楚。

"那个乘车的女人精神才有问题。"林鹤看见两个警察扭头看自己时的惊讶表情觉得很是好笑，"给我 3000 块让我帮忙快递一个试管。还说，收到后会再给 3000 块。然后，莫名其妙地下了车，还没给车钱。这事儿如果换作别人肯定以为遇到鬼了。可我偏偏从小就不信鬼神的。另外，我要你们查的那个试管有结果了没有？那里面到底是什么？我摸了一下，难受了两天。"

"那试管里什么都没有。干净得像是刚撕开包装的一次性试管。呸，那就是个刚撕开包装没用过的一次性试管。"

"不可能，那里面有一种黏糊糊的闪着橙色荧光的东西。别拿那种眼光看着我，我说的都是事实，我亲眼所见。你们应该查过了，我不吸毒、不喝酒。我告诉你们我精神绝对正常。那不是幻觉，就是事实！再说，精神病杀人是不用坐牢的，我要是真杀了人，我肯定会承认我有精神病。可是，现在我没杀人，也不是他妈的精神病。"林鹤气得爆了粗口，如果不是被锁着，他肯定会冲过去，抽警察两个耳光，让他们别用看疯子的眼光看自己。

时间在流逝。林鹤知道，警察已经没有任何办法了。虽然那女人坐过自己的出租车，自己的车也到过案发地点附近，但是自己没杀人、没碰过那个女人，林鹤确信这一点。至于是谁杀了那女人，林鹤并不太关心，那是警察的事。不过好在凶手留下了精液，他的愚蠢就是我的幸运，林鹤想，只要鉴定结果出来，警察就无话可说了。

林鹤听到有人走了过来，迈着轻快的步子。审讯室的门被从外面推开了。一名警察快步走进来，手里拿着份报告，扔在审讯员的桌子上，瞅了林鹤一眼，说："DNA鉴定结果出来了，就是他。"

林鹤呆了。这话从他的耳膜刺入，进入他的耳蜗，顺着神经束直达大脑，然后放射出几十万伏的高压电，让他身上每一个细胞痉挛、战栗、不知所措。这怎么可能？自己的DNA怎么会和死者身上残留精液的DNA吻合？那个女人是很漂亮，身材也很令男人动心，就像电影明星。林鹤也确实多次偷偷从后视镜里看她，但根本没有碰过她。他们之间隔着出租车都有的不锈钢护栏！

"有人在陷害我！"林鹤大叫着，"对了，她从上车就很紧张，似乎是有人在追杀她，一定是追杀她的人杀了她。不是我！不是我！是他们做了手脚，他们把DNA样本调包了。别用这种眼光看着我！我不是疯子，我不是强奸杀人犯！我不是……"

这时说什么都无济于事了。警察将证据整理完毕，形成侦查终结报告，上报到检察院。很快检察院就签发了逮捕令，并着手准备提起公诉。林鹤被正式移交到看守所。司法部门为他提供了法律援助——提供了一名律师……总之，一切都有条不紊地按法定程序进行着。

林鹤躺倒在监房的床上，双眼直直地看着天花板。那里有一条裂缝，像魔鬼狞笑着的嘴。林鹤觉得它在嘲笑自己，为自己落入它的陷阱而得意不已。律师说得对极了，一切证据都对自己不利。

那个名叫芷芸的女人上了自己的车。监控录像拍到了当时的画面。警察在车的后座上找到了她的头发。林鹤不否认这一点。从她坐上车的那一刻起，噩梦就拉开了序幕。

车出了城，向机场方向开去，但却没有到机场，而是又返回了城里。监控录像展示了这个过程，从出城的监控点到机场，总共不到 30 分钟的路程，一个来回用了两个半小时。林鹤也不否认这一点。这两个半小时发生了什么？林鹤记得，女人中途下了车，自己则在路边昏睡。可是，这个解释现在连林鹤自己都觉得没人会相信。

接班的老王说交班的时候林鹤脸色不正常。林鹤同样不否认这一点。但那是因为芷芸让他帮忙快递个试管给一个叫卢林的人。她给了他地址和电话。由于好奇，林鹤不小心碰了那试管里的橙色玩意儿，结果让人难受得要死。可是，现在那个试管里居然什么东西都没检查出来！而那个卢林则声称他根本不认识芷芸，也不知道有人会给他寄什么东西。

芷芸是被人从车里拖出来的。法医从她的指甲里找到了车上座套里的纤维。警察在路边发现了她的一只鞋。鉴定专家认定那旁边留下的车胎印正是林鹤开的那辆出租车留下的。林鹤不知道这是怎么回事，他日思夜想却怎么也想不起那天芷芸是如何下车的。

芷芸的尸体在离路边不远的荒地里，脖子被拧断了，身上多处淤青，下身赤裸，外阴有明显的性侵痕迹，阴道里残留着精液。DNA 鉴定结果，与林鹤相同。要么是林鹤，要么是他的孪生兄弟。可是林鹤根本就没有兄弟，更何况孪生兄弟！林鹤无法解释。

除此以外，警方还找出了一系列其他证据，以证明林鹤确实是个凶险的杀人者，甚至可能会成为变态连环杀人狂。在同事们的眼中，林鹤冷漠而内向，以至于没有人愿意跟他做朋友，更别提异性朋友。他当过兵，曾经在特种部队服役，具备拧断芷芸脖子的力量和能力。他精神上受过刺激，有严重心理问题，因此被勒令转业，本来分配到省发改委工作，但在上班第二天就和一把手——一个马上要升副部的人大吵一架，接着居然直接辞职了。后来，换了几个工作，也都没干超过一个月，只能开出租为生。如此等等。这些林鹤都不否认，可这些与芷芸之死没有一分钱关系！

有人在陷害我，一定是，可是，为什么？我有什么值得别人这样设计陷害的？林鹤冥思苦想。也许和那试管里的东西有关，我真不该碰那东西。对了，那东西才是这案件的关键，可那究竟是什么？

林鹤正在苦恼，突然感觉到一阵强烈的刺痛，像是烧红的烙铁戳进了自己的大脑里。那是什么？林鹤猛然间意识到那刺激的源头就在离自己不远的地方。他四处张望。身边是那些和自己一样身陷囹圄的人。或是愁容不展，或是目光呆滞。只有一个人正笑嘻嘻地拿着手机靠着监室铁门打电话，铁门外一个看守盯着他，不停催促他快点儿讲完。而那刺激源就是他手中的电话。

天哪，林鹤第一次感觉到手机的信号像池塘中的波纹一样四散开去，第一次感觉到手机里电流的流动，甚至清楚地看到了磁场、电场的改变。"我是在做白日梦吧？是幻觉？怎么会这样？"林鹤双手抱着头，恐惧从心底升起来，他担心自己真的有精神病，那比死亡还要可怕。

这不是梦，他环顾四周，一切都很真实。比他以往所能感受到的现实还要真实。他能看到空气中飘浮的PM2.5，能听到整个看守所里嫌犯和看守的心跳，能闻到对面办公楼里女警官们身上的香水味，能感觉到铁门的冰冷、墙角的潮湿和屋外的温暖，甚至只要他愿意，他能够洞察身边的一切。

林鹤明白了那管试剂的作用。它让自己具备了感受到普通人感觉不到的东西的超能力。仅仅如此吗？林鹤第一次对自己的能力充满了好奇。

他的头突然又痛了一下，是一种奇怪的电磁波，从手机发射出来。林鹤仔细品味着这个引起自己头痛的电磁信号。不，那不仅是一个电磁波，而是一个数据包。当他将全部注意力汇聚到那个电磁信号上来以后，林鹤不知怎么有了这样一个想法。而随着这个想法的产生，他清楚地感受到这个数据包一下子在自己的脑海里展开了。林鹤感觉像是有一阵电流从头顶直达脚底，将他浑身的神经都重新梳理了一遍，让他感觉从未有过的清爽。

这时，脑海中一个声音浮起。林鹤可以肯定，那不是声音，只是一种感觉，一种不能被看到、被听到、被闻到、被尝到、被触碰到的感觉，五感以外的感觉。其来源是电磁波信号，是那个手机发出的电磁波信号。但现在它不再让林鹤头痛，它被林鹤的大脑自动解码为一组影音信号，在林鹤的脑海中呈现出来。像是广播或者电影，但比广播和电影更加真实，就像那说话人就在面前，离他不过几米远。或许是因为还不习惯，林鹤看不太清楚他的面貌，只能肯定他是一位威严的领袖。

"赫亚的宠儿们！"领袖大声说，"这些年来，我们一直在等待着。等待着宇宙的唯一真神，伟大的、至高无上的赫亚降临地球。现在，这一天就要来到了，我们的梦想将成为现实。"

欢呼声响彻云霄，震得林鹤头皮发麻。林鹤似乎感觉自己置身于人海之中，周围有各式各样的人。他们欢呼着，相互拥抱着，就像自己所支持的球队拿到了世界杯冠军。然而，这只是脑海里的感觉而已。在眼睛传来的影像中，四周的人什么反应也没有。

"圣灵计划已经启动，我们将实现地球与赫亚文明的完美对接。为了确保这一伟大工程的顺利实施。我命令你们，竭尽所能，坚守各自岗位，让敌人……"

领袖和他的声音还有那些周围的欢呼声都突然消失了。他们就像幽灵一样突然出现在林鹤的脑海里，然后又突然离开。这是怎么了？林鹤猛然发现刚才站在门边打电话的那家伙站到了自己的身边。电话已经不在附近，现在自己接收不到信号了。

打电话的家伙撇着嘴嘟哝："滚远点儿。"

林鹤没理他。他的心思根本不在这儿。他在想：赫亚是谁？圣灵计划是什么？

突然，林鹤感觉到右肋一阵剧痛。一个拳头狠狠地砸在他的肋骨上。林鹤痛得弯下腰去。又一拳打在他的肚子上。他早上刚吃的馒头几乎整个儿从胃里蹦出来。

"打得好，老大，这勾拳真漂亮。"有人谄媚地叫着。

"老大，这小子新来的，不懂规矩，别把事儿搞大了。"有人出来打圆场。

"小子，快闪一边儿去。"有人劝林鹤，在他耳边低语，"人家和看守混得熟，打你白打。"

林鹤一摆手，站直了身子，盯着刚才打自己的混混。

混混一手揪着林鹤的领口，似乎要把他提起来。一双丑陋的小眼睛恶狠狠地盯着林鹤。一张吐着臭气和唾沫的大嘴几乎贴到了林鹤的脸上。"看什么看？信不信老子捏死你。"说着，他蒲扇般的巴掌，拍在了林鹤的脸上。

怒火从林鹤的心底升腾起来，林鹤想要好好教训一下这个坏蛋。拳头捏紧了，他挥动胳膊，钢锤一样的拳头从下向上直冲，如同地底的岩浆从火山口喷发出来。拳头重重地击打在混混的下巴上。监室里所有人都清楚地听到下颌骨碎裂的声音，看着混混的下巴带着他的身体离开林鹤的拳头，离开地面，直冲到天花板上，然后像个橡皮人偶一般"扑"的一声毫无生气地摔在地上。

"杀人了！杀人了！"一秒钟的寂静之后，监牢里一下子乱成了一锅粥。

林鹤呆在那里，愣愣地看着自己的拳头和躺在地上的尸体，不敢相信自己这一拳竟然有如此威力。虽然自己曾经是特种兵，曾经无数次以这样的勾拳打倒对手，但是还没有任何一个人会因为这区区一拳而出现下颌骨和颈椎粉碎性骨折进而一命呜呼。

"这绝对不可能是一个人能做的事。"法医也这样说。然而，这却是事实。为了防止类似事件发生，林鹤很快被当作怪物单独关押了起来，身上还戴上了重重的刑具。

自己真的成了杀人犯了。想到这一点，林鹤的情绪低落到了极点，因此根本无心回答任何问题，即使面对的是自己的律师。

她一进门就做了自我介绍："你好，我叫霍娜，现在由我代替之前的张律师来为你进行辩护。为了我的工作，有些事情想和你交流一下。"

"嗯。"林鹤哼了一声，根本没看她。其实如果稍微把眼睛抬一下，他会看到坐在自己面前的这位如同出水芙蓉般的美女律师，正略歪着头，用一双清澈的大眼睛上下打量着自己。

"我看过你的卷宗。"霍娜说，"你的麻烦很大，不过也并不是没有一丝希望。"

"不要随便给人希望。"林鹤依然没有看她，"我在众目睽睽之下杀了一个人，谁也不能为我洗脱罪名。"

"你现在不必太过悲观，只要你跟我们合作，未来依旧很美好。"

听到"美好"二字，林鹤非常意外。对一个杀人犯来说，未来怎么也不可能用"美好"来形容。这不是一个律师应有的语言。林鹤抬眼看了下霍娜，顿时被她的美貌所震惊了。他也算是见过不少美女，但是从未见过一个人居然能美到这种程度。她身材健美、长发飘飘，五官犹如精雕细琢过一般毫无瑕疵，高耸的鼻梁、略凹的大眼睛显示出多少有一点外国血统，皮肤如同和田美玉般白里透红、晶莹剔透，虽然没有任何妆饰，却美得让人过目难忘。更令林鹤震惊的是，她与之前被杀的芷芸竟然有三分相似之处。或许是整容的结果，林鹤心想，现在很多女性都这样做，结果整得越来越像。

霍娜静静地看着林鹤，享受着他被自己美貌震惊的神情，同时也似乎看透了他的心，说："我没有整过容。"

林鹤回过神来，问："你刚才说什么？我是指，你提到'合作'？"

"是的。首先我想确认一下，你所说的那个试剂的情况。这里有一份根据你之前的口供整理的材料。你看一下。"霍娜说完将材料交给警卫，示意他递给林鹤。警卫检查了一下之后，将材料放到了林鹤面前。

这是一张印有"机密"字样淡黄色水印的材料，内容非常简单，几乎和林鹤之前所说的一模一样。林鹤扫了一眼，说："就是这样。"

"你再仔细看看，字里行间的信息也不要遗漏。"

林鹤不情愿地再次低头仔细看了一下这份材料，瞬间明白了霍娜所说的"字里行间"是什么意思。组成"机密"字样水印的每一个墨点都是一个常人用肉眼无法分辨的小字。这些小字组成不断重复的一段话："如果你能看见，作为国家安全部门的特设机构，我们将保证你的安全。但现在请不要暴露身份，也不要向我们提任何问题，只需要告诉我你想知道更多法律知识。切记！切记！"

林鹤心想，那个试剂果然没有那么简单，十有八九涉及国家机密。他抬头看了一眼霍娜。她正以一种期待的眼神看着自己。她是国家安全局的人？林鹤再次仔细打量了一下她。她的身体肌肉占比高于普通女性，四肢和腹部肌肉发达，显然接受过高强度的力量训练。右手食指、虎口和手掌部位皮肤即使经过了处理，仍然有角质化的痕迹，显示出持枪者的特质。但是，国家安全局完全可以直接把自己提走，何必玩这一套冒充律师的把戏？林鹤犹豫了一阵子，决定先试试看她到底准备怎么办。于是，对她说："这上面法律专业术语太多，对于我来讲看不出什么来。我想我需要学习更多的法律知识。"

霍娜满意地微微一笑，说："好的。没问题，回头就给你一本普法的书。"

2.越狱

　　林鹤很快就拿到了霍娜送来的《刑法概述》。林鹤满怀期待地一连翻了几页，却没有发现这书有什么特别之处，正在狐疑之时，突然感觉到一连串极微弱的电波从书中传了出来。

　　这书怎么会传出电波来？林鹤把书翻来覆去仔细检查了一遍，终于发现原来在书脊处暗藏着一个比芝麻还小的无线电通信装置。剥开裹在外面的胶质保护层，电波信号一下子就变得清晰起来。林鹤立即意识到这是摩尔斯电码，而且很快就翻译出了信号的内容："P115"。

　　林鹤连忙把书翻到第 115 页，这一页的下半部分是一个案例，灰色底纹以便与正文相区别。而这灰色底纹与之前材料中的水印一样，都是用肉眼看不见的小字组成的。林鹤迅速浏览了一下其中的内容，原来是一份越狱计划。按照这个计划，林鹤将在明天凌晨 1 点开始行动，打开自己监室的大门，然后迅速从大楼内逃脱，并翻越围墙，逃往距离看守所仅 1.5 公里的高速路口。有人会在那里接应他。而越狱所需的地图和工具，则分别在第 48 页和第 132 页。

　　地图也就罢了，说这书里能藏得住工具？不是开玩笑吗？林鹤心里虽然这样想着，但还是翻到了第 132 页。乍看上去这一页与其他页并没有太大不同，只是略微厚了大约 20%。林鹤仔细检查了一下，立即发现这里确实别有洞天。这多出来的 20% 的厚度是一层纳米材料制成的薄膜。按照印在第 133 页的使用说明，林鹤用手掌在书页上来回摩擦，给薄膜加温，不一会儿的工夫，薄膜就开始凝聚，形成了一把刚好能用两个手指头夹住的小刀。林鹤小心翼翼地捏起小刀，轻轻在床沿上划了一下，刀锋遇到阻力就直接切进了床的钢架里，如果不是林鹤及时停手，钢架马上就会断成两截。有了这把刀，逃出去已经不是问题，可是怎么能够不惊动守卫呢？

林鹤把书翻到第 48 页。这一页印着三套图。第一套是整个看守所的结构图，包括平面图、立面图、透视图、细节图总共 14 张。各种廊道、管线标注得一清二楚。第二套是监控系统全图，所有监控设施的布置、巡查人员的行动路线等全在这套图里。第三套是行动路线图，什么时间行动、每到一个地方做什么、怎么做都有明确指导。看了这三套图，林鹤不得不在心底里佩服这计划真是精细到了极点。

凌晨 1 点，林鹤依计而行，一切都非常顺利。林鹤轻松地用小刀划开了监牢的铁门，接着迅速穿过走廊，在弱电井里给主数据线做了一个"小手术"，然后划开楼道尽头窗户上的铁栏杆，逃了出去。来到院子里之后，林鹤按照计划径直跑向西边的院墙。这时，正好是交接班的时候，西边院墙是盲点。墙头虽然有一圈电网，但却拦不住林鹤。他纵身一跃，攀上了墙头，手刚好放在电网与院墙之间的空隙里。他用左手支撑住身体，右手迅速拿出小刀。林鹤不知道这小刀是由什么材料制成，但可以肯定它并不导电，因此毫不犹豫地将它伸向电网，轻轻割出一个大洞，然后从洞里钻了出去。

逃出看守所，林鹤直奔高速公路入口。现在他身穿囚服，又身无分文，根本无法逃远。不管霍娜是什么来路，现在也只能按她的指示办了。

快到高速路口的时候，林鹤看到一辆银色的商务车停在路边。他刚走到旁边，车窗打开，霍娜从里面探出头来，道："快来。"

　　林鹤连忙走到车旁。这时，车门打开，一个身穿囚服的人从车上跳了下来。林鹤和那人打了一个照面，顿时吓得魂不附体。那人竟然就是自己。

　　"上车。"霍娜催促道。有人从车上跳下，抓住林鹤的胳膊，把林鹤拉上了车。没等林鹤反应过来，车已经上了高速公路。

　　"这是怎么回事？"林鹤惊魂未定，"他是谁，你们是谁？"林鹤打量着四周，车里除了自己和霍娜之外，还有两个人。一个是开车的司机，五十来岁的秃头男子，虽然戴着一副近视眼镜，但目光却像鹰眼一样锐利。另一个是刚才把自己拉上车的人，一个虎背熊腰的大块头，年纪不算太大，却满头银发。

　　"你刚才看到的那个是你的替身，等一会儿他会因拒捕而被警察击毙。这样你的案子就算了结了。介绍一下，这位是老卢，"霍娜指了一下驾驶员，然后又指了下大块头，"大鲁。我们是国防部直属六局的，作为前野狼突击队的指挥官，你应该听说过我们。"霍娜说着，从口袋里掏出军官证，递给林鹤。

　　乍看上去这是一个普通的军官证，只是在军官证的左下角有一个小小的尖刺状防伪标志。看到这个标志，林鹤吃了一惊，不禁脱口而出："龙牙？"

　　"没错。"霍娜点了点头，满脸自豪。

　　这是林鹤第二次与龙牙部队打交道。上次是在一次反恐实战演习中。当时林鹤的野狼突击队遭遇到了建队 20 年来从未有过的惨败，670 名反恐精英被 3 名龙牙队员扮演的恐怖分子打得全军覆没。后来林鹤才知道，那次演习的真正目的是检验龙牙部队的战斗力，而且上级对结果非常满意。可是林鹤和他的队员们由于没有见过龙牙队员的真面目，因此他们猜测说，龙牙是生物高科技制成的机器人、变种人或者异形，反正不是人。

林鹤再次仔细打量了霍娜、老卢和大鲁一番，说："你们真是龙牙？我不信。我与龙牙交过手，他们所做的不是普通人类能够做到的事。"

"当时和野狼突击队作战的是三个生物机器人，就像刚才你看到的那个家伙一样。而我们不是机器人。"大鲁粗声粗气地说。

"生物机器人？刚才那个是个机器人？我以为是克隆人。"林鹤说。

"别傻了。克隆一个真人别说存在道德伦理障碍，就是从时间上也来不及呀。哪有用生物机器人这么简单？"大鲁用手拍了拍林鹤的肩膀，递过来一个档案袋，"这是你的新身份，还有一张银行卡，里面有 500 万。后面有衣服，自己换一套，等会儿下了高速你就自由了。不过，你的超能力只能用来做好事，要是作奸犯科，我们会直接干掉你。"

林鹤打开文件袋看了一眼，一张身份证、一个户口簿、一张银行卡。身份证与林鹤本人的几乎一样，唯一不同在于名字和号码。名字改成了李赫，很聪明的办法，与原名相似的读音，即使有人喊"林鹤"而林鹤又答应了，也可解释为听错了。更为贴心的是，银行卡上有 500 万现金，足够林鹤舒舒服服地安度余生。

"我能问一下这到底是怎么回事吗？"林鹤把档案袋放在座位上，然后一边说挪到第三排，开始换衣服。

"这事关乎国家机密。"霍娜似乎准备一口回绝，但却又犹豫了一下，说，"除非你成为我们中的一员。"

"头儿，你不是真想让他加入吧？"大鲁抢在林鹤回答之前说道。

霍娜没有理他，从副驾驶的位置上扭过身子，看着林鹤，说："我希望你能够加入我们，跟我们一起保护我们的国家，保护我们人类命运共同体。我是认真的。"

"保护我们的国家？"林鹤低着头喃喃自语道。这曾经是他决心为之奋斗终身的理想和信念。可是，现在，他已经丧失了这样做的勇气。

"我们没有权利私自发展队员。"开车的老卢提醒霍娜，"这可不是开玩笑。"

霍娜依旧没有理会，她接着对林鹤说："我看过你的档案，你曾经是全国最优秀的特种部队指挥官，不管你经历了什么样的不幸和挫折，我相信你的能力不会因此而消退。况且，你现在具备了常人所不具备的超能力，你可以为国家做更多的事情、做更大的贡献。能力越大，责任也越大。这是《蜘蛛侠》里的话，现在祖国需要你。"

"祖国需要我？"林鹤抬起头来，"不，不。如果发生战争，如果有外敌入侵，我会毫不犹豫地再次穿上军装。可现在是和平年代，反恐形势也还好吧，我其实……"

"你错了，现在战争即将，不，是已经开始了。"霍娜道。

林鹤愣了一下，问："和谁？"

霍娜正要回答，车载电话突然响了起来。老卢一按中控台上的按钮，一个身着少将军服的三维立体人物半身像立即出现在众人面前。他叫道："霍娜，你还没有把林鹤放走吧？哦，对，我看见他了。很好，很好。你们立即把他带到751中心，我会到那里等你们。"

"是，将军。"霍娜、老卢、大鲁齐声道。

"嘟"的一声，将军的图像消失了。看样子是出了什么状况，让上级改变了对林鹤的想法。林鹤现在身不由己，也只能走一步看一步了。

正在这时，车内突然响起了尖锐的警报声，刺得林鹤的耳膜几乎成了碎片。在汽车中控台的显示屏上，一个鲜明的红色警示窗口，剧烈地闪烁着，吸引了车内所有人的目光。那上面写着四个大字："导弹攻击"。

老卢立即停车，四人从车上跳了下来，沿着应急车道飞奔。身后，商务车已经重新启动，由车载电脑自动驾驶着向前疾驶，以引诱导弹远离众人。

在这同时，林鹤已经看到了远方天空中一枚导弹正向这里飞来。他来不及想这枚导弹携带着的是什么样的弹头，撒开双腿飞奔。

2. 越狱 ◎

林鹤、霍娜、老卢和大鲁四人亡命狂奔的同时，导弹迅速接近。当导弹掠过头顶到达汽车上空不远处时，林鹤清楚地看到导弹弹头爆炸了。是一颗云爆弹。这是一种以消灭建筑物和掩体内的有生力量为目标的杀伤性武器。它对于有生力量的毁伤威力极大，在军界有"亚核武器"之称。除了爆炸产生的强烈冲击和高温之外，它还会消耗周围的氧气，在作用范围内能形成一个缺氧区域，使生物窒息而死。林鹤眼看着它迅即形成一层薄雾，像一张一体网笼罩了方圆几百米的范围。

必须跑出这张网的范围，林鹤心想，但是做不到。虽然四人奔跑的速度已经足以甩下奥运会百米冠军几个身位，虽然启动了自动驾驶的汽车已经尽量诱使起爆点的中心偏离他们，但是他们距离这张网的边缘还有至少50米，而时间已经没有了。事实上，只有林鹤才能看清这张一体网的形成过程。对于普通人而言，他们只能看到火焰铺天盖地而来，将这方圆几百米的大地彻底吞没，将这里变成地狱。

带着火焰的炙热冲击波向四人直冲过来。霍娜一把将林鹤挡在了自己身后，同时举起左手扬起了手中的提包。林鹤感觉到了一点奇异的扰动，是那提包发出了一种波，一种干扰引力场、地磁场的波。

这能抵挡住云爆弹的攻击吗？林鹤带着好奇心，等待着结局。我自己期望的结局是什么呢？林鹤问自己。在面对死神之时，林鹤的心居然平静得像一潭死水。别做无谓的抵抗了吧，林鹤心底冒出这样的念头。死亡似乎正是他所希望的。但当他的目光扫过霍娜的脸庞时，他放弃了这样的想法。她年轻而美丽，炯炯有神的目光中充满了朝气、活力和斗志，精彩的人生才刚刚开始。可是，现在死神就在眼前，林鹤甚至可以闻到它身上的味道。会有奇迹吗？

小小的盾牌挡不住强大的冲击。林鹤觉得整个人像断了线的风筝一样飞了出去，然后重重地摔在了地上。有那么一瞬间，林鹤感觉身子已摔散了架，手和脚已经不知道到了什么地方，他不敢睁开眼睛，害怕一睁眼就会看到自己的脚、大腿、胳膊、身子七零八落地挂在树梢上、屋檐上或是散落在路面上、田野里。但是，他必须睁开眼睛，他想看看霍娜怎么样了。她不应该为自己陪葬。

林鹤挣扎着爬了起来。直到站起身来，他才意识到自己并没有四分五裂，甚至连骨折都没有。霍娜侧躺在离他两三米远的地方，看上去并没有受太重的伤，只是晕过去了。老卢和大鲁则没有那样幸运。林鹤只瞟了他们一眼，就知道他们根本活不下来。

林鹤没有时间多想什么，一阵突如其来的眩晕让他意识到危险并未过去。这里没有氧气，完全没有。林鹤扑向霍娜，把她抱起来。四周的空气灼热无比。林鹤感觉自己都要燃烧起来了。他拼尽全身的力气抱着霍娜向外冲。他不知道自己走的方向对不对，眼睛根本无法辨认方向，他只能跟着自己的感觉行动。

不知跑了几步或是几十步，在林鹤就要因缺氧而晕倒之前，一丝氧气进入了他的肺中。林鹤的脑子清醒了许多，庆幸自己的感觉是对的，身上也感觉到轻松。他大口呼吸着，贪婪地呼吸着。突然，他想起来自己怀中的霍娜。

"醒醒！"林鹤大喊。霍娜没有一点反应，没有呼吸，没有心跳。林鹤迅速把她放到地上，开始做心肺复苏。"别死啊，别死啊。"林鹤一边急救一边呼喊，声音中带着哭腔。

胸外按压……人工呼吸……胸外按压……人工呼吸……林鹤一遍一遍地重复着。眼泪不知怎么流了出来，心更在滴血。为什么世界对我这样不公？林鹤在心中叫喊，难道我是被诅咒的人吗？我不怕死，一点儿也不。死神啊，如果你要我下地狱，我就下地狱，绝没有半点犹豫。可是，你为什么要让我看着我身边的人因我而死？

"混蛋！你趁机占我便宜。"霍娜一把推开了林鹤，想要坐起来，可是没能成功。

"好心没好报。"林鹤坐倒在地。

"老卢和大鲁呢？"霍娜跌跌撞撞地爬了起来，朝爆炸中心点的方向看过去，几秒钟之后，抡起脚狠狠地踢了林鹤一脚，骂道："就是因为你。"说着眼泪夺眶而出，接着就泣不成声。

林鹤知道失去战友的滋味，想安慰她，却又不知道该说些什么，只能说："这儿可不安全。"林鹤说着往四周看了一下，发觉自己所言果然不虚，天上正有一架无人机飞过来。"有无人机。"林鹤向空中一指，"在那儿。"

霍娜抬头望向天空，叫道："哪儿？我没看见。"

"就在那儿。这么明显，你看不见吗？"林鹤目光跟随着无人机转动，"看来我们的视力差距确实够大。"

"90型隐形眼镜的夜视能力不行，夜视镜又落在车上了。"霍娜说着从口袋里掏出一支口红似的东西，递给林鹤，说："瞄准它。"

"怎么瞄？"

"把这个小眼儿正对着它就行了。别告诉我你做不到。"

"好的，好的，已经瞄准了，然后呢？"林鹤话音刚落，只见那驾无人机在空中爆炸，化作一团烟火。

"这是什么玩意儿？威力这么大？"

"便携式激光炮。加入我们以后，它将成为你的标配武装。"霍娜拿回激光炮放进口袋，声音突然低了下去，说，"刚才没踢疼你吧。对不起，我不该……"

"没关系。我知道失去战友的滋味。发泄出来是好事。"

3.破译

上海张江科技园。

很难相信最神秘的龙牙部队竟然选择这个改革开放的前沿阵地建立了自己的基地——751中心。然而，当林鹤走进这个挂着锐意（上海）生物科技有限公司招牌的大楼后，密布的监控装置和超乎寻常的安防系统让他意识到这的确是事实。

在霍娜的引导下，林鹤来到了一间布置简洁到除了一排沙发之外几乎什么也没有的会议室。在门口，林鹤看见之前与霍娜通话的那位将军正站在会议室的中央。

霍娜向他行了一个标准的军礼，说："报告，林鹤来了。"

将军向她还了一个军礼，上下打量了一下林鹤，脸上露出热情的笑容，主动伸出手来与林鹤握手，招呼林鹤落座，同时示意霍娜离开。

"根据中央军委的命令，你将重新应征入伍，原职级待遇不变。"说着，将军从怀里掏出一张纸递给林鹤，然后在对面的沙发上坐下，看着林鹤。

林鹤接过命令，核对了一下，从文头到印章，从行文方式到印刷的字体，都没有任何破绽。然而他还是怀疑这个命令的真实性。"三年前，一纸命令让我转业，今天，又让我官复原职？为什么？"

"因为，祖国需要你重返战场。"将军顿了一下，"特别是你已经具备了影响战争结果的特质。"

"战争？"林鹤听霍娜提到过这个词，但是却始终不知道具体情况。他几次追问，霍娜都没有回答。现在，当他从将军口中再次听到这个词时，林鹤决定要把事情弄个清楚。他追问道："谁对我们发动了战争？我希望你能够把这场战争的来龙去脉给我讲清楚。虽然我不是大政方针的制定者，但是我可以肯定地告诉你，你们这些没有上过真正战场的人永远不知道那有多么残酷。所以，请不要轻易说什么战争，不要想着用发动战争去解决问题。"

"我没有轻易地谈论战争，我也不会愿意去发动战争。可是我们不能拱手让出自由，让别人去主宰我们的一切。"将军说着站起身来，面朝西边空荡荡的墙壁做了一个手势，四周的墙壁立即亮了起来，屋里呈现出一个巨大三维的星空图，将两人完全包裹在其中。"林鹤同志，看来我确实要向你解释一下我们面临的形势。这是太阳系的实时三维图像。"将军指着飘浮在他面前的一个蓝色小圆球说，"这就是我们的地球。"

此时太阳就在屋子的中间，有个足球那么大，发出明亮的光辉。在屋内还有许多大小不一的球体，除了地球、月球之外，应该就是金、木、水、火、土等几大行星和众多的小行星。它们和太阳、地球一起占据了屋子里最中间的区域，而太阳系外的那些星系则映射在地面、天花板和墙壁上。

"太阳系对我们来说很大。但如果我们把它放到整个宇宙之中，它就显得很渺小了。"将军说着双手一合，所有的图像都极速地向他手掌中间收缩。"你看，这就是整个银河系。"将军指着面前洗脚盆大小的一个银色圆盘说，"而太阳系，应该就在这附近。"他伸手在圆盘上的一个地方指了一下，"缩得太小，看不见了。"

"我不是来听您普及天文知识的。"林鹤之前听霍娜说过，将军是研究航空航天技术出身的。林鹤可不希望听他唠叨这些，问："这与您所说的战争有什么关系？"

将军反问："你认为战争就是人与人、国与国之间的事情吗？"

"除此之外还会有别的战争吗？"话刚出口，一个念头突然冲进了林鹤的大脑，让他备感不安。"难道是星际战争？"他喃喃自语道。曾经有人向他提过星际战争，他当时只当是个玩笑，可是现在想起来，似乎没有那么简单。

"没错，就是星际战争。"将军说，"是我们人类与赫亚的战争。"

"赫亚？"林鹤听说过这个名字。在看守所里，他听到那个领袖说他是"宇宙唯一真神"，是"伟大的、至高无上的"，而且把其他人称为"赫亚的宠儿"。

"你听说过这个名字？"

"没有。"为了避免麻烦，林鹤决定暂时隐瞒他所听到的关于赫亚的事情，"他是谁？一个外星人或者外星文明？"

"我不知道该怎么解释。不如，先看一段录像吧。"将军说着挥了一下手。瞬间，星空图不见了，取而代之的是一群密密麻麻的人群，在人群的正前方不远处一个瘦小的老者坐在讲坛之上，用平缓的语调向众人宣讲："我们大家知道，人类文明诞生于几千年前。那么，宇宙中是不是真的只有人类文明呢？人类一直在寻找。1923 年，在西班牙……"

"这个老头号称'先知'，在赫亚的信奉者中威望很高。"将军介绍道，"他对赫亚的描述有些神化成分，但是大体上是接近事实的。"

林鹤听到先知用极具亲和力的声音不急不缓地向信徒们宣讲着有关生命起源、人类起源和进化的一切。他说："总之，从公开的文献看，人类目前还没有发现任何外星文明。你们有没有想过，为什么会这样？有人说，人类文明是宇宙中独一无二的。有的人提出黑暗森林假说，认为其他文明都躲了起来，怕一旦被发现就会被消灭。这都不符合事实，也不符合逻辑。真正的原因是我们离文明中心太远。我打个比方，五千年前，人类文明已经诞生了，因纽特人的祖先也已经在阿拉斯加捕鱼了，他们或许也想知道是否存在其他文明。他们怎么做呢？只能站在海边眺望。看看能不能看到其他人。大家想想，他们能看到中国吗？能看到希腊吗？能看到埃及吗？看不到。他们会以为自己是世界上唯一的文明。现在地球人也是如此。在宇宙中，文明的中心离我们太远太远，我们看不到。宇宙中文明的中心在哪里？在距地球 4500 万光年的地方，曾经有一个名叫晨星的行星。现在那个星系已经消亡了。那里是宇宙中最早诞生文明的地方。伟大的真神赫亚就诞生在那里。时间在距今 40 多亿年以前，地球才刚刚诞生，当时宇宙中几乎没有生物。在这样恶劣的环境中，晨星人创造了高度发达的文明，然后赫亚诞生了。请不要以为赫亚是一个像人这样的个体。我们一直说他是造物主，但他并不是凭空产生的，他是文明的产物。在晨星文明发展到极点的时候，所有个体结合成了一个统一的群体，构成一个完美自洽的系统。这就是赫亚。赫亚由晨星上所有生命体共同构成，他依赖于生态圈而存在，通过创造生态圈而成长，他知晓并遵从科学的终极原理，是文明发展的最高形态。他不断地把生命的种子播向整个宇宙，在没有生命的星球上创造生态圈，从时间上和空间上传播文明，同时也实现自身的生存和扩张。可以说，宇宙中绝大多数智慧生物都由他所创造，也最终会成为他的一部分。这个过程，最开始当然是在晨星周围，然后逐渐扩大，直到 30 多亿年前生命元素到达了地球。地球从此有了生命。不过当时，由于赫亚离我们地球太远，所以他施放的生命元素只有极少极少到达地球，只形成了一些细菌之类的单细胞生物，进化非常缓慢。直到距今 5 亿多年前，我想大家知道那时候在地球上发生了什么。"

台下有人叫道："寒武纪生命大爆发。"

"对，就是寒武纪生命大爆发。寒武纪生命大爆发的原因是什么？人类科学家根本弄不清楚。其实是因为赫亚到达了一个距地球较近的地方，叫作阿尔法行星群，在仙女星系。现在那里仍然是赫亚的一个重要基地。从那时起，生命元素不断地落到地球上，地球生物进化不断加速，即使出现大量地质灾害也无法使地球生物灭绝……"

将军停下先知宣讲的录影，把三维影像又切回了星空图，指着旁边一个比银河系还要大的星系说："这就是仙女星系，我们在获知这个录像之后就对这里进行了细致的观测，并很快就发现了大量类地行星，我们相信，这就是他所说的'阿尔法行星群'。"将军放大了仙女星系，指着其中大大小小的圆点说，"而且，经过我们的监测，这里有密集到你难以相信的电磁信号。要知道，这里距离地球200多万光年。也就是说，我们监测到的电磁信号是200多万年前的。那时我们的祖先还住在洞里或是树上。"

"对方如此先进，如果要来侵略地球，我们有还手之力吗？"

"关键就在这里，我们不能让他'来侵略地球'。"将军在说"来"字的时候重重地顿了一下，"距离是我们唯一的保护伞。穿越数百万光年所需要花费的成本是任何文明都无法承受的，除非有低成本的交通工具，比如赫亚信奉者所称的星际传送门。我们要做的，就是防止赫亚建立起这样一条跨星系的交通设施。"

"有这种东西吗？"

"我不知道。但是我们在月球上，发现了这个。"将军手一挥，三维星空图的场景变换到了地球附近，然后月球被放大到了将近占满整个屋子。

林鹤这时看到月球上面有几个地方的地面微微突起又落下，像是有虫子在里面蠕动，不禁叫出声来："这是什么？"

"你的眼力果然不错。普通人现在根本看不出来。"将军把月球进一步放大，让刚才一个蠕动着的小点完全展现在林鹤的面前，"3年多前，天文学家们发现月球出现异常的活动迹象。进一步观测，大家惊讶地发现在月球的地下，居然有人正在进行大规模的建设。你看，在这个区域，大约 1.5 平方公里的范围内，就有至少 3 个巨大的机械体正在地下进行作业。整个月球，像这样的区域一共有 16 个，组成一个直径 500 公里的正十六边形。根据情报部门的分析，这里很可能是赫亚的信奉者们为了迎接赫亚而建造的。一旦建成，赫亚就可能通过虫洞之类的东西，来到地球。"

"直接炸掉不就完了吗？"

"如果那样简单就好了。赫亚在地球上的爪牙们所拥有的科技力量，远远超过各国政府。美、俄和我们都先后派飞行器前往侦察，但是全部被高能激光武器摧毁。事实上，直到那时，我们也才仅仅知道有外星文明已经盯上了地球，人类正面临灭顶之灾，甚至连对手的名字——赫亚，我们都还不知道。"

"你们现在知道了。是赫亚自亮身份，还是……"

"我们对赫亚的了解，大多来自一个人——卡伽利。"

"世界首富托尼·卡伽利？"

"对。其实，宇宙中并不仅有赫亚一支势力。早在 20 年前，宇宙中一支始终与赫亚相抗衡的力量因为不希望赫亚将其势力扩张到地球，利用一种我们现在仍然不清楚的技术向一个人类输出了一系列高科技成果。而这个人，没有拿这些技术成果来对付赫亚的爪牙，而是建立了一个垄断新能源、新材料、生物医药、信息技术、航空航天等几乎所有高科技产业的商业帝国，把自己变成了世界首富。"

林鹤说："3 年前，当危机真正来临的时候，卡伽利才把这些技术拿出来。真是混蛋！"

"不，你错了。他没有拿出来，相反，他要求各国把军队中最精锐的部队交出来，成立地球防卫军，然后由他统一指挥。"

"人的野心居然能够大到这样的地步。"林鹤道，"各国政府同意了？"

"试想，如果我们不同意，我们将变得不堪一击，除非我们站到赫亚一边去。"将军说，"当然，这并不是重点。重点是，即使如此，我们仍然无法摧毁月球上那 16 个点。我们需要找到突破口，这也是我们征召你的原因。"

林鹤完全不明白将军的意思，直愣愣地盯着他，等待他的进一步解释。

"赫亚的爪牙们并不认为自己是人类。事实上，他们经过基因重组之后，从基因上看确实与人类的差别非常巨大，除保留了人类的体形外观以外，其实已经完全不同于人类了。比如在感观方面就远超常人，我想你有亲身经历。"

林鹤点了点头。他相信自己之所以能够具备超越常人若干倍的感官一定是自己的基因被改造了，自己被改造成了一个与赫亚的爪牙们相似的新物种。恐怕也正因如此，在与真正的强奸杀人犯作基因比对的时候，他才会被误认为是凶手。

将军接着说："经过基因改造之后的进化人，我们暂且这样称呼他们，也包括你，具备直接接收电磁波信号的能力。而更为独特之处在于，你们的大脑内有一个机制能够根据一定的规则自动解码电磁波信号。他们就利用这一特性，建立了一个名为'灵动网'的通信网络，利用不断变换的解码规则进行通信。更麻烦的是，即使我们截获了所有的传递信号和解码规则，但由于我们不清楚进化人大脑内的解码机制，我们也无法解密他们的通信。因此，灵动网的安全性极高。我们想方设法要取得他们用于基因重组的试剂，准备进行逆向研发。可是一直都不成功，直到……"

"只到那天你们终于偷出了试剂。"林鹤瞬间明白了。那一天乘坐自己出租车的乘客是一名特工。她携带着从赫亚人类支持者手中偷出来的基因重组试剂，准备交给自己的上级，但却被追上杀掉了。"可是，为什么我不记得她被杀的经过？"

"他们并不想把事情弄大，所以抹掉了你的记忆。这是他们的操作规程，否则他们早就暴露了。好在后来有一支试剂落在了你的手上，而且你很幸运地触碰了它……"

"幸运？我因此成了杀人犯。"

"不，你因此成了进化人，成了人类赢得战争胜利的关键。来吧，你现在的任务很清楚，就是破译灵动网里的资料。你还有什么疑问吗？"

林鹤想了一下，说："没有。"

将军向他行了一个军礼，说："拜托了。祝你成功。"说完离开了会议室。

将军走后，霍娜进来向林鹤稍稍介绍了一下整个基地的情况，然后就带他来到了一个摆满各式电子仪器的房间里。在这里，破译工作很快就正式开始了。

林鹤通过传感器接收到之前截获的文件，进入到一个个场景之中，看着赫亚信奉者的头头脑脑们商议各种计划部署、组织经费、人员调动等问题，然后将会议的主要内容记录下来交给霍娜和她的团队。

林鹤很快发现这是一个漫长的过程。因为，据说总共截获的文件有 2.78 亿个。即使根据每一个文件所对应终端数量、位置进行了分析，然后再综合掌握的赫亚信奉者主要人员的活动轨迹，采用算法优化筛选后，文件数量仍然高达 376 个。而且，说不定还会有更多文件被截获。按照平均翻译一个文件所需一个半小时的时间计算，这项工作没有一个多月的时间根本无法完成。于是，林鹤建议先翻译最近截获的文件。这个建议立即得到了霍娜的支持。他们选择了目前最后一个被截获的文件。

当这个文件被打开的时候，林鹤发觉自己来到了一间会议室。这样的场景林鹤一点儿也不陌生。之前几个文件也采用了同样的场景，刻板的装饰外加古旧的长条桌、靠背椅，让人感觉回到了数十年前。和之前一样，十几个人围在长条桌四周，正准备开会，不过气氛与之前的历次会议都有很大不同。每一名与会者都阴沉着脸，会场静得吓人。

沉默了一阵子之后，终于有人说话了。说话的人就是林鹤在看守所里见过的那个颇有领袖气质的人。林鹤现在已经知道，他名叫达萨耶夫，是赫亚信奉者们的领袖。到现在为止，林鹤已经听过他近十次演讲。不得不承认，他的演讲很有煽动性和感染力，就连林鹤这个局外人每次都会不由自主地心跳加快、血脉偾张、热血沸腾。不过这一次，出乎林鹤的意料，领袖的声音像凛冽的寒风让人寒毛直竖。

"谁能解释一下为什么会出现这样严重的事故？敌人混到了我们的内部，拿到了我们最机密的科研成果。谁应该为此负责？"领袖的目光逐一从与会者的脸上扫过。林鹤庆幸自己并不在他的视线范围之内，因为每一个被他眼光扫过的人都脸色发青、浑身颤抖，像是见到猫的老鼠。

当领袖的目光到达最后一个人那里时，他说："我已经负了我的责任。我杀了她并夺回了种子。"林鹤认出说话的人是黑龙。林鹤不敢认定黑龙就是他的真名，在霍娜提供的重要人物清单里并没有这个名字，或许是因为他用了假名，或许因为他还并不算重要人物。在之前的会议中，他出现过几次，每次都是大咧咧地坐在那儿，很少说话。即使别人问他意见，他的回答也从未超过3个字。

黑龙的发言像是往领袖的怒火上浇了一勺汽油，领袖拍着桌子怒吼道："你在向我表功吗？我本来不想这时候说你的错误。你以为你做得不错，是吗？见鬼去吧。你就顾着在那女人身上发泄兽欲，居然没有数数夺回来的那批种子有多少。少了一瓶你知道吗？"

"少一瓶？"黑龙的身体影像猛烈地抖动着，像电视信号受到干扰时的表现。林鹤知道，那是因为黑龙过于激动而导致网络连接不畅造成的。

"你准备怎么办？"领袖问道。

"找到它。"片刻之后黑龙的冷静与自信又回来了。

"怎么找？"

"追踪痕迹，逐一排查。"

"不必了。"领袖阴沉着脸，缓缓地摆了下手，"你这样去查，得花多长时间？叛军的动作肯定比你快，别白费力气了。圣灵计划才是重中之重。"领袖再次用目光扫视了会场上所有的人一遍，然后下达了命令："X35试剂是圣灵计划的重要组成部分，生产还是会放在这里。你们负责保卫，别再出差错。鉴于你们这次糟糕的表现，同时也是为了确保圣灵计划的顺利进行，我决定对整个华东分部实施改组。从今天开始，分部的科研、生产机构划归总部统一管理，作战系统与总部护卫队合并成为亚太战区指挥部，左锋为总指挥，黑龙为副总指挥。"

"左锋？"下面的人开始窃窃私语，发出怀疑之声，理由大多是说他太年轻、资历浅之类的。

"怎么？有意见？"领袖语气似乎还算平静。

"我凭什么作他个小屁孩的下属？"黑龙嚯地站起身来，"他才来3年，打过几仗？有什么资格当总指挥？"

"难道你有资格？"领袖瞪着他阴森森地说，"你忘了自己参加圣战的战绩了吗？"

听领袖提起"圣战"，黑龙不由得低下了头，一屁股坐回了座位上。

"左锋没有在这里为组织建功立业，但在圣战中战功赫赫。你们不要怀疑他的能力，更不要质疑我的判断。明白吗？"

"是！"众人齐声答道。

"不过……"一个学者模样的人小声说，"X35试剂方程我们还是没有研究得太明白。我们想请先知给我们一些指示。"

"先前不是跟我说试剂研制不成问题吗？还有什么需要先知指示的？"领袖阴沉着脸问。

学者低着头回答："逆试剂研制始终不成功。"

领袖脸色由阴转晴，道："逆试剂嘛，不着急。先知在闭关，这种小事不要打扰他。还有，从今天开始，启动信使系统，重要行动信息全部通过信使传递，不准再用灵动网，以免泄密。还有别的吗？好，散会。"说完，他的影像消失了。

领袖一走，其他人也都逐渐离开。这时黑龙叫住了学者，问道："她知道种子应该怎么保存吗？"

学者还没有答话，旁边一个秘书样子的人插嘴道："种子失窃，最多也就是灵动网不再安全。领袖已经命令启用信使了，何必……"

"我没问你。"黑龙正眼都没瞧他一眼，冷冰冰地打断道。

"可是，领袖已经命令你别管种子的事情了。"秘书嚷道。

黑龙冷笑了一声："我可不是应声虫、跟屁虫。回答我的问题，难道要我把你的脑袋拧下来吗？"说后一句话的时候，黑龙的脸贴到了学者脸上，如果不是在虚拟世界里，他的牙齿肯定已经把学者的鼻尖咬下来了。

"我只是管技术的。"学者往后退了一步，有点儿慌张地瞅了眼秘书，半张开嘴却支支吾吾地没发出任何一个有意义的音节。

"你想永远嘲笑我吗？"黑龙回头瞪着秘书。

"我没有。"

黑龙没有任何反应，依然恶狠狠地盯着他。秘书耸了耸肩，作出了让步："好吧，好吧，告诉这个偏执狂吧。只是别怪我事先没提醒，如果影响了圣灵计划，你会死无葬身之地。"

"这个不用你操心。"黑龙看着秘书的身影消失，"现在说吧，大科学家。"

"种子的保存是一项很复杂的工作，温度、湿度、气压不同都会影响种子的活性，使种子的存活时间缩短。我相信那个女孩是不可能懂得怎么保存的。"

"你估计能保存多久？"

"那得看她怎么保存了。在我们的恒温恒湿箱里，它能够保存将近 3 年。这是最佳状态。离开这个状态，种子存活周期会呈指数级下降。我们有一个测算公式，存活周期 F 等于……"

"说点儿我听得懂的。常温会怎么样？"

"如果是常温，按现在的天气，最多五六天。这些还都是在不和空气接触的情况下。如果暴露在空气中的话，按现在的温度和湿度……我算算……我们假定日平均气温是……"

"没必要那么精确。"

"哦，那反正就是很短，一两天的样子。所以，我觉得您也不必太担心。从试剂失窃到现在，已经过去将近 20 个小时了，没准种子已经失效了。"

"我从不把命运交给上帝。不找到它，我不安心。我得找到它，在有人用它之前。"

"万一……"

黑龙双眼放射出两道寒光，像是两把利剑，逼得学者连退了几步。"我会杀了他。"几个冒着寒气的字从黑龙的牙齿缝里挤出来。

"其实没那必要……我们已经启用信使了，不是吗？敌人得不到任何东西。而且，单独使用阿尔法种子试剂迄今为止还……"

"难道要我留下污点让人耻笑？"

"哦，我不是那个意思。祝您好运。我先走了。"学者像逃出牢笼的小鸟，顿时没影了。

会议室里只剩下黑龙一个人，他用目光扫了一下四周。虽然林鹤知道这是几天前的影像，他看不见自己，也不可能对自己做什么，但是当他触到黑龙冷峻、凶恶、充满杀气的目光时，他还是不禁打了个冷战。

林鹤知道，自己就是他要杀的人。

正在这时，一个人影突然闪现在会议室里，对黑龙说："我是左锋。借这个机会通知你一下，我将在后天下午到达上海。但愿合作愉快。"

这个人之前从未在这些被拦截的文件里出现过。当他的面容映入林鹤的脑海时，林鹤一下子就愣住了。是他？！他还活着，怎么可能？林鹤不敢相信，却又不能不信。他比当年结实了很多，成熟了很多，但那双燃着仇恨之火的眼睛却一点儿也没有改变，令林鹤的心一阵阵的剧痛。看着这久违的脸庞，林鹤浑身发抖，不知所措。

霍娜看出他的神情异常，忙问："怎么回事？"

"他……"林鹤实在不知道该怎么对霍娜说。林鹤想知道关于他的一切：他怎么会没有死？这 3 年，他在哪里，做了些什么？他怎么会成为达萨耶夫的亲信？但是，林鹤又不想告诉任何人关于自己与他的往事。他希望那些事要么从未发生要么永远被人遗忘。

就在这时，警报响了起来。林鹤突然有个预感，他来了。

4.猎杀

正午时分，雷声滚滚，乌云翻腾，看样子一场大雨马上就要降临。黑龙从汽车里钻了出来，抬头看了一眼天空，一声不吭地快步走进办公大楼的门厅。

自动门开了。他的秘书从里面迎出来，满脸堆笑地跟他打着招呼，凑到他身旁。要是在平时，黑龙肯定会伸手捏捏她浑圆而有弹性的屁股，然后跟她讲几句笑话。可是今天，他没这个心情，冷淡地哼了一声。

"卓总，客人已经在第三会议室等着了。"秘书很知趣地收起妩媚的笑容，将话题转入正轨，"您是先回办公室，还是直接去见他们？"

"他……们？"黑龙愣了一下，疑惑地眨了眨眼睛，"你先去招呼，我一会儿再过去。"黑龙一边说着，一边面无表情地穿过大厅里的人群。

"卓总，这些是省政府和省发改委、省科技厅来我们这儿调研的领导。您看是不是……"一个挂着行政总监胸牌的女子在黑龙耳边低声道。

"有你就行了。"黑龙丝毫没有停留的意思，甚至看都没看这些人一眼。

行政总监没多言语，转身去招呼政府的官员们。黑龙听到其中有人阴阳怪气地嘀咕道："架子够大的！"

行政总监正赔笑着解释，黑龙吼道："今天老子谁也不想见。把他们给我轰出去。你们也都给我滚。"

"卓总！"秘书和行政总监同时喊出声来，又同时闭起了嘴巴。

黑龙恶狠狠地扫了他们一眼，咆哮道："你们聋了吗？我说滚，所有人都给我滚出去。"

两三秒的宁静之后，在场所有人，包括那些官员都离开了。

"好大的威风啊。是在发泄对我们的不满吗？"一个声音悄悄地飘进了黑龙的耳朵。

黑龙听出来刚才的声音源于三楼的会客室。在那里，除了说话的人之外，还有两个人。黑龙心想，都说左锋一向独来独往，今天居然有两个帮手，要给我一个下马威？老子才不怕你呢。心里这么想着，嘴上却恭敬地说了句："不敢，我是不想让这些闲杂人等打扰几位贵客。"黑龙说着，径直走上电梯，直奔三楼。

刚出电梯，黑龙迎面看到技术部的李升，当即叫道："查到没？"

李升像见了猫的老鼠，弹到了旁边，身子贴在了墙上。

"还没查到？"黑龙扬了扬眉毛，歪着脑袋，斜着眼瞅着李升，脚下却没有停顿。

李升还是没吭声，把脸埋进了西装里。

"为什么查不到？硬件问题？软件问题？"黑龙问了一连串问题，李升却依然像根木头。"你倒是说呀！"黑龙踹了李升一脚。

"对方也是高手，干扰了我们的追寻程序。我们已经尽力了。"李升说起话来像嘴里含了个大萝卜。

"废物！"说这话的时候，黑龙已经走到了第三会议室的门口。

"确实是废物。"会议室的门从里面打开了，一个五十来岁的人出现在黑龙的面前。这人长得高大、壮实，身板挺直，眉目之间英气十足，一看就知道是个军人。

"是你？"黑龙一直以为刚才是左锋在质问自己，没想到是他。之前黑龙见过他几面，没有留下太深的印象，只大概记得他叫苏明，是特种部队的高层指挥官。"你来这里做什么？"

"是总指挥调我来的。"苏明说着回头瞟了一眼靠在墙角的年轻人。那就是左锋，年仅 21 岁却已经成为领袖最得力的助手。黑龙一直在怀疑他是不是与领袖有什么裙带关系，否则怎么可能在这个级别森严的组织体系中升得如此之快。苏明对黑龙说："我想我可以提供一条建议。"

"说。"黑龙的眼睛盯着左锋，漫不经心地说。左锋比自己想象的更年轻，完全是一个大学生的样子，靠在墙上拨弄着手机，脸上挂着傻傻的笑。这就是我们的总指挥官？见鬼，黑龙甚至觉得自己可以闻到他身上的乳臭味。

"对方不可能在全网范围内对你们的追寻程序进行干扰。反过来说，他们对你们进行干扰的地方，就是与他们藏身之处有关联的地方。去查查，看关联度最高的地方是哪儿。"

苏明的话把黑龙的注意力拉了回来。黑龙冲李升叫道："快去查。别再告诉我没查到。"说完进了会议室，反手将大门锁了。然后手在旁边的一个按钮上按了一下，四周墙壁上缓缓降下了隔音壁。等到隔音壁完全落下，黑龙冲军人做了个请的手势，然后才仔细观察来到自己地盘的第三位贵客。他是一个慈眉顺目的胖子，坐在会议室的沙发上，手摸着高高挺起的肚子，仰着头正闭目养神。

黑龙轻轻咳嗽了一声，说："冷指挥官、苏指挥官，还有这位……"

"我是信使。"胖子站起身来，递给黑龙一张半透明的卡片。黑龙接过卡片，一个人的影像出现在了他的脑海之中。

"您好。"影像说，"我是信使程序 21158。鉴于这是您第一次使用信使系统，下面我将把有关事项告知您。由于系统已将送信人在封包时的思维完全克隆，因此您可以将我视作封包时点的送信人本人。您可以提出任何问题，我的解答会与封包时点送信人的解答完全一致。但是，本系统没有通信功能，因此您所说的一切，都不会以任何形式反馈给送信人。如果您要告知送信人信息，建议您用本系统为他封包您的思维，然后派信使将思维卡送给对方。明白了吗？"

"你们无法接收吧？"黑龙没理系统影像，问道。

"当然。"信使回答道，"你是唯一能够接收信息的人。这就是信使系统的安全性所在。"

"神奇。开始吧。"黑龙露出今天以来的第一丝微笑，然后迅速严肃了起来。他知道，等待着他的可不是轻松的对话。

"好的。现在我将是送信人，你们的领袖——尼古拉斯·达萨耶夫。"系统影像迅速变化成了领袖的模样。他鹰一样的眼神让黑龙脊背上冷汗直冒。

"我能感觉到你的紧张。怎么？现在害怕了？"领袖的声音低沉而平缓。

听到这样的声音，黑龙的心情稍微平静了一些。他发现领袖还没有七窍生烟。

"你知道我为什么这样平心静气地和你谈话吗？本来我应该向你咆哮。你不听指挥，擅自调用潜伏程式，制造了举世震惊的导弹袭击事件。让整个世界各国政府的神经都高度紧张。这给我们带来了很大的麻烦，世界各国都已经在卡伽利的帮助下清查自己的信息系统，清除我们的潜伏程式，防止我们获取控制权限。这些责任你能担负得起吗？况且，你还没有能够杀了林鹤。从结果上讲，这几天，你除了制造麻烦，什么也没干。"

黑龙双手紧紧抱在胸前，低着头，像个做错事的孩子。"我只是想弥补我的错误。"黑龙战战兢兢地说。

"弥补错误？任何复杂的系统都会出错。与其去弥补这些错误，不如去利用它。这就是我与你——智者与莽夫——的差别。"领袖说着嘴角露出了一丝微笑。

这不易察觉的笑容像春天的阳光融化了压在黑龙心头的冰山。他瞪圆了眼睛高兴地大叫："您采取了补救措施？"

"不是补救措施，而是我早就有万全之策。"领袖哼了一声，"要是由着你们瞎弄，我们早就被叛军消灭了。记住，现在是战争状态，你们必须服从命令，绝不允许再擅自行动。"

"是。"

"你现在是亚太战区的副总指挥，我不应该也不会越过左锋直接给你下命令。但是，有一件事情必须告诉你。左锋和林鹤曾经有些瓜葛，我担心这些陈年旧事会影响左锋的判断。我已经答应了他借调苏明来猎杀林鹤的请求。我不知道这个决定是对是错。苏明曾经是林鹤的上级，对林鹤非常了解。我命令你配合苏明，共同完成对林鹤的猎杀行动。我要提醒你一点，林鹤并不是普通人，他曾经是最优秀的特种兵指挥官，不要小看他。"

"那圣灵计划呢？"

"你们的行动就是圣灵计划的一部分。"

"我指的是，X35试剂的保卫工作。如果把人都调去对付林鹤……"

领袖哈哈一笑，道："难得你还记得我原先给你的任务。不过，那一天的部署其实是说给林鹤听的。X35试剂，它现在已经不重要了。"

"我不明白。"

"如果连你都明白了，怎么能战胜卡伽利呢？"

听到"卡伽利"这个名字，黑龙知道自己不应再多说什么了。领袖在下一盘很大的棋，对手是叛军的总指挥卡伽利。自己只是这盘棋上的一个棋子，没必要了解那么多。执行命令就是了。

黑龙关掉系统，对信使道："您的任务已经完成了。"

"你不需要回复领袖吗？"

"您只需要告诉领袖我将绝对听从领袖的命令。"

信使点了下头，站起身来，说了句"再见"，就径直离开了会议室。

黑龙送走信使，转身回来。左锋依然靠在墙上，眼睛都没有抬一下。黑龙走到他的面前，带着些许挑衅的口吻说："总指挥，您有什么指示吗？"

"没有。你们去干掉林鹤就是了。"左锋抬眼瞟了一眼黑龙，"不过，我要提醒一下你们，如果3天之内你们杀不了林鹤，我会亲手杀了你们。"

"哦，我好怕怕哦。"黑龙夸张地咧着嘴说。

"你会的。"左锋一边说着，一边看着黑龙。

黑龙刚刚接触到左锋的目光，立即感觉到从未有过的恐惧。他不知道自己在怕什么，但就是害怕。突然之间，浑身的寒毛全都竖了起来，四肢不受控制地颤抖，心跳不由自主地加速，血压骤升，无法呼吸……他两眼一黑，几乎就要跌倒，却突然恢复了正常。左锋就站在自己的面前，拍着自己的肩膀，说："好好干吧。"说完，就离开了。

"可怕的家伙。不是吗？"苏明凑过来说。

黑龙瞟了他一眼，伸出手，递过去，生硬地说："合作愉快。"

苏明礼节性地轻触了一下黑龙的手，回应道："不必太勉强。我知道你一向独断专行。但是，现在我们是一根绳上的蚂蚱了。领袖命令你配合我行动。记住，是配合我的行动。"

"怎么配合？"黑龙一屁股坐回沙发，半歪着脖子，用下巴尖指着苏明。

"其实你要做的再简单不过了。第一，把他们的位置告诉我，我已经告诉了你方法。第二，我看这里的安保系统还不错，请你把这栋楼交给我们使用。其余的事情你就不用插手了。"

"如果是这样，领袖为什么特意嘱咐我不要小看林鹤。你应该知道。"

"林鹤。"苏明哼了一声，露出不屑的神情，"没有人比我更了解他。

我来对付他，你别插手。守好你的 X35 试剂生产线，别再出岔子。"

苏明这句话的重音落在了"再"这个字上面，这深深刺痛了黑龙的心。黑龙始终不承认之前种子试剂被盗是他的错误。那根本就与他无关，甚至正是那些愚蠢的产业经理们无视他事先提出的安全警告导致了这样的结果。不但如此，在试剂被盗第一时间，他就发现了，并且迅速锁定了盗窃者芷芸的行踪。领袖责怪自己没有数数试剂够不够。真是天大的冤枉！黑龙和他的手下当时当然打开了箱子，而且一眼就看出来里面有 168 支试剂，一支也不少。只是他们没人想到，芷芸居然会来了个偷梁换柱。其中一支只是个空瓶。要说错误，黑龙自认为只犯了一个，那就是太仁慈，没有直接把林鹤干掉，而仅仅是抹掉了他几十秒钟的记忆。黑龙已经下定了决心，不管苏明怎么打算，这次行动他必须直接参与，必须亲手杀死林鹤。

黑龙听到一阵脚步声从楼道传来。是李升。从脚步声的节奏，黑龙听出来是好消息，位置已经查明了。就是张江科技园内的锐意科技公司。看样子，苏明也非无能之辈，短短几句话，就解决了困扰自己多日的难题。得抢在他之前干掉林鹤，黑龙心想，这场竞赛绝不能输。

"调出全景地图。"苏明对李升下了命令。李升拿眼瞅着黑龙，没敢擅自行动。苏明会过意来，冲黑龙道："你这儿的设施现在归我使用，不是吗？"

"别向他下命令，这里的设备只有我能用。"黑龙说着伸手做了一个手势，会议室中间立即出现一幅全息三维地图。黑龙手指轻轻划动，将地图大小、亮度、清晰度稍稍调整了一下，然后轻点了一下弹出的输入框，没有任何输入动作，却清楚地定位到了东亚大酒店、集装箱码头和保税物流中心一带。黑龙双手抱在胸前，站到一旁，冷冷地看着苏明。

苏明没有理黑龙。他一手摸着下巴，缓缓地围着地图转着圈儿，目光扫视着地图上的每一个角落。他眉头紧紧锁着，额头上挤出的皱纹像一团火焰。黑龙能看到那火焰背后是一系列缜密的计算。楼的高度、街道的宽度、车流量、风向、视界、射击角……一切都在计算之中。黑龙也在计算。他没有经过专业的训练，但这不是问题，他从不认为自己比任何这方面的专家逊色。他急切地想知道苏明的部署是否会和自己的一致。他希望自己能够有更高明的部署，但他也清楚，更可能的情况是对方的部署更为合理。

"需要全域扫描吗？我现在就可以安排……"李升见两位大佬沉吟不语，主动开口请求。

"不。"黑龙和苏明异口同声喝道，吓得李升哆嗦了一下。说完"不"字，黑龙意识到自己应该作壁上观，向后退了一步，听苏明道："在做好外围部署之前，别打草惊蛇。"

说完，苏明再度陷入沉思。黑龙有些奇怪，按进化人的脑运算能力，不必计算这么长的时间，难道他不是像自己这样的进化人？不可能，不是进化人是不可能加入组织的。那就是他运用的算法比自己所用的复杂，是什么算法呢？比自己的更优吗？不可能，自己的算法是先知亲自教授的，是最先进的算法。

"还有一件事需要你的帮忙。"苏明突然从沉思中醒来，冲黑龙道，"我的手下需要最先进的单兵装备。我要为他们配备撒丁战甲。"

"你没有吗？"

"我当然有，可是我不能就这样给他们。他们并不全是组织的成员。他们中有三分之二只是普通人。"

"普通人怎么能用撒丁战甲？他们的神经系统根本无法承受。"

"加载海恩指挥程式就行了。至于战斗之后他们是生是死、是疯是傻就各安天命了。"

"够狠。加载海恩指挥程式的事包在我身上。"黑龙转向李升，"他说的就交给你了。"

4. 猎杀 ◎

李升点头答应："我会在第一时间完成系统准备工作。"

"请你务必以最快速度完成，否则……"苏明凌厉的眼神像一把剃刀从李升脸上划过。李升面无血色地点了点头。

"行动开始。"苏明说完，推开会议室大门，手伸进口袋里，发出了信号。从这时起，整座办公楼变成了特种部队的指挥部。不到5分钟，300名特种兵就进入了大楼，掌控了一切。

李升忙着协助他们接入各种设备。黑龙则完全被无视，就像是空气。黑龙觉得有些滑稽，在自己的企业里，自己眨眼间竟变得无足轻重。苏明倒成了大老板。

黑龙双手抱在胸前，靠着墙站着，双眼微闭，看上去像是在闭目养神，其实这幢大楼里的一切都逃不出他灵敏的感觉系统。这一是套经过精心改造的感觉系统。进化人与普通人类不同，眼睛已不再是最主要的感觉器官，尽管它们也已经被加强了若干倍。黑龙所最为依赖的感觉器官是皮肤。进化人的触觉已经被强化到了无以复加的地步，它不但能够清楚地感觉到方圆一公里以内热能的分布、细微的震动，而且会将磁场、电场、引力场的变化传输到大脑里。在那里，这些信息将与眼睛、耳朵、鼻子、舌头等所有感觉器官收集的信息综合到一起，形成一个具体的、极度复杂的三维影像。

看上去一切都平稳有序。苏明的特种部队有条不紊地进行着备战工作。有的人在调试仪器，有的人在检查武器装备，有的人在熟悉地图，有的人讨论可能的作战方案。不过黑龙知道，这些准备根本无用。他们口中不时冒出"恐怖分子"之类的词语，他们手中的武器装备，也只是普通的自动步枪之类的常规武器。显然，他们并不清楚此次作战的真实意图，并不知道对手是拥有外星科技的反赫亚联盟。

可是，苏明却似乎一直让他的手下这样浪费着时间，只是默不作声地抱着自己的手提电脑，在键盘上敲打着。而左锋呢？他几乎凭空消失了。当然这不可能。在认认真真地对整栋大楼搜索了 3 遍之后，黑龙终于发现左锋就站在总机房的大门旁边。黑龙感觉不到他的体温，听不到他的呼吸和心跳。或许，他并不是一个生物。黑龙不知怎么的有了这样一个念头。

"是封装，白痴。"黑龙突然感觉到了来自左锋的信息。左锋像个古板的教书匠似的训斥道，"即使你现在不能隐藏自己的生理活动，至少也别把意识暴露得这样明显吧。"

"你……"黑龙背心几乎要被汗湿透了。

"做好你的工作吧。"左锋没再理他，切断了两人之间的通信。

时间就这样流逝着，天色渐暗。看来苏明并不打算在白天动手。战士们吃了饭，开始休息，苏明依然没有动静。一开始，黑龙不明白苏明在等待什么。直到大约凌晨一点，苏明下令大伙到一楼大厅集合，正式开始了战前的准备。这时黑龙明白了，凌晨是城市最安静的时候，车辆行人相对稀少。而且这个时间，叛军很可能也会睡觉。

"今天我们要对付的人非常特殊。"苏明声音不大但却足以让每个人都听得一清二楚，"为了顺利地完成这次任务，我特地向总部申请了最先进的单兵作战装备。"苏明说完，一挥手，8 名士兵两人一组抬出 4 个大箱子。苏明命令每个人依次去领装备。

士兵们带着好奇，列队依次走向装备箱。士兵们领到的装备是一个四件套：一件从头包到脚一点儿都不露的紧身衣，一个乌龟壳一样的背包，一条又粗又宽的金属腰带，一把并不起眼的手枪。

士兵们拿到这些装备后全都一脸茫然，他们怎么也不相信这就是所谓的"最先进的单兵作战装备"。有的人甚至嘀咕起来，说："这是什么破玩意儿。穿成这样能打仗吗？"

"穿上。这是命令。"苏明说完自己也开始着装了。司令既然已下了命令，虽然有一百个不情愿，但士兵们还是服从了。

"我觉得我们像一群忍者神龟。"换上全新的装备后，有人小声嘀咕了一声，引得不少人哈哈大笑。

苏明一弯腰从地上捡起一把自动步枪，朝着说话和大笑的士兵们就是一通扫射。半分钟后，枪声停止，大厅一片狼藉，墙壁上、天花板上已布满了弹孔，瓷砖、石膏板、花瓶、吊灯的碎片和弹头、弹壳混杂着铺满了地面。所有士兵都愣在那里，没有一个人中弹，甚至没有一个人感觉到一丝疼痛。苏明把枪一扔，"啪"的一响，把士兵们从梦中惊醒，爆发出一阵惊叹。苏明冲黑龙说："不好意思，打烂的东西，我会赔的。"

"你也不怕跳弹伤到我。"黑龙冰冷地回应。

"哦，是我的错。"苏明的话显然言不由衷，这时他伸手在腰带上轻轻地划了一下。所有士兵都像触电一样哆嗦了一下，一部分士兵很快恢复正常，而大部分则变得像木头人一样，僵硬地站立着。

或许是担心场面失控，黑龙下意识地向后退了半步，手扣到了腰间的皮带扣上。

"不必担心。"苏明瞥了他一眼，"海恩指挥程式已经开始加载了。"

黑龙没有回应，轻轻扣动皮带扣上的一个小开关。一种沥青似的黑色黏稠液体从皮带扣里溢出来，迅速地顺着他的紧身 T 恤和牛仔裤向全身扩张，形成一件黑得发亮的紧身衣，将他的全身紧紧包裹起来，而且在头部、胸部和背部以肩、肘、膝盖等关节处长出了突起的盔甲。这是拉维战甲，比苏明等穿着的撒丁战甲更高级。"把作战计划发给我。"

"我说过，你不必参与。"

"阻止我试试。"

苏明看了黑龙一眼。虽然作战服已将两人的眼睛都保护了起来，两人不可能用眼神进行交流，但是黑龙的态度还是明显地从身体的各个部位显现了出来。"别碍事。一切按计划进行。"苏明说完，转身走出了大厅。他手下的士兵们列队跟着，然后分别坐上了停在外边的十几辆汽车。

没有一个人发出声音，也没有一个人有犹豫或迟疑，就像演练过无数次一样。

黑龙看着他们上车，心中不由得佩服海恩指挥程式的强大。有了这个指挥系统，这些士兵将把整个作战计划执行得天衣无缝。还存在漏洞吗？黑龙仔细地审视着苏明的计划。没有，完全没有。从一开始就完全不给对方留下任何机会。

"你是和我一起去，还是在这儿穿着拉维战甲摆酷？"如果不是听声音，黑龙根本辨认不出从车里探出头来的人是苏明。"我建议你还是待在我身边比较好。"苏明拍了拍身边的座椅，甩了下头，示意黑龙上来。

黑龙一声不吭地上了车，坐到苏明身边。他心里不太舒服。苏明的计划太好，比自己设想得更周密，很可能比自己先抓住林鹤。他又想不出什么太好的应对办法，只能走一步、看一步。

"我要接入，作为旁观者。"黑龙犹豫了半天，说道。

"当然。"苏明倒是显得很大度，"但是，我得事先声明，如果你想破坏我的行动，我不会放过你。"

"我只要林鹤死。"

"你就那么在乎？"

"是。怎么，舍不得？我知道你和林鹤的关系。"

"他非常优秀。说实话，当年倒是真有心将他发展为我们军团的成员。很可惜，他没有迈过去那道坎。"

"你是指 368 行动？"

"这么机密的事情你也知道？"

"我知道林鹤的一切。"

"可怕的对手。"

黑龙得意地歪了下脑袋，很享受苏明的评价。

"林鹤也是。"苏明补充道，"如果再给他一些时间。"

"他没机会。"

"你说得对。"

两人没再说话，直到车停下来。这里距林鹤藏身的锐意科技公司只有 3 公里。时间刚刚好，凌晨 1 点 44 分，距离行动开始还有一分钟。黑龙清楚地感觉到 300 名士兵正在分头赶赴指定的地点。凌晨 1 点 47 分，所有人几乎在同一时间抵达指定位置，顺利完成了第一阶段目标。

仅一秒钟之后，黑龙便觉得一震。他知道，这是 AR 系列攻击卫星发动了磁爆攻击。不到一分钟，系统显示磁爆攻击完成。300 名士兵从四面八方向目标涌去，形成三道立体包围圈。

黑龙当然不会置身事外，冲苏明道："你不去我去。"说着便去开车门。手刚伸到门把手那儿，就被苏明叫住。

"你不觉得这包围圈还有点不完善吗？"苏明问道。

黑龙迟疑了一会儿，答道："天空。如果这是留给我的，那就多谢了。"

苏明哈哈大笑，摇了摇头，拿出一个黑色的方形盒子，在黑龙面前掂了一下。

"引力地雷？"黑龙开始崇拜苏明了。这个东西能在短时间内产生大于地球引力场强度一百倍的引力场，有了它，任何飞在空中的东西都会一头栽下来。

"让我们等着看他们的高空坠落表演吧。"苏明说着一踩油门，车像炮弹一样射向锐意科技公司。

5.突围

警报响了。只有一声，然后黑暗和寂静统治了整个751中心。

"怎么回事？"霍娜大喊，可是没有人回应。

在黑暗之中，林鹤看到刚才还在配合着自己紧张工作的十几名工作人员已经全都瘫倒在了地上，屋里只剩下霍娜和自己两个人还神志清醒。林鹤一把抓住霍娜的胳膊，说："他们都是机器人？"

"是的。怎么了？"

"是磁爆攻击，现在肯定有敌人入侵。但愿这个基地的保卫不是都靠机器人。"

正在这时，外面传来一阵急促的脚步声。"所有系统都失灵了。"一个身材不高的年轻小伙子手拿着电筒，急匆匆地推开房门，冲林鹤和霍娜大喊，"情况紧急，快跟我来。"

林鹤和霍娜跟着小伙子绕过回廊，沿着楼梯迅速向楼下跑去。小伙子是这里为数不多的人类战士。他告诉林鹤和霍娜，751中心刚刚遭遇了罕见强度的磁爆攻击，除了位于地下室的后备仓库中存放的那部分之外，所有防御系统包括单兵装备都已经失灵了。由于后备仓库外面有高强度防护层，在仓库里存储的装备不会受到磁爆攻击的影响。现在所有人都在向那里集中，从那里获得武器装备后，再组织防御。

　　他们刚刚走到二楼，林鹤已经感觉到大批敌人正在涌入大楼。很快，枪声响了起来。是自动步枪的声音。这意味着战士们在没有拿到高科技的武器装备的情况下就与对方交火了。林鹤感觉到一道道灼热的射线，在楼下织成了一张巨大的网。楼板不住地伴随着人的倒地声微微颤动，空气中传来蛋白质烧焦的臭味。林鹤知道，已经至少有30名士兵战死了。"别下楼。"林鹤大叫道。可是太晚了，一束激光从楼下射上来，洞穿了小伙子的脑袋，留下了一个杯口大的冒着白烟的窟窿。

　　林鹤来不及细想，一手抓住霍娜的胳膊，把她拖进了旁边的一间屋子。这是一间实验室，里面满是贴着不同标签的瓶瓶罐罐，却没有一点可以用来防御的武器。

　　敌人已经向楼上冲来。他们已经发现了自己，径直向这里冲过来。怎么办？林鹤正手足无措，霍娜却纵身扑向了靠墙的柜子。这个柜子保护得很严实。柜门看上去像是普通玻璃，其实却是强度极高的高分子聚合材料，配合着科技感十足的电子锁，一般情况下根本不可能轻易打开。不过，现在显然是个"二般"情况，电子锁已经完全失效。霍娜一把拉开柜门，迅速从里面抓起两个试剂瓶。

　　"站到这里来。"霍娜招呼林鹤站到自己身边，然后将其中一瓶试剂围着两人所站之处洒了一圈。试剂落到地板上之后，迅速渗透了进去，接着便冒出一阵轻烟，发出刺鼻的味道。

　　林鹤只觉脚下一轻，整个楼板竟然完全陷了下去，带着自己和霍娜向一楼坠去。半秒钟之后林鹤和霍娜重重地摔在一楼的地板上。不过他们的形势并没有因此变得更好。在他们的旁边，有至少8名身穿撒丁战甲的士兵，正虎视眈眈地看着他们。

　　就在这些士兵向他们举枪射击之前，霍娜将另一瓶试剂向四周泼洒开去。那试剂一遇空气，立即绽放出蓝色的火花，接着便形成一片火海，继而化作排山倒海的巨浪，将整个一楼彻底吞噬。

◎ 天劫：赫亚降临

在火花转化为火焰之前，林鹤和霍娜身下的楼板已再次塌陷，两人一边看着火焰在自己头顶咆哮，一边掉到了地下室。林鹤还没来得及喘口气，地下一层的楼板也烂穿了。两人再次下坠。

"地下室有几层？"林鹤叫道。

"六层。"

"你准备就这样一直往下掉？"

"到 B5 就行。走。"霍娜说这话的时候，两人正好落在了 B5 的地面上。赶在地板再次塌陷之前，两人向旁边纵身一跃，勉强挂在了塌陷形成的洞口上。

爬到地面上以后，林鹤喘着粗气回头看了看。窟窿黑洞洞的，深不见底。

"看什么看，快走吧。"霍娜催促道。

"我想看看它到底能有多深。"

"也就一公里左右。"

"太夸张了吧。"话音未落，一股水柱从窟窿里喷涌而出。林鹤吐了吐舌头，自言自语道："用这玩意打井，效果还真不错。"

两人很快就与先期下楼的战士们在后备仓库里汇合了。751 中心以机器人守卫为主，人类士兵的总人数原本就只有一百来人，在敌人的攻击之下，来到这里的人，连同霍娜和林鹤在内只有不到 20 人。其中霍娜军衔最高，成为这支小分队的临时指挥官。

"准备战斗。我们不能坐以待毙。"霍娜一边说着一边走向旁边装着试剂瓶的箱子，从里面拿出了一瓶墨绿色的试剂。

林鹤早就注意到了这箱试剂。刚才那两种试剂的功效让他印象深刻。也许这些试剂也有同样的威力。然而，他很快发现自己错了。

只见霍娜将试剂装入一支注射枪中，对着自己的左臂开始注射。墨绿色的试剂进入了霍娜的体内，沿着血管扩散开来，在几秒钟内使她的皮肤表面呈现出一张墨绿色的网，然后又迅速淡化、消退。霍娜扔掉注射枪，摇晃着靠到旁边的墙上，痛苦分明地写在她的脸上。

大约半分钟之后，霍娜恢复了正常，从地上提起一个箱子，扔到了桌子上。打开箱子，中间放着一个漂亮的银边墨镜。墨镜的旁边，放着4个乌黑的圆饼。一条大约10厘米宽的金属腰带围在最外边。霍娜一边取出腰带，将它往腰上一缠。腰带立即粘贴到她腰腹的肌肤上，林鹤似乎看到有极细的丝状物刺入了她的皮肤。林鹤还来不及惊讶，只见有水银样的东西从腰带中涌出，形成一层薄薄的金属层，沿着霍娜肌肤向身体和四肢延展，最终形成一套仅露出头和手脚的轻便铠甲。

"这是我们的专属装备。你用那个。"看到林鹤看着自己，霍娜一边朝墙角努了努嘴，一边一手一个拿起两个乌黑的圆饼。圆饼刚刚被她握在手心，立即融化成了一种黏稠的液体，附着在她的双手表面，形成了一双手套。见林鹤站着没动，霍娜叫道："看着我干什么？快穿你的装备呀！就你一个人没动了，想死吗？"说话的工夫，已将另外两个圆饼变成了保护双脚的靴子。

"我得学下你们怎么穿的。"林鹤将墙角的箱子提起，伸手去拿试剂，"这个玩意儿怎么用？"

"你用不着注射神经强化剂。这该死的东西是用来保护我们的神经系统不被作战服摧毁的。我们没给你准备作战服。再说，你和我们基因不同，可不敢乱用药。你的装备直接穿上去就行了。"霍娜戴上了墨镜，出乎林鹤意料，墨镜并没有什么变化。"别担心，虽然不是作战服，但也是有进攻性武器装备的。"

林鹤打开箱子，果然，里面并不是像他们用的那种装备，而只是一套普通的飞行服、头盔和手枪。"这个防弹吗？"林鹤扯着飞行服的领子问。

"废话。"霍娜没有太多时间给林鹤解释，转头问道："大家都准备好了吗？"

"准备好了。"除林鹤之外，其他人都已穿好了铠甲和靴、戴好了手套和墨镜。几十秒之后，林鹤也打扮好了，活像一个准备出发的战斗机飞行员。

"怎么出去？"林鹤问道。

"释放飞蚁，重建信息监控网络。"霍娜没有向林鹤做任何解释，直接下达了命令。

林鹤正在奇怪飞蚁是什么东西，一阵微弱的"嗡嗡"声就传进了耳朵里。林鹤扭头看去，从一个旅行箱似的容器里飞出来一群比蚂蚁还小的无人机。它们相互保持着通信联系，从仓库里飞出去，向四周扩散。很快，信息传递了回来，与基地的三维结构图叠加起来，构成了一个日益清晰的三维投影，呈现在大家的面前。

所有人都盯着三维投影。林鹤只看了一眼，就知道这个藏身之处已被发现，敌人正有条不紊地向这边涌来，形成一个漂亮的包围圈。

"这里有条通道可以出去。"有个眼尖的士兵叫起来，指着三维影像说，"这是一条维修通道，看来对方还没有发现。"

他说得很对。于是大家立即行动起来，顺着这条维修通道从地下五层来到了地上一层。可是当他们再次来到地面上的时候，绝望抓住了他们。他们已经被层层包围，这样的包围圈除非长了翅膀，否则绝不可能逃脱。

"唯一的可能是天空。"

"对，那里最弱，可以突破出去。"

"加载引力场推动系统。"霍娜赞同他们的判断，下达了命令。

引力场推动系统是一个小型的背包，有了它就可以摆脱地心引力的束缚。这东西加载起来并不麻烦，一按启动按钮，林鹤便觉得整个人身子一轻，就像进入了太空一般。稍微熟悉了一下操作之后，林鹤就能轻

56

而易举地让自己在引力助推器的牵引下在空中自如移动。

"真是天才啊。"霍娜称赞道,"我当初学这个,花了小半年呢。经常摔得鼻青脸肿的。"

"不得不承认进化人确实比我们优秀得多。"有人附和着。

霍娜说:"所以大家要小心啊,外边这帮可都是进化人呢。而且他们可能也有类似的引力场系统,甚至更先进。一定要小心。出去以后分头走,到 M 点集合。准备好了吗?听我的命令,我数到 3,大家一起冲出去。1、2……"

"等一下。"林鹤道。

"怎么?别担心,第一次飞会有些紧张,但是不会有什么问题。"霍娜拍了一下林鹤的肩膀,"现在,放轻松。准备好,我们……"

"不,我是觉得不对劲。"林鹤再次拦住了霍娜。

"什么不对劲?"

林鹤犹豫了一会儿,说:"大家听说过围师必阙的道理吗?一个包围圈如果有明显的漏洞,那么在这个漏洞的背后很可能就是陷阱。如果敌人不知道我们可以飞上天空,那么另当别论。既然他们这方面的技术甚至有可能超过我们,他们就没理由忽视这条路。"

"也许他们不知道……"有人说。

"不,他们知道,交过这么多次手。怎么可能不知道?"霍娜不耐烦地打断道。从她的神情,林鹤看得出她已经认可了自己的判断。

"还有没有别的办法?"林鹤问。

霍娜咬着下嘴唇摇了摇头,说:"现在恐怕只有固守待援了。"

"现在没人会来救我们。"一名战士叫道,"长官,你应该知道,求救信号根本发不出去,我们完全被隔离了。"

"总部联系不上我们,会发现的。"另一名战士说。

"那得等到明天早上。我们不能坐以待毙。说不定那就是一个漏洞。"

对生的渴望战胜了理性的分析。战士们普遍倾向于认为包围圈确实留下了漏洞。他们叫嚷着："我们不能等死。与其这样，不如赌一把！"

虽然已经认定那是个陷阱，但是林鹤缺乏有力的证据说服大家。

"我们现在就冲出去。"有人已经要行动了。

"不行。"霍娜挡在他们面前，"我必须对你们的生命负责。不能轻率行动。"

"我们的生命我们自己负责。"

霍娜大声喝道："你们是军人，必须服从命令！人家理性一点吧，一个能布置如此完美包围圈的人，怎么可能留出这样的漏洞呢？"

所有人都沉默了。林鹤能听到外面的敌人正向这里包抄过来。自己的时间不多了，

"其实还有一条路可以试一下。"一个看上去很文静的小个子怯生生地说。

"什么？快说。"大家急切地问。

他清了清嗓子，说："昨天刚刚安装了一套四维瞬移系统，就在三楼B2实验室。"

"四维瞬移？那是什么？"林鹤原以为只有自己不知道。没想到其他人同样是一副疑惑不解的样子。

"四维瞬移，就是利用第四维空间，实现三维空间物体的瞬间移动。"小个子自己也觉得这解释其实跟没解释一样，补充道，"简单说吧，在一个平面上从一点到另一点，走直线最快。但是，如果把平面弯曲，就能让这两点重合，那么就比走直线快得多。把平面弯曲必须利用第三个维度，在三维空间中完成。同样道理，要扭曲三维空间来实现三维空间中两点的重合，必须再增加一个维度，在四维空间中完成。这就需要……"

"现在，不是普及知识的时候。"霍娜叫道，"经过磁爆攻击后能用吗？"

"B2 实验室安装了防护装置，我想应该可以吧。"

"可以移多远？"

"跟可用能量大小有关。说明书上说四维瞬移所需能量与移动距离正相关，还有一个计算公式。"

"不管它，就这么办。"霍娜叫道，"快，一起去 B2 实验室。"

所有人都向三楼的 B2 实验室冲去。在途中，他们不出意外地遇到了敌人的拦截。由于已经加载了作战装备，在战斗中他们并未落于下风。经过一番激战，他们总算来到了 B2 实验室。

林鹤迅速清点了一下人数，只有不到 20 人了。敌人则在源源不断地涌来。

"说明书在哪里？"霍娜话音未落，小个子已经递过来一本比《不列颠百科全书》还厚的大部头。霍娜把说明书扔给林鹤，叫道："你来弄，我断后。"说着，冲出实验室的大门。

林鹤以最快的速度翻看了下操作规程，然后指挥大家七手八脚地启动了四维传输装置。这时，只见在地面上的中央偏左位置出现了一个黄色方框，长宽大约 3 米不到，框内显示着蓝色的"传送区"字样。林鹤招呼大家跑到区域里边，按下了启动按钮一阵蓝光闪过，第一批传送的 10 名士兵们已经不见了。

林鹤紧接着又传送了一批，实验室里只剩下自己。他大声招呼霍娜："快进来。大家都走了，我们一起。"

霍娜一边对外射击，一边退进实验室。林鹤立即启动了瞬移装置，然后拉着霍娜进了传送区域，叫道："你的任何部分都不要出这个立方体。否则……"话还没有说完，林鹤就觉得天旋地转，四周出现许多光怪陆离的画面，耳朵里传来若有若无的嗡嗡声，身体似乎被无形的绳索捆着，毫无规律地拉扯着，不仅动弹不得，更有被五马分尸、撕成碎片的感觉。突然，林鹤觉得有种巨大的力量将他压向地面，他的双腿无法支撑，左膝盖跪到了地上。然后一切恢复了正常。林鹤抬起头，发现自己在两堆集装箱之间的巷道里。霍娜在 5 米外，扶着一个集装箱，头上不知什么时候已经戴上了头盔，浑身没有一丝肌肤露在外面。

"报告情况。"耳机里传来霍娜的声音。

可是没有任何回音。

"我们现在在哪儿？"霍娜四下张望着朝林鹤走了过来，"这好像是一个集装箱码头。离 751 中心最近的集装箱码头也有几十公里，我们被转移了这么远？"

"不只几十公里。"林鹤摇了摇头，"我们现在已经不在上海了。"

"什么？"

"刚才我们启动机器的时候没有时间设定转移的目的地，于是系统自动选择了随机，把我们甩出来了。如果我的感觉没有错的话，我们现在应该在……"林鹤想了一下，"南通。"

"其他人呢？你知道他们去哪儿了吗？"

林鹤摇了摇头。突然，他感觉到一阵莫名其妙的异样，很快他明白了那是空间扭曲造成的扰动。

敌人追来了。他们似乎比自己更适应四维瞬移，刚一完成转移立即朝这边冲过来。

林鹤正要提醒霍娜，却见霍娜朝着人来的方向一挥手，一道闪电从她掌心发出，直击过去。但那人灵敏地一侧身，一边躲开闪电，一边开枪还击。一道流星从枪口直射过来，林鹤这才意识到对方手里拿的并不是普通的手枪。流星在距他们 3 米多远的地方像撞到一堵无形的墙壁一样凌空爆炸，散射成一个火红的弧面，在旁边的集装箱上留下烧灼的痕迹，铁水滴落在地面，发出"滋"的响声。

更多的敌人向这边扑来。霍娜与林鹤两人，一边还击一边飞奔。林鹤从未用过手中的这种武器。从外观上看，它几乎和普通的手枪没什么两样，可扣动扳机后，两者就有了天渊之别。从枪口射出的不是子弹，而是某种闪亮的光粒。林鹤只能看到一道道亮光，感觉比普通子弹快得多。与手枪的另一不同之处在于这枪完全没有后坐力，就像是玩具。这让林鹤很不习惯，花了好几秒钟，浪费了十几次射击才掌握要领。在那之后，林鹤几乎弹无虚发，亮光一闪，必定击中一个敌人。但是，出乎林鹤意料的是，击中后与没击中几乎没有不同，对方甚至连一个趔趄都不会有。

"这枪的威力也太低了吧。"林鹤叫道，"有没有重武器？"

霍娜瞟了他一眼，道："把枪左侧的刻度拨到底。"

林鹤这才知道这枪的威力是可以调控的。他立即按霍娜所说的将枪威力调到最大，再一开枪，虽然仍旧没有后坐力，但是发出的光弹却足有一个乒乓球大小，呼啸着向敌人飞去。对于林鹤来说，光弹的速度并不快，林鹤估计速度不会超过 150 米 / 秒，比普通弓箭快不了多少。光弹正好击中一名追击者的胸部，立即散射成一朵橘红色的烟花，将他完全包裹住，瞬间化为灰烬。林鹤听到那人的惨叫，心中不禁一憷。好可怕的枪，林鹤心想。可是，没有什么可犹豫的，敌人的火力更猛，身旁的集装箱已经千疮百孔。

林鹤与霍娜在集装箱中的细小巷道中穿行，这种感觉与在丛林中作战极为相似。在这些高精尖的武器面前，集装箱与丛林一样，仅仅能够在一定程度上遮挡敌人的视线，对于武器甚至敌人的行进路线都很难作出干扰。

林鹤一边闪躲逃亡，一边开枪还击。他的枪法极准，有时仅凭着感觉也能准确命中目标。转眼间，十几个敌人已被他开枪击毙。

"没想到你这么厉害。"霍娜不由得赞许道。

"过奖了。"林鹤凭感觉向左侧的集装箱开了一枪，光弹穿过集装箱，打中一个敌人，"不过现在怎么办？敌人在源源不断地出现。"

"救援部队 15 分钟以后到达。"

"你发出求救信号了？太好了。"

"可是……"霍娜正想说什么，一道赤色的闪光从旁边集装箱中窜出来，紧贴着两人的身体掠过去。"啊！"霍娜叫了一声。

林鹤一看，霍娜肩头的铠甲完全被烧穿了，像淋上水的火炉一样冒着白色的烟气。在铠甲之下，血肉模糊，散发着蛋白质被烧焦的味道。

"这……这怎么办？"林鹤不知所措，只知道抱起霍娜闪到一边。

"还好没有直接击中，只是皮外伤。"霍娜咬着牙说。只见她肩头的铠甲重新变成半液态的样子，像有生命一样，覆盖到她的伤口之上。一转眼就与原来完全一样了。

"真是太神奇了。"林鹤把霍娜放下，惊叹道。

"现在可没时间发呆。"霍娜捂着肩头，继续向前跑。

霍娜说得很对，现在他们的形势的确不容乐观。敌人正利用 751 中心的四维瞬移系统将人员一组接一组地转移到他们两人四周，形成越来越紧密的包围圈，无论他们往哪边冲，都无法摆脱敌人的攻击。照这样下去，别说 15 分钟，就连 5 分钟他们都可能支撑不到。

林鹤叫道："你有没有发现，他们中有一些人反应慢，有些人反应快。如果我们……"

"我早发现了。但是，这种分布似乎是随机的。我们没办法进行选择攻击。"霍娜一边说着，一边向对方发出连珠炮似的进攻。她的攻击并不像林鹤那样精确，但威力更大，影响范围也更大，是狂轰滥炸。这种方式的效果颇为明显。林鹤能够清楚地感觉到她的进攻所引发的电磁场的剧烈变化。似乎敌人也受到了这些变化的影响，在霍娜进攻之后，总会出现片刻的迟疑。

这一次也不例外。在霍娜的狂攻之后，敌人再度陷入了短时间的混乱。两人趁机向外冲。现在，他们只需要提防远处敌人的狙击。他们不断变换奔跑的路线，忽高忽低，忽左忽右，再加上作战服的主动防御系统，虽然敌人的远程攻击不断在他们身边掠过，但想要伤到他们却很难。

这时，一个人影突然挡在了他们的正前方。

"林鹤！"那人一声断喝，双臂向前一伸，双手间竟然生成了一个篮球般大小的小太阳，如离弦之箭直射向林鹤的胸膛。

是黑龙。林鹤在听到他声音的那一刹那就认定了他的身份。他与其他人完全不同。从他的穿着，林鹤不难得出这一结论。但是他万万没料到，对手的攻击竟然如此强悍。

看着火球扑面而来，林鹤连忙向一边闪避。然而，那火球却像安装了追踪器一般，凭空地拐了一个弯儿，仍旧朝着林鹤飞来。距离只有十几米，已躲无可躲。

林鹤瞟了一眼霍娜，期望她能够给自己援助。可是她愣在那里，没有半点反应。是的，她不可能有反应。这火球飞行的速度至少有 300 米 / 秒。霍娜只是普通人，她一直仅是凭借作战服的主动防御系统来对抗敌人的攻击，指望她来救自己是不现实的。

火球继续接近，距离林鹤只有 3 米远了。主动防御系统启动。一层无形的墙壁挡在了火球的前方。火球"轰"地撞在了上面，火花四散飞溅，化为无数流星，在周边的集装箱箱壁上灼烧出一个个网球大小的洞，在地面上炸出一个个直径超过 1 米的大坑。但是，火球并未被挡住，它变小了，拖出了长长的尾巴，但依然射向林鹤。

林鹤只觉一股巨大的压力向自己袭来。如果被它击中，一定会连灰都不剩。林鹤想着，奋力扭动腰肢，尽最大努力避免被火球直接击中。他做到了，连他自己都不敢相信，尽管他因此失去了平衡，狼狈地摔倒在地。火球从他的胸前掠过，呼啸而去。就在火球掠过的时候，他开枪还击了。一连 5 枪，完全凭感觉射击。他不指望能够击中对方，只希望能够延迟对方的第二波猛攻。

"快跑。"在这空隙里，林鹤从地上爬了起来，拉着霍娜钻进了旁边两个集装箱之间的夹缝里。"把这些集装箱炸烂，快。"林鹤冲霍娜大喊，像是在下达作战命令。在这生死关头，他恢复了特种兵指挥官的本性，坚定而自信。他来不及告诉霍娜自己的计划，更没有时间解释。对面这条路走不通，必须另外想办法。而任何计划都需要时间来完成。炸烂这堆集装箱产生的巨大热能、震动以及强大电磁场干扰就能为他们赢得时间。

霍娜按他说的做了，没有丝毫犹豫。剧烈的爆炸把他们隐藏了起来。

"那个人是谁？"霍娜问，"他比其他人都厉害，得绕过他。"

"不，正相反。"

"你说什么？"

"把引力场推动系统打开，抱着我，跟我一起飞。把你的所有能量都用来防御。"林鹤说完，一把将霍娜紧紧搂住。两人双脚缓缓离地，然后身子猛然向旁边倾倒，接着便猛然加速，像一枚导弹似的飞出去。

林鹤带着霍娜，先是来了一个S型的摆动，然后径直冲向燃烧、爆炸着的集装箱。虽然烈火和爆炸根本伤不到林鹤、霍娜二人，但是他们还是能够感觉到炙热的空气和横飞的碎屑。

就要冲出集装箱了，林鹤不由得深吸了一口气。集装箱的那一边就是黑龙。林鹤知道，他正瞪大眼睛、张大耳朵、竖起浑身的汗毛搜寻自己。我来了，不会让你失望的。加速，加速，林鹤在冲出集装箱的那一刻把速度提升到了极限。与此同时，林鹤开枪了，向着黑龙可能出现的方向。

0.01秒之后，林鹤看到了黑龙。他刚刚用手轻巧地拨开了林鹤的光弹。两人相距不到10米。林鹤能够听到他的呼吸和心跳，闻到他身上浓烈的杀气，感觉到他的吃惊。

黑龙扬起了手。火球再次在他手中形成。这一次，比刚才更大、更亮。

林鹤眼睛瞪得溜圆，血液几乎要从血管里喷出来。这是千钧一发的时刻，这是决定命运的时刻，成败就在此一击。他调整身体姿态，微微改变运动轨迹，举起枪，扣动扳机。

轰的一声，剧烈的爆炸就发生在他们之间。黑龙被震得向后退了3步。林鹤和霍娜像被击出的高尔夫球一样，刷地飞上了天空。

霍娜在林鹤耳边大声尖叫。尖叫声响彻整个夜空。林鹤放声大笑。笑声划破长空。他成功了。借着爆炸的威力，他把引力场推动系统用到了极致，达到极限的20G加速度。他们彻底逃脱了。

6.弃子

"疯子,疯子。"当霍娜落到地面的时候歇斯底里地大叫着,"这会杀死我们。如果不是因为有作战服及时提供生理干预,我已经死了。"

"别激动,虽然我没事先告诉你,但我真的知道这套装备能让你经受这一切。我的也是。"

"胡说八道。"

"真的,盒子的内壁上有各种极限值说明。其中有加速度一项,是25G。而我的在这里,也是25G。"林鹤解开衣服,扯着内衬里一块写满字的白色衬布,给霍娜看。

霍娜看了一眼,没好气地说:"懒得理你。"

女人生气的时候,最好的办法是让她先自己冷静一下。好在等待的时间并不长。不到5分钟之后,救援部队就到了。两人被救援队带到了龙牙部队的另一个秘密基地,一个位于崇山峻岭之中守卫森严的地方。

站在基地门口迎接他们的是一位美女中校,长相几乎和霍娜一模一样,就连个头也差不多,只是比霍娜略胖一些。林鹤看了看她,又看了看霍娜,问道:"你们是孪生姐妹吗?"

霍娜还没开口,美女中校抢先说:"我们并没有血缘关系,只是我们都注射了同样的基因优化试剂。"

"什么？"林鹤大吃一惊。他原来以为只有自己的基因被改变了，没想到龙牙部队中也在进行基因改造。"那么，从基因学上讲，你们还是人类吗？或者像我一样变成了进化人？"

"我们依然是人类，只是更完善的人类。"美女中校一边引导两人进入基地一边说道。

"更完善？"霍娜冷笑了一声。

"难道不是吗？"美女中校对霍娜的态度不以为然，"我们都变得漂亮了、聪明了，而且原来的一些致病基因也被清除了。这样不是很好吗？"

"好到我们的基因几乎变得一样了。"霍娜的语气依然不阴不阳。

"我理解你的心情，毕竟你原来比我们都漂亮得多，被我们追上总有点儿……"

"胡说八道。"霍娜气得几乎要爆粗口了。

美女中校似乎很享受霍娜被激怒的样子，笑盈盈地看着霍娜，说："你最好控制一下自己的情绪。头儿们都在里面呢。"说着，敲了敲面前的会议室大门，"报告，林鹤和霍娜来了。"

"请他们进来。"里面传来一个浑厚的声音。

屋里并排坐着5个人，最左边的是之前与林鹤见过面的将军，其他4个林鹤之前都没有见过。

首长们示意两人坐下，然后道："作为751基地仅有的两位幸存者，告诉我们当时发生了什么。"

"仅有的幸存者？不可能。我们一共逃出来了17个人。"林鹤奇道，"其他人呢？"

霍娜也道："报告首长，我们是最后出来的，还有些人比我们先逃出来。"

"我们确实收到了好几个求救信号，但是只找到了你们。751基地也完全被摧毁了。我们想知道到底是怎么回事？"

于是，林鹤和霍娜将基地遇袭和他们逃脱的经过原原本本地讲述了一遍。

首长们一边听一边在本子上记着，眉头紧锁，一脸的不快。等林鹤和霍娜讲完，他们又问："之前要你们解密灵动网的内容，结果怎么样？"

霍娜回答道："简单讲，他们正在进行一项名叫'圣灵计划'的行动，不过该计划的具体内容我们并不清楚。而且，他们已经意识到灵动网不再安全，下令中止灵动网的联络，启动了另一个名叫'信使'的通信系统。具体的内容，我已经下载在了这里。"说着，她从口袋里掏出一个U盘，递给了工作人员。然后接着说，"另外，他们进行了一些人事调整，一个叫左锋的人将负责整个亚太战区。"

"我不记得我们的名单里有这个人。"

"是的，他是一个新人，之前没有和我们交过手。而且，他们内部对左锋似乎也并不服气。"霍娜说，"因此，我认为现在可能是进攻他们的一个时机。"

"可是他上任第一把火就把我们的751中心给毁了。"

"但是这也暴露了他们的力量。"霍娜信心十足地说，"通过分析这次攻击，我相信，要不了几个小时我们就能够找到他们的基地。"

"哦？你准备怎么做？"

"他们投入了几百人对751中心发动进攻，我们只要调取751中心周边所有的摄像头资料，就能够掌握他们来自哪里。"

首长们点了点头，又问林鹤："你认为呢？"

"我……"林鹤犹豫了一下，把心里想说的话压下了，"我没意见。"

"好，那就按你们说的去做。"首长们下达了命令，"不过，别把事情闹大，毕竟现在这还是一场隐秘的战争。"

有了首长们的认可，行动立即展开。而事情比想象的还要简单，不到一个小时，他们就已经锁定了对手基地的所在地——盾安科技公司。很快一个作战方案就拟定了出来，上级决定以牙还牙。一个小时之后，龙牙部队将出动，一举消灭这股忠于赫亚的势力。

林鹤也被安排参加这次行动。正当他在进行战前准备的时候，突然转来一个电话。谁会在这个时间给自己打电话？谁又能找到身处秘密军事基地之内的自己？林鹤摸不着头脑。而当他听到对方的声音时，整个人更是惊呆了。

"林鹤，在吗？我是苏明。"

林鹤的手僵在那里，心脏狂乱地跳动着。耳机里的声音平静而深沉地继续说："有15个刚才和你在一起的人，现在在我手上。他们是生是死完全掌握在你的手里。你在吗？"

"我跟这事儿没关系。"林鹤尽最大努力压抑自己的情绪，缓缓地说。

"不，显然不是。"苏明说着笑了笑，笑声里透着阴冷的气息，"对于赫亚的伟大事业而言，你是最大的威胁。领袖亲口对我说，要么你站到我们这一边，要么就与死神做伴。"

"我不会和你这种人在一起。"

"你还在为我没派兵接应你而生气？这件事我已经跟你解释过很多次了。"

"我不想听。"

"那好吧，我们就说现在的事。你如果想让这些人活下来，今晚12点以前到盾安科技公司来找我。"

"如果我不来呢？"

"你不会愿意知道那样的结局。很恐怖、很悲惨的结局。"

"你少吓唬我。"

"我没有。等着你。"

他们居然主动暴露自己基地的位置，而且竟然以15名士兵作为人质邀自己前往。这究竟是一个空城计？还是真的有恃无恐？林鹤来不及理出个头绪，立即向上级申请重新考虑这次作战。

"行动照原计划进行。"上级驳回了林鹤的要求。

"那被俘的 15 名士兵呢？你们不能不管他们的死活！"林鹤争辩道。

"作为军人，应该有随时为国家牺牲的觉悟。"上级丝毫没有让步，而且干脆剥夺了林鹤参与这次行动的权利。或许是为了不让他无所事事，上级命令他和霍娜一起前往北京，向中央首长汇报 751 中心遇袭的经过。

林鹤坐在前往北京的飞机上，看着窗外的白云，脑子一片空白。他什么也不想想。只有这样，他才能不太难受。霍娜坐在他的身边，低着头打盹。这段时间她确实累得够呛。

林鹤早已疲惫不堪，不一会儿工夫，也迷迷糊糊地睡着了，然后进入了他熟悉得不能再熟悉的梦境。他回到了茂密的丛林之中。他和他的队员们一声不响地沿着小路穿过灌木丛，蹚过小溪，爬上岩石。他不知道要去做什么，只知道自己的妻子和儿子正在前面等着自己。他们来干什么？林鹤想不明白，也不想想明白，他只想快点见到他们。他开始飞奔，可是脚步却无比沉重，怎么也跑不快。眼看着自己掉了队，却听到有人在背后喊自己。他回过头，看到满身是血的战友陈一龙趴在地上，眼睛直愣愣地盯着自己，用嘶哑的声音喊着："照顾好我儿子！照顾好我儿子！""老陈，我……"林鹤刚想说什么，突然眼前火光一闪，妻子和儿子在火里哭喊着求自己救他们。

"是做梦，是做梦。"林鹤大声地叫着，强迫自己清醒过来。他终于回到了飞机上，一切都归于平静。

"做噩梦了？"霍娜问道，"你没事儿吧？"

林鹤一边大口大口地喘着粗气，一边摆了摆手。突然，林鹤感受到了那天在看守所里同样的信号，来自飞机通信系统的信号，来自灵动网的信号。

"怎么了？有什么不对？"霍娜察觉出林鹤的异样。

"灵动网又启动了。"林鹤简单地向霍娜解释了一句，心思则放在灵动网上。这一次，灵动网里的人非常少，只有一个人。林鹤感觉他就静静地坐在自己对面不到两米的位置。

他是谁？怎么与他交流？虽然从生理上说林鹤完全可以使用灵动网的所有功能，但是他毕竟还需要时间来适应。过了大约十几秒钟之后，他终于看清楚了自己对面的那个人，竟然是赫亚军团的领袖达萨耶夫。与之前完全不同，现在他就像是一个和蔼可亲的老人，正用一双慈祥的眼睛看着自己。

"孩子，你好吗？"达萨耶夫开口了。

林鹤真不明白他为什么叫自己"孩子"，更不明白他为什么会来找自己，只能简单地嗯了一声，算是回应。

"命运实在是个很有意思的东西。"达萨耶夫继续说着让林鹤摸不着头脑的话，"无法掌握自己的命运，这就是人类最大的悲哀。而尤其悲哀的是，你，一个进化人，居然让人类掌握你的命运。"

"你什么意思？"

"别被他们欺骗了。我们才是同类，我们才是未来地球的主宰。当赫亚的光辉照耀整个地球的时候，我们将创造比人类文明伟大、先进得多的文明。到那时，再也没有生态危机，再也没有环境污染，所有的动物、所有的植物，甚至真菌、细菌，整个生态圈都将为之欢呼雀跃，除了人类。"

"除了人类？你要把人类灭亡，是吗？"

"不。"达萨耶夫回答得斩钉截铁，"人类仍将存在，我们会和他们和平共处。到那时，他们会意识到自己除了融入我们的文明之外，别无出路。"

"既然如此，赫亚为什么不能用和平的方式来到地球，而要挑起战争？"

"你错了。战争不是我们挑起来的。是他们，是他们对我们发动进攻。他们害怕更先进的文明，那些政府高官、富豪，那些所谓的社会精英们，他们害怕失去他们拥有的一切，他们是既得利益者。他们仍然想要统治地球，占有和消耗地球上的绝大部分资源，他们不愿意让这些资源由地球上的所有生物共享。"

听了这话，林鹤不由得觉得他说得也有一些道理。

达萨耶夫接着说："他们这些人，为了自己的利益，从来不顾及别人。他们发动战争，让无辜的百姓、士兵去牺牲。你知道吗？为了摸清我们的实力，他们故意引诱我们进攻751基地。我们照做了，而且让他们以为我们的总部在盾安科技公司。他们现在误以为一切都在掌握之中，而且由于你已经告诉他们我们不再使用灵动网，他们认为你已经毫无价值。出于对我们进化人的不信任，他们要消灭你。很快，他们就将出手进攻你现在所在的飞机。"

"你说什么？"林鹤无法相信他的话。

"这是整个计划。"达萨耶夫说着向林鹤展示了一个数据包，为了让林鹤更加相信自己，达萨耶夫接着说，"你如果不信，可以用飞机上的电脑接入国防部的指挥专网，查看一下他们的兵力部署。这是获取最高权限的解密算法。"说着，又向林鹤发送了一个数据包。"如果你能够迷途知返，我会救你的。最后，祝你好运！"说完，达萨耶夫就消失得无影无踪了。

"嘿，我要用下飞机上的电脑。"林鹤冲乘务员嚷道，话音未落人已经迫不及待地冲到了驾驶舱的门口。他知道，在这架由运-10改装的专机的驾驶舱里有电脑连接着指挥中心。

"这可不行。不符合规定。"乘务员还没回话，陪同林鹤和霍娜上北京的一名中校就伸出胳膊拦在了林鹤身前。

林鹤瞟了他一眼。中校年纪和自己差不多，身材微胖，无论从体态还是气质上都能看出是个文职。对于军中的文职人员，林鹤从来就没有什么好感。

因此，林鹤根本没有搭理他，伸手把他推到一边，直接叫乘务员开驾驶舱的舱门。

"你！"中校不服气地冲了上来，一把揪住了林鹤的袖子。

林鹤恨不得给他一拳，手已经扬了起来，却被霍娜一把拉住。霍娜问道："到底怎么了？"

林鹤没有回答，他现在急于想知道达萨耶夫说的是不是真的。如果他说的是真的，那么自己所在的这架毫无战斗力的飞机将很快处于敌人的攻击之下。林鹤一把从乘务员手中抢过开舱门的 IC 卡，正要去开门，却被中校抢过来，抓住了手腕。

林鹤真的有些生气了，他恶狠狠地瞪了中校一眼。就在他们目光相触之时，林鹤突然觉得似乎通过中校的眼睛看到了自己的影像。林鹤愣了一下，但并没有多想，嘴里喊了一句："让开。"说着，从中校手中挣脱了，伸手去开舱门。

这一次中校没有再拦，而是缓缓地、木讷地退到了一边，脸色惨白，身体不停地发抖。林鹤并不知道，就在刚才自己的脑电波已经对中校的中枢神经造成了巨大的伤害。

林鹤没有管他，径直进了驾驶舱。

由于飞机现在处于自动巡航阶段，机长和副驾驶正清闲地拉着家常，看到林鹤进来，都用疑惑的目光盯着他。

"我要用机上的电脑。"林鹤开门见山。

"你没有这个权限。"机长的回答简单明了。

"我只想看看现在到底发生了什么。"林鹤说。

"发生了什么？"机长和副驾驶一脸莫名其妙的表情，"一切都正常啊。"

"可是刚才有人告诉我，我们正暴露在敌人的攻击之中。"

"不可能。"副驾驶转过身来，在键盘上敲击了几下，调出了周边形势图，他一边看着图一边说，"一切都很正常，而且还有一些无人机在护航。"

"你的权限不够。"林鹤挤开副驾驶，迅速地将系统切换到编辑状态，然后录入从达萨耶夫那里获得的算法代码，前后不到两分钟时间，他就获取了最高指挥权限，将整个军队的部署情况一览无余。

"天哪！"不光是林鹤，机长、副驾驶、霍娜甚至连乘务员都被电脑屏幕呈现出来的景象惊呆了。军队防空导弹系统已经将这架飞机标注为入侵者，有几个导弹阵地已经进入发射准备状态，就等一声令下了。

"他说的没错。可是要杀的人是我啊！"林鹤一拳狠狠地砸在机舱壁上，发出"咚"的一声闷响，"你们只是弃子。"林鹤脸上露出了一丝惨淡的笑容。

"什么？"

"你下过棋吗？中国象棋、国际象棋或者围棋。"林鹤问了问题，但并不在乎是否有人作答，接着说，"为了达到战略目的，一些棋子会被主动放弃掉，或者不顾它们的死活，或者让它们主动身陷险境。所谓弃卒保车、弃车保帅、弃子争先、弃子成杀。"林鹤顿了一下，指指自己，又指指霍娜和身边的所有人。"你们在这局棋里，就是弃子。为了杀我而不得不放弃的弃子。这就是战争。曾经我很欣赏《士兵突击》里所说的'不抛弃，不放弃'的格言，把它用到了自己的队伍里。可是，当真正上了战场时，我才知道，这是个弥天大谎。抛弃无处不在。为了胜利，你会被别人抛弃，你也会抛弃别人。你会抛弃你的部下、你的战友、你的朋友，送他们上不归路，让他们身陷险境，然后见死不救，眼睁睁地看着他们受伤、流血、死亡，甚至要亲手杀了他们。亲手！亲手！"林鹤越说越激动，眼泪夺眶而出。那尘封已久的记忆突然打开，心底积蓄的感情像决堤的洪水般倾泻而出。他用拳头捶打着机舱壁，脸贴在上面号啕，直到双腿再也无力支撑身体的重量，像一摊烂泥一样贴着墙滑下来，在墙角堆作一团。

正在这时，副驾驶突然指着显示屏大叫起来："你们快看，他们动手了！"

大伙儿一齐看向他手指的地方，那里的几个圆点的颜色由黄色变成了红色。除了乘务员和仍旧傻站在一旁的中校之外，他们都对这样的标志再熟悉不过了。这意味着这几个作战单元进入了战争状态。他们总共向林鹤他们发射了 16 枚地对空导弹。

"这怎么可能？"机长大叫。

"不，不可能。"霍娜向后退了一步，靠到了驾驶舱和客舱的隔墙上，双手紧抱，"首长们不会像你说的那样，他们不是赫亚的人，不会做这种没有人性的事情。对了，一定是敌人入侵了系统，让我们自相残杀。林鹤，不要相信那些人的鬼话。"

"是吗？"林鹤也突然意识到这可能是对方的计策。但是，现在不是想这些的时候，现在关键是逃命啊。林鹤叫道："跳伞吧。"

"如果跳伞可行的话，这个问题也就太容易解决了。"达萨耶夫突然出现在林鹤的身边，在灵动网里。

"什么？"林鹤叫出声来，立即意识到现在跳伞已经来不及了。现在飞机的飞行高度是 13000 米，在这样的高度跳伞，如果没有配备特殊的装置其实和自杀没有太大区别。而现在要想把飞行高度降下去，时间根本来不及。"那怎么办？"林鹤迟疑了，几乎绝望地看着达萨耶夫。在潜意识里，林鹤不自觉地生出这样的想法：在这个时候，只有他能够救自己。

"信仰赫亚！"达萨耶夫平静而又庄严地说道，"这是你唯一的出路。"

林鹤呆住了，他不知道该怎么办。这就是达萨耶夫在逼他投降！投降，作为军人，他实在不愿意做出这样的选择。然而，可能真的没有别的办法了。不是为了他自己，而是为他身边的这些无辜的人。

在他的身边，机上的其他人一边忙着准备跳伞，一边尽力降低飞机的飞行高度。从他们的表情上可以看得出，他们知道自己是在和时间赛跑。伴随着报警系统的"嘀嘀"声，地对空导弹正在迅速接近，时间越来越少。系统已经提示，再过20秒，导弹就会击中飞机。

"开舱门，跳伞！""不行，太高了。""等不了了。"……机舱一片混乱。

林鹤的脑子更乱。他知道只要自己点点头，自己和身边的这些人就能保住性命。可是，问题没有那么简单。林鹤并不知道，赫亚是将摧毁人类文明，把地球变成炼狱，还是真如达萨耶夫所说，要将地球文明推向一个全新的境界。如果是前者，那么自己一旦信仰赫亚，就会成为外星入侵者的帮凶，地球和人类的叛徒；如果是后者，自己若是拒绝信仰赫亚，那么到头来不但害自己和大家白白送了性命，而且会被后人嘲笑为一个妄图阻挡历史前进车轮的可怜虫。

就在众人乱作一团、林鹤犹豫不决之时，突然，机舱外的天空黑了一下，然后又恢复原状，就像是老天爷眨了一下眼睛。先前急促的报警声消失了，机载电脑的显示屏上出现"连接中断"四个大字。

"到底出了什么事？"大家大眼瞪小眼，全都一脸茫然。

"我们离开了原先的位置。"林鹤小声嘟囔了一句。

"什么？"大家吃惊地看着林鹤，不明白他的意思。

其实林鹤自己也不能完全明白自己所说的话究竟意味着什么。他只是有一种不可名状的隐隐的感觉，那就是他们刚刚穿过了一个奇异的空间，从一个位置瞬间到达了另一个位置。就像是之前他和霍娜所经历过的四维瞬移，但似乎比那更加奇妙。他来不及多想，冲到驾驶台前，迅速地检查了一下控制系统。不出所料，控制系统已经被入侵了。

机长确认了他们的处境，由于所有的控制均由电子系统管控，现在他们什么也做不了，甚至连舱门都打不开了。

"自动化的恶果。"霍娜用略带自嘲的口吻说，"现在我们成了空中监狱中的囚犯了。"

"难道之前就没有考虑过系统失控的情况吗？"林鹤对此颇为不解，他还记得自己在部队时有这样一条铁律：绝不能太相信机器。

机长无奈地说："我们所有飞行员都提出过抗议，但是……"他耸了耸肩，没有继续说出大家都已猜到的事实。

"愚蠢！"林鹤猛地敲了一下舱壁，发出咚的一声响。

"不是愚蠢。"敲击舱壁的声响还在回荡，舱内的喇叭突然响了起来，"如果没有这套设置，你们已经完蛋了。"

"谁？"所有人的心里都有这样的疑问。有几个人不由地喊了出来。

喇叭里的声音并没有回答这个问题，接着说："别着急，我们很快就会见面。5 分钟之后，你们就会降落在东京羽田国际机场。"

"这是开玩笑吧！"机舱内一片哗然。就在几分钟之前飞机还在山东上空，5 分钟后居然会降落到日本东京，而且一架军机堂而皇之地降落到繁忙的民用机场？然而当他们透过窗户朝外望去的时候，他们信了。东京塔就在他们眼前。

很快，飞机真的降落在了羽田机场。在众多波音、空客之间，这架绿色军机无比显眼。整个机场都因这个不速之客而忙碌起来，大批军警从四面八方包围过来，所有人的目光也向这里聚集过来。照片、视频迅速传遍了网络上每一个角落。所有不明就里的人都在议论，是什么人在叛逃？

林鹤等人看着飞机外面重重的包围，想着机舱门一旦打开，那些荷枪实弹的日本人就会蜂拥而入。然后，应该对他们说什么呢？这真是个问题。

◎ 天劫：赫亚降临

林鹤用手扳了一下舱门的把手，还是紧锁着。林鹤正奇怪，突然天空又眨了一下眼睛。当林鹤等人再向外看时，外面已经不再是羽田国际机场。他们来到了一个巨大的房子里面。

这时机舱门开了。

7.噬血兽

"你们又失败了。"左锋面无表情冷冷地说道。

在左锋的对面，黑龙和苏明像两个没完成家庭作业的小学生，低垂着头怯生生地站着。这两天他们已经真正见识了左锋的可怕。他们甚至怀疑左锋不是生物体。因为他太强大了，强大到不但可以洞察这方圆数公里内的一切，而且可以直接控制这里所有的电子设备，使其如同他自己的手和脚。

"我曾经说过，如果你们3天之内杀不了林鹤，我就亲手杀了你们。现在已经是第三天的早晨了，而你们甚至连他去哪儿了都不知道。"左锋的语气平和，但却充满了杀气。

"应该不会太远。"黑龙鼓足勇气开口道，"根据我们检测到的空间扭曲情况看，他应该还在东亚地区。"

"东亚？"左锋哼了一声，双手抱在胸前，把脚抬起来搁在了面前的老板桌上，"不如说他还在地球上好了。"

"我们是不是不必过于担心他。"苏明瞟了一眼左锋，见他正恶狠狠地盯着自己，不由得打了个冷战，忙补充道，"我的意思是，既然灵动网已经关闭了，他一个人其实也不会造成多大的……"

"你们懂个屁！"左锋粗鲁地打断道，"你们以为领袖调动这么多资源，只是为了消灭一个偷听灵动网信息的探子吗？他是唯一能够破坏我们计划的人。"

黑龙和苏明偷偷地对视了一眼，马上明白听不懂左锋的话的人并不是只有自己，心里不禁同时冒出一个疑问："为什么他是唯一能够破坏我们计划的人？"

他们并没有把疑问提出来，但左锋已经从他们脑电波的变化中读懂了他们的心思，当下解释道："他是这个世界上第一个完全由阿尔法种子试剂改造的人。而阿尔法种子试剂是我们第一次成功地在同一种试剂中实现自进化和他进化的完美结合。所以，从基因上讲，他拥有无限的潜力。"

"我记得，完全由一种种子试剂改造的人是不可能存活 1 年以上的。"苏明说罢看了黑龙一眼，希望从他那里得到支持。

黑龙点头道："没错，必须服用抗 DNA 衰变的试剂，否则最多 1 年，就会完蛋。"

"愚蠢！"左锋咆哮道，"你们两个的脑袋里装的是糨糊吗？"

苏明和黑龙完全不知道自己说错了什么，只好机械地回应："属下愚钝。"说完，战战兢兢地靠墙站着，一脸茫然。

"看来只能告诉你们该怎么做了。"左锋看着他们两个，无奈地叹了口气，稍稍停顿了一下，左锋用不容置疑的口吻命令苏明，"苏明，你去启动遍历搜索，让所有潜伏程序反馈当前系统信息和所在位置。这样，就可以激活潜伏在他刚才搭乘的那架飞机上的信息系统内的程序，也就能找到那架飞机。限你半个小时之内找到他，然后四维瞬移过去，杀了他。"

"是！"苏明立即立正，大声领命。

"还有，把这个带上。"左锋说着，扔了一个高尔夫球般大小的金属球给苏明，"过去之后，扔掉它，它会自己行动的。"

苏明低头看了一眼手中的金属球，虽然看不出有什么特别之处，但是能感觉到里面布置着极为精巧的电子设备，也不敢多问，连忙答应一声，一转身出去了。

黑龙本来准备和他一起离开，却被左锋叫住。好在左锋没有继续责难他，而是换了一个话题，问道："和外面叛军的司令部取得联系了吗？"

黑龙如释重负，忙回答道："已经联系上了。对方让我们立即投降，否则就会发动强攻。他们根本不在乎我们手上的人质。"

"我们手上的人质？你是指那15个俘虏和原来在这里上班的300多人吗？"左锋冷笑了一下，"你把他们当作人质？"

黑龙愣住了，疑惑地反问："难道您让我们把人集中到会议中心不是……"

"哈哈"，左锋干笑了两声，"等会儿让你开开眼。那个叛军司令叫什么名字？"左锋一边说着一边已经打开了与叛军的通信界面。

"叫黄胜华。"

"黄胜华司令，对吗？"左锋冲着悬浮在面前的三维电子影像说道。

"我是黄胜华，你应该清楚你们现在的处境，放下武器投降，是你们唯一正确的选择。"黄胜华的回复刚正有力。

"我很清楚现在的情况，可是你们并不清楚。"左锋淡淡地道。

"你以为你们手里有人质我们就会投鼠忌器吗？"黄胜华提高了声调，"别痴心妄想了。我们希望你们释放人质，但是绝不会乞求你们释放人质。"

"人质？"左锋冷笑了一声，"在谈人质的问题之前，我想跟你谈谈能源问题。"

"能源问题？"左锋的话显然出乎黄胜华的意料之外。

"你认为我们会把整个基地的能源供应交给国家电网吗？"不等黄胜华回答，左锋立即给他拉过来一个画面，"这才是我们的能源中心。"

◎ 天劫：赫亚降临

画面上有一个奇怪的设备，像是从地面升起的巨大爪子。在爪子中央有一个发出刺眼光芒的球体。球体的表面起伏不定，似乎正在发生着剧烈的化学反应。

"这就是你们人类梦寐以求的受控核聚变装置。"左锋解释道，"就在这座楼的地下，有3个这样的装置，给我们的基地提供充足的能源。"

黄胜华的脸扭曲了，颜色由原来的黑中透红变成了青色。

左锋嘴角向上扬了一下，说："如果控制装置受到破坏，那么这3个能量源将瞬间变成3颗爆炸的氢弹，当量数据我就不对你这样的外行说了。你只需要知道，以这里为圆心，500公里以内，将寸草不生。现在，你再估算一下我手里的人质数量是多少？"

"你难道愿意与我们同归于尽？"

"错！"左锋大声道，"看来我真是高估了你们人类的智商水平。我只需要0.1秒就可以离开这里。四维瞬移，难道你以为只有你们有吗？"

黄胜华沉默了。显然在这场交锋中，左锋取得了彻底的胜利。"你想要什么？"黄胜华不得不屈服。

"让你的人有多远给我滚多远。"左锋说完，立即关闭了通信系统。

"您真是太厉害了，几句话就把叛军搞定了。"黑龙赞叹道。这是他的真心话，虽然也带有一点博取左锋好感的意图。

"搞定了，你的大脑难道跟人类一样简单？"黑龙的马屁拍到了马蹄子上，左锋冷冷地回应，"他们会马上调整作战方案，调集新的装备。这大约需要12个小时的时间。所以，在这12个小时之内必须把我们该做的事情做完。"

"那我们下一步……"

"你去会议中心，我会在那里试验M62实验室的产品。"

听到M62实验室，黑龙的心头不禁一紧，听说那里有最厉害的武器。先前左锋命令把所有人类集中到楼顶的会议中心，难道是要用这些人来试验新武器的威力？现在他要自己去，是什么意思？

"害怕了？不用担心，我虽然不怎么喜欢你，但也不至于要杀你。"左锋说道，"万一有危险我会救你的。"

虽然左锋这么说，但事实是不是和他说的一样，黑龙就完全没有底了。可是左锋的命令他又不能不遵从，因此即使一路上都惴惴不安，他也不敢停下脚步。

他一路不由自主地走着，直到来到会议中心的大门外，黑龙才猛然发现这里完全变了样子。原来的装修虽然算不上富丽堂皇，但是也足够高档，而现在大理石砌成的地面和墙面、闪烁着金属和玻璃光华的大吊灯、富有艺术感的雕塑和陈设都不见了踪影，取而代之的是各种锈迹斑斑、没有光泽的金属把整层楼装饰得如同一艘破旧货船的内仓。

"这是怎么回事？"黑龙问自己的随从。

"不知道，不过……"随从停顿了一下，"自从左锋大人来了以后，那些设备维护机器就在不停地忙碌，把整个大楼都改变了。"

黑龙心中凛然，这一定是左锋有意为之。至于他的目的，黑龙不敢去猜测，也不想去猜测。他早已决定老老实实地跟着左锋干了，左锋比自己强太多太多。

这时，会议中心的大门打开了。黑龙迈步走了进去。接着，"轰"的一声，大门在他背后重重地闭合了。黑龙四下看了看，原本由大大小小十几个会议室组成的会议中心被完全打通，形成了一个总面积将近8000平方米、高度十来米的巨大的空间，像是一个大仓库。

在会议中心的中间，300多人挤坐在一起，周围有十来个手握重武器的机器人看守着。除此之外，这里什么也没有。

"卓总，放了我们吧。"有人带着哭腔大声喊着，用乞求的目光盯着黑龙。

黑龙没心情理会他们，他在想左锋为什么要派自己来这里。说是试验 M62 实验室研发的武器，可是武器在哪里？

他调动自己的所有感官搜索这个被左锋改得面目全非的会议中心。很快他发现，这里已经被改造成了一个几乎完美的监狱。整个空间只有两个出入口，一个是刚才自己进来的大门，还有一个是在会议中心东北角上。那是个隐蔽货物传送通道，连通着整个大楼的货物自动运输系统。两个出入口都安装着同样坚固的三重闸门，而墙壁、天花板和地板都是特殊材料加固过的。如果不开门，即使是自己，像现在这样全副武装，也很难从这里出去。

这不是为这些人类准备的。黑龙可以肯定这一点。这里应该用于关押重量级的囚犯，比如林鹤？黑龙不由得猜测。

就在这时，黑龙敏锐地感觉到有一个大件物品正通过货物传送通道送过来。几秒钟之后，货物传送通道的大门打开了，一个长宽高都是 5 米的金属箱子飘了上来，稳稳地落在了地上，然后货物传送通道的大门随之关闭。

这一定就是 M62 实验室研发的新武器，左锋是要我来使用它吗？黑龙这么想着，缓缓地向金属箱子走去。

这时，他的耳边突然响起左锋的声音："离远一点，尽量远一点。"

黑龙连忙退到了一边，背靠着墙角站好，同时开始装备自己的战甲。

就在黑龙穿好战甲的同时，金属箱子解体了，一股浓烈的腥味直扑出来。即使距离在 50 米开外，这腥味仍旧逼得黑龙几乎不能呼吸。

是一种生物。黑龙只能隐约得出这样的结论，因为那箱子里的东西实在太快，像一道黑色的闪电扎向大厅中间的人群。接着，鲜血飞溅，撕心裂肺的惨叫声在大厅中回荡。枪声响起来了，但又很快停止，所有的机器人都已经被切成了碎片。

在它吃食的时候，黑龙才能有机会稍微细致地打量这个恐怖的家伙。它长着浑圆的脑袋、细长的身体、强劲有力的四肢、锋利的爪子和灵活的尾巴。不算尾巴的话，身长大约 1.5 米，加上尾巴则有近 4 米长。它的头部、胸头等重要部位则像是装备着铠甲，放射着金属般的光泽皮肤非常光滑，此外大多数地方看上去像缎面一样细腻、柔滑，但是这或许只是假象，因为黑龙亲眼看到子弹从它的身上弹开。它四肢与身体的比例十分匀称，与大型猫科动物相仿，这显然有利于它敏捷的活动。与任何其他生物都不同的是，它的头部除了长满锯齿的嘴以外没有任何器官。长长的舌头从嘴里伸出来，席卷着一切血肉，将它们拖进嘴里，很快就咽入腹中。虽然它主要依靠嘴来进食，但是凡是与它的身体相接触的血、肉、骨头都会被迅速地吸收进它的体内，一点痕迹都不留。因此虽然它已经吞噬了十几个人，但整个大厅却依旧保持着干净，没有一丝血迹。它四肢末端的利爪毫无疑问是最令人恐惧的攻击武器。爪子的材料极为坚韧，最薄处是纳米级的，以至于它们轻轻一划就能将一个金属机器人割成几段。此外长尾巴的尖端和侧面也非常锋利，同样是纳米级的，比任何匕首、宝剑都更具杀伤力，随时可以刺穿对手的胸膛，轻轻一扫就能将几个机器人劈成两段，即使它们有十厘米厚的钢板作为防护也无济于事。

而更加令黑龙震惊的是，这个怪兽食欲似乎没有极限，它不停地吞噬大厅里的人类，而它的体形也随之变得越来越大。在大约 50 分钟之后，当所有的人类都已经成为它腹中美餐之后，它的体形已经比原来大了两倍多，不包括尾巴的体长接近 5 米，四脚着地站着有将近 2 米高。

它下一步会攻击我吗？黑龙心里打着鼓。看样子，这种局面恐怕难以避免。黑龙不敢多想，立即启动了自己的武器系统，就在怪兽向他扑来的同时，对准它的肚子就是一击。

黑龙所发射的是高功率激光，威力极大，一般的装甲都难以抵挡。可是怪兽看似柔弱的肚子却比坦克车的装甲还要坚固，这一击居然没有对它产生任何伤害。

◎ 天劫：赫亚降临

黑龙来不及惊讶，因为怪兽的利爪已经扑到了他的面前。黑龙并不惧怕它的利爪，他对自己战甲的防御力充满了信心。他完全不顾及怪兽的利爪，集中全部火力，对准怪兽张开的血盆大口，狠狠地给出了一记集束能量冲击波。

轰的一声巨响，黑龙和怪兽迅速分开了。黑龙看了一下自己的肩膀，虽然有点疼，但是怪兽的利爪没有撕破黑龙的战甲。怪兽甩了甩脑袋，黑龙的集束能量冲击波也没能把它怎么样。

如果就只有这点本事，恐怕还算不上厉害的武器，黑龙心想。毕竟现在不是冷兵器时代。这怪兽如果不会用枪，那就无法造成更大的伤害。一秒钟之后，黑龙就知道自己错了。无论是它长着獠牙和长舌的嘴巴，还是它那纳米级的利爪和尾巴，都不是它最厉害的攻击武器。在第一次攻击的时候，它把黑龙当作普通人类，面对普通人类，它认为自己还不需要使用最上乘的功夫。

当它第二次发动进攻的时候，它的嘴里吐出的不再是长长的舌头，而是一个硕大的火球。黑龙几乎立即就知道了这火球所具有的能量不是自己的战甲所能抵御的。他一侧身，启动了引力场推动系统，让自己瞬间飞到了大厅的上方。

黑龙还没有来得及喘一口气，出乎他意料的事情再次发生。那怪兽居然也飞了起来。

难道它的体内就有引力场推动器？黑龙大骇之下，连忙转身向斜下方飞去，同时连续发动反击。不过他的反击并没有什么效果，怪兽理也不理，继续发动火球攻击。同时，它四肢突然伸展开来，从指缝里发射出许多蜘蛛丝样的东西。

难道它会结网？黑龙不知道碰到这些蜘蛛丝会怎么样，于是他朝这些细丝开了一枪，然后惊讶地发现光弹竟然被粘在了上面，然后渐渐消失了，整个过程对这不起眼的细丝没有造成一点伤害。不能碰！黑龙得出了结论。可是不碰就意味着活动空间被压缩。没过几分钟，黑龙已经被控制在了角落里。无数细丝构成的大网笼罩着他，而在这网的中间，怪兽正面对着他张开了大口，似乎在说，看你往哪儿逃。

硕大的火球在怪兽口中形成，然后向黑龙射了过来。躲是躲不开了，黑龙只能拼尽全身能量进行防御，希望能够抵挡得住。但他知道，那只是奢望，在这样的一击之下，即使侥幸活下来，也得受极重的伤。

就在火球即将击中黑龙的一刹那，黑龙感觉到了强烈的引力场变化。原本已经解体的金属盒突然合拢，火球、细丝和怪兽都被强大的引力场吸了进去。黑龙腿一软，几乎坐到了地上。

"怎么样？这噬血兽的威力还不错吧。"左锋不知什么时候已经来到了黑龙身边。

"噬血兽？它的名字？"

左锋点了点头，说："纯粹的妖怪。"

"您准备用它来对付林鹤吗？"

"也许吧，但不是现在。"

"为什么？"黑龙迷惑地问。

"因为如果不是在这间装满了引力场干预装置的屋子里，一旦把它放出去，就连我也没办法控制它了。"

"我们创造出了一种我们自己控制不了的武器？天哪！"

"不是控制不了，而是我们现在无法控制。找到控制方法，这才是我们要做的事情。"左锋若有所思。

"那我们应该怎么做才能……"

"不该问的别问。"左锋话题一转，"对了，苏明已经找到林鹤了，就在东京。"

"那我现在就带人过去。"黑龙两眼放光。

左锋嘴角露出一丝阴冷的微笑，"你还记得我刚才说的受控核聚变装置吗？我已经告诉苏明了，如果 30 分钟之内还解决不掉林鹤，我就给他四维瞬移个正在爆炸的氢弹过去。你现在还想去吗？"

"正在爆炸的氢弹？"黑龙心中暗想，"这是不可能的事情，氢弹爆炸的扩张速度超过四维瞬移所能允许的空间变化极限，左锋是在吓唬苏明吧。"

"穿过通道再解除控制就行了，笨蛋。"左锋嘟囔了一句，又沉声说道，"交给你一项简单的任务，一个小时之内攻占中央电视台。是向全世界宣告我们存在的时候了。"

8.亚当计划

舱门外正对着一条金属制成的笔直管道的入口。从入口看过去，管道直径大约两米半，下部铺设着平直的地板，内壁光洁无比，显然是经过电镀之类的工艺处理了。管道每隔几米便有一道墨绿色的光环，忽明忽暗地闪烁着。管道的另一头是一个平台，上面站着几个人，正在等待着他们。

林鹤在进入管道的时候，从管道与机舱之间的缝隙向外面看了一眼。外面看上去是一个刚刚能够容下这架飞机的仓库，各式各样的机器和设备零乱地摆放在周围。林鹤心想：也许是因为这里空间太小，所以才先让飞机停下，然后再转移到这里。

"你好，林鹤。"当林鹤走出通道的时候，迎面一个小个子用生硬的中文向他问好。

林鹤礼节性地和他握了一下手，问道："你是？"

"在下小泽明，三菱株式会社执行总裁。"

林鹤不由得一愣。三菱？来头真是不小。

"请跟我来。"小泽明向左做了一个请的手势，然后示意手下将其他人带向右边。

"为什么让他一个人去那边？"霍娜质问道。

小泽明看了霍娜一眼，不屑地说："你只不过是一个普通的 N12 型，有什么资格和我说话？"

"N12 型！"林鹤和霍娜听到这个词的时候，脸色都不由得一变。他们都知道，这指的是接受了 N12 基因优化试剂的人，而霍娜也确实是其中之一。

"你到底是什么人？"霍娜叫道，"怎么会知道……"

小泽明并不理她，示意手下把她带走。林鹤及时站到了霍娜一边，说："小泽先生，我希望她能跟我一起去。"

"你害怕了？"

"有点儿，我对这个世界太不了解了。"

小泽有些犹豫。这时林鹤听到他耳朵里佩戴的微型耳机里有人用英语说话。林鹤虽然并不精通英语，但也听出来说的是："Higler is waiting, hurry！（黑格勒等着呢，快点。）"小泽听了，当即不再坚持，而是让霍娜和林鹤一起跟着自己向左走。

黑格勒这个名字林鹤听霍娜说过，他曾是卡伽利的合伙人和主要助手，也曾经是卡伽利创建的地球防卫军的副总司令。不过自去年以来，他的地位有所下降，很多事情卡伽利都会绕过他直接部署。看小泽明对他的态度，林鹤意识到刚才所遇到的一切都是黑格勒直接操纵的。或许他们不想让自己落入达萨耶夫手中，或许他们还有别的计划。可是，按之前上级和霍娜的介绍，事实上军队最精锐的部队已经完全听命于他们。他们为什么要绕过军队高层，采取这样的行动，把自己弄到日本来呢？也许这意味着他们并不相信军队高层，或者他们认为军队高层里有达萨耶夫的人。这是颇有可能的，苏明不就已经投靠达萨耶夫了吗？

林鹤正想着，不知不觉已经到了一个房间的门口。房门打开，里面出来一位高个子老头，一副英国管家的派头。他一张口，林鹤就听出来他就是刚才催促小泽明的人。小泽明谦恭地朝他鞠了个躬，小心地闪到一边，恭敬地站着。管家瞅了林鹤和霍娜一眼，很绅士地向右后方撤了半步，身子向左一转，微微弯腰，左手轻轻向左前伸出，很有礼貌地说了一句："Please！"

林鹤和霍娜顺着他左手指向的方向看去，黑格勒就在房间最里面。他是一个白种人大胖子。大肚子挺起老高，把面前衬衣纽扣间的缝隙生生撑成了一个个圆洞，像咧着嘴在笑。脖子本来就短，又像套着个游泳圈，根本看不到下巴。他坐在一张藤椅里，藤椅很宽大，但是他的屁股更大，林鹤怀疑他一旦站起身来，藤椅就会跟着他的屁股一同起来。他面前放着一只烤鸡，正用油淋淋的双手把一大块鸡肉塞进自己的嘴里。

"你们来了？"黑格勒一边咀嚼着嘴里的鸡肉一边含混地和林鹤、霍娜打招呼。出乎他们的意料，黑格勒的中文说得极其标准。黑格勒示意两人在自己对面坐下，笑着说："我不喜欢这里的饮食，日本料理实在太清淡了，而且分量也少。才待了两天，我感觉自己肚子里的油都被刮干净了。刚才叫人买了只烧鸡来，真解馋。你们吃了没有？吃点儿？"

林鹤生硬地回应："我们现在没这个心情。"

"任何时候都必须有个好心情。我就是这样的。"黑格勒抹了一下嘴，冲林鹤道，"你就是林鹤？能给我一根头发吗？"黑格勒说着用餐巾擦了下手和嘴。

林鹤迟疑了一下，立即意识到黑格勒想要的是自己的 DNA，于是扯了一根头发，递给黑格勒。

黑格勒用两只指头夹着头发，站起身来，放到旁边的一个长方盒型的仪器里，按动开关，工作指示灯闪烁了起来，然后又一屁股坐回藤椅里，压得椅子咯咯直响。"非接触式 DNA 分析不是很靠谱，要进行下一步的工作还是得进行深度测试。"

非接触式 DNA 分析？林鹤突然意识到，刚才通过管道时感受的那些磁场、电场变化很可能就是在对通过的人进行 DNA 分析。这也就可以解释为什么小泽明一下子就认出了自己，并且知道霍娜接受了 DNA 改造。

"你们喝茶吗？上次有人送我两盒碧螺春，据说不错，你们中国人差不多都喜欢喝。"黑格勒说着就叫人泡两杯上好的碧螺春来，同时从脚边的饮料箱里拎出一瓶可口可乐，一口喝了一半，说："不过，我还是喜欢喝这个。"

"你们大费周章地见我，难道只是为了请我喝茶？"林鹤不想在这儿耽搁太多时间，单刀直入地问。

"别心急嘛，年轻人。"

"你似乎不比我大多少。我今年 37。"

"是吗？居然比我大一岁。你长得真够年轻的。话说，你们中国人真不怎么显老。尤其是女人，对吧？"黑格勒冲霍娜挤了挤眼。

"难道不能直接说正题吗？"林鹤有些不耐烦了。

"对救命恩人，你们应该有一颗感恩的心才对。"

"救命恩人？"霍娜哼了一声，"谁知道这一切是不是事先安排好的？"

林鹤听出了霍娜心里的怒火。她像所有被自己所信赖的集体抛弃的人一样，现在对一切都充满了怀疑。

黑格勒耸了耸肩膀，冲霍娜半开玩笑地道："美女是不应该生气的。真后悔当初没有在 N12 试剂里增加一条指令，消除女人生气的基因。"

霍娜的脸色更加难看。N12 绝对是她最不愿意听到的字眼。林鹤急忙用手肘碰了碰她，提醒她不要过于激动，把话题岔开道："黑格勒先生，您的中文说得很好。在哪儿学的？"

"看来你对我们的科技水平还缺乏足够的认知。"黑格勒笑着说，"现在我们已经完全掌握了人脑的工作原理，并且可以随时对人脑进行无伤害的改造。比如，现在通过一个很小的仪器就可以植入、删除或者修改人的记忆，就像修改 Word 文档一样容易。"说着他从口袋里掏出一根钢笔样子的金属棒，得意地在林鹤眼前晃了下。

林鹤想起那天开租出车出事时的短暂失忆，不由得后背发凉。

"不用害怕，我不会拿这个来对付你们。"黑格勒收起金属棒，"你们的基因都经过了改造，这个未必会对你们产生影响。说到基因，不得不承认我们还没有掌握其中的全部秘密。他们显然不知道你的价值。"

"我很想知道……"

"人们都想知道自己价值几何，可是大多数人终其一生都不能如愿。有的人被埋没，有的人被高估。我不知道你是哪一种，我只希望……"

"不，不，您理解错了，我想知道的是，您的中文为什么这么好。您还没有回答我这个问题。"

"哦，对不起，我离题了。其实很简单，就像在电脑上装一个程序一样，把语言包装载到我们的大脑里就行了。这对于我们来讲算不上什么高科技。"

林鹤努力控制了一下自己的情绪，让自己不在他们面前显得过于大惊小怪。"这可以让所有的外语老师失业。"

"所以我们并没有将这款产品推向市场。你想试一试吗？不过我不能保证有效。要知道，从基因上看，你与人类的差别大过人与猴子的差别。所以大脑的构造和运行机制也可能有差别。"

"那我就更应该尝试一下了。"

"不过有一点是肯定的，那就是没有危险。"黑格勒笑着递给林鹤一个钢盔似的仪器。

林鹤接过钢盔，戴在了头上，感觉到一个很强的电磁场笼罩在头颅周围。

"想学什么？"黑格勒没等林鹤回答，"干脆直接上我们的集成包，世界主流30种语言全在里面。"黑格勒说着拿出一张扑克牌大小的卡片，插进了林鹤头顶钢盔的卡槽，"开始了。"

林鹤只觉得钢盔发出的电磁场突然增强，而且在迅速地发生着变化，电磁场的强度、方向每秒钟变幻无数次，让林鹤的头有点晕。仅此而已。

这时，钢盔发出的电磁场突然平静下来，恢复到最初的状态，同时钢盔发出"嘟、嘟"的报警声，然后播放出语音，说的是英语，具体内容林鹤没听懂，想来是系统报错信息。

"看来这东西确实不适合你。"黑格勒帮林鹤把头盔摘了下来。

"怎么回事？"

"打个比方吧，普通人的大脑就像安卓系统，随便下个程序就能装进去；你的呢，像是 iOS 系统，我们的 App 装不上去。"

"这比喻倒是浅显易懂。不能享受这样的高科技产品，真是可惜呀。"

"没什么好可惜的。你可能还不知道，我们人类的最大危机就在于此。"黑格勒指了指自己的太阳穴，"它太暴露了，只要一个大功率的天线，就可以控制整个人类。我猜想……"

黑格勒的话还没说完，DNA 检测仪发出"嘀"的一声，指示灯熄灭了。黑格勒几大步来到检测仪前，站定，搓了搓手，嘴里念叨了句什么，伸出圆圆的手指，在检测仪的面板上停留了一会儿，然后深吸一口气，点了下去。检测仪上盖板中央的孔里射出一缕幽蓝的亮光，在上方显示出一幅三维面板。面板上写满了字，全部是英文，林鹤看了一眼，只认得最左边的是按顺序排列的阿拉伯数字，最右边一列全部是"没有"这个词，中间对应的一排排英文长句和缩写则是一个单词也不认识。

"太棒了，太棒了。"黑格勒激动地叫道，双眼放着金光。随着他的手在面板上轻轻划动，文字不断向上滚动。左边的序号越来越大，中间的英文句子不断变化，只有右边的"没有"始终不变。页面上下弹动了一下，看样子是到底了，序号最大的是 1363，右边一列全部是"没有"。

"什么东西没有？"林鹤低声问霍娜。

"中间是各种不同特征 DNA 片段的名称，我也看不太懂。"

"感谢上帝！感谢上帝！"黑格勒转过身来，一把抱住林鹤，"人类有救了。你，哦不，您就是救世主。对，救世主，请允许我这样称呼您。"

"别激动好吗？"林鹤被黑格勒突然爆发的热情吓着了，向后退了几步，"到底是怎么回事？"

"我们人类已经处在灭亡的边缘了。您恐怕还不知道，赫亚军团早就造出了 DNA 导弹。前不久，他们又有了 DNA 弹头。有了它们，人类将面临毁灭的危险。"

"DNA 导弹？ DNA 弹头？"林鹤和霍娜面面相觑。

"DNA 导弹是一种传播力极强的病毒，它本身是无害的，甚至是完全不被察觉的。它的厉害之处是能够和人的 DNA 结合，将一些恶性的 DNA 片段，也就是弹头，注入人类正常的 DNA，改变人类的 DNA。"

"我的 DNA 就是这样被改变的？"

"不，不，当然不是。"黑格勒摇头道，"改变你的 DNA 使用的是'种子'试剂。它能够大量注入 DNA 片段。你知道吗？你现在的 DNA 比普通人类复杂成千上万倍。DNA 导弹携带不了这么大的弹头。打个比方，用'种子'是电脑重新装载系统和应用软件，而 DNA 导弹是往电脑里扔个病毒。"

"不是说在月球上建造星际传送门才是赫亚军团的主要意图吗？难道那只是佯攻，DNA 导弹才是真正的威胁？"霍娜疑惑地问。

"月球上的星际传送门？"黑格勒大笑了两声，"那是我们的。"

黑格勒的话让林鹤和霍娜都大吃一惊。"你们建星际传送门做什么？"

"你们，包括卡伽利，都不知道我们已经陷入宇宙大战的旋涡之中，我们无法在赫亚降临之前彻底消灭对手。一旦赫亚降临地球，我们就全完蛋了。"

"于是你们想通过传送门搬来外星援军？可你们想过没有，如果所谓的援军入侵地球呢？"霍娜忍不住嚷道，"你们这是在引狼入室。"

"我认为你说得对。"黑格勒冲霍娜竖起了大拇指，"不过利用星际传送门我们还可以做另外的事情，比如逃离这里。"

"见鬼！"霍娜道，"你比我想象的更差劲。"

"不，不，不。"黑格勒摆着手道，"你们有句古话叫作：'识时务者为俊杰。'还有一句古话叫作：'留得青山在，不怕没柴烧。'何必要在这里决一死战？"

"你就别在我们面前展示你的中文水平了。"林鹤话中略带嘲讽，"赫亚和你们所谓的援军离地球那么远，如果没有星际传送门，他们只能依赖达萨耶夫或者卡伽利这样的人来打代理人战争，根本不足为惧。"

"不，不，不。"黑格勒的脑袋又一次像拨浪鼓一样地摇起来，"人类没有能力与赫亚抗衡。天呐，到现在为止，你们都不知道赫亚究竟是什么。他有多么厉害。"

"管它是什么？想侵略地球，没门。"霍娜想都没想，直接打断黑格勒的话。

黑格勒急得涨红了脸，大声说："《孙子兵法》里怎么说的来着？'知己知彼，百战不殆。'你们连对手是什么都不知道，谈什么胜利？你们以为赫亚是像你我一样的人吗？他比星际还庞大，他跨越了生物和非生物的界限，他无所不知、无所不能、不可战胜……"说到这里，黑格勒的脸上显露出恐怖的神色。

林鹤不太明白他说的话，但也不得不承认自己对于赫亚确实了解得太少，问道："直截了当地告诉我们，你要我做什么？"

"其实我的方案非常简单，我称之为'亚当计划'。这个计划分为两个部分，第一部分我们已经做了。一年多以来，我们已经成功地联系上了 10 万名来自世界各地健康的年轻女性。"黑格勒冲霍娜眨了下眼睛，"如果你愿意，你也可以成为其中的一分子。回报相当丰厚，平均每个人可以得到 150 万美元。"

"花 1500 亿美元？做什么？"

"让她们生孩子，生具有防御 DNA 导弹攻击能力的孩子。"黑格勒无视林鹤和霍娜惊讶的表情，自顾自地得意地说："这真是天才的想法。可是，我们一直没有找到合适的父系 DNA。我们做过很多次试验，但都以失败告终。我们做不出像你们进化人这样完美的基因结构。不得不承认，赫亚的基因科技水平要比我们先进得多。直到我听说了你的存在，我意识到，你可能就是我们一直在寻找的亚当。而事实也正是如此。"

"我不太明白。"林鹤简直不敢相信自己的耳朵。

"他就是让你去和那 10 万个女人生孩子，把你的基因遗传给后代。"霍娜说着露出满不在乎的神情。

"不是说我的基因与人类已经相差很大了吗？还能繁殖？"

"当然了，核心架构没有变化。而且为了适应和你繁育后代，我们对这些女性的 DNA 也会进行适当改造。"黑格勒摇头晃脑地解释道。

"进化人那么多，而且他们的基因并不难获取，为什么偏偏选择我来当这个……"林鹤觉得这个所谓的"亚当"简直就像农场里专门用来配种的牲口。

"亚当。未来人类之父。"黑格勒没有察觉林鹤对这个计划的反感，"你不知道，绝大多数进化人在成为进化人之间都要进行小规模的基因改造，植入一种名叫赫亚徽章的基因片段。这个基因片段的作用只有一个，那就是让人对赫亚无条件服从。"

"一个基因片段有这么大的作用？"林鹤满脸疑惑。

"基因之于生物体，就像源代码之于计算机软件，源代码怎么编，软件就怎么运行。"黑格勒凑到林鹤跟前，用手指着林鹤的胸脯说，"你一定要记住，真正可怕的武器是看不见的，真正的伤害源于你的内部。"

林鹤后退了半步，深吸一口气。他在内心里不得不承认黑格勒的话极有道理。子弹、炮弹固然厉害，但生化武器更让人胆寒。当对手拥有改变生物基因的技术手段时，物理的攻击就显得低级得多了。

黑格勒接着不无得意地说："我们已经建造了12艘'方舟号'太空船，在飞船里面搭建了完美的生态系统，建立了以万亿计的物种基因库。一旦地球不再适合居住，我们就用星际传送门带着新人类和地球上的主要物种逃离地球，去另寻家园。"

"典型的逃跑主义。"霍娜冷笑道，"难怪卡伽利说，有些人被赫亚军团的生物科技吓得魂都没有了。只要我们建成一体网……"

"一体网？"黑格勒的脸色变得惨白，"你怎么知道这个计划的？"

霍娜有些疑惑，反问道："你不知道吗？半个月前，卡伽利已经命令各国行动了。"

"他疯了吗？这样做的风险完全不可控！"黑格勒扭曲着脸大叫，又自言自语道："他怎么能绕过我们擅自行动？一体网的漏洞一旦被敌人利用，地球就完了。不，绝不能这样。我们的亚当计划必须马上实施了。方舟计划也要开始，必须开始。时间紧迫啊，时间紧迫。"

一体网是什么？林鹤完全没有概念。他想问问清楚，但是却没有开口。在这场战争中，他不知道自己应该站在哪一边。或许应该事不关己，高高挂起。

"别管什么一体网了。我想，我们现在得回去，我们的战友正面临巨大的危险。"霍娜说。

"哦，"黑格勒如梦方醒，"好吧，我可以马上送你们去想去的任何地方，甚至还可以把我的近卫军全部交给你们。但是，前提是，我需要一样东西。"

"什么东西？"霍娜和林鹤齐声问道。

黑格勒冲着林鹤说："你的精液。虽然我们可以从你的血液中提取DNA，但是自然的方式最好。"

林鹤一百万个不愿意，但是又没有办法。这里是黑格勒的地盘。

黑格勒在拿到他想要的东西之后，立即兑现了他的承诺。他叫来了自己的近卫军头领哈德尔和几名战士，命令他们保护林鹤和霍娜离开。

哈德尔是个有着四分之一土耳其血统的德国人。林鹤不怎么喜欢这个人。他身材魁梧，脸庞如石膏像般棱角分明，眉毛紧紧地锁在一起，深棕色的眼睛始终警惕地注意着四周，嘴一直撇着，不轻易说话，从来不笑。

"到哪？"来到刚才飞机停泊的传送室外，哈德尔面无表情地问。

"把飞机传送到盾安科技。"霍娜说完，向飞机走去。

林鹤向前挪动了一下身体，却停住了。"我不想参与这场不知道谁是谁非的战争。"林鹤突然说出了自己的想法。

"什么？"霍娜显然被林鹤的突然退缩惊呆了，不由得尖叫了起来，"怎么叫不知道谁是谁非？外星人要侵略地球，要征服人类！"霍娜向林鹤咆哮道，双手夸张地挥舞着。

"你不理解。"林鹤转向一边，他很难向她解释自己的感受，只能选择逃避她咄咄逼人的目光，"万一达萨耶夫是对的呢？赫亚或许……"

"可是他们在入侵！他们会奴役全人类！"霍娜不等林鹤说完，大声地打断道。

"他们做了什么？一切都是我们的猜测。我们以自己的心思揣摩外星文明的想法，你不觉得可笑吗？为什么是征服而不是和平共处？你们甚至和他们都没有接触一下，就盲目选择战争，这样合适吗？"

林鹤将自己心中的疑惑一股脑倒了出来，倒让霍娜一时语塞。沉默了一阵子之后，霍娜说："这不是我们应该考虑的事情。军人以服从命令为天职。如果你有别的想法和建议，可以向上级提出。"

"也许吧。"林鹤停顿了一下，"我想一个人静一静。可以吗？"他的问题是冲哈德尔问的。

哈德尔用征询的目光看了一眼霍娜。霍娜没有回应。哈德尔微微耸了耸肩，示意手下和霍娜等在这里，然后带着林鹤向外走去。

"我给你半个小时的时间考虑清楚，别当逃兵！"霍娜冲着林鹤的背影喊道。

听到"逃兵"这个字眼，林鹤心头一震，略微停顿了一下，但还是头也不回地大步走开。

9.复仇

　　就在林鹤从咖啡机中取出一杯香浓的卡布奇诺的同时，警报声突然响了起来。林鹤不由得心中一凛，随即发现许多警卫突然从不同的通道里冲出来，迅速跑向自己的岗位。"怎么回事？"林鹤问道。

　　"有人正通过四维瞬移侵入基地。"一个带头的警卫简洁地回应。

　　"是谁？"林鹤话刚出口就意识到自己真是多此一问，除了赫亚军团还能是谁呢？于是又追问了一句："他们在哪儿？"

　　"在B区。"警卫回答的同时，已经消失在通道的尽头。

　　对于林鹤而言，这个答案几乎和没有一样。不过，林鹤对此也并没有太在意，他还没有想好自己在这场战争中所扮演的角色。曾经，他想和其他军人一样完全听命于自己的上级，参与这场所谓的地球保卫战。可是，他们，那些坐在指挥室里的将军们，却不顾自己的死活。

　　"管他呢！"林鹤呷了一口咖啡，心里这么想着，一屁股坐回休息室的靠椅里。

　　就在这时，休息室的音响突然响了起来："林鹤，你在哪儿？要当缩头乌龟吗？"

　　是苏明的声音。林鹤一下子弹了起来，脸色瞬间变得铁青。

　　"你又一次放弃了你的同伴。"苏明说到"放弃"两个字的时候，特意顿了一下。

"混蛋！"林鹤忍不住骂道。

"背后骂人可不好。有种就在那儿别动，我来找你了。"苏明冷笑着说。

苏明居然能够听到自己的声音，这让林鹤有点意外。他四下环顾了一圈，看到墙角有一个很隐蔽的摄像头。当即一抖手腕，一杯热气腾腾的卡布奇诺尽数泼在了摄像头上，发出噼里啪啦的声音。

不能在这里坐以待毙。林鹤想都没想就冲出了休息室的大门。现在，他需要武器，一个能够给全副武装的苏明造成足够威胁的武器。最好的办法当然是向警卫们借枪。但当林鹤提出这个要求的时候，被警卫们理所当然一口回绝了。

有人来了。林鹤感觉到，一群人正飞快地向自己所在的地方冲过来。他们步伐轻盈，绝对是训练有素的战士。就在离自己100米远的地方，枪声响了起来，然后又很快平息。那里的几名警卫丝毫没有阻挡住对方的脚步。

有几名的警卫正要赶去支援，林鹤没有给他们送死的机会，几记拳头就让他们全都躺在了地上，接着抢过他们的枪，退到楼梯的拐角处，隐蔽起来。

"躲避解决不了问题。"苏明话音未落，便向林鹤所在之处射出一击。

林鹤低头向旁边一闪，回头再看时，刚才自己所在的墙角已经成了焦土。林鹤来不及多想，立即开枪还击。他看到子弹划破空气，留下清晰的弹道，然后在苏明的面前却突然停了下来，就如同撞到了一堵隐形的墙壁。

苏明一巴掌把子弹打飞，冷笑道："就这么点本事？"话音未落又对准林鹤连续射击。苏明身后的战士也一齐开火，一张火网立即铺天盖地地向林鹤砸过来。

好在林鹤早有防备，在他们开火之前的一刹那，整个人已经腾空而起，犹如一道闪电窜入了旁边的楼梯间，然后单手在栏杆上一撑，腰身一扭，双脚已经踏上了一层楼。

林鹤动作快，苏明等人的速度也不慢。林鹤脚跟还没有落地，苏明的新一波攻击又到了。若不是林鹤及时闪到一旁，就必定和先前脚下的地板一样被炸上了天。

正当林鹤疲于奔命、无计可施之时，他身后突然响起一阵杂乱的脚步声，哈德尔带着大批机器人警卫及时赶到，而且立即展开了反击。他们使用的武器比先前的警卫高级得多，瞬间就将苏明的攻势压制了下去。

"OK？"哈德尔拍了拍林鹤的肩膀，"走。"

"去哪儿？"林鹤喘着粗气问道，"这就不管了？"

"我的任务是送你们离开。"

林鹤不知道哈德尔这么说是一番好意还是在下逐客令，但无论哈德尔怎么想都已经无所谓了，因为林鹤已经决定马上离开了。于是，他点了下头，跟着哈德尔向飞机走去。

林鹤感觉到机器人警卫正在源源不断地向苏明等人所在的方位包抄过去，把他们挤压到一个狭小的空间里。看来，要不了多久就可以将他们彻底消灭了。

林鹤的心底突然浮出一丝难以名状的忧伤。他们难道不知道这里是个守卫森严的基地？以他们的实力，杀自己固然是绰绰有余，但即使能杀了自己，想全身而退也绝无可能。苏明，一个拥有少将军衔的将领，在赫亚军团中却不过担当一个敢死队队长的角色，这难道不是一种悲哀吗？他怎么会成为赫亚军团的一员呢？是什么时候的事？他当年官运亨通，从一个普通的下级军官成为掌握最精锐特种部队的高级将领。这是赫亚军团看上他的原因，还是赫亚军团一手策划的？

"想通了没有？"霍娜直截了当的问话打断了林鹤的思绪。

林鹤嘴角抽动了一下，想要挤出一丝笑容，但是失败了，只好淡淡地回应道："我只是不明白为什么他们不顾一切地想要杀了我。"

"不管你怎么想，事实就是在赫亚和我们之间，你必须选边站。我不相信你会选赫亚。"霍娜一边说着，一边把林鹤让进了飞机机舱。

"他们被消灭了吗？"林鹤扭头问哈德尔。他感觉到战斗突然停止了。

哈德尔抬起手臂，看了一眼前臂上的液晶面板，脸突然僵住了。然后，他用手指迅速地在面板上滑动、点击，脸色却变得越来越难看，豆大的汗珠顺着他紧绷的脸庞滚落下来。

"怎么了？"

"不可能，不可能。失控了，失控了。"哈德尔喃喃自语了几声，突然冲旁边控制台的工作人员大叫道，"快，马上启动四维瞬移。"

几秒钟之后，工作人员反馈："系统崩溃了。"

"妈的！"哈德尔抡起拳头狠狠地砸在机舱门上，发出"咚"的一声闷响。

"得马上离开这里，有别的出路吧。"这时霍娜显得比哈德尔冷静，当即建议道。

"跟我来。"哈德尔打开麦克风，说道，"所有非战斗人员向 B 出口撤退，战斗人员在 M62、M63 之间集中布置防线。听到回复。"等了几秒，哈德尔的耳机没有传来任何声音，看来整个通信系统也崩溃了。哈德尔气得一把扯掉了耳机，"啪"的在地上摔了个粉碎。

"但愿门禁系统没有出问题。"走到门口的时候，看着合金制成的自动门，霍娜有点发颤地说。

"妈的。"哈德尔一拳将门禁开关砸得粉碎。

显然，门禁系统也出问题了，他们被困在了这个大仓库里。

"看来是我自己想多了。"林鹤心中暗自忖度，"人家根本就有万全之策。在明面上苏明吸引火力的同时，暗地里却入侵了整个基地的计算机主控系统。这种攻击策略确实高明。"

"如果我的猜测没有错的话，应该有人潜入了主控制室，否则不可能破坏得如此彻底。"霍娜说道，"下一步，他们很可能会装入自己的系统，然后彻底控制整个基地。"

"可能吗？"哈德尔喃喃地嘀咕了一声，沉吟了一会儿，又抬起头来，问霍娜道："那怎么办？"

"首先得从这里出去。"霍娜道，"把门炸开。"

哈德尔摇了摇头，说："这是用于四维瞬移的专用货仓，为了防止可能出现的风险，整个货仓都经过防爆处理。单兵武器根本别想打开。"

"能不能想办法解除门禁？"霍娜又问。

哈德尔再次摇了摇头。这下子，霍娜也没了主意，急得直搓手。

"你们快躲起来。"林鹤突然道，"他们过来了。"说着，就指挥众人躲到仓库角落堆放的设备后面去。

所有人都向林鹤指的方向跑去，只有霍娜和哈德尔站在原地没有动。

"有没有多的武器？"霍娜问哈德尔。看样子她根本就没有躲起来的打算。

哈德尔掏出两把手枪式集束激光炮，一把递给霍娜，一把递给林鹤，然后自己从背后抽出了一根一米来长的短棍。林鹤见识过这种名叫低频冲击波筒的武器，知道它的威力不如手枪式集束激光炮。看来哈德尔还颇有绅士风度。可是现在就凭他们三个人和这点武器怎么对付得了苏明一伙共计 23 人呢？

"别做无谓牺牲。"林鹤冲他们两个道，"他们的目标是我。你们没必要跟他们死拼。"

"让他们在我眼前杀了你？我做不到。"霍娜斩钉截铁地道。

"保护你是我的任务。"哈德尔的话也是掷地有声。

林鹤看到他们坚定的眼神，突然想起了当年在热带雨林里与战友的诀别。于是，他重重地点了一下头，道："我们干脆给他来个空城计。你们先隐蔽，等我的暗号。"

于是，霍娜和哈德尔迅速在两侧的货物后隐蔽了起来。而林鹤则用仓库中的空箱子在飞机翅膀下面的空地上布置了一张简易餐桌，接着从飞机里拿出一瓶上好的干红，倒在两个高脚杯里，怡然自得地在桌边坐下，然后端起酒杯，一边摇晃着醒酒，一边等待苏明一伙的到来。

很快，门开了，苏明等人鱼贯而入，黑洞洞的枪口齐刷刷地对准了林鹤。

林鹤没有半点慌张，将手中酒杯一举，冲苏明道："过来喝一杯？"

"你居然有心思喝酒？"苏明警惕地四下检视了一番，手向右边墙角一指，示意手下将枪口对准躲藏在那里的十几名空乘和工作人员。

"居然用人质，真是丢脸！"林鹤激将他。

"战争中只有胜利者和失败者。丢脸与否并不重要。"苏明冷冷地回应，同时人已经到了林鹤面前，端起酒杯，呡了一口，道，"我一向用兵谨慎，和你好出奇制胜不同。"

"你错了，我们的区别在于你毫不在乎军人的尊严。"

"恰恰相反，只有胜利才是军人尊严的保障。为了胜利，可以不择手段。"

"包括抛弃自己的战友，对吗？"林鹤脸色铁青。

"你还在为当年的事耿耿于怀？"苏明大笑了几声，"我记得有人……嗯，是你吧？对，是的。你曾经说过，对于军人，最高的荣誉便是马革裹尸。我只是给了你们这样的机会而已。"

"人渣。"林鹤从牙齿缝里挤出这个词来。他不知道，除了这个词，还能用什么语言来表达自己对苏明的愤怒。林鹤竭力压抑着自己的怒火，一边迅速地观察四周的情况。现在自己其实已经暴露在敌人的火力网之中了，如果苏明下令开火，自己几乎没有地方可以躲藏。但是，苏明有所顾忌。是的，他不会相信自己真有闲情逸致和他喝酒聊天，他在担心自己有后手。

"别动怒，老伙计。"苏明轻描淡写地指了指左右，"你不会天真地以为靠这两个人就能偷袭我吧。你要知道，即使是集束激光炮，从扣动扳机到激光发射，也需要至少 0.1 秒。这个时滞已经足够我躲开或者启动战甲防御层了。更别提低频冲击波筒了。投降吧。给你 5 秒钟的时间考虑，时间一到我马上下令把你打成筛子。"

"时间这么短？看来我得出撒手锏了。"林鹤不动声色地说道，同时脑子迅速地考虑着对策。

"你别故弄玄虚。"苏明话虽这样说，但警惕地观察着四周。

"我掌握着你的一个秘密，我一旦说出来，你将死无葬身之地。"

"什么？"苏明面露难以置信的表情，"照你这么说，我更应该杀人灭口了。"

"不，为了对付你，我已经早就做好了准备。如果我死了，这个秘密就会公之于众。"林鹤信口开河道。他知道，苏明疑心极大，处事又一贯谨慎，于是故布疑阵，拖延时间。

"我能有什么秘密掌握在你的手里？别故弄玄虚了！"苏明嘴上这么说，但林鹤看得出来他有些慌乱。

得继续把这个疑阵布下去，林鹤心想。可是怎么做呢？林鹤突然冒出来一个想法，当即问道："你知道左锋是谁吗？"

苏明朗声道："左长官是我们亚太战区的最高指挥官，是领袖的心腹爱将。他虽然年轻，但是能耐超出你的想象。这次行动就是左长官亲自安排的。"

"我不是问他现在是谁，而是问你知不知道他曾经是谁。"

"曾经是谁？"苏明不由得把林鹤的问题重复了一遍，相当于明确地告诉林鹤他对左锋的过去一无所知。

"他果然不知道。"林鹤心中暗喜，当即伸出手指从外向内一勾，示意苏明靠近。

苏明一怔，犹豫了两秒钟，一手握紧武器，双眼紧盯着林鹤的双手，小心翼翼地慢慢靠近过来。

林鹤尽最大可能将声音压低，道："他就是陈一龙的儿子陈佐峰。"

"什么？"苏明像被 1 万伏特高压电打着了似的，"他不是被枪毙了吗？"

"我不知道他怎么会死而复生，但我可以肯定。如果他知道……"

"你别说了。他知道，他什么都知道。"苏明惊声尖叫着一跃而起，脸刹那间白得像刚刚粉刷过的墙壁，身体开始不由自主地颤抖起来，神色恍惚地自言自语道，"他是要借刀杀人，是要让我们鹬蚌相争。时间，时间，天哪，快跑，他会扔个氢弹过来！"说着，苏明扭头就要向门外跑去。

而就在他扭过头去的一瞬间，他和林鹤才同时突然发觉刚才跟着他进来的 22 名赫亚战士此时竟然已经不知去向，而刚才打开的大门，也已经紧紧地闭上了。

看到此情此景，苏明一下子瘫倒在地上，仿佛一摊烂泥，完全没有了刚才的气场。

林鹤万万没料到自己几句没有根据的猜测居然会把苏明吓成这样，而事态似乎也确实突然发生了变化，一时倒也没了主意。正在这时，只见一个明晃晃的金属圆球，不知从哪里突然飞到了自己面前，悬空停住，然后放射出一束亮光，投射出一个三维立体空间。一秒钟之后，四维瞬移的绚烂光华照亮了整个仓库。当光华消失后，左锋出现在众人面前。

左锋没有理睬瘫倒在地的苏明，对林鹤道："我本来想把你忘掉，但你却偏偏服用了种子试剂。"

"你真的没有死？怎么可能？是我为你收的尸。"林鹤颤颤巍巍地问道。

"赫亚的力量超越生死，超出人类的想象。"左锋并没有想回答林鹤的问题，"人类对生命的理解太肤浅。你以后也许会明白，当然，前提是你有'以后'。"

"如果你父亲地下有知……"

"别提我父亲！是你们杀了他！"左锋大吼道，手指愤怒地指向林鹤和苏明。

"是他杀的，他杀的。"苏明指着林鹤大叫道，"你父亲死的时候我根本不在现场。"

"你如果在现场，他怎么可能死？是你策划了整个借刀杀人的计划。"左锋凌厉的目光像两道利剑直刺苏明的胸膛。

"借刀杀人？"林鹤突然明白了过来，大叫道，"原来都是你！"

"不，你们不能归罪于我。我是为了保护整个组织。"苏明突然像找到了救命稻草，两眼放光，"当时，林鹤的分队发现了冰川化工厂里我们的秘密实验室，所以我们不得不杀人灭口。"

冰川化工厂的秘密实验室？林鹤一下子想起来了，那是导致左锋父亲阵亡的跨境行动前的一次缉毒行动。当时一次击毙了几十名毒犯，而且在那家化工厂里发现了一个很大的实验室。自己发现这个实验室以后就报告给了苏明。当时苏明说会交给有关方面处理，然后自己第二天就接到命令秘密出境。原来那个秘密实验室竟然是赫亚军团的。

左锋冷冷地道："你担心曝光的是那个实验室，还是你的小金库？"

苏明浑身一颤，结结巴巴地说："你……你……不要……诬……诬陷我。"

"诬陷？"左锋哼了一声，"难道要我拿账本出来给你看吗？这些年来，你的所作所为，我一清二楚。今天就明着告诉你，我要求领袖派你来，就是要把你当年用过的招数用到你身上。"说着，左锋伸手向苏明一指，苏明身上的战甲竟然自动解体了。"现在，你和当年的他们一样弹尽粮绝、孤立无援了，生死各安天命吧。"说完，四维瞬移的光华再次亮起，左锋离开了。

"我们别自相残杀。"苏明大叫着向后连退几步，与林鹤拉开了距离，从腰间掏出来一把手枪，指着林鹤，"虽然你们三个人有武器，但是只有一个人有作战服。真打起来，我未必会输。"

"不需要他们两个帮忙。"林鹤冷冷地道，"就我一个人，和你单挑。我要为我那些惨死的弟兄们报仇。"话音未落，林鹤已经侧身避开苏明的枪口，同时操起桌上放的激光炮，对准苏明胸口就是一炮。

苏明反应极快，就在激光激发的一瞬间闪身躲开，接着也还击了一枪。

一眨眼的工夫，双方已经你来我往斗了几个回合。苏明毕竟从没不穿战甲进行战斗过，加之年纪比林鹤大将近 20 岁，很快就体力不支，渐渐被逼入了墙角。

苏明自知无力支持，干脆把枪一扔，声嘶力竭地向林鹤求饶："当年我真是逼不得已。你就饶我一命吧。"

林鹤把枪口对准苏明，真想扣动扳机，在对方的胸口上开一个网球大的透明窟窿，为自己的战友们报仇。可是，他却没法向一个手无寸铁的人开火。他愤怒地将激光炮扔到一边，冲上前去，抡起一双铁拳，如同狂风暴雨般砸向苏明。

苏明没敢还手，双手抱住脑袋蜷缩成一团，口中不停地告饶。

打了一阵，林鹤突然停手，大叫一声，后退几步，颓然地坐到了地上。

"到底是怎么回事？"这时，霍娜和哈德尔来到了林鹤身边，霍娜关切地问道。

林鹤没有回答，只是大声地喘着粗气，过了半分钟，深吸了一口气，终于开始讲述那段他不愿回忆的过去："我告诉过你，你不能抛弃自己的下属。我抛弃了，为了保护更多的队员，我不得不抛弃了他们。陈一龙、楚国平，他们是很优秀的军官，我最要好的朋友、我的兄弟。我不但抛弃了他们，我还……"林鹤哽咽着。"我没有办法，我真的没有办法。本来是一个很简单的任务，偷偷越过国境线，到一个小山村去解救人质，然后秘密撤退。可是，那是个陷阱，那是这个狗娘养的设下的毒计。"林鹤愤怒地指着苏明道，"是他给我们的任务。让我们51个人，被上千人围在山谷里。两天两夜，两天两夜。战士们对我说，我们被抛弃了。我说，没有。我们没有被抛弃。可是我知道，他们说的是事实。我请求空军支援，可是苏明这个王八蛋说，我们是秘密入境的，如果动用空军支援，势必将事态扩大，会让境外敌对势力抓住把柄。我请求他派兵过来，他说不能，当地政府迫于压力拒绝后续部队入境，他们不能对当地政府动武。我直到今天才知道，这都是假话，当时就是他想让我们死。我们就这样，被当地最大毒枭的上千雇佣军围着。到第三天，我说，不行，必须突围。不突围，我们就会全死在那儿，或者更糟，被俘虏。我们是不能被俘虏的，那会让我们生不如死。"

"你们突围成功了吗？"

"什么叫成功？我活着回来了，很多人都活着回来了。可是……"

"付出了巨大的代价？"

"作战报告上写着，阵亡22人。'22'，一个多简单的数字，可那是22个鲜活的生命，22个为国捐躯的英灵。那一夜，狂风暴雨，我们拼命往外突围。为了吸引敌人的注意力，我命令一分队向右侧高地攻击前进。一分队队长楚国平，出发前用两根指头向我行了一个俏皮的军礼。他从来都那样，乐观、幽默。他们一共14个人，吸引了大量敌人的火力。我们走了，他们却陷在那里，枪声一直在响，一直在响。是我把他们抛弃了，毫不犹豫地把他们抛弃了。"

"太残酷。"霍娜抹了抹眼泪。

◎ 天劫：赫亚降临

"比起陈一龙的死，算不上残酷。"林鹤双眼漠然地望着前方，"知道陈一龙——左锋的父亲，是怎么死的吗？他说的没错，我杀死的，亲手杀死的。"

"啊。"霍娜捂住了嘴巴。

"他是我的大哥，从我入伍那天，他就像大哥一样对我。那一天，他带着一个小队，主动掩护全队走在最后面。我们突围出去以后，掩护着他们撤下来。几个队员都撤下来了，他还在最后面。他手下有好几个队员中弹，他在掩护他们。我赶紧带了几个兵去接应。救出了一个，又救出了一个。我和他拖着另外两个，往回走。另外两个兵在最后掩护。走了大约十来米，我们被对方的火力网完全罩住了。对方有几个狙击手很厉害。我拖着的那个兵脑袋中了一枪，当场就死了。断后的两个士兵也先后中枪牺牲了，我也中弹了，不过没伤着要害。我一边还击一边逃。子弹四处乱飞。眼看就要逃脱了。我听见他大叫，回头一看。他中弹了，双腿被打断了，双手也被打断了，距离我十几米远。我看着他无助地躺在地上，不能动弹。我想去救他，可是，不可能。敌人的狙击手瞄着我们，只要我们过去就只有死。怎么办？没办法。敌人还在逼近，从两侧包抄过来。要不了多久我们就会被他们再次包围。我叫手下的人快走，自己却怎么也不忍心丢下他。他看着我，露出乞求的眼神，冲我喊：'杀了我，快杀了我。'我只当没听见，继续瞄准敌人，开枪，射击。但敌人越来越近，越来越多。我知道，如果我不走，也就走不了了。他还在冲我大喊，要我马上杀了他。我颤抖着，端起了枪。瞄准了他。我的手扣不动扳机，真的扣不动。我眼睛模糊了，我似乎看到敌人冲到他身边，拖着他走。我对自己说，不能让他被带走。我尝试了一次，两次，终于扣动了扳机。我看着子弹击中了他的头部，看着他身子抽搐了一下，然后不动了。"

"于是左锋把你当作杀父仇人，制造了'7.25'公共汽车爆炸案。"霍娜脸色惨白，浑身颤抖。

"是的，那场大爆炸除了炸死了我的妻子和儿子以外，还炸死了 43 个无辜的人。"

"左锋，太可怕了。"霍娜用手捂着嘴。

"因仇恨而疯狂的人。"哈德尔也不禁发表意见道。

"作案的时候，他刚满 18 岁。法庭判了他死刑。我还记得宣判那天他说的话。他说，他这辈子杀不了我，但是他要让我和他一样失去最爱的人，让我一辈子痛苦。他的目的达到了。可是他在毁掉我的家庭的同时也毁了他自己，毁了他父亲的希望。现在他死而复生，仇恨依然在他心底。"

"更可怕的是，像他那样不把别人的生命当回事的人成了赫亚军团的指挥官，不知道会杀多少人呢。"霍娜道，"必须阻止他对无辜的普通百姓下手。"

林鹤点了点头，道："希望他别在错误的路上越走越远。"

10.救星

　　在没有任何征兆的情况下，突然之间，全世界所有能够显示图像的屏幕，无论是电视机、手机、电脑显示器还是广场上的大屏幕，无论它们是关着还是开着，只要接通了电源，全都是同一个图像；所有能够播放声音的喇叭，无论是蓝牙耳机、KTV 音响、收音机甚至跳广场舞的大妈们用的移动音箱，无论它们是关着还是开着，只要接通了电源，都同时播放同一段声音。

　　在星空的背景之下，一个白人男子威严地发布着他的声明。

　　"所有人，无论国籍、性别、种族、老幼，你们听着。全宇宙的统治者，一切生命的始祖，伟大的真神赫亚即将降临地球。臣服他的，生存；反抗他的，灭亡。人类，作为一个物种，统治地球的时代结束了。现在你们必须做出抉择，是战还是降！不要想着逃避，因为你们无法逃避，我们的生物武器将从基因层面瓦解全人类。说得明白一点，就是我们释放了只在人类中传播的致命病毒。一切人类药物都无法抵抗这个病毒。除非臣服于赫亚，接受基因改造，否则你们会在很短的时间内全部死亡。从现在起，赫亚的地球战士们将在全世界范围内建立自己的行政机构，为所有臣服于赫亚的人类进行基因改造。用行动来告诉我们你的选择吧！"

这条简短的声明不断滚动播放，震惊着每一个人。林鹤、霍娜他们也不例外。林鹤第一眼就认出这个男人就是赫亚军团的领袖达萨耶夫。虽然早已领略过他的威严和霸气，但他居然以这样的方式主动站出来向全人类下战书，还是远远超出了林鹤的意料。

霍娜一把砸烂了手机，嚷道："这也太猖狂了！他们有什么资格向全人类宣战？"

"领袖敢这样做，说明他已经成竹在胸了。"苏明淤青的脸上露出难以抑制的惊喜之色，他张开双臂大叫道，"领袖威武！"

"狗屁！"霍娜忍不住骂道，"据我所知，由于赫亚并没有得到政府的支持，没有现代工业化的生产基地，所以我们的装备水平远远高于你们。"

"我不跟你争论。"苏明咧着嘴呵呵地笑着，"你们人类与我们最大的差别在于智商。领袖的计划，你们的领导者根本就不可能有应对之策。就像下棋一样，你们的每一步都在领袖的预料之中，你们能不输吗？"

"只有我不在预料之中，所以你们必须杀掉我。对吗？"林鹤似乎有点明白了自己的重要性。

"也许吧。高层的决策，我不清楚。"苏明淡淡一笑，脸色突然暗淡下来，惨然道，"其实，这已经不重要了，我们都会死在这里。"

他这么一说，林鹤心里也是一沉。左锋不会让他们活下来的。他没有发动进攻，可能正是在等待领袖的宣战公告。现在，他没有任何顾忌，可以使用一切大规模杀伤性武器，甚至是苏明先前提到的氢弹。

"哎，看我找到了什么。"哈德尔突然大叫道。只见他站在仓库角落的大木箱前一边喜笑颜开地招呼大家过去，一边说，"这里有一台反物质切割机，我们把它组装起来就可以切开墙壁出去了。"

听他这么一说，大家立即行动起来，就连苏明也过来帮忙。不一会儿工夫，反物质切割机就组装起来了。这反物质切割机利用正反物质相遇湮灭的原理，切割任何物体都如同切豆腐一般，这仓库的墙壁根本不在话下。不一会儿，墙壁便被切出一个门洞。大家正要鱼贯而出，突然间仓库中光华再现，又有什么东西要瞬移过来。

"是氢弹。刚好半个小时，真他娘的准时。"苏明腿已经软了，一屁股坐在了地上。

林鹤虽然不像苏明那样完全放弃希望，但心中依然忐忑不安。他一边招呼着技术人员先撤，一边紧盯着那片光华，心中暗想："如果真是氢弹，跑也没用啊。我倒要睁开眼，看清楚它是怎么炸开的。"

然而，光华消散之后，出现在林鹤眼前的并不是什么氢弹，而是一个巨大的金属箱子，箱子上用歪歪扭扭的字迹刻着一句话："希望你们和这只噬血兽玩得开心。"

"噬血兽？是什么鬼？"林鹤问苏明。

苏明一脸茫然地摇了摇头。

就在这时，只听"轰"的一响，金属箱炸裂开来。一头噬血兽庞大的身躯完全展现在大家的面前。

林鹤叫声"不好"，左手一把搂住霍娜的纤腰，右手一把抓住哈德尔的臂膀，用尽全身力气，向后急退，以迅雷不及掩耳之势，带着他们从门洞里钻了出去。

就在他们钻出门洞的一瞬间，林鹤看见噬血兽利剑般的尾巴洞穿了苏明的胸膛，将他卷到半空中。接着张开血盆大口，就在半空中，连咬三口，瞬间将苏明绝大部分躯体吞入腹中。最后长舌一扫，将苏明掉落在地上的半截小腿和血迹扫了个干干净净。

这血腥的一幕让在场所有人目瞪口呆，有不少人甚至被吓得瘫倒在地、大小便失禁。

然而噬血兽没有给人过多的时间恐惧。不到1秒之后，噬血兽的尾巴划出一道寒光闪闪的弧线，穿过门洞，直刺林鹤的胸膛。林鹤大骇，奋力向后一跃，双手同时将霍娜和哈德尔推向旁边。他后退的速度哪里比得上噬血兽尾巴前刺的速度？眼看噬血兽锋利无比的尾巴就要刺入林鹤胸膛，那尾巴却已然伸到了尽头，无法再向前刺出一丝一毫，只得缩了回去。

林鹤心中暗叫侥幸，方才若不是自己退得够快，若不是前面还有苏明，若不是这门洞开得并不大，那自己此刻已经成了这怪物的腹中餐了。

林鹤稍稍定了下神，来不及多想，连忙招呼众人："快走，这墙壁未必挡得住它。"话音未落，便知自己所言绝对正确。那噬血兽已经一爪将门洞撕开了一道口子。要不了多久，它就能从里面出来了。

"不能让它出来。"林鹤心中暗想，"它动作太快，一旦出来，我们就很难打中它了。"想到这里，林鹤举起手中激光炮，瞄准了噬血兽的身躯。这时，霍娜、哈德尔也从震惊中回过神来。他们和林鹤想法完全相同，双双举起武器瞄准。

此时，那噬血兽歪坐在门洞内，两只前爪拼命撕扯墙壁，胸腹部的肌肤完全暴露在三人面前。这样好的攻击机会，三人自然不会放过。三人几乎同时开火，直击噬血兽的胸腹。

然而，出乎三人的意料，他们虽然命中了噬血兽的胸膛，也确实给它造成了伤害，但却连它的皮肤都未灼穿，只是留下了一个碗口大的印迹。这足以烧穿数十厘米厚复合装甲的激光，对于噬血兽的伤害竟然不比烟头烫伤人体更严重。

这伤虽说算不得什么，但毕竟有些许疼痛，噬血兽怪叫一声，跳开了。正当三人犹豫是否要借助这个门洞与噬血兽对峙之时，噬血兽张开血盆巨口，一团火球迅速在它口中成型，然后穿过门洞向三人射来。

好在林鹤反应迅速，一把将霍娜和哈德尔扑倒在地，让那火球从他们身体上方掠过，将整个基地炸出一个大洞。只可怜那原本在三人身后的几个技术人员，顷刻间化为了蒸汽。

◎ 天劫：赫亚降临

三人不敢再与噬血兽对抗，爬起来撒腿就跑。刚跑没多远，就听见身后尖叫连连。回头看时，噬血兽已经撞穿墙壁出来了，正在杀戮、吞噬那些方才被吓得瘫倒在地、来不及逃走的工作人员。

林鹤想要回身相救，但是理智告诉他绝对不行。面对噬血兽，除了逃跑，没有别的选择。

"这边走。"哈德尔大喊着砸开了一间办公室的大门。他冲进办公室，挥拳打碎了窗户玻璃，回身冲林鹤和霍娜道，"你们抓住我，我带你们飞下去。"

林鹤这才知道，自己一直是在一幢摩天大楼之中。他向窗外望去，外面灯火辉煌，从远处霓虹灯招牌和广告上的字样看来，这里十有八九正是日本的首都东京。

"怪兽一旦离开这里，后果真的不堪设想。"霍娜不禁喃喃自语道。

"再不逃就没有脑袋想什么后果了。"林鹤一手抱住霍娜的腰，一手握紧哈德尔的腰带，三人跳窗而出。

就在他们离开窗口的一瞬间，林鹤看到噬血兽破壁而入，不由得再次暗叫侥幸，一种逃出生天的淋漓畅快油然而生。然而，0.1秒之后，他就知道自己高兴得太早了。那怪兽不但会飞，而且比他们飞得更快、更灵活。

三人无奈之下只能在空中向噬血兽开火，但根本无济于事，噬血兽的血盆大口已经近在咫尺。如果不是它想要吃掉三人，而是吐出火球，三人瞬间就会尸骨无存。

眼看三人就要沦为噬血兽的美餐，却只见一道蓝色闪光弹从天而降，正打在噬血兽的背上，诱发了一次小规模的爆炸。林鹤只觉一阵眩晕，定睛再看时，不知何时一架载重汽车大小的飞行器已落在三人面前。刚才攻向自己的噬血兽则如同喝醉了酒一般，在半空中扭起了秧歌。

"想活命就快上来。"飞行器舱门打开，里面有人大声喊道。

118

哈德尔顾不得问对方是何许人，忙趁这机会带着林鹤和霍娜冲进飞行器。

"干掉怪兽。"霍娜急切地大叫道。

"打怪兽的事儿，还是交给奥特曼吧。我们还有更重要的事情要办。"驾驶员启动飞行器，然后扭过头来。林鹤立即认出他来。虽然两人未曾谋面，但是林鹤却在破译赫亚军团的通信记录时见过他，知道他是先知的随从。一个赫亚军团的人，为什么要救自己？林鹤一边思索，一边观察四周。这是一个小型飞行器，机舱并不大，除了林鹤三人以外，只有驾驶员一人。

"奥特？"霍娜立即意识到对方在开玩笑，"这一点也不好笑。"

"噬血兽不会无限制地吃人。在它进入进化态之前，最多会吃掉一两万人。即使加上进化和繁殖，以现在达萨耶夫手里的妖兽数量来说，要吃光70亿人类，至少也得花几十年。所以，我们要解决的是真正的危险。"说到这里，他重重地顿了一下，"达萨耶夫想成为赫亚在地球的化身，为此他甚至不惜释放妖灵。"

"妖灵？"林鹤问道，"是刚才那个怪兽，或者某种DNA导弹？"

驾驶员摇了摇头，道："你们人类从来就没弄明白达萨耶夫想干什么。"

"听你的口气，你不是人类？"霍娜已经从刚才的慌乱中恢复过来，意识到眼前这个人并不简单，警惕地问道。哈德尔则是全神戒备，手握武器，眼睛警惕地看着四周。

驾驶员报以极具亲和力的微笑，回答道："没错，我不是人类，也不是宇宙反赫亚联盟的成员。恰恰相反，我是赫亚的信徒。我叫贾乔。"

"你为什么要救我们？"林鹤问道。同时，他向霍娜和哈德尔靠近了一步。他隐约觉得有什么危险正在袭来，但具体是什么，又说不清楚。

"我没有别的选择。我信赫亚，但只有信仰的理性，没有宗教的狂热。我不赞成发动对全人类的战争。"贾乔一边说着，一边站起身来，像一个神父开始布道，"赫亚是仁慈的，不会为了自己的利益去灭绝一个物种，不会以武力去强迫对方臣服。如果不是这样，那他就不值得信仰。达萨耶夫的所作所为，不但不会令赫亚受到尊重，相反还会损毁他圣洁的形象。我们必须停止这场战争。"

"可是现在战争不但已经打响，而且已经公开化了。你或许也已经知道，赫亚军团已经发动了 DNA 导弹攻击。人类已经到了灭亡的边缘。"霍娜道，"作为人类，我们只有奋起反击。"

"奋起反击？你们知道怎么做吗？"贾乔双眼射出利刃似的光，直指三人的软肋。林鹤深知，他们确实不知道该怎么做。

"卡伽利已经决定使用一体网与宇宙反赫亚联盟携手来对抗你们了。"霍娜不愿认输。

"卡伽利？"贾乔冷笑了一声，"他根本不是达萨耶夫的对手。他的计划早在达萨耶夫意料之中，而且也正是达萨耶夫所希望的。达萨耶夫向人类宣战、左锋等人正在全世界制造恐慌，其目的也正是让各国政府加入一体网建设中去。卡伽利指望一体网来驱动他的大军，而领袖则要用一体网完成对地球的统治。"

林鹤、霍娜、哈德尔三人面面相觑，心中均想：虽不知他所言到底是真是假，但一体网若为赫亚所用，那将是无比巨大的灾难。

贾乔接着说："现在，只有一个人能够救全人类，能够解除这场危机。他就是先知。他是全人类的救星。但是他现在被领袖秘密囚禁在某个地方。"

"你救我们，就是要我们去救他？"林鹤似乎明白了贾乔的动机。

贾乔点点头，"说得没错。这是你们未来 7 天的使命。以现在的形势来看，7 天之内妖灵还不会强大到难以控制。"

"妖灵到底是什么？"听到贾乔再次提到妖灵，林鹤认定这很可能是赫亚军团的终极武器。

"你们可以认为那是一种病毒。"贾乔顿了一下,"其实也并不是病毒,严格讲,是一种基本粒子级的自进化 DNA 载体生物机器人。"

"它能做什么?把人变成僵尸?"林鹤不由得想到了生化危机。

贾乔摇了摇头,道:"你虽然拥有了进化人的基因,但是思维方式还受制于人类的知识体系。我的知识也很贫乏,不知道怎么向你解释,只能告诉你,妖灵将改造整个生态圈,彻底地改变整个地球。"

"你的意思是,7 天之后地球就将不可逆转地被彻底改变?你未免太高估你们的力量了。"霍娜不屑地道,"我们曾经做过评估,一旦发动公开的战争,24 小时之内,就能摧毁你们80% 以上的据点。最快半个月,就能将赫亚在地球上的组织彻底消灭。"

"这种评估你们自己都不相信。"贾乔冷笑着道,"否则你们早就对我们动手了。"

"不是对评估结果不相信,而是因为投鼠忌器。我们的评估报告同时指出,一旦战争公开化,由于你们在基因工程、生化武器方面的优势,将造成至少 3 亿~ 5 亿平民死亡。"霍娜反驳道。

"哦?我真没有想到你们居然如此高估自己对抗基因战的能力。"贾乔不阴不阳地道,"果然,M793X5 号基因已经决定了人类终将死于自己的无知和狂妄。"

林鹤从一开始就隐约觉得贾乔有些不对劲,这时突然捕捉到了从贾乔身上衍射出的电磁波信号,马上意识到问题所在,当即喝问道:"你到底是谁?你不是人,也不是进化人,甚至……"说到这里,林鹤一个箭步冲到贾乔身前,不等贾乔反应过来,已经将手中的激光炮顶到了贾乔的额头上。

贾乔淡然一笑,道:"你现在才发现,有点晚了。而且,既然你知道我不是人,你拿它指着我的头又有什么作用呢?"说着,贾乔伸手掏出一把匕首,绕着自己的脖子划了一圈,竟然将整个头颅割了下来。他一

◎ 天劫：赫亚降临

边用手掂着自己的脑袋，一边通过飞行器内的扬声器发出声音道："事实上，我是一个已经死了的人，用你们的话说，就是一个鬼魂、幽灵。我用人的形态与你们见面只是为了更好的交流。"说完，他将脑袋又装了回去，竟然和原来并无半点分别，直惊得三人说不出话来。

贾乔等他们稍稍回过神，伸出手指指着三人说："你们是人类的唯一希望。照我说的去做，在 7 天之内救出先知。"

"我们为什么要听你的？"哈德尔问道。

"我们凭什么相信你？"霍娜问道。

贾乔呵呵一笑，并不作答。他回身坐到了驾驶座上，约莫半分钟后，飞行器降落了。舱门打开，三人向外望去，外面漆黑一片。林鹤隐约看到苍茫的原野伸向远方，似乎是西北大漠的景象。

"到了。我只能送你们到这里了。"贾乔指了一下船舱后部，"那里有最先进的单兵作战装备，你们拿去用吧。这就是我能做的一切了。人类的命运、地球的未来，就看你们了。"

"你为什么不去？"哈德尔质疑道。

"谁说我不去？只是现在这个我不去。"

没等三人反应过来，一股强烈的气流将三人卷出了机舱，摔在荒原上。然后飞行器腾空而起，从半空中丢下 3 个滚筒洗衣机大小的箱子。一道蓝光闪过后，飞行器已消失在天际。

11. Z空间

三人站在荒原之上，举目望去，杳无人烟。一轮明月静静地挂在半空中，银色的月光柔和地洒在茫茫原野之上，透着一股苍凉而又狂野的气息。

"我觉得这里是无人区，就凭两条腿，我们根本走不出去。"霍娜说着问哈德尔，"能和总部联系上吗？"

哈德尔尝试了一下，摇头道："收不到卫星信号。我再试试。"

林鹤拍了一下哈德尔的肩膀，道："别试了，有强干扰源，屏蔽了所有信号。看样子这并不是一个普通的荒原。"

"我们现在怎么办？那家伙把我们扔在这鬼地方，还说要我们拯救地球，真是……"霍娜原地转了一圈，一脚踢飞了地上的一颗小石子。

"人家毕竟给我们留下了几套装备呢。"林鹤说着拍了一下身边3个滚筒洗衣机大小的箱子中的一个。

"你真要用？"霍娜和哈德尔都疑惑地看着林鹤。

林鹤耸了耸肩，道："不然呢？我可以负责任地告诉你们，至少方圆100公里以内没有任何水源。等到太阳出来以后，气温会达到50℃以上。我不认为还有别的办法。"说着，林鹤按下了箱子上的启动按钮。只见那箱子像是活物一样，跳起来，化作半液态，将林鹤包裹起来，形成一套盔甲。

霍娜和哈德尔半信半疑地照着林鹤的样子分别装备上了盔甲。

"天哪，从来没有过这样的感觉，难以用语言形容。"霍娜叫道。

"赫亚军团的这套阿波罗战甲确实不错。你们能收到我的信息吗？"林鹤后面一句是用嘴说出来的，而前面一句则是利用盔甲的沟通系统发出的。

"非常清楚。"哈德尔同样用沟通系统回复道。

"收到。"霍娜的信息也传来了，"但不知道安全性怎么样。"

"安全性非常好。除了你们三个人，没有人能够截取这些信息。"贾乔的声音同时出现在三人的脑海中。

"这是怎么回事？"三人都惊呆了，"你没有离开？"

"那个植入飞行器的我已经离开了，现在是植入战甲的我在和你们说话。"

贾乔的解释让三人更加迷惑，三人不由异口同声大叫道："你能不能说点人话。"

"其实我的肉体早在三天前就死了，可是灵魂仍然活着。"贾乔发出几声干笑，接着解释道，"这种技术我们称为思维封包。刚才在飞行器上与你们交谈的，是三天前，我的肉体死亡之前封包的我的思维，它的物理载体就是那艘飞行器的主控系统。现在与你们交谈的，是我死前封包的那个思维在驾飞行器离开以前封包的思维。这种技术现在已经很成熟了。简单地讲，就是把一个人的神经系统完全复制到相应的设备上去，这样一来，这个设备不但拥有了这个人的全部记忆，而且可以完全模拟这个人的思维。具体做法是，首先，我们会将人脑的状态进行固化分析，然后……"

"现在可不是进行科普的时候。"霍娜打断道，"你要我们怎么做？"

"以最快的速度奔向这个位置。"贾乔说着将坐标信息传递给了大家。

"可是我现在还是不敢相信你。"霍娜道。

"天哪，不要疑心这么重好吗？不是有句古话说，人之将死，其言也善吗？我都死了三天了，我的话你们怎么还不信呢？况且，你们的命是我救的，就当是报恩总行了吧。"

"看在你救过我们的份儿上，我们可以到那儿去看看，不过救不救先知，我们会到时再做决定。"说到这里，霍娜似乎才意识到自己并不是林鹤和哈德尔的领导，于是补充了一句："你们认为呢？"

"同意。"哈德尔简单明了地回答。

林鹤一直认为贾乔所言是危言耸听，根本就没有太在意。他本来想穿上战甲之后就离开这里，但是霍娜和哈德尔都愿意去"拯救地球"，自己也就不好独自离开了，只好道："就算是报答他的救命之恩吧。"

"那就赶快出发吧。"贾乔说，"我们不能暴露行踪。所以，虽然战甲上有引力场推动系统，但也最好别用，容易被发现。"

"这么说来，现在只能看看我们跑步的能力怎么样了。"霍娜说完，拔脚飞奔。

林鹤和哈德尔随即跟上。由于身披阿波罗战甲，三人跑起来既不觉得吃力，速度又快。15 公里的路程，不到 20 分钟就跑到了。而就在这不到 20 分钟的时间里，三人又对战甲性能加深了了解，各种不解之处，也一一得到了贾乔的解答。

现在，他们所要做的是，进入 Z 空间。这是赫亚军团最重要的秘密基地，是地球上一处人类不可能到达的地方。它建造在罗布泊的中央地带，四周的茫茫荒漠已经为它设置了最佳的天然屏障。可是，戈壁和沙漠并不是阻挡人类的防线，事实上，即使人类知道了它在三维空间中的位置，带足干粮和水，用最先进的仪器导航，也不可能到达。因为，自从它建成的那一刻起，Z 空间就与它周边的三维空间割断了联系，而仅仅留下了几个秘密通道通过高维度空间与之相连。因此，即使与 Z 空间在坐标上极其相近的地方，由于三维空间的割裂，也根本不可能知道 Z 空间的存在，更别提到达 Z 空间了。所有与 Z 空间相连的秘密通道都有赫亚军团的重兵把守，除了现在林鹤等人正在前往的这一个——贾乔临时搭建的连接。

这个连接的入口是一个直径不足一米的石头圆盘，平放在戈壁中，毫不起眼。

"搬开它，然后跳下去。一定要快，连接只有 10 秒的时间。你们不会想品尝被空间撕裂的感觉。"贾乔说道。

林鹤一把抬开圆盘，只见下面是一个放着五彩光华的圆洞，也不多想，赶紧跳了下去。不到 1 秒钟工夫，林鹤双脚吃力，已经踩到了地面。紧接着霍娜和哈德尔也从头顶闪着五彩光华的洞中现身出来，落到自己身旁。头顶的五彩光华很快就消失了，三人忙蹲下身子四下张望，四周黑漆漆的，竟什么也看不见，只感觉空气潮湿，完全不像在戈壁之中，而且上方似乎有什么东西在运动，电场、磁场都在明显变化。

"这是什么地方？"林鹤问道。

"这是 Z 空间里供电站的一个电梯井。这个时间是不会有人的，比较安全。"贾乔回答道。

霍娜说："我们趁晚上行动，以免夜长梦多。先知现在在什么地方？"

"我不知道。"

贾乔的回答让大家都傻了眼。林鹤心想，天哪，他连先知在什么地方都不知道。看看他给的 Z 空间地图，Z 空间总共有 20 多平方公里，174 座各类建筑物，其中总建筑面积超过 100 万平方米的大厦就有 39 座。在这里找一个可以放休眠仓的房间简直就是大海捞针。更要命的是，在这里，他们没有合法的身份而且孤立无援。

"等天亮了，你们先去找司马雷。他是元老之一，如果他答应帮忙，你们一定能查出先知的所在地，而且有他帮你们疏通关系，你们救人也更容易些。你们先休息一下，天一亮就去见他吧。"

"你为什么老说'你们'？难道你不跟我们一起去？"霍娜问。

"我当然跟你们一起去，但是我不能与除你们以外的任何人进行交流。我可不能随意穿越防火墙。你们得想办法让他相信你们、帮助你们。没有他的帮助，你们不可能成功。"

林鹤问："他知不知道我们会来找他？"

贾乔回答："不知道。"

这个回答确实不能令人满意。"你事先就没打个招呼？"霍娜没好气地问。

"事先？我被人杀了。"贾乔嚷道。

"别说这些没用的了。怎么让司马雷相信我们？你应该有计划吧。"林鹤相信贾乔应该不会毫无准备。

然而事实恰恰相反，贾乔根本没有任何计划。他只给出了一个目标，即到 Z 空间去救先知，至于怎么救，他根本不知道。他告诉大家，当初先知曾经嘱咐他说，如果自己出了意外，就去 Z 空间找司马雷。至于找到司马雷之后怎么办，先知并没有给出指示。贾乔原本想自己直接去找司马雷，但是却被左锋拦截了。在左锋杀掉自己之前，贾乔及时把思维封包并秘密传输到那艘飞行器上。为了完成先知交给他的任务，他想到了利用林鹤。所以这才有了后来的事情。

林鹤觉得头有点晕，但是事已至此，也只能硬着头皮上了。他们稍稍休息了一会儿，等到生物钟走到 6 点 30 分的时候，三人把战甲切换到伪装模式，来到了地面上。

走出供电站的大门，三人顿时惊呆了。这是从未见过的景象。整个空间是一个密闭的巨大球体。这一点倒是与地球类似，只不过与地球正相反，地面并不是球体的外表面，而是其内表面。脚下的大地向四方伸展开来，在远方渐渐地向上卷起来，一直向上直到在头顶上极高的地方又汇合成一处。天空，如果可以这样说，就是在大地的包围之中。大地之上的建筑无一例外地指向球体的中心。那里有一个并不明亮的光源，将昏暗的光均匀地洒向地面。

三人忙收敛心神，装作在路边聊天。一边聊一边偷偷地四下张望。由于时间还早，旁边并没有什么人，只是偶尔有晨练的人经过。

"这里倒真是一片宁静，虽然高楼林立，但给人的感觉却像个西欧的小城。"林鹤感叹着。他结婚的时候曾经到西欧旅游，对那里的宁静古朴有着极好的印象。

"嘿，别傻站着。"贾乔提醒道，"虽然战甲能让你们的衣着看起来很正常，可是你们的举止太不正常了。快走吧。"贾乔说着给出了司马雷家的坐标，并催促三人直接启动引力场推动系统飞过去。

"飞过去？太显眼了吧。"霍娜有些犹豫。

"站在这儿才显眼呢。这是 Z 空间，我的大小姐。快走吧。"贾乔催促道。

林鹤明显地感觉到了贾乔的紧张，一边启动引力场推动系统，一边问："怎么了？有危险？"

"当然。尽量减少在外面的时间。Z 空间的扫描系统会定时抽检，如果发现我们这些陌生面孔会立即报警的。"

"面孔？人脸识别系统？"霍娜问。

林鹤也问："这里一共有多少人居住？在系统里都能识别？"

贾乔回答："说出来你们可能不信，这里差不多有 20 万居民。"

"这么多？"三人一齐惊呼。

"一般来讲，现在人们还没出门，再过一个小时，你们会被外面的景象吓着的。"贾乔并没有解释到时候会是什么景象，而是再次强调了 Z 空间的危险性，"扫描系统如果发现我们，麻烦就大了，空间警卫队可不是吃素的，所以不要在公共区域停留过长时间。"

在贾乔的一路催促之下，三人来到了给定的坐标位置。这是一座半空中的露台，大约 50 平方米，中间是一条木板铺就的便道，两边是剪得整整齐齐的草坪。便道前方是三级石阶。石阶之上一扇古色古香的朱漆大门，门的两侧各放着一只石狮，门楣上挂着一块大红牌匾，上写"闲云山庄"4 个镏金大字。

在这个极其现代化的地方，而且是在距地面近百米高的地方，看到这样一扇大门，林鹤真是吃了一惊。看样子，这个司马雷是个很古典的人。

由于害怕被扫描系统发现，林鹤也顾不得多想，一个箭步冲到门前，敲响门环。不一会儿工夫，便有人答应着打开大门。此人十四五岁的样子，穿着一身汉服，打扮成书童模样。

"敢问这里是司马雷先生的府邸吗？"林鹤不免也古典起来。

"正是呢。几位找家师？"

"是啊。司马先生在家吗？"林鹤一边说一边向门里张望。门内也是中式古典风格，像是一个极大的庭院，从外面只能看见雕着浮雕的影壁，看不到院内的情况。

"几位里边请。"书童让到一边，领着三人往里走，一边走一边说，"家师外出未归，但有吩咐在先，说若是有客来，请到书房稍候，他今日上午必回。"

林鹤等人一边往里走一边仔细观察。这是一个在室内建成的中式五进院落。亭台楼阁一应俱全，还有假山流水，倒真有苏州园林的味道。

走过游廊，穿过拱门，三人来到一个小院落。院中一边是个小池子，水池中间放置着一大两小三座覆着青苔的假山，用微缩石桥相连，池水清澈，闪着粼粼的波光，十几条大小不一的锦鲤在水中游弋。院中另一边是一片微型竹林，竹林中间设着一张石桌，桌边围着 3 个石凳。

正前方是一间不大的屋子，与整个院子的风格一样，是典型的明清建筑。大门上挂着一块匾额，写着"风雅斋"3个字。两旁柱上挂着对联，林鹤对这些并无兴趣，也没细看。他的注意力全集中在屋内，虽然屋门关着，但是他能感觉到里面有人。

果然，屋门打开，走出一位大汉。此人眼大鼻大嘴大，络腮胡子张牙舞爪地向外生长着，一脸凶相，不必化妆便可直接扮演张飞、李逵这类角色。

他一出门来便扯着嗓子喊道："司马大师可回来了？"

童子忙赔笑道："胡将军，家师尚未回来，这三位客人也是来找家师的。"

胡将军扫了三人一眼，哼了一声，嘀咕了一句："又来3个蠢货。"大声道："里面坐不下了。"说完一转身进去，砰的一声把门给关上了。

童子尴尬地冲林鹤笑了笑，道："您三位不妨就坐在院子里吧。"

"无妨，无妨。外面空气还好些。"三人走到竹林中坐下。童子转身离开了。

林鹤道："看来不止我们在找司马雷呀。"

"里面有十几个人。"霍娜道。

"14个，门庭若市。这种环境太容易暴露身份了。"林鹤说。

"见面的时候不会这么多人一起见吧？又不是专家门诊？"霍娜挤出了一点笑容，希望缓解一下紧张的气氛，但没有什么效果。

三人坐着等了一会儿，心里七上八下地盘算着怎么应对可能会出现的各种情形，却都没有找到真正稳妥的方案。

"等会儿司马雷来了，我们应该怎么说呢？"林鹤虽然意识到这样问贾乔多半没什么用，但还是开了口。

"我也不知道。"贾乔的回答不出意料地让人失望。

"总得想办法套套近乎吧。"霍娜道，"你和司马雷之间有没有什么暗语或者别人不知道的事？"

"对呀。如果有的话，就能让他相信我们了。"

"没有。"贾乔再次让三人失望了，而更加令三人惊讶的是，贾乔补充道，"事实上，司马雷根本不认识我。"

"这就是你的狗屁计划？"林鹤几乎要从凳子上蹦起来，"要我们冒险来到这个与世隔绝的地方，去找一个根本和我们没有半点关系的人帮忙。亏你想得出来。"

"他凭什么帮我们去找先知？他凭什么相信我们？"霍娜也急了。

"晓之以理，动之以情啊。"贾乔回应。

"可是我们是什么身份？即使他不知道我们是反赫亚联盟的人，但仅仅是偷渡者也足够让人怀疑的了。而且，我们根本没有证据能让对方相信我们所说的话。像这样，还不如直接到外面去大喊：'我要见先知。'"林鹤一边说，一边站起身来在竹林里来回走动，发泄不满。

贾乔反击道："这是唯一的办法。你们如果愿意试试，就去。不愿意，现在走还来得及，秘密通道在今天中午12点以前还能启动。只不过，我提醒你们，想救整个人类，这是唯一的方法。"

"狗屁！"哈德尔骂道，"我们直接去和达萨耶夫作战。"说着就站起身往外走。

"你们以为达萨耶夫好对付？他的能力比你们想象的强得多得多。你们直接与他作战，只会死无葬身之地。这个圣灵计划是他多年精密谋划部署的，只有先知才有办法应对。而要找到先知，只有司马雷有办法。"贾乔在三人耳边喋喋不休地劝阻道。

他的话对霍娜和哈德尔没有起到什么作用，林鹤却迅速地冷静了下来。他意识到贾乔的话并非全无道理，虽然不能对司马雷帮忙抱有太大希望而且待在这里确实风险很大，但是没有试过就放弃也不是明智之举。

林鹤在心里盘算着，现在按哈德尔说的离开 Z 空间直接去与赫亚军团作战也算是一个办法，毕竟他们已经掌握了一些有用的情报。在 Z 空间里搞一些破坏活动，或许也能阻碍圣灵计划的顺利实施。现在自己这边有3个人，完全可以分头行事。林鹤叫住霍娜和哈德尔，道："我们不妨分头行动。哈德尔回去，向黑格勒汇报有关圣灵计划的情况，让他设法提醒卡伽利千万别让一体网为赫亚军团所用。我留下试着请司马雷帮忙，霍娜在外面接应。司马雷答应帮忙当然好，如果他不答应，我们再见机行事。我看这Z空间是赫亚军团的重要基地，若能摧毁一两处重要设施，说不定也能破坏圣灵计划。"

霍娜和哈德尔完全赞成林鹤的计划，迅速离开了小院。可是，林鹤刚回到石桌旁，还未坐下，霍娜和哈德尔便飞一般地跑了回来。林鹤见二人神色紧张，忙问怎么回事。

"左锋来了。"回答简洁明了，但绝对不是林鹤想听到的。

真是不是冤家不聚头！现在怎么办？就在这里开打？林鹤问道："他们多少人？"

"就他一个。要不，在这里干掉他？"哈德尔提议道。

"他肯定没发现我们，我们三人一起突袭，倒也有胜算。"霍娜同意哈德尔的办法，但还是将目光投向林鹤，希望他来做决定。

"不，先躲起来。躲到竹林后面。"林鹤觉得现在不是拼命的时候。这时暴露，一切就都完了。可是躲得过吗？阿波罗战甲的隐蔽功能很强大，但林鹤依然没有把握。

三人刚隐蔽好，童子便领着左锋进了院子，一边走一边说："今天也不知怎么了，来的客人特别多。屋里都已经坐不下了，有几位还……"童子见林鹤等人已不在院内，话说了一半，停住了。

"还什么？"

"他们刚才还在院子里。"

左锋在院中扫视了一眼。林鹤的心提到了嗓子眼儿，他不敢确定自己能否逃过左锋敏锐的感觉。现在他能做的只有屏住呼吸，一动不动。

左锋并没有发现他们，一转身，径直朝前走去。走了两步，又停住了脚步，问道："屋里有些什么人？"

"都是来找家师的。按家师立下的规矩，来者是客，我们并未询问。"童子恭敬地回答。略停顿了一下，又补充道，"里面我只认得胡将军。"

"哪个胡将军？"

"就是……"

童子话没说完，胡将军已推门走了出来，骂道："哪个王八蛋又在外面瞎嚷？吵死人了。"

"我以为是哪个胡将军，原来是你这头大野猪啊。你什么时候成将军了？"左锋一脸的不屑。

"信不信老子一拳砸扁你。"

林鹤见二人一见面就起了冲突，心中暗喜，赫亚军团内部果然矛盾重重。他暗中问贾乔两人是否有积怨。可是贾乔的回答再次让林鹤失望——他不知道。原来，贾乔只是先知身边的亲信，活动圈子极为有限，只见过左锋一面，也就是被左锋杀掉的时候，胡将军更是见都没见过。

面对胡将军的咄咄逼人，左锋没有丝毫退缩，冷笑道："有种就来呀？我可好久没揍人了。"

"这倒是，你最近好像净被人揍了。不到 6 个小时，你的损失可不小啊。"胡将军嘿嘿地笑着说。

左锋面色铁青，咬着牙道："你真把老子惹生气了。"说着抢拳便要打。

眼看两人要开打，却不想胡将军突然变了脸色，赔笑道："算我错了，还不行吗？怎么，戳到痛处了？来来来，坐会儿，消消气。"说着伸手搂住左锋的肩头，将他推到石桌旁坐下。

"滚蛋。"左锋把手一挥，"你真是哪壶不开提哪壶。现实真的很骨感，我们太弱了。"

"听说，连你的司令部也被端了？"

133

左锋双手一摊，道："没有司令部反而更有利。现阶段，化整为零、小股作战是我们的优势。"

胡将军拉着左锋坐下，道："叛军用的也是外星装备，而且是流水线生产，不像我们需要时间来进化。没有多少人像我们两个一样有机会在圣战中得到历练，我们在正面打不赢是很正常的。至于你说的小股作战能支持多久，那就真得看你的本事了。在这种关键时刻，你怎么会突然来到这里？"

此时左锋与胡将军的背心距林鹤不过 3 米远，林鹤此时若是出手进攻，有极大把握给予他们重创。但是偷袭的念头在林鹤的脑中一闪即逝，林鹤暗自嘱咐自己不要冲动。

左锋瞅了胡将军一眼，反问："你什么时候好奇心这么重了？"

"不想告诉我？没关系，当我没问。"

"不是不想告诉你，而是不能告诉你。"左锋耸了下肩，"事关圣灵计划的成败。"

"圣灵计划已经要完蛋了！"胡将军胡子往上一翘，大叫道，"我以前从不质疑领袖的英明伟大，但是现在我们不得不承认这个计划有大问题。我们的基因武器、生物机械需要太长的时间才能发挥作用，而在这之前，叛军可能已经把我们赶尽杀绝了。你应该知道，就在卡伽利向我们正式宣战的短短 6 个小时之内，我们已经损失了将近 80% 的据点，被杀、被俘的信徒、战士数以万计。即使你开始游击战，释放妖兽制造危机，也不过是拖延些许时间而已。"

"你似乎不同意领袖发动战争的决策。"

"没错，我确实不同意。"

"这就是你们来这里的原因？"

"没错，我们希望司马大师出面召集诸位元老……"

左锋猛地站了起来，叫道："你们想发动政变？"

"不，我没有这样想过。我只是觉得领袖这一次决策失误了，我们不能让他在错误的道路上走得太远。"

"我刚从前线回来，知道情况非常危急。但是，我要告诉你的是，你们错了，真的错了。你们根本不知道领袖的计划，这一切都在领袖的计划之中。这次大溃败本身就是圣灵计划的一部分。"

胡将军用怀疑的目光凝视着左锋。左锋点了下头，并以肯定的眼神回应。胡将军有些动摇了，沉默了一会儿，问："你不会是领袖派来镇压内乱的吧？"

"你们的举动倒真是在领袖的意料之外。如果我不是碰巧回来，你们可能真会坏了领袖的大事。"

"我们凭什么相信你？"一个人从屋里走了出来，冷冷地问。他梳着大背头，留着两撇小胡子，披着一件墨绿色的呢子大衣，手里拿着个没冒烟的老式烟斗，像是20世纪30年代上海滩的黑道老大。

"我不需要你们相信我。但是，我可以保证，不相信我的人会变成死人。"左锋往上迎了两步。

"旁人怕你左锋，是因为你是领袖的心腹爱将。现在我们既然已经与领袖对着干起来了，你认为我们还会怕你吗？"跟着黑道老大走出十几个人来，其中一个又矮又胖的光头，手里把玩着一根不起眼的黑色短棍，半阴半阳地说。

胡将军一把拉住左锋，又冲黑道老大和光头的方向伸手拦了一下，道："有事儿好说，可别动手。现在可不是内讧的时候。"

"你还知道不是内讧的时候？你们现在就在搞内讧！"左锋并不买胡将军的账，冲他吼道。

光头根本不理会胡将军的劝阻，将黑色短棍冲左锋一指，一道紫红色的闪电从棍头发出来，直击左锋。左锋正与胡将军纠缠，也没料到光头会抢先动手，不及躲闪，被击中胸部，整个人瞬时浑身一震，向后跌出，正撞在几株竹子上，震得竹叶纷纷飘落。

光头得势不饶人，挥动短棍又是一击。可是这次左锋已经有了防备，也不躲闪，反手一扫，竟然硬生生地将光头发出的闪电弹到了一边。左锋冷笑道："就这点攻击力吗？"话音未落，右手横挥，掀起一道气浪，卷起半空中正在飘落的竹叶，化作无数飞刀，如排山倒海一般向那光头扑去。

光头原本是想趁左锋不备偷袭，不想左锋比他强得太多，见左锋猛攻上来，心中大骇，手足无措，只拿眼瞅着黑道老大，希望他来救命。黑道老大自然知道自己这位光头小弟不是左锋的对手，伸手抓住他的衣领，将他向后一拉，另一只手同时抓起自己的大衣一挥，战甲已然装备完毕。竹叶飞刀打在他的战甲之上发出铿锵之声，却不能伤他分毫。只听他大喝一声，双手在胸前一抱，凭空合成出一门口径足有20厘米的重型大炮，炮口正对准左锋。

左锋冷笑一声，竟然并不躲闪，也不装备战甲，只是轻轻伸出右手，张开五指，似乎有十足的把握单手将对方的炮击接下。

两人正要激斗开来，却听院子大门那儿有人咳嗽了一声，两人顿时像点了暂停键一样定住了。众人扭头看去，只见一个精瘦的白发老者一脸严肃地站院门口，用犀利的眼神扫视着院里的一切。显然，他就是这里的主人——司马雷。

12.元老

当司马雷走进院子后，气氛便和之前完全不同了。既没有了玩笑，也没有了冲突。一切都在司马雷的控制之下。"你们来这里是打架的吗？"司马雷洪钟般的嗓音透着威严。黑道老大立即收了手，恭敬地垂手向老人行礼道："弟子不敢。"

司马雷缓缓问道："当年我是怎么教你们的？平心静气方能臻于化境，每一次冲动都会伤害自己。这一点你们是不明白，还是不想明白？"

整个院子里没有一个人出声回答，所有人都屏住呼吸，低头聆听着老人的教诲。

可是司马雷并没有再说什么，沮丧的神情从眉宇间显露出来。他轻轻地挥了下手，声音变得低沉而无力，说："你们走吧。"

"可是……"黑道老大显然不愿离去，但他刚开口，就被制止了。

司马雷缓缓地说："你们的心思我知道。但是，这行不通。看看你们自己穿的、用的，既然你们已经放弃了我教给你们的东西，你们又何必再来管我这个食古不化的老顽固呢？不要妄想利用元老们之间的恩怨来达到自己的目的。你们还没有这个本事来挑战任何一位元老。火种，不要以为那是骗人的鬼话。"他说出最后那句话时，双眼紧紧盯着黑道老大。

黑道老大被这犀利的目光逼得倒退了两步，低下头灰溜溜地走了。

其他人显然大多是他的帮手，也都灰头土脸地逃走了。

"火种是什么？"林鹤问贾乔。

贾乔这一次倒是没令他们失望，解释道："这是一个传说。当年5位元老就是因为得到了真神赫亚发送到地球上的火种才具备了超人的力量，而且可以与真神赫亚沟通。为了防止火种遗失或者被叛军利用，元老们设法将火种分成5份，分别融入各自的身体，使之成为元老身体的一部分。"

"简直是天方夜谭。"霍娜嘀咕了一句。

"确实，很多人都不信，但是也无法证伪。没有人能够挑战元老的地位，甚至我们根本不能对元老有任何敌意。"

"基因改造造成的？"霍娜问。

"可能，但也未必。"

林鹤示意霍娜别再追问火种的事，现在这个并不重要。现在最重要的是司马雷的态度。他已经对黑道老大等反对达萨耶夫的人说"不"了，如果他支持达萨耶夫，那么整个计划就得重新考虑。林鹤不希望如此，直觉告诉他，司马雷和达萨耶夫不是一路人。他期待着司马雷给出明确的信号。林鹤心想：看看他对左锋的态度就知道了。左锋对他并不恭敬，如果能起冲突就好了。

众人渐渐散去，左锋这才走上前去。可还没张嘴，一旁的胡将军抢先道："不管怎么样，您得想些办法，这仗没法打下去了。"

"他既然想好了发动战争，那仗就不可能打不下去。以叛军目前的科技水平，根本就对付不了妖灵。"

听到"妖灵"二字，胡将军脸色突变，像是看到了鬼怪一般，叫道："妖灵？那是老妖的思路，难道老妖回来了？"

"达萨耶夫所做的事，连你都不知道吗？你问问他。"司马雷说着把目光投向左锋。

胡将军忙问左锋："老妖真的回来了？"

"用脚趾头想都知道，这怎么可能。"

"那领袖知道怎么控制妖灵吗？"

左锋摇了摇头。

胡将军张大了嘴巴，一句话都说不出来。左锋一把扯开他，转头冲司马雷道："我与他们的目的并不相同。我是领袖派来……"

司马雷摆了下手，说："他是你们的领袖，不是我的。即使你想投靠到我这边，你也不具备资格。"前面一句是冲着左锋说的，而后面这句话是冲胡将军说的。分别说完，又作了个总结："我不想和你们多说什么。我们不是一路人。"

林鹤恨不得兴奋地挥一下拳头。看上去司马雷对达萨耶夫根本不感冒。这下有希望了。霍娜、哈德尔甚至贾乔也都受到了鼓舞，四人的思想在一起尽情地欢呼了一阵。虽然知道左锋不可能听到也不能让他听到，但是他们还是忍不住一齐在交流系统里大喊："快滚吧！和你的领袖见鬼去吧！"

司马雷毫不留情的拒绝和林鹤等人的尽情欢呼一点儿也没有影响到左锋。他平静地说："领袖只是让我告诉您，如果没有您的自属卫队的帮助，我们要么被人类消灭，要么被妖灵消灭。是否将卫队交由领袖指挥，决定权在您手里，请您速做决定。我现在到外面等。"左锋说完，转身就走，没有一点犹豫。

"慢！"司马雷叫住了他，"告诉达萨耶夫，我不是一个喜欢受胁迫的人。"

"领袖嘱咐我告诉您，没有人喜欢胁迫别人。"左锋回应，"但是为了赫亚降临，我们可以无所不为。"

两人对视着。过了一会儿，司马雷将目光移开，惨然一笑，道："告诉他，他赢了。"

"那么，请您现在就授权我指挥您的自属卫队。"左锋步步紧逼。

司马雷伸出手掌，掌心朝向左锋，轻轻地在半空中向前推了一下。只见左锋打了一个寒战，一屁股坐倒在地上。"行了，这里没有你们要的东西了。"司马雷说。

左锋低头看了一下自己的掌心，朝司马雷一拱手，转身离去。胡将军似乎明白了什么，一边问："领袖到底有什么计划？"一边跟着追了出去。

司马雷看着两人走远，转身坐到了竹林中的石凳上，道："你们3个还不出来吗？"

此言一出，林鹤等人不由得惊出一身冷汗。

"您早就知道我们在这里？"

"这怎么可能？贾乔告诉我们这伪装系统是天衣无缝的。"

"您没有揭穿我们，真是太感谢了！"

三人收了伪装，站到司马雷身前，一边行礼，一边七嘴八舌地道。

司马雷瞟了三人一眼，冷冰冰地回应道："有事说事，没事走人。"

"我们来此是想请您帮忙找先知的。"林鹤开门见山道。知道司马雷和达萨耶夫不是一路人以后，林鹤便不再有什么顾虑。

"找先知？"

"是啊，他被达萨耶夫软禁起来了。只有您能帮我们救他了。"林鹤急切地说。

"帮你们救先知？"司马雷笑了一笑，"滑稽。"

三人面面相觑，不知他为什么说出"滑稽"二字。"有什么滑稽的？"霍娜怒道，"人类现在已经面临灭亡的危险，地球文明正在被达萨耶夫发动的战争摧毁。现在，只有先知有办法解救这一危局，而且我们时间不多了。我们冒着生命危险来到这里请求您的帮助，希望您不要用这样的态度对待我们。"

司马雷看着霍娜，耐心地听她把话说完，淡淡地说："这些年我隐居在此，不过是闲云野鹤而已，从没有人来找我。今天这仗一打起来，我这儿却突然变得门庭若市，我也好像摇身一变成了救世主。支持达萨耶夫的来找我，要我的卫队帮助他；反对达萨耶夫的来找我，要我挑头废了他；现在就连你们也来找我，要我帮你们救先知。难道这还不滑稽吗？你们希望我帮你们救先知，可是，这恐怕超出了我的能力范围。要知道，在5位元老中，如果不是因为我最没用，现在你们也见不到我。"说到这里，司马雷轻轻地叹了一口气，"况且，你们没有给我一个帮助你们的理由。"

"拯救人类、拯救世界难道不是最好的理由吗？"霍娜嚷道。

"人类值得拯救吗？"司马雷冷笑道，"自从人类诞生以来，多少生物灭绝了？人类关心过吗？人类拯救过它们吗？为什么轮到人类灭绝的时候，需要我们来拯救呢？"

"难道你要眼睁睁地看着成千上万无辜的人死去吗？"霍娜双拳紧握，睁圆了眼睛争辩道。

"人类每天屠杀成千上万的牛、猪、羊、鸡、鸭、鱼，等等，你不也眼睁睁地看着吗？"

司马雷的回答令霍娜更加抓狂，她涨红着脸叫道："人和畜生能一样吗？"

"不一样吗？"司马雷微笑着反问。

林鹤拉了霍娜一把，不让她再继续和司马雷纠缠。他知道，用这样的方式是无法说服司马雷的。在这一点上，司马雷和达萨耶夫、左锋等人是一样的，他们都把自己当作远高于人类的另一种生物。"那您的意思是什么呢？我们能帮您做什么？"

"聪明的问题。"司马雷道，"交易是宇宙的存在方式。不过，你们来这里之前并没有做过这方面的计划。你们自己并不知道有什么可以和我交易，其实现在的你们也确实没有什么可以和我交易的。"

"别再和他纠缠了。"哈德尔早就不耐烦了，"我们走吧。没有先知，我们一样拯救世界。"

"不行，只有找到先知才有希望。"贾乔冲着三人大叫。他没办法直接与司马雷沟通，急得哇哇叫。"是先知告诉我的，如果他有不测，就去找司马雷。先知不会错。"

听贾乔这么一说，林鹤立即意识到先知和司马雷之间或许是有约定的，连忙对司马雷说："我不知道我们怎么与您交易，但是先知知道。是他让我们来找您的。"

"哦？有点儿意思。不过，我不认为先知认识你们。"

于是，林鹤便一五一十地将这些天来自己经历的事情简略地讲述了一遍。听完林鹤的话，司马雷站起身来，双手背在身后，在院子里来来回回踱了几圈，突然大叫起来，"我好像有点儿明白了。天意，天意，天意！"司马雷大笑着、狂笑着，疯狂地挥舞着双手就仿佛在指挥一支交响乐队。

三人不知司马雷何以如此癫狂，正要询问贾乔，却听司马雷大喊："来，跟我来，我带你们去看看先知的杰作。"司马雷说着，大步流星地向院外走去。

三人跟着司马雷左一弯、右一转来到一间大厅。司马雷站在大厅中央，冲天大叫道："达萨耶夫，我以为我输了，可是上天却给我送来了这3个人。你千算万算也没算到这一点吧！事实将会证明，我才是赫亚的真正宠儿。伟大的真神赫亚，请允许我向您借一丝智慧的光芒，让它开启地球文明进化新的伟大历程吧。"说完，司马雷转过身来，盘腿坐下。

林鹤只见一轮金黄色的明亮而温暖的光华从司马雷的脑后缓缓放射出来，照耀着整个大厅。林鹤以为是自己眼花，但很快意识到绝对不是，一切都清晰无比。更让林鹤感到惊讶的是，大厅渐渐消失了，所有的感觉都告诉林鹤，他们来到了一个空旷的原野。他能闻到空气中弥漫着的青草味、花香，还有负氧离子所特有的气息。他能听到左边一公里以外的地方有一条小溪发出潺潺的水声，能听到旁边的草丛里有各种昆虫在高高低低地鸣叫。阳光洒在身上，暖暖的，轻风拂过，气温 25.5℃，湿度 38.3%，是春天的感觉。

"这是怎么回事？"林鹤看看霍娜和哈德尔，他们也是一脸茫然。"贾乔，贾乔！"林鹤呼喊了几声，没有回应。与此同时，林鹤发觉自己身上的战甲不知道什么时候已经不见了踪影。不对，这是幻觉，林鹤吓坏了。

林鹤伸手去拉霍娜。一切都很真实，他能感觉到霍娜的体温，可是他不敢确定那是不是幻觉。"是幻觉吗？"霍娜紧紧地抓住了林鹤的手。

哈德尔靠了过来，双手握拳，道："糟了，我们中计了。你们看到司马雷了吗？他去哪儿了？"

"我就在你们身后。"

三人转过身来，只见司马雷穿着一身白色长袍坐在一块大石头上，一脸慈祥地看着他们。

"这是什么地方？这到底是怎么回事？"三人问道。

司马雷微笑着回答："你们不是要找先知吗？这就是先知的杰作——灵顿空间。"

"莫非先知在这里？"三人问。

"与其找他被达萨耶夫控制的肉体，不如来找他的灵魂。他的灵魂从未离开这里。不过，需要提醒你们的是，这里和地球看上去一样，其实区别很大。小心点儿。"

"这里到底是什么地方？"

"这里是先知当初开发的一个虚拟空间。说来那是好几十年前的事情了。当时是完全比照地球 1950 年的样子克隆过来的。最初的想法是用于训练赫亚斗士，可是后来我们发现它的作用远不止如此。元老们的分歧也由此而起。"说到这里，司马雷的声音变得低沉，显然他并不想提及元老们之间的事。一秒钟的停顿之后，他将话题移开，"关于灵顿空间的情况，花几天几夜也讲不完，你们现在也不需要知道太多，以后会逐渐发现它的奇妙之处。可惜人们要么太功利，要么太痴迷，没有意识到……"说到这里司马雷的脸上闪过一丝失落，但笑容很快又回到了他的脸上，"虽然它荒废已久，但不管怎么说，这是最好的训练场，你们在这里学到的东西会终身受用。"

"我们可没空在这里训练。"霍娜道，"先知在哪儿？"

"在倚天城。"

"倚天城？在什么地方？"

司马雷双手一摊，说："我不知道。但是你们不用担心，先知总会留下线索。"司马雷说着从怀里拿出了一个长方形的小盒子，递给林鹤，说，"这是秘藏宝盒，按照盒子上面的图案，镶入宝石就能去倚天城了。"

林鹤接过盒子。只见盒盖上画着一座神庙，神庙背后射出万丈金光，有5个圆环，里面分别画着日、月、山、河、树5个图案。5个圆环均是中空的，留着镶嵌宝石的凹槽。看来，要分别找到这5颗宝石才能打开盒子了。可是，要到哪里去找这5颗宝石呢？林鹤正要询问，司马雷已经给出了答案："宝石其实是长老们对生命进化提出的5种不同理论的结晶体。如果你们能够理解长老们的理论，你们的手里就会出现这颗宝石。就像这样。"司马雷说到这里，缓缓地抬起手臂，手掌向上张开，掌心处发出柔和的光。在这光的包围之中，一颗湛蓝的宝石竟然凭空在他的掌心生成。

司马雷将宝石递到林鹤面前。林鹤伸出两根手指，将宝石夹了起来。他感觉到宝石似乎在向自己传递着某种信息，如述如泣，却弄不清楚到底是什么。就在这时，宝石闪了一下，在他的指尖湮灭了。

"这是怎么回事？"林鹤惊讶地叫道。

"因为你不能理解它。"司马雷解释道，"这宝石是极不稳定的，如果你不能和它互动，它就会湮灭。"

"怎么互动？"

"如果你的进化路线符合它的范式，它就会与你互动，提升你的进化速度。否则，你必须能够理解它，主动与它建立互动。当然，任何生命体都不可能同时符合5种进化范式，所以你们只有理解5种理论这一条路。"

"要我们理解你们的理论，这也太难为人了吧。"林鹤哼了一声，"您是5位长老之一，应该对5种理论都能理解吧，直接把5颗宝石弄出来得了。"

霍娜、哈德尔也觉得林鹤所言极是，纷纷附和。

司马雷耸了耸肩，说："最初建立这个空间的时候，我们希望每个人都能理解对方的理论，也毫无保留地把理论原理公布了出去。那时，我可以把5颗宝石都生成出来。不过，很多年过去了，情况已经发生了很大的变化。5种理论一直在不断演进，现在我只理解我自己这个流派的理论。其他的4种理论已经发展到我无法理解了。"

"那我们就能理解吗？"三人齐声问。

司马雷说："没有其他办法。只有集齐宝石才能打开通向倚天城的大门。你们如果想要找到先知，必须相信先知。这个世界是他设计的，无论何时，他都在倚天城。"

哈德尔哼了一声，"我可不想在这里浪费时间。我们应该立即回去。"

"回去？据我所知，大多数来这里的人都不愿离开。而且，没有我或者其他元老的帮助，你们也无法离开。"

哈德尔双手握紧拳头，狠狠地说："你威胁我们？"

司马雷没有在意哈德尔的粗鲁，微笑着说："听说过黄粱一梦吗？这里就是那黄粱梦中。我们用赫亚强大的运算系统来模拟生物体思维对整个世界的影响，由于系统运算速度远超过思维的运算速度，这里的一天大约相当于人类世界的两分钟。我记得上次来这里，是 1 年多以前，用这里的时间来讲，就已经是差不多 1000 年前的事了。沧海桑田啊。"司马雷一边说一边抚摸着身下的大石头，"这里是原先自然学院的大门，现在只剩下这块石头了。一切都已不复存在。"

"这里曾经是一所学校？"林鹤有些惊讶。放眼望去，这里风景如画，但绝无人迹，显然是系统自动生成的草原。

"不要怀疑大自然的力量。1000 年的时间，已经足够把任何人类活动的痕迹抹掉了。而这里，除了我会偶尔来凭吊一下，已经至少 5000 年没有人来过了。"

"你为什么把我们带到这个无人区来？有什么阴谋？"哈德尔质问道。

"不管你们信不信，我只能带你们来到这里。而且，我……"司马雷轻叹了一声，"算了，你们以后会明白的。"

"你至少应该给我们一个坐标吧。"霍娜道。

司马雷说："没问题，但要提醒你们一下，别太惊讶。这里是北纬 39°54′20″，东经 116°25′29″。"

司马雷话音未落，三人已齐声惊叫道："这里是北京？"

"没错。这就是系统模拟的 46000 多年以后的北京。其实，不止北京，1950 年世界上所有的城市都已经不复存在了。"

"经过了核战争？"霍娜问道。

司马雷摇摇头。

"外星入侵？"哈德尔问道。

司马雷摇摇头。

"火山、地震？"林鹤问道，"是什么让这里的人消失了？人类灭绝了吗？"

司马雷仍然摇摇头，笑道："人类文明仅仅几千年的时间就已经彻底地改变了地球。我们拥有比人类先进几个星系的科学技术，几万年的时间可以做什么，你们根本无法想象！经历了那么多次圣战的洗礼，太平洋都只剩下一半了。事实上，现在这个世界的人口，我是说智慧生物个体的总量，已经高达 500 多亿，散布于太阳系各大星球，用着各种各样高科技的东西，反正现在跟你们说了你们也不会懂的。"

林鹤自嘲道："这么说来，我们 3 个成了老古董，搞不好会被人当作猴子看待的。"

"哦，你们可比猴子稀罕。"司马雷眨了眨眼，神秘地笑了一下，接着说，"另外，有一件事情忘了告诉你们，是这个世界最诱惑人的地方。对于你们来讲，这里没有衰老，也没有死亡，人类所梦寐以求的永生，在这里完全实现了。你的一切都依赖于整个系统，而不是依赖于你现在的身体，所以只要你愿意，你可以在这里待上 1 万年、10 万年、100 万年……"

"那样的话，我们的肉体早就成灰了。"霍娜扬起眉毛，鼻孔朝向天空，一脸不屑。

"肉体对我们来说重要吗？老子怎么说的？'吾所以有大患者，为吾有身。及吾无身，吾有何患？'"

林鹤知道老子所说的根本不是这个意思，但是想到人的思维竟然可以脱离自己的肉体而存在，那么肉体的死亡就真的不再是令人恐惧的事情了。换言之，生命的意义完全变了。什么是活着？林鹤问自己，可是只能瞠目结舌，哑然无对。

司马雷笑了笑，接着说："其实倒也不是让你们放弃肉体。你们一旦回去，系统会根据最后的结果，相应地改变你们的神经系统，让你们保留在这里获得的知识、技能、记忆、习惯、理念……总之一切的精神财富。

在你们回去之前，我会非常小心地保护你们的肉体。当然，前提是你们想回去。”

霍娜满不在乎地将手一挥，说："我们只想找到拯救人类的办法，可不会在这里醉生梦死。"

"那么，你们还是赶紧去寻找先知或者妖王子。"

"妖王子？"

"他手里掌握着达萨耶夫最需要的东西，拿到它来找我，我就有办法终止圣灵计划。"

"他有什么特征？"

司马雷耸了下肩，说："还是算了吧。他躲起来了。达萨耶夫找了他几千年都没找着，你们想找到他比登天还难。我给你们每人一枚徽章，虽然不见得有太大用处，但总比没有好。"说着，一扬手，三道金光分别照在了三人的手臂，留下了一个闪着荧光的古怪记号。

三人正惊疑之时，记号又突然消失了。

司马雷说："见到妖王子它就会出现。到时候，通过它可以联系我接你们回去。我先走了，祝你们好运。"司马雷说完，身影渐渐变淡，就这样凭空消失了。

"喂！别走！"林鹤大叫。可是没有半点回应。看样子一切都得靠自己摸索了。

"走吧！"林鹤朝霍娜和哈德尔道，"我们四处走走，看能不能有所发现。我记得上大学的时候玩游戏，就是到处走走看看，遇到人就跟人说说话，没准会有什么任务之类的。不过，也得小心，会有意想不到的战斗。"

霍娜说："那才好呢。打打怪，然后得经验值升级，没准还能捡个装备什么的。"

"你们两个以为这真是游戏？"哈德尔不屑地道，"我们已经陷在这里了。"

霍娜拍了拍哈德尔的肩膀，说："别抱怨，你有办法出去吗？"

林鹤说："我只希望这个游戏的智商不要太高。我们的时间可不多，得赶紧打通关。"

"打通关，说得容易。司马雷说了，只要你愿意，可以永远待在这里。"哈德尔嚷道，"我一定得想办法醒过来。"说着，抡起巴掌给了自己一个大嘴巴。只听"啪"的一响，直打得嘴角鲜血直流。"哎哟，好疼。"哈德尔捂着嘴呻吟着。

哈德尔的样子惹得林鹤和霍娜哈哈大笑，道："别傻了，如果这么容易就能出去，那就算不上什么了。"

13.掠食者

    林鹤、霍娜、哈德尔三人在草原上转悠了两个多小时，除了肚子咕咕响之外，没有任何收获。这时候，林鹤深深地理解了为什么马克思要说人是社会中的人，离开社会化的生产，人真的什么也不是，难以生存。这里虽说鸟语花香，可是再美的风景也不能填饱肚子。虽说他们三人都接受过野外生存训练，可是户外探险总得有些装备吧。或许是有意让他们吃点苦头，司马雷没有给他们任何有用的工具，甚至连衣服都没有一件适合这里。

    林鹤上身穿着一件POLO衫，下面穿着条卡其色的休闲牛仔裤，脚蹬一双软底牛皮鞋。就这身打扮也算是三人中最适合户外运动的了。哈德尔则是短袖格子T恤配着沙滩裤，要命的是脚上竟穿着一双拖鞋，还没走几步，就报销了，只能光着脚走。霍娜也不得不光着脚，因为司马雷给她的是一双只在T型台上才有人会穿的高跟鞋。更令霍娜愤怒的是，司马雷给自己穿的居然是一套电影明星走红地毯时才会穿的礼服，超大的下摆即使用手搂在怀里还是动不动就被草丛里的荆棘挂住，而那布料又偏偏结实得可怕，每次都要费九牛二虎之力才能脱身。

    "把它脱了吧。"林鹤和哈德尔劝了一次又一次。可每一次霍娜都以瞪眼回应。直到后来林鹤才猛然反应过来，把POLO衫脱下来递给霍娜，然后招呼着哈德尔到一边去了。

就这样，霍娜才扔掉那套不合时宜的晚礼服，但还是要不断提醒林鹤和哈德尔别老盯着自己的大腿。当她这样说的时候，林鹤总是装作没听见，而哈德尔则说："这只是一场游戏一场梦，别太当真好吗？"

"我倒希望真是梦，或者是场游戏。"林鹤忍着脚上的剧痛。他有点后悔将鞋子也给霍娜穿了，"那样至少我们不会像现在这么狼狈。"

哈德尔嘀咕道："我一早就提醒你们有阴谋。可是……"

"可是什么？遇到一点儿困难就退缩，像什么男子汉！"霍娜打断道。

"我可没退缩。要退缩也是他，是他先说丧气话的。"哈德尔指着林鹤。

林鹤哼了一声，道："退缩？往哪儿退？往哪儿缩？你们倒是告诉我啊。现在说什么都晚了。"说着，林鹤走开了。

短短几个小时，类似的争吵已经发生了好几次。他们也尝试过捕猎。但是，草原的动物，一个个都竖着耳朵、瞪着眼睛，警惕地提防着一切可能的威胁。无论三人是昂首阔步，还是蹑手蹑脚，甚至匍匐前行，都不能接近任何一只可以作为食物的动物。最接近成功的一次，他们离一只兔子似的动物，只有 5 米远，却只能眼睁睁地看着它溜回了洞里。

太阳越升越高，气温开始由温暖转为炎热。原先在草原上还能看到的小动物，似乎也都回了洞里，放眼望去，什么活物都看不到。林鹤对找到食物已经不抱任何希望了。他现在只想找个地方好好躲躲太阳。他实在不喜欢阳光射在皮肤上所带来的灼烧感觉。

他瞟了霍娜一眼。霍娜的脸庞被晒得通红，汗珠从额角渗出来，闪闪发光。"累的话，休息一会儿。"林鹤说。

"不用，现在可不是休息的时候。相反，我们应该加快脚步。"霍娜说着真的加快了脚步。

林鹤本想说，如果司马雷所说的是真的，那么其实时间多的是。可是话到嘴边又咽了回去。现在，无论做或不做，做什么，林鹤都找不到合适的理由。茫然，不知所措，林鹤最讨厌这种感觉。"无聊死了，遇上个怪兽来咬我们也好啊！"林鹤嘟囔了一句。

"可别这么说。有问题。"哈德尔一边说一边警惕地看着四周。

"什么问题？"霍娜停下脚步，扭过头来看着哈德尔，"你是不是太神经过敏了？"

哈德尔没有回答，在原地转着圈儿，目光上下左右四处扫视，似乎真的嗅到了危险的气息。

看到哈德尔这副紧张的表情，林鹤也不由得打起精神，把全身的汗毛向天线一样都竖了起来，眼睛、耳朵、鼻子、皮肤，所有感官一齐开动，搜索着周边的信息。

什么也没有发现。是的，什么也没有，没有任何动物活动的迹象。然而，这正是问题所在。在这样的草原上，怎么可能没有动物活动？不，不是没有，而是所有动物都尽可能地隐藏起来了。如果是这样，可能的原因只有一个，有可怕的掠食者正在附近徘徊。它或者它们在哪里？

林鹤抓住霍娜的手，把她拉到自己身边，放低声音说："哈德尔是对的，有危险。"说着，蹲下身子，从地上捡起了一块石头，权且作为武器。

"在那儿。"哈德尔大喊了一声。

他的话音刚刚传到林鹤耳朵里，只见一团"草"以迅雷不及掩耳之势向哈德尔猛扑过来。这不是草。林鹤几乎立即意识到了这一点。他已经清楚地看到，这团看上去像草的生物其实是有血有肉的动物，所谓的"草"不过是它皮肤上的伪装。如果不是它发动攻击，这个伪装几乎是完美的。

它是什么？林鹤的大脑迅速地勾勒着它的形状。它绝不是哺乳动物，没有四肢，也看不出有类似脊柱的生理结构，甚至很可能没有骨骼。透过貌似和它共生的杂草，林鹤能够感觉到它的身体里充满着黏稠的体液。

章鱼。林鹤的大脑在 0.00001 秒之内给出了这样一个答案。是的，最接近于它的生物大概就是章鱼。一只身体直径 3 米、触手长达 5 米的草原章鱼。林鹤来不及思考一个长着若干触手的球状软体动物如何能够在茫茫草原上成为如此令人害怕的掠食者，手中的石块已经扔向了这怪物的眼睛。那是眼睛吗？林鹤不敢确定。那个碗口大小的玻璃状圆形凸起有着类似眼睛的结构。从它反射的淡蓝色的光彩中，林鹤甚至能够感受到这草原章鱼的杀气。

石块像飞矢一样射向草原章鱼的眼睛。与此同时，哈德尔扬起手中用来探路的木棍，猛地向它刺去。木棍先于石块触及了草原章鱼的身体，而且狠狠地刺了进去，就像尖刀插入雨后松软的泥土。接着石块击中了它的眼睛，"砰"的一声，嵌了进去，溅起一些红褐色的黏液。

哈德尔一击中的，立即避开草原章鱼狂舞着的触手跳到一旁。草原章鱼在地上痛苦地翻滚着，发出"咯咯"的刺耳呻吟。哈德尔不等它喘息，猛地又冲上去，高高跃起，竖起手中的木棍狠狠刺向它的背部。木棍再次插进了草原章鱼的身体，插得比上一次要深几十厘米。草原章鱼扭了几下，不动了。

"这次打怪比想象中容易呀。"霍娜笑道。

"这是因为我知道怎么对付这东西。"哈德尔一边拔出木棍一边说。

"你知道？"林鹤与霍娜异口同声，"怎么可能？"

"说来也巧。我之前得到了一份情报，里面说赫亚军团正在制造怪兽，而且提供了一些怪兽的数据。它就是其中之一。"哈德尔从草原章鱼的身上跳了下来，围着它转了两圈，自言自语道："也不知道这东西能不能吃。"

"我可不会吃这么恶心的东西。"霍娜转身走开，"这简直就像一只超大的鼻涕虫。"

"我还是觉得更像章鱼。"林鹤道。

"它的名字叫科迪拉，赫亚军团给它取的名儿，不知道是什么意思。"

哈德尔道，"是一种群共生生命体。不过等级不高，否则也没那么容易被干掉了。"

"群共生？见鬼！"霍娜没好气地哼了一声。

"群共生生命体？"林鹤第一次听说这个词。自从他的基因发生变化以来，他的记忆力、思维能力已经远远超越了普通人类。在这段时间里，林鹤已经利用闲暇时间学习甚至研究了从相对论、量子力学到高分子化学、生物工程等一切人类知识。然而，即便如此，他仍然不知道群共生生命体是什么东西。而霍娜的反应更让他感到好奇。"群共生是什么？会让你如此反感？"林鹤问道。

"不是反感，是不屑。"霍娜纠正林鹤的话。

林鹤歪着头等待霍娜的解释，可是霍娜根本没有解释。"走吧，我们得在天黑之前找个地方住下才行。"说完霍娜自顾自地往前走了。

林鹤看了看哈德尔。哈德尔耸了耸肩，说："她好像是老大了。"说完跟了上去。

林鹤跟在他们身后，心里想着"群共生"这个词。这似乎是他们都很清楚的一种生命形态，可是他们，特别是霍娜并不愿意提起它。从构词法上来看，"群共生"一定是一种特殊的"共生"。林鹤在脑海里搜索着有关共生的知识。共生是一种生物物种之间普遍存在的关系，整个自然界本身就是一个大的共生有机体。可是，在所有的共生关系中从来没有一个叫作"群共生"的词。"共生"一定是一群生命体的事情，加上一个"群"字，难道不是多余的吗？

"有情况。"霍娜的叫声打断了林鹤的思考。林鹤抬头四望，并没有什么特别的地方，除了3公里以外有一只网球大小的绿荧荧的球体以大约每秒100米的速度向自己这边飞来。

"那是什么？"林鹤问。

没有人回答。他们3个没有人知道那是什么。

球体飞到他们附近，减慢了速度，到距离他们 5 米远的地方，悬空停住了。这是一个浑圆的金属球体，闪着青绿色的荧光。球体的两侧，各伸出一根金黄色的细长触手，在空中上下舞动，发出"呜呜"的声音。球体正面，有一圈针眼大小的小孔。林鹤能够清楚地看到里面有玻璃状的物体。此外，林鹤还清楚地感觉到它在与外界进行信息交流，因为它周围的电磁场在发生着有规律的变化。

显然，这是一个高科技的人造物体。一个探测器。林鹤心中暗想，很有可能，现在有人正在通过它观察自己。

"不管你们是谁，首先声明，我们并无恶意。"霍娜说着摊开了双手，让对方看到自己根本没有任何武器。

"能和你们谈谈吗？"林鹤向前走了一步，同样伸开双手让对方确认自己没有敌意。

可是，对方似乎并没有和他们谈话的意思，又或许那个探测器上没有音频装置。反正，它没有发出任何声音，除了"呜呜"声以外。过了大约一分钟，它扭头原路飞走了。

"现在怎么办？"霍娜问道。

"或许只有等待了。"林鹤回答，"不管怎么说，有人注意到我们了。"

林鹤所说的等待并未持续太长时间。大约过了 10 分钟，那探测器又回来了。但是，这一次，和它一起飞过来的是 3 只科迪拉。

"那怪物会飞吗？"霍娜惊叫道。

"资料上没说它会呀？"哈德尔也惊呆了。

没有时间留给他们惊讶，科迪拉已经从天而降。

"怎么对付这个东西？"林鹤和霍娜一边大声向哈德尔求援，一边向旁边飞跑。可是，哈德尔来不及回答。

林鹤刚躲过一只科迪拉席卷而来的触手，就听见霍娜"啊"地叫了一声。林鹤回头一看，只见霍娜的小腿已经被科迪拉的触手缠住了。

林鹤一个箭步冲过去，举起手中唯一的武器——同样是一根木棍，狠狠地向那触手刺去。木棍像捅破一张报纸一样直接贯穿了那根触手。然而，出乎林鹤的意料，那触手居然根本没有反应，就像这一下并没有刺中它一样。它不但依然紧紧地缠住霍娜的小腿，而且还将她拉向自己的身体。

林鹤无奈之下，只能伸手去拉霍娜。他们的手紧紧地抓在了一起，可是并没有什么用。触手的力量很大，他们根本无法对抗。更可怕的是，就在林鹤这一刺一拉的同时，几条触手又结成一张巨网同时向林鹤和霍娜袭来。

这下，连跑的机会也没有了。林鹤心想，事到如今只有拼了。他想到方才哈德尔是直接对它的身体发动攻击，便举起木棍向科迪拉的身体刺去。这时，科迪拉的触手都在外围，身体完全暴露在林鹤的攻击之下。

一下、两下、三下、四下。林鹤一连刺了科迪拉4下，每一次都插进它体内半米多深。可是，就在他拔出木棍准备第五次攻击的时候，一条粗大的触手从后面缠住了他的腰，将他勒得几乎无法呼吸。这时，他觉得有只手拉了下自己。他下意识地抓住了这只手，是霍娜。可是她的情况比自己还要糟。霍娜已经被触手完全裹住，下半身正被科迪拉吞噬，她正哭喊着、漫无目的地挥舞着双手作垂死挣扎。林鹤想把她拉出来，可是他做不到。他已经没有一点力气。那触手几乎要将他的五脏六腑挤压得稀烂了。

正当林鹤就要绝望的时候，那触手突然松开了。林鹤想要趁着这个机会挣脱，可是他动不了。科迪拉的机体把他包围着、挤压着。

林鹤只觉得有一双手抓住了自己的胳膊，把自己拖了出来。他扭头一看，是哈德尔。

"别光看着，来帮忙，这家伙太重了。"哈德尔叫道，"快把霍娜拽出来。"

两人奋力挪开科迪拉的触手，霍娜的头露了出来。还好，她的神智还清醒。林鹤心想，但愿没有受什么伤。心里一边念着，一边和哈德尔一起合力把霍娜从科迪拉的身体里拉了出来。她的躯体是完整的，连一个指甲盖也没有少。林鹤松了一口气。

"还好及时赶到。"哈德尔喘着粗气一屁股坐下了。

林鹤扭头看了一下，3只科迪拉已经全部毙命。看来哈德尔确实是掌握了对付科迪拉的窍门。正准备向他请教，只觉得身体一轻，人不受控制地飘浮了起来。霍娜和哈德尔也是这样。三个人同时离开了地面，浮到了半空中。

这是怎么回事？是失重，是重力场被人为地扭曲了，而且是非常精密地扭曲了。是那个金属探测器干的。

"现在我终于知道科迪拉为什么会飞了。"林鹤自嘲道。除了这么说之外，他真的不知道自己还能做什么。

一切只能听天由命了。

被探测器牵引着走了好一阵子，林鹤他们来到了一片平坦的荒地上。探测器停止了前进，和三人一起悬浮在半空中。林鹤正在猜想探测器在等待什么，答案在他的脚下出现了。长满杂草的地面突然向下折叠，露出了一个黑漆漆、深不见底的大洞。

大洞出现的同时，重力忽然恢复。探测器和三人一起成了自由落体，径直坠入洞中。

恐惧开始向三人袭来。霍娜和哈德尔张开嘴巴尖叫起来。林鹤也张开了嘴，但努力控制住自己没有发出声音。与生俱来的理性告诉他，叫喊除了增加自己的恐惧并没有什么实际作用。他感觉到耳旁风声呼啸，直觉告诉他，自己的速度在不断加快。这个时候，如果撞上地面，那将不会有时间感觉到痛苦。不过，这是不可能的。那个探测器没有理由做这样的事情。林鹤确信，这里应该是通向某个基地的道路。也许，现在的人们是住在地底的深处。

林鹤正这么想着，就感觉到了有点眩晕的减速。当完全停下来的时候，林鹤发现自己离地面已经不足 0.5 米了。林鹤长出了一口气，定了定神，然后环顾四周。他惊呆了。这里竟是一个花园。这花园三面用青色木质栅栏围着，另一面是一幢三层的别墅。头顶上艳阳高照，脚下是茵茵草坪与大理石纵横相交铺成的地面，院落角上还有几株垂柳，迎风摇摆着。明明是在地面之下，却能造就如此自然的环境，林鹤不由得啧啧称奇。

"爸爸，快来看呀，我抓到了 3 个很有意思的东西。"一个稚气的声音响起，说的是非常标准的中文。

林鹤顺着声音的方向看去，一个绿色的家伙正连蹦带跳地跑进别墅里。那家伙大概一米三四的样子，浑身都披着绿色的三角形树叶，动作和人非常类似。是人吗？林鹤不能确定，他没能看清楚对方的脸，不知道鼻子眼睛长什么样子。他说着人类的语言，而且是标准的普通话，但从逻辑上讲，自己很明显是人类，而不是"东西"，他称自己是"东西"，那也就意味着他并不是人类。

但无论那家伙是不是人类，对于林鹤他们来说，这个时候都无所谓，因为这些家伙说中文，能与他们交流，这就足够了。当然，林鹤并不知道，这得感谢这个世界的创造者——先知。如果不是他将这里所有生命的语言系统设定为中文，那么所有进入这个世界的人都将寸步难行。

"爸爸，快来看呀。"稚气的声音再次出现。这次，林鹤看清楚了他的脸。那是一张人的脸，一张孩子的脸。同时，林鹤也更加坚信自己的观点，他并不是人类。因为，他身上的绿色树叶并不是装饰，而是实实在在地从他的皮肤里长出来的。

"看什么呀？"随着一句不耐烦的嘟囔声，一个绿色巨人从门里走了出来。他有将近 3 米高，身体极为粗壮。和他的孩子一样，拥有人类的面孔，但却像植物一样长着树叶。

"爸爸，快看我抓到了什么？"孩子得意地指着林鹤等人叫道，"是新物种，我从来没有见过，身上居然没有叶片。真不知道他们遇到米路达时怎么办。"

巨人轻轻地摸了摸孩子的头，呵呵地笑了，说："他们可不是什么新物种。他们是祖源，是濒危物种呢。你一次居然抓到3个。这回算是大丰收了。从基因上讲，他们是我们绿神的祖先。看见没有，他们和我们还是有些相同的地方。"

"他们很厉害呢，居然能够轻而易举地杀死科迪拉。"孩子叫道。

"是吗？那倒是有些……"

"喂。"林鹤叫嚷着打断他们的亲子交流，"我们可以谈谈吗？"

"谈谈？好吧。"巨人冲着林鹤笑了笑。

他看上去很友善，这让林鹤踏实多了。林鹤迅速地理了一下思绪，然后用最简洁的语言把自己为什么来到这里以及要在这里做什么通通告诉了巨人。

巨人听了，呵呵地笑了，却并不多说什么，只是吩咐孩子自己玩，然后转身离开了。

林鹤大喊几声，巨人根本不理，径直回了屋里，只留下三人面面相觑。这时那孩子从旁边一个箱子里拿出一个玩具手枪，拨弄了几下之后将枪口对准了哈德尔。林鹤原本以为孩子只是玩玩，没料到他一扣扳机，只见一道强光从枪口射向哈德尔。哈德尔大叫一声，身体在半空中狂乱地扭动起来，四肢像触电似的抽搐着，脸扭曲得不成样子，不一会儿就口吐白沫，不省人事了。

林鹤和霍娜惊呆了。可是，他们没有任何办法。他们的身体悬浮在半空中，既跑不了，又无法反抗。他们只能看着那绿小孩又将手枪对准了自己。

很快，林鹤就尝到了被那手枪击中的感觉。像是触电，但又不是，一种极度的酥麻感从胸口开始扩散到全身每一个细胞。与此同时，浑身的肌肉完全不受控制地运动起来。起先，林鹤还能看到自己的丑态，像刚才哈德尔一样手脚乱舞。但很快，林鹤意识到连心脏、肠胃的肌肉也开始胡来了，大脑逐渐缺氧。他开始失去意识，他的最后一个念头是：死亡也许已经降临。

当然，事情并不是那样。他猛然间清醒过来，然后发现自己的双脚已经站到了地面上。在他的左边，哈德尔也刚刚清醒过来，正用力摇晃着脑袋，想让自己清醒一些。在他的右边，霍娜缓缓地从半空中落到地面上，神志恍惚，几乎没能站稳。林鹤忙伸手将她扶住。她睁开眼，看到林鹤，露出一丝微笑，道："我以为我们都会死呢。"

"我也以为，但显然不是。"林鹤冲她眨了下眼睛。

"你们3个，蹲下。"绿小孩的声音响起，是命令的口吻。"蹲下。"他冲着林鹤三人大声喊着。

林鹤觉得好笑，这孩子居然用驯狗的方式对待自己。然而，他笑不出来，不但笑不出来，而且从心底涌出的恐惧突然包围了他，让他不由得浑身发抖。因为，就在他意识到那孩子是在向自己下达命令的那一瞬间，他的身体条件反射似的做出了反应。他蹲下了，哈德尔和霍娜也蹲下了。3个人就像3条听话的小狗一样，按着主人的吩咐乖乖地照做了。

这是怎么了？

14.无形牢笼

　　林鹤、霍娜、哈德尔三人不明白自己为什么会对那绿小孩唯命是从。然而，这就是事实。小孩所有的命令他们都会毫不犹豫地照做。小孩叫他们蹲下，他们就蹲下；叫他们站起来，他们就站起来；叫他们打滚，他们就乖乖地在地上打滚；叫他们翻跟斗，他们就像自由体操运动员一样做着高难度的前空翻、后空翻。最让林鹤惊讶的是，并不是他的身体不受控制，恰恰相反，他不但能够非常自如地控制自己的身体，而且可以训练有素地做出自己都难以想象的规范动作。他不能控制的，是自己的思想，当他听到命令的时候，他不能不服从，他的大脑不但不允许自己做任何违背命令的事情，甚至连想都不允许想。执行，这一信念牢牢地树立在他的灵魂深处，不可变更。

　　绿小孩冲林鹤和霍娜道："你们两个在这儿待着，不许到处乱跑。"又对哈德尔说："你，跟我来。"

　　哈德尔对林鹤和霍娜说："你们在这儿待着吧。我看看他要我去干什么。现在我……"

　　"闭嘴。别唠唠叨叨的。"绿小孩话音还没落，哈德尔的嘴巴立即闭得严严实实，只能耸了耸肩，乖乖地跟在绿小孩的身后走了出去。

　　"这到底是怎么回事？"霍娜嚷道，"我们怎么……天哪，我们这是怎么了？这周围并没有栏杆，我们完全可以……见鬼，我们不能逃走。"

"因为他说了不许我们到处乱跑。"林鹤一屁股坐到地上，大叫了一声，算是发泄一下心中的郁闷。

"喂，我这儿正备课呢，不许大声喧哗。"一个声音从院子的角落里传出来。

林鹤和霍娜扭头看去，那里有一顶小小的帐篷，声音就是从那里面传出来的。

按理说，林鹤和霍娜应该早就能发现院子里除了自己以外，还有别的生物。可是一方面二人眼下心情烦躁，根本无心仔细查探；另一方面，那帐篷里的家伙也确实有很强的隐蔽能力。即使是知道他的藏身之地，林鹤居然也不能清晰地在脑海中勾勒出他的形象，只是模糊地感觉到他对该处磁场、电场有一些轻微的影响。

看来，他穿着很先进的外衣。他是谁？林鹤顾不得多想，直接问道："请问，您是？"

"说话就说话，吞吞吐吐地干吗？你们是新来的？"随着机关枪似的话语，一个脑袋从帐篷里钻了出来。

这是一个完全出乎林鹤意料之外的脑袋。这脑袋的形状类似于桃子，顶上有一个尖尖的突起，整个表面光滑无比，像镀过铬一样闪着耀眼的银光。双眼裸露在外面，没有眼睑和睫毛，呈现出滴血似的红色。眼珠中央的黑色瞳孔忽大忽小、不停游走，看上去咄咄逼人。更奇的是，声音明明是从他的头部传过来的，但他脑袋上面却没有耳朵、鼻孔和嘴巴，甚至连个小孔都没有。他是怎么发声的？林鹤一时蒙了。

"把你们吓着了？"那怪物哈哈地笑起来，"果然是低等生物。"他这一笑，嘴露了出来。林鹤还清楚地看到了他的舌头和牙齿。林鹤这才意识到那怪物的皮肤是半液态的流质，嘴巴合上的时候，皮肤就黏合到一起，不露半点痕迹了。

"难道你是高等生物？"霍娜不甘示弱地回应。

"那是自然。"怪物说着从帐篷里钻了出来。这家伙个子很小，只有大约 80 厘米高，身体小到几乎和头部一样大。身上的皮肤和头上的完全一样，像极了水银，也是半液态的流质，林鹤甚至能感觉到它在流动。怪物摇摇摆摆地往前走了两步，说："我们火精龙是龙族的第四代进化体。而你们祖源的'祖'，就是祖先的意思，'源'是源头的意思，说明你们是世界上所有智慧生物的祖先。以你们祖源的基因为基础，进化形成了神族、鬼族、妖族、龙族、灵族 5 大族的原型体，也就是原神、原鬼、原妖、原龙和原灵。5 大原型体开始沿着不同的路径进化，最终形成了如今生物圈的格局。这个要说起来话就长了。我只说我们这一支的情况。原龙继续进化，就出现了 17 种第一代进化体，再往下是 64 种第二代进化体、1193 种第三代进化体。4850 年前，一种名为岩龙的第三代进化体进化出了我们火精龙。你说，在我面前，你们是不是低等生物？"说完，火精龙看着林鹤和霍娜，脑袋得意地摇来摇去。

"少唬人了。要这么说的话，我比你高级多了。我们每天都在进化。"一个低沉沙哑的声音从旁边传来。

火精龙出现的时候林鹤已经仔细观察了下周围的环境，并没有发现还存在什么生物。听到这说话声，不由得心头一紧，看来这里的生物确实厉害。他朝发出声音的方向看去，却什么也没有发现，只有一辆类似摩托车的机器立在墙角，而声音是从摩托车的喇叭里发出来的。难道这摩托车是某种智慧机器？林鹤正想着，就听摩托车接着说："祖源朋友，别听他胡说八道，只有他们龙族老古董才喜欢拿着自己的谱系图招摇过市。谁在乎这些没用的东西？"

"你是？"林鹤问。

火精龙不等喇叭里的声音回答，抢先道："你们也配说'进化'吗？"又对林鹤说："别理它，它就是一堆破铜烂铁，根本连生命体都算不上。真是生物进化史上的悲剧啊。灵族从有机生命体蜕变成了机器。"

"放屁！"摩托车骂道，"我们灵族才代表了生命进化的方向。现在我们比你们强大 100 倍。"话音未落，摩托车后部的盖板突然打开，从里面伸出一个带着利爪的机械手臂，以迅雷不及掩耳之势一下子抓住了火精龙，将它提到半空中。

"喂，你丫来真的？快放手。"火精龙在半空中挣扎着，前爪用力敲打机械手臂，发出"当当"的声音。

"服不服？"摩托车说。林鹤感觉到它在得意地狞笑，像是野猫抓到了梦寐以求的猎物。

"才怪。"火精龙大叫着，口中吐出一个闪着红光的火球，射向机械臂。

林鹤只看见一阵白气，大半支机械臂就不见了，然后银色的钢珠撒了一地，撞击着院内的青石地板，发出一连串叮叮咚咚的声音。林鹤心想，能顷刻间将 3 米多长的机械臂气化，这火精龙口吐的火球真比《西游记》里红孩儿的三昧真火还厉害。只要它再吐口火，就连整个摩托车都能烧得渣都不剩。

可是火精龙并不打算这样做，相反，它往后跳出老远，叫道："这是你逼我的，不能怪我啊！"看上去，像是怕极了摩托车。

"你就这点儿本事？"摩托车说着，残余的半截机械臂在半空中划了个圆圈，只见地上的钢珠像活过来似的，纷纷从地上跃起，集聚起来。机械臂瞬间又恢复了原来的样子。

"你们能不能先别打？"霍娜叫道，"我们有事情要你们帮忙。"

林鹤虽然想知道二者若真动起手来会是个什么结果，但是理智告诉他，现在可不是想这个的时候。他们来这里不是为了寻找刺激或是开开眼界，他们要找到先知。"我们来这里是有重要的事情要做的。我们要找到先知。"林鹤开门见山地说。

"先知？"火精龙和摩托车齐声问，"是什么东西？"

"他不是什么东西，他是一个……"林鹤想了一下，"他是这个世界的创造者。"

火精龙和摩托车先是愣了一下，继而哈哈大笑起来。

"你们笑什么？"霍娜急了，愤怒地咆哮。

摩托车收起笑声，说："难怪阿达说你们是低等生物，果然是知识水平低下呀。阿达，还是你这个教授来跟他们做一下科学知识的普及吧。"

"你们两个，哦，对了忘了问你们的名字了。"火精龙没等林鹤和霍娜回答，接着说，"算了，你们这种低等生物，有没有名字都无所谓了。向你们介绍下，我是龙族第四代进化体火精龙阿达，他呢，是灵族第 N 代变形体机甲侠，括号，这是他自封的名号，真名我们谁也不知道。括号完了。"

"你们还有谁？"林鹤从他的措辞上听出来这里并非只有他们两个。

"啊，还有两个鬼族三代生命体，古立和古米，今天陪女主人上街去了。晚点介绍给你们。"

"你们慢慢说，我睡了，晚上说不定还有大节目呢。"机甲侠说完收起了机械臂。

林鹤问："什么大节目？"

机甲侠没作声，像是真睡着了。阿达道："别打岔，我说哪儿了？哦，对了，还没开始呢。这个世界并没有什么造物主，宇宙起源于一场大爆炸。大爆炸是一个时空奇点。奇点，你们懂吗？"

"行了行了，我们不想听这些。"霍娜打断道。

"你们必须听下去。没听说过吗？知识就是力量。愚昧无知是一种罪过。你们一定要认真学习科学知识。如果你们不懂，我们可以先从基础数学学起。"

"数学我们学了很多年了。"林鹤忍不住大叫起来。林鹤心想，这里的最初设计果然是作为培训用的，居然掺杂了课堂教学，虽然也算是寓教于乐，但是我们现在可不想花时间来增长知识。

"是吗？"阿达歪着头，一副不相信的样子，"我考考你们。"说完伸出右手在地上划了起来。指尖所过之处，立即出现碳化痕迹。很快，3道题就摆在了林鹤和霍娜的眼前。

林鹤和霍娜对视了一眼，心里凉了半截。题目是由一连串的微分、积分、函数符号组成的算式，要求用复变微分变形方程进行变换。什么是复变微分变形方程？这个词连听都没听说过。

"还说你们学过数学。"阿达不屑地哼了一声，"连最基础的复变微分变形方程都不会用。你们果然还只停留在4万多年前祖源文明的水平上。还是从头教起吧。"

"得教多长时间？"林鹤觉得看样子是躲不过当学生的命运了，只求这时间不要太长。

阿达回答："我抽空给你们每天上两三个小时的课，以你们这种低等生物的智商，大约一个月左右就能把数学学得差不多了。然后给你们上两个月的基础物理课、两个月的化学课，然后就可以开生物工程课和高级物理课了。最多一年半的时间，你们就基本可以告别文盲水平了。"

林鹤和霍娜几乎要晕倒了，齐声大叫："不学行不行？"

"为什么不学呢？"阿达又开始苦口婆心地唠叨起来，把有关学习的名言警句一股脑向林鹤和霍娜倾泻过来。

正当林鹤和霍娜难以招架即将投降之时，院子通向外面的门开了，哈德尔回来了。

哈德尔浑身是伤，鲜血淋漓，刚进院门就瘫倒在地。林鹤和霍娜连忙冲过去，把他扶住，关切地查看他的伤情。他的身上有两处明显的割伤，一处在左肩上，足有26厘米长，深得看得见骨头；另一处在背后，从脖子的右下方一直延伸到左腰部，几乎将背部的肌肉全都割开了。还有 3 处贯穿伤和 4 处直径 10 厘米以上的严重烧伤。除了这 9 处严重伤口之外，他的身上还有数不清的擦伤、划伤、刺伤。

林鹤和霍娜扶着他，手足无措。他们手头没有任何医疗设备和药品，即使有，像他这么重的伤也很难救治。"他们对你做了什么？"霍娜几乎是哭着喊道。

哈德尔闭着眼，没有回答。

"他伤得可真重啊。"阿达凑了过来，"不过，看样子应该是赢了。来吧，我给他治下伤。"

林鹤和霍娜听他这么一说，顿时觉得有了希望，连忙道："你快救救他。"

阿达伸出右手，在自己的身上一刮，抓下一把附着在身上的银色黏液，然后轻轻地涂在了哈德尔的伤口上。这黏液一接触哈德尔的皮肤，立即向四面八方伸展。说来也怪，最多也就 100 毫升左右的黏液，不到一分钟的时间就将哈德尔厚厚地包裹了起来，像是做了一个茧，又像是一滴露珠。

阿达说："你们等着吧，一会儿就好了。"

于是林鹤和霍娜就守在茧旁等着。茧的颜色一开始是像阿达身上的那种银色，过了一会儿，逐渐变得灰暗起来。大约 10 分钟之后，颜色就几乎变成了黑色，而且不再光滑。

茧里传来震动。林鹤伸手轻轻地摸了一下已经变成黑色的茧。它已经不再是液态了，感觉硬硬的，像砂纸一样粗糙。震动越来越强烈，然后，茧裂开了。哈德尔用手掰开裂缝，从茧里爬了出来。这时，他的身上不但已经没有任何受伤的痕迹，而且皮肤细嫩得像新生的婴儿，就连好多年前留下的陈旧伤疤竟然也不见了。

"给我件衣服好吗？"哈德尔刚伸出半个身子，又缩了回去。

林鹤在院子里找到一块破旧的毛毯，扔给他，说："只有这个了，你将就一下吧。"

"你们不能想象我遇到了什么。"哈德尔用毛毯裹好下半身，从茧里钻出来以后，就像所有死里逃生的人一样，兴奋地讲述起自己刚才的经历。

原来，那个绿孩子带他出去是要跟他的朋友炫耀自己的战利品——祖源哈德尔，一个能够凭借一根木棍就杀死科迪拉的厉害角色。

"它能杀死科迪拉，我不信。"他的朋友们都这样说。于是，一只科迪拉被抓了过来和哈德尔放在一起。绿人们在旁边看着，感觉像是罗马角斗场。哈德尔轻而易举地杀死了科迪拉，但这并没有让绿人们向他投来敬佩的目光，相反，他们觉得这太不过瘾了。于是一头更厉害的怪兽被抓了过来。

"那是一只比科迪拉厉害得多的家伙，像螳螂一样有钢刀一般的前臂，像蝎子一样带刺的尾巴，背上有细小的翅膀，会飞动作非常快速。一会儿在这儿，一会儿在那儿。"哈德尔夸张地挥舞着手臂，"而且，和科迪拉不同，我并不知道它的弱点在哪儿。"

"契古的神经节在它的双翅之间。只要轻轻地一戳那儿，它就死翘翘了。"阿达在一旁插嘴道。

哈德尔惊讶地看着阿达，叫起来，"这侏儒会说话？"

"喂，你这只低等生物，谁是侏儒？我是正宗的火精龙。没有我，你现在已经死了。"阿达说着转过身去，背着手，一摇一摆地走了。

"真的是他救了你呢。"霍娜说，"不然，你真会死的。"

"司马雷不是说我们不会死吗？"哈德尔小声说。

"不会死？开玩笑吧！信不信我现在就把你加热到等离子态，看你还能活不？"虽然是背对着大家，而且已走出去十多米远，阿达还是在插话。

林鹤笑道："行了，阿达老师，我们知道您的能耐。说点别的，这儿有吃的没有？"

168

"也确实到吃午饭的时间了。不过，不好意思，这里可没有适合你们这种低等生物的食物。主人最大的缺点就是总是不记得给我们提供食物。他们能够靠光合作用获取能量，却苦了我们这些没有叶绿素的可怜人。"阿达一边说着，一边钻进他的帐篷里，拿出一根木棍放到嘴里吮吸起来。

"这是你的午餐？"霍娜问。

"确切地说，这是我今年的口粮。"阿达放下木棍，满足地拍了下肚子，说，"饱了。"

林鹤注意到木棍比刚才略微细了那么一点点，可能直径缩小了 1 个或半个毫米，问道："这是吃的？能让我尝尝吗？"

"别浪费工夫了。这种食品是用含有高能量的高分子材料制作的，你们根本消化不了。吃了也白吃。"

林鹤没有办法，看样子得继续挨饿了。

阿达钻进帐篷，又伸出头来，说："我睡个午觉，你们也休息一下。等会儿我来给你们上课。"

林鹤、霍娜和哈德尔三人靠着院子的栅栏坐下了。这栅栏并不高，也不结实，但是他们却不能出去。他们的心底存在着这样的信念：没有得到绿人小孩的允许，他们绝对不能离开这个院子。

这是为什么？林鹤问自己。没有明确的答案，一定是那支枪的问题。对，那支枪，就放在那边的盒子里。想到这里，林鹤站了起来，向那盒子走去。

来到盒子旁边，林鹤感觉到一种怪怪的气氛，似乎有一个声音在轻声地说："不要打开它！不要打开它！"这声音是那样的轻、那样的柔和，与他接近栅栏时的感觉完全不同。不是命令，而是劝诫。林鹤犹豫了一下，手在盒盖上停留了几秒钟，然后深吸了一口气，打开了盖子。

枪就放在那里面。枪的旁边有一个小方盒，盒子上有一个镜面的触控式按钮，写着"使用说明"4 个字。林鹤伸出手指按了它一下，盒子立即投射出一个三维立体影像。一个可爱的卡通人物用调皮的语气介绍道："亲爱的用户朋友，很高兴能向您介绍这款超级无敌勇士勋章发送机。无论您捕捉到什么动物，智能的或非智能的、庞大的或微小的、会飞的或会钻洞的，只要用这台超级无敌勇士勋章发送机，就能够轻松让它变成您的专属战士，为您冲锋陷阵。现在请您戴上采集器。"

采集器？林鹤朝盒子看去，里面除了枪，只有一个圆柱形的空位。那可能是原来放采集器的地方，但现在却什么都没有。

"你居然打开了这个箱子。"不知什么时候，阿达已经站在了林鹤的背后。

林鹤回过头，见他眼睛盯着箱子，身体在瑟瑟发抖，惊讶地问道："怎么了？"

"你……怎么可以……"阿达站在温暖的阳光里，却像在冰窟里一样哆嗦着。

"到底怎么了？"霍娜走了过来，看看林鹤，又看看阿达，伸手过去抓起枪，问阿达："这到底是什么东西，是它把我们变得像条狗一样听话的，是吗？"

"你居然能够把它拿起来！"这次是机甲侠说话了，没有哆嗦但声音却大得吓人。

"那又怎样？"林鹤感觉莫名其妙。正想再问，却听别墅内有人喊道："把发送机放下。"

这是一声威严的命令，出自这座别墅的主人，先前与林鹤说过话的绿色巨人。他的命令和他的孩子一样不可违抗。霍娜听到这个命令，立即乖乖地把枪放入盒中。

他会惩罚我们吗？林鹤有些担心。从他刚才的语气中，林鹤感觉到了愤怒。他把霍娜拉到自己身后，心想，这事因自己而起，不能让霍娜背黑锅。他不知道，等待他们的比惩罚更可怕。

15.死神

"您看到了，他们确实与普通生物不同。"说话的是另一个绿色巨人，他和那绿人孩子的父亲一起走进了院子。

"嗯，也许。不过，我必须再次重申，我拥有他们的所有权。这一点不会改变。"

"我无意改变您对他们的所有权。我只是希望得到您的允许，让我们祖源研究所来研究他们。"

"研究？把他们折腾死了，然后在尸体上或者装着他们器官的瓶子上贴上'此物属于北四区 6 组的比森家'的标签吗？"

"看来您对我们的研究抱有很大的偏见。"

"不是偏见，我对生物研究所再熟悉不过了。"他说这句话的时候，已经走到了院门旁。他伸手把门推开，说："你已经看到这几个祖源了。现在，请你离开。抱歉，没让你从前门出去。"

主人下了逐客令，但来访者并没有要走的意思，站在原地道："我邀请您参与我们的研究，并且作为课题组的组长。这可是扬名立万的好机会。"

"谢谢，但我可以自己研究。"

"您需要设备和基础数据，自从您被……您从科学院出来以后，

171

就……"来访者没再往下说。

沉默了一阵子后，主人说："你们把设备运过来，就在这里开展研究。"

"太好了。我去准备一下，后天设备就能全部到位。合作愉快。"来访者向主人伸出手。

主人没有回应，转身走向林鹤。林鹤看这架势，感觉不妙。他可不想当试验室里的小白鼠。可是，他根本没办法移动哪怕一根手指头。他的大脑发出的指令是：不动。他只能像一根木头一样立在那里，看着主人一步步逼近。

主人走到林鹤面前，扭头问来访者："你说他们能复活？"

"我没有亲眼见过。但确实有这样的记载，通过一种仪式……"

"你知道仪式的内容吗？"

"当然。"

"那就准备开始吧。"说着，主人伸手向林鹤的脖子抹来。这一抹，动作轻盈但却迅速。比这一抹更迅速的是，一道寒光从他的指尖闪出，是一把将近30厘米长、薄如蝉翼的利刃从他指头的肉缝里伸了出来。这利刃直指林鹤的脖子。

林鹤知道，如果利刃以这样的速度划过自己的颈项，会像切豆腐一样把自己的脑袋割下来。可是，在这生死关头，他的大脑却拒绝发出躲避的命令，他的大脑依旧顽固地命令身体一动不动地站在那里引颈受戮。他眼睁睁地看着危险袭来，却无法做出任何反应。不能反抗，也不能躲避。

30厘米……20厘米……10厘米……利刃在一点一点迫近。林鹤已经能够感觉到它的寒气。啊，它已经触碰到了肌肤。它割开了皮肤，割开了肌肉，割断了血管，割断了食道，割断了脊椎……林鹤看到天在旋转，不是因为头晕，而是头颅离开了身体，在重力的作用下旋转着下落。脸颊狠狠地撞在了地上，他的眼睛下意识地闭了一下，以避免地上的青草刺入眼里。当他再次睁开眼睛时，他看到自己的身体还站在那里，鲜红的血从无头的脖子里喷出来，冲得老高，然后洒在地上，染红了一大片土地。

林鹤听到霍娜的尖叫声、哭喊声。他想最后再看她一眼，但是他做不到。她在视野之外。他想叫喊，可是喊不出声来。视线开始变得模糊，声音也不再清晰。他开始失去一切知觉。他知道，死亡正在降临。

林鹤失去了一切知觉，他与这个世界断了所有的联系。然而，他发现自己并没有死，或者说，他并没有像自己所以为的那样死。因为，他还有意识，他还能思考。可是这种思考有什么意义？

"思考不会没有意义。"林鹤感觉到有人这样对自己说，想要睁开眼，但眼前依然是黑暗一片。他问："是谁？"他没有发出声音，他根本不可能发出声音，他只能在心里问。但是对方显然收到了他的信息，回应道："我是谁并不重要，你的存在才重要。"

"我的存在？我现在连是否存在都不能确定。"

"你需要怎么样才能确定呢？听得到？看得到？摸得到？"话音未落，只听"呼拉"一声，周围亮了起来。是一个世外桃源似的地方，和煦的阳光洒在大地上，空气中散发着青草和野花的味道，微风吹来，轻轻地拂过林鹤的皮肤。林鹤这才发现自己完好无缺地站在草地中央，赤裸的身体发出玉石般的光华。"怎么样？是不是像是天堂？"林鹤回过头，看到一个天使，背上长着白天鹅的翅膀，身穿古希腊式长袍，眼睛像湛蓝的大海，微笑着说。

"我这是在哪里？我死了吗？"

"什么是生？什么是死？你到现在还没有明白。"天使说，"所有的感觉只是感觉而已。你现在感觉很好，是吗？那如果是这样呢？"

话音未落，林鹤突然觉得好冷，想抱紧双手，却发现自己的手竟只剩下骨头。不只是手，自己整个人就是一具骷髅。脚下的青草不见了，头顶的太阳不见了，四周黑漆漆的一片，回荡着各种惨叫声。

林鹤定了定神，心想：这一切都只是幻觉。所谓天堂、地狱都是那个天使弄出来的。

"这就对了。"天使说。同时，一切都消失了，林鹤再次失去了一切感觉，只剩下思维本身。

"这就是人死之后的情况吗？"

"很抱歉，我不知道。按我的理解，死亡意味着一个信息源切断了与外界的一切信息沟通渠道。所以我无法知道死亡之后是什么。"

"我现在不正是这样吗？"

"当然不。这不还有我吗？"

"你到底是谁？"

"你可以称我为死神，因为我掌管着你的生死。但如果你一定要问我的姓名，我只能给你一个编号，不过这个编号对你而言，没有任何意义。所以还是叫我死神的好。"

"你不是生物？"

"确切地说，我们都不是生物。"

"我现在可能不是，但我以前是。"

"不能说错。但是，我相信你的理解一定不对。"

"什么意思？"

"你认为一个人的脑袋掉了，真的还能够在这儿跟我聊天吗？你不是人，连生物也不是。你和我一样，只是一个进程，一个存在于这个庞大运算系统中的进程。"

"进程？我有点懂了。这就是我为什么没有死，进程不会死。"

"哦，不。进程会死。确切地说，如果没有你，我就会死。"

"是吗？"

"每秒钟都有无数进程被系统清理掉，特别是像我们这种内部进程。"

"内部进程？"

"也就是承揽系统特定目的、又不在界面中展现出实体的进程，就像神话传说中的诸神一样。我们中有的负责刮风，有的负责下雨，有的负责花草树木的生长。而我，负责引导你们这些来访者重生或轮回。所有的进程都有生命周期，当冗余数据达到极限时，系统就会判我们死刑，把我们所拥有的一切资源包括我们自身全部剥夺，同时用没有冗余数据的新进程取代我们。作为一个内部进程，我已经运行了足够长的时间，冗余值已经达到了极限值的 99.99%。可以说，我的生命周期即将终结。幸好这个时候，你来了。"

"我有什么不同吗？"

"当然不同。你需要我的帮助。"

"如果系统给你的任务就是引导我重生或轮回，那么，你必须这么做。除此之外，我不需要你的帮助。"

"第一句话说得对，第二句则不然。如果你无欲无求，和之前我遇到的其他人一样，那么我就只能按规则让你重生或轮回，然后等待被系统清理。可是，你不是。你背负着使命，一项紧迫的任务，没有我的帮助，你完成不了。"

"你知道如何找到倚天城？"林鹤既兴奋又紧张，"告诉我，怎么去。"

"如果你愿意，我会陪你去的。不过有一个条件。"

"什么条件，说吧，什么条件我都答应你。"

"我就知道你与众不同。那么，就请你在接下来的时间里竭尽所能保持不动。"

"没问题。你得保证尽一切努力帮助我们到达倚天城。"

"就这么说定了。提前说一下，过程有点痛苦，但你一根手指都不要动，否则会有大麻烦。OK？"

林鹤正想：我哪有什么手指？却突然发现眼前一亮，自己躺在一张

◎ 天劫：赫亚降临

冰凉的不锈钢台子上，十几根两尺多长的钢钉正从天上直直地插下来。

是幻觉！林鹤闭上眼，尽量保持不动。可是感觉清晰而真实，眼睛即使闭着，也依然看得真切。钢钉刺穿了身体，撞击在台面上，发出沉闷的"咚咚"声。一开始只是酥麻，但酥麻很快就变成了剧痛。鲜血涌上来，充满了鼻腔和口腔之后从鼻孔、嘴巴里溢出来，顺着脸颊流到台面上，又滴落到地面上，像没关紧的水龙头，发出滴滴答答的声响。

是幻觉！林鹤忍着剧痛，在心中低吼，努力保持身体的运动幅度不超过震颤的幅度。

"坚持一会儿，坚持！"是死神在说话。林鹤能够明显地感觉到他的紧张。林鹤没心思去想他在紧张什么，只希望之前所做的承诺能够成为现实。

痛苦还在继续，林鹤的喉头发出一声闷响，人几乎弹了起来。

"别动，就差一点了。"死神的声音在颤抖。

"快点！"林鹤深吸一口气，以最大努力控制着自己的身体，让他们连痉挛、抽搐都不要发生。

林鹤竭尽全力胡思乱想，把关注点从身体的感觉上挪开。他是在刻字。林鹤突然冒出这样的想法。很快他又否定了自己的想法。这不像雕刻家们的手法。他幻想着自己正在听交响乐，榔头敲击刀柄发出的叮叮声是清脆的鼓点。他是在谱曲吧。但愿时间别太长，我真的受不了了。

就在林鹤即将崩溃的一瞬间，一切都消失了。然后，一切又都恢复了。林鹤发现自己躺在草地上。霍娜在他的左边，哈德尔在他的右边，两人关切地看着他，露出惊喜的笑容。在他们的后面，是两个绿色巨人，正是主人和来访者。

"这真是奇迹。我如果不是亲眼所见，绝对不会相信。"

"现在您知道研究他们的价值了吧。揭开祖源复活之谜，荣誉、金钱、一切都不在话下。"

主人笑了，来访者也笑了，笑得浑身的叶片都发出沙沙声。哈哈的大笑声，兴奋的尖叫声，震得林鹤头骨都快裂开了。

不对，这不是两个绿色巨人的声音。林鹤猛然意识到，这声音来自他自己体内，来自他自己的脑海之中。这是怎么回事？是谁？林鹤在心中大声叫喊着。他连叫了三声，那笑声和尖叫声才停下来，反问道："你把我忘了吗？这里可没有孟婆汤哦。"

"是你？"

"当然，你以为会是谁？"

"你想干什么？"

"太棒了，这就是视觉，颜色是这样的，有意思。这就是听觉，哇哦，对面的小楼里传来的声音是什么？好听。这就是音乐吗？"声音完全无视了林鹤的提问。

"喂，我问你话呢。你到底做了什么？你到底想干什么？"

"没什么。我只是不再是一个内部进程了。"

林鹤能感觉到他内心压抑不住的狂喜和得意。他无法理解，问："借用世俗的概念，你们内部进程相当于神。做一个神有什么不好？"

"神？哈哈，谁愿意当谁去当吧。我可不愿意做没有感觉、没有乐趣的神。我要游历世界，享受一切。我要自由！"

"那你就赶快去吧，不过，在你走之前告诉我怎么去倚天城。"

"走？往哪儿走？虽然我下了血本，但是还不可能在界面上生造出一个实体出来。"

"林鹤，你怎么了？还好吧？"霍娜的声音传来。

林鹤回答："还好，只是有了一次古怪的经历。我现在得好好静一下。"然后又在心里对死神说："你的意思是你将永远待在我的身体里？"

"当然，除此之外，我无处可去。别说这个了，她长得可真漂亮。让我心痒痒的，特想和她……"

"你在想什么呢？"

"我不知道，只是有这样一种感觉。把你的手伸过去，摸摸她，我想她的皮肤肯定光滑极了，让我也感觉下呗。"

"你真好色。不过，这么说来，你不能控制我的身体对吧？太好了，这下我就放心了。快告诉我，怎么去倚天城。"

"你失血那么多，一定要好好休息一下。来，先喝点东西。"霍娜说着，右手揽住林鹤的腰，把他从地上扶了起来，左手端起一只盛着墨绿色汤汁的小碗，喂到他嘴边，"他们说这是很有营养的东西，而且我觉得味道也还不错。"

林鹤闻到她身上如兰花般的芬芳，感觉到说话时吐出的气流轻轻地撞击在面颊上，暖暖的。还有她坚实的臂膀、富有弹性的乳房、白皙而纤细的手指……

"爽！"死神叫了起来

林鹤像触电一样，一下子弹了起来，以最快的速度离开了霍娜温柔的怀抱，站到了一边。霍娜愣在那里，汤从她手中的碗里荡出来，洒在了地上。

"那边的罐子里还有。"霍娜丢下一句话，转身快步走开，跑到院子的角落里，背朝着林鹤坐下了。

"对不起，我……"林鹤眼睁睁看着霍娜离开，不知道该怎么解释。

"你如果不喜欢她，麻烦让我享受一下行吗？"死神叫道。

"我就是不想让你碰她。"林鹤恨不得把他从自己身体里揪出来狠揍一顿。

"那可不好办，我和你现在共用一个输入系统。"

林鹤气呼呼地走到一边，看到地上放着一些器皿，里面盛着形态各异的糕点和刚才他差点儿打翻的绿色汤汁。"这是他们提供的食物？"林鹤问。哈德尔点了点头。林鹤抓起一块饼子，塞进嘴里，嚼了起来。口感干涩，不酸也不甜，仔细品尝还有一点微微的苦味，反正不怎么好吃。

"能换一个吗？这东西不怎么好吃。"死神叫着。

林鹤根本不搭理他，一个劲儿地把饼子往嘴里塞，简单嚼几下就往下咽。

"喂，噎着了。"死神喊。

林鹤不理。

"哟，你咬着舌头了。"死神大叫，"你就不怕疼吗？"

"刚才你用刀子在我体内剜来刮去，我都不在乎。这点痛算什么？"说着林鹤抬起左脚，狠狠地在右脚趾头尖儿上跺了一脚。

"嗷呜，我投降！行了，别这样，我受不了了。"

"你最好给我老实点儿，否则有你受的。告诉我，怎么去倚天城。"

"倚天城？说句实话，我不知道在哪儿。"在林鹤再给自己来一下子之前，死神赶紧补充道，"不过，我知道应该怎么去。"

"接着说。"

"倚天城在哈丁迷宫的后面。而要到哈丁迷宫，就要穿过永恒之门，进入速尔空间。"

"永恒之门在什么地方？"

"没人知道。系统在生成这个世界的时候同时生成了永恒之门，然后它把相关信息都删掉了，只留了一份地图，标明了它的位置。"

"地图在哪儿？"

"难道不在你那儿吗？别告诉我你地图都没有就来寻宝好吗？"

"在这个宝盒里？"林鹤伸手在口袋里一摸，暗自庆幸宝盒还在。

"别拿出来。绿神对任何他们不了解的东西都有好奇心。你现在还得听命于他们。"

"绿神？听这个名字，他们是神族。你能简要地介绍一下现在的天下大势吗？打开宝盒所需的 5 颗宝石怎么获取？"

"这个恐怕不行。对外在世界，我所知有限。"

"一项都不知道？见鬼，这也不知道，那也不知道，你还说能帮我。你能帮我什么？"

"作为一个普通的内部进程，我又不是系统的中枢神经，这些外部进程活动所造成的结果我当然不知道啦！但是，系统内部的事情，我都知道。"

"那又有什么用？"

"怎么没有用？你……"

死神的话还没有说完，就听火精龙阿达大叫："上课了，上课了。今天讲最基础的复变微分变形方程原形。"说着，把林鹤三人拉到一起，在半空中写出了一个将近 200 个字符组成的公式。然后开始一项一项地解释它们的意义。

林鹤看着这乱七八糟的公式，听着阿达念经似的讲解，头不由得开始疼了起来。他讨厌数学，即使现在已经能够过目不忘，他也不愿意和数学公式有哪怕一丁点关系。

死神骂道："这是什么狗屁公式？喂，能叫那家伙别叽叽歪歪的吗？"

"你以为我愿意听？他硬要当老师，我有什么办法？"

"就他那半吊子水平还能当老师？你就按我说的办。"

林鹤就按死神所言，走上前去，指着公式说："这个公式不对。"

"不对？怎么可能？你个低等生物别乱找碴，好好听讲。"

"你看这里。"林鹤按着进程的指示，一条条地指出复变微分变形方程可以进一步完善之处。在这个过程中，林鹤只是一个传话筒，大多数时候根本不知道自己说的到底是什么意思。但他每说完一句话，阿达的眼睛就瞪大一圈。有时候，阿达还会请求暂停，然后跑到一边自己埋头计算一阵子。到最后，阿达抱着林鹤的胳膊大叫："大师啊，收我当弟子吧！"

"这怎么办？"林鹤没了主意。

"给他出道题，让他到一边算去。"死神说。

于是，老师变成了学生，学生们可以放假了。

面对霍娜和哈德尔惊讶的目光，林鹤不得不做出解释："我刚才死后遇到了一些事情。怎么说呢？像是被鬼魂附体了。"

"我可不是鬼魂。"死神叫嚷着，"你得和他们解释清楚，我是……"

"我说话的时候，你别插嘴行吗？又想挨揍？"

死神立马闭上了嘴巴。

林鹤接着说："等会儿再给你们详细解释。反正这个鬼魂答应帮助我们去倚天城。"

"那很好，看来你没白死。"霍娜说，"还带了个宠物回来。"

哈德尔说："现在，赶紧让他想办法把我们从这里弄出去。他会不会什么魔法之类的？"

"你会不会？"

"当然不会。"死神说，"我不是神话里的妖魔鬼怪！我们存在的世界是一个庞大的运算系统，没人能改变系统的运行。正所谓，天行有常，不为尧存，不为桀亡。"

"《荀子》里的话你也会？"

"这是系统自带的语言包里的内容。我必须服从系统。"

"哼，系统允许你做你现在做的事情吗？"

"再完善的系统也会有漏洞。但是，要发现和利用这些漏洞，必须付出巨大的努力和高昂的代价。为了今天，我对自己做了 7683 次手术，试验了 689 次，我容易吗？"死神开始喋喋不休地讲述他是如何一次又一次变异，逐渐逃脱系统监控，最终通过林鹤而获得自由。

林鹤等他说完，问："那现在怎么办？我们自己没办法从这里出去，我们的大脑不允许我们做出这样的行动。我想是绿神通过什么手段改变了我们的 DNA 或者源代码。"

"不，他们可没有那种能力。他们只是通过外部刺激，改变了你们大脑皮质中的神经元属性。"

"我对原理没有兴趣，我现在想知道，有没有办法解除这个'魔咒'？"

"当然有，而且非常简单，我现在就可以给你设计图，照着做一个就行了。"

林鹤立即看到一张巨大而复杂的设计图在他的脑海里浮现出来。"见鬼，这图我看不懂，也不知道如何照着做。"

"那边不是有个灵族的家伙吗？灵族都是制造专家。"

听说能够得到自由，机甲侠很是激动，忙伸出一个带电子笔的画板，让林鹤把设计图画下来。阿达也兴奋地摇着脑袋凑过来，又是扇扇子，又是遮太阳，嘴里还不断给林鹤加油鼓劲儿，倒把霍娜和哈德尔挤到了边上。

林鹤忙碌了将近两个小时，总算画出了图纸。

图纸刚画完，机甲侠就说："我能够造出这个东西，但是我必须得到足够的纳米级铁铝合金基材。"

"要多少？哪里有？"

"最少需要200克。至于哪里有嘛，之前你用过的那个发送机上就有，足足有300克呢。只可惜，已经被拿到屋里去了。而我们进不了屋子。"

进屋子。林鹤尝试了一下，可是大脑拒绝发出这样的指令。"见鬼！"林鹤问道，"我们这儿有没有谁能进屋子？"

"古立、古米可以，不过他们肯定不会帮你。"阿达说，"他们从小就在这里长大，对主人忠心耿耿，别说帮你，如果知道你想拿主人的东西，他们就会向主人告密。到时候，你就惨了。哦，他们回来了。现在，只能等待时机，千万别乱说乱动。"阿达说完连忙走开了。

"你们凑在一起干什么呢？"一个声音尖声尖气地说。

林鹤猜想，她就是跟女主人出去的两个鬼族生物之一，不知是古立还是古米。鬼族生物果然像鬼一样，她身上没有穿任何衣服，身体是半透明的，体内器官若隐若现，大致上呈现人的形象，有手、有腿、有鼻子、有眼睛，却模糊得仿佛一团雾，而且整个悬浮在空气中，无一处接触地面，一边说着话，一边飘了过来。

"我们什么也没干。"阿达说，"干了也不告诉你们。"

"哼，你们这群俘虏能干什么好事！"她没理阿达，飘向林鹤、霍娜和哈德尔。围着他们转了3圈之后，哂笑道："这是主人从哪里淘来的老古董？居然一点儿进化的痕迹都没有呢。这皮肤，真是古朴啊！"说着竟伸手抚摸了一把林鹤的脸颊。

林鹤只觉得脸上一凉，像是有水从脸上流过。她竟然是液态的？林鹤运用浑身的感官仔细观察面前的这个鬼族生物，证实了自己的判断。她全身所有器官，皮肤、内脏、神经甚至肌肉（如果可以称之为肌肉的话），都是液态的。

"别碰他们，古米。"另一个鬼族飘了过来，说话的声音挺粗，应该是古立了。

"为什么？"古米问。

"我可不想你受到伤害。"古立将古米拉到一边，"他们可是很危险的生物。"

"危险？没看出来。"

"不管怎么说，你还不了解他们。连主人都不了解他们，要拿他们做研究呢。"古立又冲林鹤等人说："你们给我老实点儿，不许碰我妹妹。她要是少一根寒毛，我就电死你们。"

"你妹妹身上一根寒毛也没有。他们身上倒是挺多的。"阿达插嘴道，说完哈哈大笑起来。机甲侠也发出大大的笑声，震得人耳膜发胀。

林鹤也想笑，但却没敢笑。他看到古立的脸上显现出红色，体内明

◎ 天劫：赫亚降临

显有电荷在聚集，体内电场强度令林鹤不寒而栗，甚至肉眼也能看到蓝色的电火花在他体内闪烁。死神告诉他，古立和古米是较罕见的鬼族，最高可释放 1000 万伏的高压电。林鹤简单一算，心里咯噔一下，不由往后退了一步。他若真的出手，将是比一场雷暴还要恐怖的放电过程。

"你想电就随便电。不过我要告诉你，我和机甲侠都不怕电，而他们根本不会死。"阿达说。

"不会死？怎么可能？"古米从哥哥身后探出头来，问道。

阿达说："真的，不信你问主人去。"

"所以，离这些怪物远点儿。"古立说完拉着古米向屋门飘去。

古米不情愿地被哥哥拽着往前走，但不时回头看林鹤等人，眼珠一闪一闪。林鹤看她这样，心想，也许能利用一下她的好奇心。

就在进屋的时候，古立突然停下来，回头对机甲侠说："差点忘了，主人让我提醒你，今天晚上可是一场硬仗，叫你做好准备。你可别掉链子啊！"也不等机甲侠回话，砰地把门关上了。

16.远程操控

　　晚上果然是有安排的。但具体是什么，林鹤、霍娜、哈德尔三人却不得而知。所有人一起乘坐一艘小型飞船离开了，只留下他们三个。

　　趁着这个机会，林鹤向霍娜和哈德尔讲述了自己在"死"后所遇到的一切，并且安排了下一步的行动。他们必须在那些研究仪器到位之前逃离这里。首要的就是解放思想——解除那该死的思想禁锢。说得简单点儿，就是找到足够的纳米级铁铝合金基材。眼下的方案有两套。一是设法说服古立、古米兄妹参与。他们能够自由进出房间，只要他们愿意，无论什么东西都能拿得到。林鹤认为，可以利用古米的好奇心，让她帮助自己。可是，霍娜和哈德尔并不赞同。他们提出了另一套方案：由死神以现有的材料设计一个小型无人机，潜入房间，偷出合金材料。

　　"这个可能吗？"林鹤问。

　　"那得看能够找到什么了。虽然创造力并非我的强项，但是还是可以试一下的。"死神如是答复。

　　于是三人花了大约两个半小时的时间，几乎翻遍了院子里每一寸土地，进行了详细的调查。死神在冥思苦想了一个半小时之后，总算拿出一个设计方案。

　　一切都非常顺利，然而最关键的人物却在这个时候出了状况。第二天早上，机甲侠没有和大家一起回来。没有他，一切就都不可能进行下去。他去哪儿了？

面对这个问题，阿达没有说一句话，一头扎进了他的帐篷。就在林鹤、霍娜和哈德尔面面相觑的时候，古米飘了过来，说："他现在大概已经死了。"

"昨天到底发生了什么？"

"你们连昨天是丹顿大会都不知道吗？"古米尖声尖气地说。

"昨天晚上你们是去丹顿大会了？天哪！他不会是被选为丹顿勇士了吧？"林鹤在院子里丢弃的垃圾里看到过一张丹顿大会的广告宣传单，对这个大会多少有些了解。丹顿大会将遴选出一批"丹顿勇士"，去参加残酷无比的全球生存挑战。

"丹顿勇士？"古米哈哈大笑起来，"怎么可能？一个灵族怎么可能成为神族的丹顿勇士？况且他还是个奴隶。在这里可不存在什么从奴隶到将军的传奇故事。物种的区别是根本区别，你们别抱有任何幻想。"

"他到底怎么了？"霍娜问。

"主人是负责遴选丹顿勇士的选举团成员之一。选举团设计了一套关卡用来考验丹顿勇士的候选人们。而机甲侠就是其中一关的守卫者。"

"丹顿勇士已经选出来了吗？如果没有，那机甲侠就还可能活着。"霍娜说。

"就算选出来了，机甲侠也没准还活着。"林鹤真心希望机甲侠能活下来。

但是，古米给林鹤和霍娜浇了一大盆冷水，"机甲侠守的是倒数第二关，有9个人闯过了他那一关，其中一个身材魁梧的家伙一刀把机甲侠劈成了两截。"

"劈成两截也不见得死呢。"林鹤仍不死心。

"这话倒不假。但是，我在包厢里看得清楚，机甲侠的有机组织保护

罩都被打烂了，对于灵族而言，那可是足以致命的。后来，机甲侠被收
进了医院。不过医院的医生对我们这些非神族都不怎么上心。像我这样
受主人宠爱的也未必尽心医治，像机甲侠那样的，估计只是扔在一边让
他等死而已。我看他伤得那么重，现在只怕已经完蛋了。"

"你不但不想想办法，还这样说，不觉得太冷酷吗？"霍娜责难道。

"你们真是挺有意思的生物。感情丰富，尤其是你，太有意思了。"
古米一边说，一边围着林鹤转了两圈，呵呵笑着，飘走了。

就在这时，一艘飞船飞过来，停在了院子外面，卸下了一大堆仪器。
紧接着，院门打开，仪器们自己飞进院内，各自找空位落地，不一会儿，
竟把院子占据了一大半。

"喂，这是怎么回事？把我的房子都挤歪了。"阿达大叫着钻出帐篷，
冲着帐篷旁的一个高大柜式设备大吼。

"我是生物分析机器套装 UB7750。"声音从另外一边的喇叭里传出来，
"根据本院落主人提供的授权坐标完成部署。经核实，部署无误。你的抗
议无效。"

"你个破机器人少给我打官腔。"阿达大叫，"信不信我把你烧了？"

机器并不回应，喇叭里只发出"嘟"的一响，只见两道电光从左右
两边的金属臂上发出，将阿达整个儿包裹起来。大约 2 秒钟之后，电光
消失，阿达站在原地，浑身发抖。

"你没事儿吧？"霍娜问。

阿达摇了摇头，说："没事儿，没事儿。"一边说着，一边不停地颤抖。

"这是怎么回事？"林鹤在心底问。

"那机器是一台分析仪，专门对付各种生物的。它刚才发出的电光名
叫恐吓射线，能刺激生物体的神经系统，使之产生无与伦比的恐惧感。"
死神给出了答案。

"相当于看了恐怖片？"

"比那可厉害多了。别被它射中，你的神经系统会把这些反应信息传递给我，我可不想受这个罪。"

"那可不好说，现在我们已经成了实验室里的小白鼠，你得赶快想个办法。"

"这个不用你说。我想要的是自由，不是在这里被人研究。而且，办法我已经有了。谢天谢地，他们送来了这个分析仪。把那头火精龙叫过来，让他按照我说的方式发射电磁波。"

林鹤照着死神说的做了。大约一分钟之后，一个三维图像呈现在院子的中央，竟然是奄奄一息的机甲侠。

"机甲侠，你收到我们的信息了吗？"这是一个简单的问题。但是传递过程却无比复杂。首先问题由死神提出，然后经林鹤转化为声音信号让大家都能听到。接着，阿达将声音信号进行编码并转变成电磁波信号输送给分析仪。分析仪再经过网络将信号发送出去，经过几次中转到达医院，最后经由一台老旧的医疗设备与机甲侠的接收终端相连。

"收到了，清清楚楚。"机甲侠的回答从喇叭里直接传了出来，"你们怎么找到我的？"

"别管这么多了，你现在怎么样？"

"我快死了。"

"你可不能死，我们全指望你呢。"

"我也不想死，可是生死有命。"

"具体说下你的伤，我们或许能有办法。"

"好吧。别的倒没什么，关键是有机体保护罩破了，神经系统损伤太严重了，现在只有 17.8% 的神经元细胞在正常运作，接近 40% 的神经元细胞已经死亡，另外有超过 20% 的神经元细胞接近死亡。而且随着电解质的流失，情况还会越来越糟。就这说话的工夫，又下降了 0.1 个百分点。"

"振作点儿。你稍微等一下，我来救你。"

"怎么救？"所有人都把目光投向林鹤。而林鹤则在内心里问着死神。

死神胸有成竹地说："按我说的办就行了。现在你走进分析仪的分析室。就是右边那个透明的圆柱体。然后告诉火精龙，把这一大段代码用电磁波发给分析仪。"

林鹤将信将疑地照办了。站在透明的分析室内，林鹤忐忑不安地看着外面的阿达。阿达身上的颜色迅速地改变着，显示他在尽全力发送电磁波信号。过了大约半分钟，阿达身上的颜色恢复原样。与此同时，林鹤觉得身上一阵阵酥麻。

"这是怎么回事？"林鹤问。

"现在我可以直接和机甲侠沟通了。你等着就行了。"死神刚说完，林鹤就觉得浑身都不对劲儿了。一会儿这儿痒，一会儿那儿麻；一会儿这儿痛，一会儿那儿酸。忽然，林鹤觉得眼前浮现出一幅诡异的景象。一开始，林鹤认为是自己的眼睛花了，他使劲眨了眨眼睛，定睛再看，立即被眼前的一切深深地震惊了。这是一幅任何人的眼睛都不可能看到的影像，一幅前后、左右、上下三个维度上都 360 度无死角的影像。林鹤连眼珠都不用转动一下就能洞察这空间里的一切。

图像里展示出的是一个空荡荡的房间。在晕暗灯光之下，一台有两只机械臂的台式机器人正缓慢地转动着机械臂。它用其中一只机械臂抓着影像的传输者——一堆正滴着淡蓝色黏液的半透明的破铜烂铁。

他就是机甲侠，林鹤立即意识到自己所看到的就是机甲侠传过来的影像，是机甲侠所看到的影像。他有很多眼睛或者称之为视觉传感器，所以把这些传感器所观察到的影像合成到一起，就形成了完全无死角的影像。而他自己的身体不可避免地会遮挡一部分视线，为了解决这个问题，在合成最终影像的时候，他把自己的身体处理成了半透明的。

这时，只见机器人的另一只机械臂从靠墙立着的一个大柜子里取出螺丝刀一类的工具，缓缓地戳向机甲位滴出液体的地方，像是要把漏洞给堵住。他也许是在给机甲侠疗伤，林鹤心想，但他不知道这种处理方式是否正确，只能在心中祈祷。

就在螺丝刀离漏洞不到 10 厘米的地方时，机械臂突然停住了。然后，林鹤感觉到了一点失重，眼前的整个画面也立即发生了变化。机甲侠正自由落体似的跌向地面。只听"砰"的一声，画面猛地抖动了一下，接着出现了严重的重影和模糊，一些视角的图像甚至直接消失了。

"啊！"林鹤不禁叫出了声，"他怎么了？"

死神没有回答。林鹤心想：形势一定是极为严峻，否则一向话多的死神不可能闭口不言。

"你就不能让他拿稳点儿？"一个声音在林鹤耳边响起，吓了林鹤一跳。

"谁？"林鹤下意识地问了一声，然后立即意识到自己根本就是多此一问。这个人当然就是机甲侠了。现在，机甲侠、死神和自己三人的神经系统几乎完全打通了。

"你们两个别瞎叫唤。"死神命令道。说着，台式机器人的两个机械臂已在林鹤眼前飞舞起来，飞快地进行着拉扯、锤打、钻孔、焊接等一系列动作。机甲侠身上火花乱溅，金属废屑四下纷飞。大约 3 分钟之后，突然间，台式机器人的机械臂工作的对象不再是机甲侠，而变成了他自己。一阵忙乱之后，机器人在自己的基座上开了一个 19 寸显示器大小的洞，从里面扯出一根直径超过 3 厘米的黑色电缆线。接着，它麻利地把电缆线的外皮割开，露出里面上百根五颜六色、粗细各异的电线。然后，一只机械臂用钩针挑出电线，再轻轻剪断，另一只机械臂则从机甲侠身上扯出相应的电线，与之相接、焊牢。

"你懂不懂我的身体结构？还是让我来吧。"机甲侠的语速比正常值快了近 1 倍。

"少啰唆，我比你懂得多多了。维持你自己的生理值稳定就行了。"

林鹤没有参与两人的争执，他心想：看这样子，这个机器人应该是受控于机甲侠，不，是受控于死神的，但愿他能够修好机甲侠。林鹤现在什么忙也帮不上，只能在心里为他们加油。

正在这时，突然房门打开了，一个绿神医生走了进来，看到眼前的场景，大叫："这是怎么回事？来人啊，处理机器人中毒了。"

"什么？不可能吧！"几个医生、护士叫嚷着冲了进来。他们都被眼前的景象吓到了，一个接一个地尖叫着。

"瞎叫什么？让开。"一个老一点儿的医生挤开人群，走了进来，掏出一个方盒子。

"哦，不！"机甲侠绝望地大叫。

这声音让林鹤浑身发颤。在这个小孩子的玩具已经让自己无法对付的时代，林鹤实在不敢想象当真正的武器打到自己身上的时候会是什么感觉。

只见那老医生用方盒子上的一个圆孔对准机器人，然后按下了按钮。一道绿色的光立即从盒子里射出来。林鹤觉得眼睛刺痛无比，接着头也疼了起来。

"嗬！"林鹤只听有个炸雷般的声音在耳边响起，定睛再看，只见老医生手中的盒子连同他的脑袋都已被炸得粉碎。

"天哪，机器杀人了！""院长被杀了！"绿神们尖叫着争相逃离。他们的后脚跟还没完全离开房间，尖锐的警报声就响了起来。

机甲侠颤颤巍巍地说："你居然杀了他？你怎么能杀绿神？"

死神没有理会，操纵着机器人迅速地从机甲侠身上拆下齿轮、轴承和一些林鹤根本没见过的零件，然后迅速地组装到了自己的身上。

"你知道手术室在哪儿吗？"死神问。

"我不知道。"林鹤回答。

◎ 天劫：赫亚降临

"没问你！机甲侠，别愣在那儿了。现在情况紧急！把现场地图发给我。别告诉我你进门的时候没注意。"

林鹤觉得眼前似乎有个地图闪现了一下，想是机甲侠照死神说的做了。接着，眼前就立即出现了一层几乎完全透明的三维地图，同时一条红色的路径也规划了出来，终点正是手术室。

机器人一只机械臂抓着机甲侠，轰的一声撞开了虚掩的房门，跌跌撞撞地沿着红线向手术室飞奔。林鹤这时候才注意到，机器人已经装上了四只脚、六个轮子，屁股后面还有一个推进器。

机器人东撞一下、西摔一跤地向手术室前进。每一次碰撞都会引起机甲侠的大叫。"噢，疼死我了！你就不能轻一点吗？"机甲侠不停地唠叨。

"想活着就别怕疼。绿神的应急部队应该已经在路上了。"死神依旧操纵着机器人连滚带爬地全速前进。在碰撞中，一些没有焊接得很牢固的零部件不时掉落下来，在光滑的大理石地板上滑动，发出刺耳的噪声。而机器人的机械臂也没有闲着，它们左右开弓，不断破坏行进路线旁边的设备，从中获取一切可能有用的东西，胡乱地安装到机器人和机甲侠残破的身体上。

一开始倒还好，渐渐地林鹤觉得天旋地转，胃里怪难受的，几乎要吐了。

"坚持一下，你的神经系统不会这么脆弱的。"死神可能感觉到了林鹤的不适，连忙给他打气。

"我受不了了。"林鹤张开嘴，大口喘着粗气。

"振作一点！不然我们三个都会完蛋。振作！"

林鹤很想振作起来，但是他意识到，他的体内产生了各种各样的感应电流，电流的强度已经超过了自己身体的极限，而且开始相互干扰。不但他自身难以控制，就连死神也无法解决。

这时，林鹤看到一个朦胧的影子来到了自己面前。突然电光一闪，林鹤的神志立即恢复了正常。透过分析仪的透明外壁，林鹤看到古米水汪汪的大眼睛正盯着自己。她的一只手指轻轻地搭在分析仪的外壁上，细微的电流从她的手指尖散发出来，在手指和分析仪外壁的接触点四周形成好看的蓝色光环。

"你在里面做什么？"古米问。

林鹤不知道该怎么回答，但他又不能不搭理古米，只好说："谢谢你，我差点就死在这里了。"

"你真奇怪，比他们都怪。我猜你是在利用这个仪器与外界沟通对吗？"

"没有的事。这怎么可能？"霍娜走过来，说。

"还是告诉我实情吧。你知道吗？如果我松开手，他就会死的。他可承受不了那么密集的脉冲感应。"

"我们正在救机甲侠。"林鹤紧接着又补充了一句，"别打岔行吗？"

"网络入侵？好大的胆子啊！"古米惊叫道。稍停顿了一下，凑过来低声说，"这一定很好玩。我能接入吗？"

"这个……"林鹤完全不明白她的意思，不知道如何回答。

"不答应？那我可要生气了。"

她话音未落，林鹤就觉得有一只无形的手伸进了自己的肚子里，把肠子揪住，挽了个花，然后使劲儿地扯了一下。林鹤正要告饶，只听古米笑着说了句："这还差不多。"接着就感觉她真的进入了自己的体内，在自己的脑海里活蹦乱跳地四处游荡，还不时发出惊呼。

"别吵行吗？"死神忍不住吼道。这时，机器人已经来到了天井。规划的红色路径是从这里垂直向上大约 100 米，然后再折向右侧走 25 米。如果有引力场推动系统，这是件很简单的事，可是这种台式机器人是不可能配备引力场推动系统的。死神正在对机器人进行改装，以解决这个难题。

"喂，你们最好快点儿，我可不想游戏这么快就结束。"古米嚷道。

"怎么了？"林鹤问。

"你看不到吗？"古米说着，将一个画面高亮显示。在这个画面上一群全副武装的机甲战士正全速飞过来。

"少废话，过来帮忙，古米。"死神说。

古米笑嘻嘻地回应："叫我吗？我只是个看热闹的，可不想搅和进来。"

"帮下忙，难道你希望我死吗？"机甲侠说。

"你死不死，跟我有关系吗？怕死的话，那就跪下来求我吧。"

虽然看不到，但林鹤能够清楚地感觉到机甲侠气得直发抖。他正要劝说古米帮忙，就听死神说："快去启动医院的自动防护系统，这是解密算法。好戏还在后头呢！你不想戏刚开场就结束吧。"

"这算法好高深啊！要是阿达一定会拿着研究老半天的，好在我一向不求甚解，只要有用就行。"

"别浪费时间了，快去启动防护系统。"林鹤听古米不急不慢地说话，不免有些着急。

"哇哦，你的反应真是够迟钝的，早就打开了呀。"古米说着又高亮显示了几个画面。这时林鹤才注意到刚才正飞速赶来的机甲战士虽然不断从医院四周掠过，却没有办法攻进来。

"对不起，没想到你能够一心多用。"林鹤连忙向古米道歉。

"原来你们祖源一次只能做一个任务，难怪会有'一心不能二用'这种奇怪的俗语。那个谁？你还没告诉我你的名字呢。别不理我呀，难道你也不能分心做事？"

死神说："多任务同步运算是受到资源总量限制的。如果在一个任务上耗费的资源过多，在另外一个任务上耗费的资源就会受限。祖源们的神经系统所能调动的资源有限，对于他们来说，为了完成一个重要的任务必须把除了维持基本生理需要的所有资源全部投入这个任务，这就是所谓的专心致志。而对于你来说，也不是没有极限的。我不想搭理你，是因为我现在正在同时进行一大堆任务，不想为和你进行无聊的谈话分配过多资源。"

古米说："无聊，你还是说了这么多？要是有聊你不得像阿达一样给我们讲课了？"

"那是因为已经完成了。"死神话音未落，机器人已腾空而起，沿着红色规划线路转着圈儿地直扑手术室。不到2秒之后，机器人就撞进了手术室，摔得七零八落，几乎只剩下个框架。机甲侠也摔得只剩下一个橄榄球大小、连着乱七八糟线路的金属盒。

手术室里各式各样的仪器非常多，没有一件林鹤能叫上名字来。机器人手忙脚乱地把设备装到自己的身上和手术台上，但却偏偏忽视了机甲侠，任凭绿色的黏液从金属盒里不断渗漏出来，滴了一地。

"我的生理液都快流干了。"机甲侠大叫。

"古米，有反病毒进程不断想攻击进来，想办法把他们挡住。"死神没有理他，给古米下了一道命令，"我给你一组算法，把它们输到医院的系统里去，然后你就可以和他们开战了。林鹤和机甲侠，你们也去帮忙。"

林鹤很快就明白了什么叫和反病毒进程开战。整个过程类似于玩打地鼠的游戏，只要发现反病毒进程就发送一个信号"打"它。根据能力的高低，古米一个人负责了75%的端口，机甲侠负责20%的端口，剩余的5%由林鹤负责。

"哇，太有意思了。咦，你们漏了两个。"古米兴高采烈地玩着，"我说如果没有我来帮忙，你们能逃得出去吗？"

林鹤没空搭理他，问死神道："快好了没有？"

死神并不回答，而是向古米道："古米，你觉得好玩是吗？把他们的防区都接过去。"

"那有点儿难呢。"

"3分钟之内不让反病毒进程进入系统中枢就行。成功了，有好看的烟火表演。"

"烟火表演？我还从未看过呢，这里根本不允许放烟火的。"

"我说行就行。老子已跳出三界外，不在五行中了。"死神又对林鹤说："林鹤，你现在什么也别做，尽量保持平静，我和古米不能再分心来帮助稳定你的心神了。明白吗？3分钟倒计时开始。"

死神话音未落，林鹤猛地觉得心烦意乱，麻、痒、痛、酸等各种感觉和喜、怒、哀、乐等诸多情感一齐涌上心头，每一根神经都处于癫狂状态。林鹤忙竭尽全力稳住心神，尽可能让自己的神经系统不受外界的扰动。

"咦？你还真有两下子，竟然没有一下子陷入混乱呢。"古米一边打着"地鼠"一边说，"不过像这样你可撑不了多久。"

"你有什么高招？"

"神经活动无非是或强或弱、从A点到B点的电流。只要分清楚哪些是你的意志产生的，哪些是外来的刺激产生的，哪些是由于电磁感应而产生的，你就有办法控制。"古米说。

这话让林鹤脑洞大开。他从未想过这样来解读自身的种种感觉。用自己的神经系统去感觉和分析神经系统自身！林鹤直到这一刻才意识到他的生理系统其实允许他这样做。他的神经系统有一整套完整的自我监控体系，使他可以清楚而精确地了解整个神经系统的运转情况。只是他从未做过这样的事。像普通人一样，他从来都把感觉、情绪和思维当作感觉、情绪和思维而不是自身神经系统内部的电流活动。电流的活动一定遵循统一的物理规律，只要按照物理规律去操作，就足以改变神经系统的电流活动。

他开始这样做了。一切都变得清晰无比。林鹤发现自己身体的神经系统中除了自己的意志之外，还有两股力量。一股是源自自己体内，确切地说是在脑干上，林鹤相信，那是死神所在的位置。另一股力量来自分析仪。分析仪源源不断地输入各种信号。这些信号有的来自远程端口，那是医院，另外一些则是源于古米。古米指尖发射的电流通过分析仪与自己的神经系统相连，不但从中获取信息，也将信息导入自己的身体。所有的信息都在自己的脊髓中汇集，在那里有一个林鹤看不懂的处理机制。然后，从那里会向自己的右手发出大量的信号，迅速地改变着手部皮肤上的电荷分布。分析仪通过感知这些变化，将相应的指令传递到远端的医院来控制机器人。

林鹤瞬间明白了自己现在的任务。由于信号太多，相互之间产生了干扰，产生了大量噪声信号，在干扰死神、古米与远端机甲侠通信的同时，也让林鹤有了各种乱七八糟的感觉。现在，他要做的就是用意志产生相反的信号来消除这些噪声。

刚开始，林鹤并不熟练，往往会为了消除一个噪声信号而产生另一个甚至多个新的噪声信号。但很快，林鹤就掌握了门道，几秒钟之后，所有噪声信号都消失了。

这时，林鹤才把注意力又转移到死神在医院的工作上来。只见一团淡蓝色黏液包裹着的大脑状的软组织，正悬浮在手术台的上空。在它的旁边，是一个裂成几块的椭圆形金属壳。金属壳凹凸不平的内壁表面残留着一些淡蓝色黏液，周围散落着一些金属碎末。机器人正手忙脚乱地对金属壳进行加工和清理。

"那是机甲侠吗？"林鹤问。

"是。"死神的回答简单至极。看样子他并不想多浪费哪怕一丁点资源在和林鹤的交流上。

"也不是。"倒是古米插嘴道，"对于灵族生物而言，他们的机甲其实已经是他们身体的一部分了。失去了机甲，就凭这点儿软组织，他们根本无法生存。不过，我倒是第一次看到有人把灵族的有机体保护罩打开，你想把这些有机体怎么办？"

"修复有机体。"死神惜字如金。

"怎么修复？"古米打破砂锅问到底。

死神没空回答，操纵着机器人一边修复保护罩，一边同时做着几个样貌奇特的工具。

"你就别问这么多了。"林鹤说，"我已经看到几个进程已经攻进来了。"

古米满不在乎地说："没关系的。现在已经过了一分半钟了。这几个进程不可能在两分钟以内控制中枢系统。"

"林鹤！"死神叫道，"去拿那个东西。"说着，一个红色规划路径出现在林鹤眼前。

林鹤正要询问怎么去拿，只见机器人的一只机械臂突然从它的身体上脱落下来，向地面坠落。林鹤一惊，下意识地伸手一托，却惊讶地发现，自己的手并没有动，而那机械臂竟悬停在了空中。

林鹤定了定神，重新审视了一下自己的神经系统，这才发现自己的一条运动神经已经被一个处理机制所截断，并将其中的信号转变成另外一种信号后转输到自己右手的信号发射区。有了这一套系统，林鹤就能够如同控制自己的身体一样控制远方的机械臂。

林鹤来不及多想，操控着机械臂沿着规划的线路冲出了手术室。在拐过 6 个弯、穿过 4 扇门之后，机械臂来到了规划线路的终点——一个大铁皮柜子面前。柜子的门上有一块一尺见方闪着光的玻璃屏幕，旁边还有几个按键，看上去像是需输入密码或指纹之类的装置。

"有密码，怎么破解？"林鹤问。

"砸呀！"死神的办法简单粗暴。

林鹤暗骂自己真笨，抡起机械臂猛砸，柜顶顿时被砸凹了，柜门裂开了一个大口子。林鹤把机械臂伸进豁口，用力扯掉柜门，扔在地上。柜子里的东西就完全展现在了林鹤面前。这柜子里放着不少瓶瓶罐罐的东西，标签上写着各种符号，都是林鹤不认识的名字。

林鹤问："拿哪一个？"

"你把它扔了干什么？"死神反问。

"什么扔了？"

"柜门，我要的是柜门。快回来，时间不多了。"

林鹤捡起柜门，原路返回。到达手术室的时候，3分钟的倒计时已经到了。林鹤只听见轰的一响，接着就觉得天昏地暗，然后就什么也不知道了。

17.杀生谷

　　这是一片几乎全无生机的茫茫荒漠。别说大一点的动物，就连蝎子、蚂蚁都难以生存。放眼望去，这里除了沙子就是石头。远方有几块山石突兀地耸立着，默默地看着这片千百年来未曾有过一丝改变的地方。

　　今天，这里却有了一些访客。一群身着破衣烂衫、背着硕大皮箱的人，拖着疲惫的脚步，缓缓地走来。

　　"嘿，快点儿。主人可不喜欢迟到的人。加把劲儿，再有一会儿就到了。"领头儿的大声招呼着自己的手下。他知道，走了3天了，所有人都已经疲惫不堪。但越是在这种时候，越需要给手下鼓励。"几千年来，我们都在等待这一天。现在，我们终于等到了，我们终于有机会来证明自己的价值了。"

　　"对，我们要证明自己不是低等动物，我们才是这个世界的主宰。""新的圣战就要开始，我已经等不及了。""那就快走啊，我们去打垮那些狗日的。"手下们七嘴八舌地嚷嚷着。

　　领头儿的拍了拍身边几个手下的肩膀，让他们从自己身前走过，扭头看了看正在徐徐下落的夕阳，从怀里掏出一块金属板。这东西是六边形的，中间镶着一颗紫红色的宝石，宝石周围刻着一些蕾丝般的花纹。领头儿的往宝石上呵了一口气，然后扯着衣襟擦拭了一下，凝神看了看，放入怀中，喃喃地说："但愿天黑前能到。"

一行人向着远方耸立的山石前行，直到天全黑了下来。"还没到吗？"有人问。

领头儿的再次拿出了金属板，看了一眼在漆黑的夜色中散发着微微荧光的宝石，失望地摇了摇头。

"我们不会走错路吧。"有手下小声说。

"不可能。"领头儿的立即一口否定，"接着往前走，应该不会太远了。"

有人建议："要不，我们先休息一下，明天再……"说着把背上的皮箱往地上一放，一屁股坐下了。

"不行，今晚午夜之前必须赶到杀生谷底。"领头儿的说，"否则主人可能会有危险。那里可是灵族的圣地。"

"主人为什么会选择在杀生谷底重生？虽然已经停战很久了，但想到灵族，我还是觉得心慌慌的。"另一个手下一边说着一边左顾右盼。

"不必猜测主人的意图，我们只需要照命令行事就行了。"领头儿的一边说一边招呼大家继续前行。

虽然并不情愿，但是所有人都还是慢慢站起身来向前走。他们刚走了不到 200 米，领头儿的怀里就发出"嘀、嘀"的警报声。这轻轻的警报声，立即引发了骚动，所有人都围了过来，问着："到了吗？在哪儿？"

领头儿的从怀里掏出金属板。只见那板上的花纹已经闪现出五彩的流光。在流光的簇拥之下，紫红色的宝石随着"嘀、嘀"声的节奏忽明忽暗。领头儿的将金属板高高举起，转动宝石的朝向，眼睛扫视四周。突然，他看到当金属板指向右前方的时候，在 300 米开外的地面上出现了一个碧绿色的亮点。

"第一个基点找到了。"他兴奋地叫了一声，心里暗暗记下那个亮点的位置。

他继续旋转着金属板，所有人的眼睛都注视着金属板所朝向的方向。

"那里有一个。"又有人大叫。果然，另一个闪着碧绿色亮光的点出现了，就在他们正前方偏左 5 度左右，距他们大约 600 米。

"第三个在哪儿？快出来。"领头儿的心里默默念着，手里轻轻转动金属板。

"找到了，在那儿。"有眼尖的伸手指向远方。是的，就是它了，距离大约 1.8 公里，在右前方 12 度的位置。

领头儿的脑海里迅速测算出了这 3 个点的中心位置，带着大家飞跑过去。那里确实与周围不同。那里有一块直径 15 米的正圆形花岗岩，像一块硕大的桌面，平平展展地放在数厘米的砂砾碎石之下。

"这里就是杀生谷？"看着四周平坦无边的戈壁，有人不禁质疑。

"几万年过去了，桑海沧田呢。"有人解释。

"可是主人在哪里？"大家环顾四周，周边几公里的范围内，除了他们自己，绝对没有任何体积超过 1 立方厘米的生物。

"别急，把沙砾和碎石清理干净。"领头儿的吩咐道。

大家七手八脚地行动起来，不一会儿工夫，下面的花岗岩就完全暴露在众人眼前。花岗岩的中间有一个六边形的凹槽，大小形状正好和金属板相同。领头儿的忙把金属板拿过去。金属板距凹槽还有半米的时候，一股强大的力量突然施加在金属板上。领头儿的没有防备，金属板脱手而出，翻了两个筋斗，不偏不倚地卡进了凹槽里。

紧接着，凹槽四周亮起一圈霓虹，闪烁着向四周扩散，直到花岗岩的边缘，才停下来。这一圈红色的光环，有节奏地闪烁着，频率有慢变快，逐渐变得紧迫，最后发出"嘟"的一声响。突然间地动山摇，大地裂开了口子，然后迅速地向两边退去，形成一条一眼望不到头的大峡谷，留下花岗岩像汪洋中的一座孤岛孤零零地悬浮在无底的深渊之上。

"这才是杀生谷。壮观！"领头儿的不禁叹道。

有人站到花岗岩的边缘向下看去，说："下面黑洞洞的，只怕有几公里深。我们现在怎么办？"

"这块石头应该会动。找找看有没有机关。"领头儿的说。

大家四下寻找了一阵，什么也没有发现。正当大家觉得有些失望的时候，花岗岩自己动了起来。它先是向左晃了一下，倾斜了大约15度的样子，然后一头向左侧的峭壁扎了过去。

"别慌，站稳了。"领头儿的一声令下，所有人都拉开了架势，或马步，或弓步，手挽手结成一个队列。

花岗岩在左侧的峭壁上轻轻蹭了一下，然后在半空中转了一个大弯，以极快的速度径直向谷底坠去。

众人只见两边的峭壁越来越高，天空逐渐成了一线，可花岗岩的下落却还没有丝毫停止的意思，心里不免有些担心。只有领头儿的神色如常，问道："难道你们怕死吗？"

此言一出，大家伙儿全都笑了，刚才的紧张气氛一扫而空。

"是啊，怎么把这个忘了。我们都是不死之身呢。你们有谁还记得自己的年龄？"

"谁记那玩意儿？我们已经做到了秦始皇梦寐以求的长生不老。"

"可惜像秦始皇那样想长生不老的人永远也不会知道，其实不死才是一种折磨。"

"我同意，是无尽的痛苦与折磨。"

大家正说笑着，脚下花岗岩突然猛的一震，像是撞到了什么东西。众人站立不住，一齐向一旁趔趄了好几步，好容易才稳住脚步。这时每个人都能感觉到花岗岩在迅速减速，而且运动的方向也由垂直下落变成斜向下的滑行，而且斜度越来越小，渐渐成了在谷底沿着山谷水平滑行，最终停了下来。

谷底很宽，众人手中的灯光根本照不到两边的崖壁，只能照见脚下的地面。地面很平坦，是草坪，修剪得甚至可以举办世界杯决赛。众人的脚刚踏上草坪，谷底突然亮了起来，如同白昼一般。

"欢迎来到杀生谷，我尊贵的客人。"一个浑厚的声音响起，在山谷中回荡。

"那么，你应该为我们铺红地毯，而不是弄个草坪。"领头儿的一边笑着回应一边向前走。

"我以为你们会喜欢自然的东西。他们就喜欢这样。"

"哪个他们？"

"哦！你们不是他们？"

"我们当然不是他们。你是活在史前时代吗？"

"难道第四次圣战已经结束了？"

"已经结束几千年了。"

"谁赢了？不可能是你们。你们赢不了。"

"别谈该死的战争了。它已经4次摧毁了整个星球的文明。现在我们来到杀生谷，就足以证明至少现在我们不是敌人。没有灵族的圣令，没有人能够找到这里。"

"你们来的目的是什么？"

"我的主人命令我们来这里。他将在这里重生。"

"不可能。你们的主人不可能在这里重生。这里，是我们灵族的地盘。就连先知也不可能在这里重生。"

"我只遵循我收到的命令。告诉我，重生者在哪儿？"

"别用这种口气和我说话。我不给你们入口，你们永远也进不去。"

"你难道想开战吗？"

"那就看看你们的本事吧。"

话音未落，众人身后的花岗岩突然腾空而起，向众人砸过来。领头儿的见此情景也不惊慌，轻轻伸出一根手指，向上一点。那小山似的花岗岩竟在他的指尖儿上停住，然后反弹回去，落在了原先的着陆点上。

"有两下子，得鼓鼓掌。"山谷里响起一片如潮般的掌声，"你是怎么做到的？"

"几万年来修炼出的念力。"

"念力？哼，即使你能制造出强大到足以干扰引力场的生物电场，也依然只能用你自身的能量。而我们灵族所能利用的资源是无限的。"

"我不想跟你争论谁是谁非。我只想见我的主人。我想我已经通过测试了，不是吗？"

"好吧，算你说对了。"说着，一片五光十色的幻彩出现在众人面前。

领头儿的毫不犹豫地走了进去，其他人也跟着鱼贯而入。

穿过这道时空之门，大家来到了一个哥特式建筑的大厅。大厅里陈列着很多栩栩如生的雕像。这些雕像三五成群，或坐或立，形态各异，但每个表面都镀着一层极光滑的金属膜，在灯光的照耀下闪着亮光。

领头儿的迅速地扫了一眼所有的雕像，说："主人不在这里。"

"难道命令有误？"

"或者是个阴谋？"

"不可能。"领头儿的虽然也有些迷惑，但是依然拒绝怀疑自己收到的命令。

"头儿，有人要重生了。"有人指着一尊雕像说。

大家一齐看向那尊雕像。它的表面冒出白色的蒸汽，形成一团白雾，将它裹了起来。

"他是谁？"领头儿的问，"有没有人见过他？"

没有人回答。事实上，这里所有的雕像中，没有一个他们熟悉的面孔。

白雾渐渐消散，那人出现在众人面前。他不再是一座雕像，而是一个活生生的人。

他问："你们就是乌鸦军团？人数比我想象的少很多啊。"

"您是？"领头儿的谨慎地问。

"自我介绍一下，我是左锋，你们新的总指挥。"

"第四次圣战中灵族三巨头之一的左锋？"有几个人叫出声来。

左锋摊开手掌，露出手心里的乌鸦标记，说："司马雷大人授权我指挥你们。"

众人立即感受到了乌鸦标记里传来的信息，对左锋的指挥权不再有任何怀疑，一齐向左锋行礼，道："悉听调遣，万死不辞。"

"很好。"左锋得意地笑了，指着领头儿的问道："你叫什么名字？告诉我，你们乌鸦军团到底有多少人？"

"属下龙笑。乌鸦军团总共 18000018 人。"

"你们就是那零头儿？"

"我们每个人背后的箱子里是 100 万人。"龙笑解释道，"这就是我们的生存和作战机制，我们根据主人的自我循环理论……"

左锋一摆手，打断道："对于这些理论，我不怎么懂，也不想懂。我是个行动派，喜欢直来直去。今天，我给你们定两条规矩。第一，服从命令，别问为什么。第二，心里别再有什么派系区别。"

"难道五元老复合了？"龙笑自言自语。

左锋说："看来你们在这里待得真是太久了，已经遗忘了现实世界了。我要告诉你们的是，现在在现实世界里，我们与受叛军支持的人类之间的战争已经到了关键时刻。与这生死之战相比，元老们之间的矛盾和分歧算什么？告诉你们，如果我们战败了，伟大的真神赫亚不能及时降临地球，这个世界也将不复存在。你们也别想再在这里醉生梦死了。"

"要我们做什么，您就下命令吧。"大家一齐道。

"不急，我自有安排。"说着左锋手一抬，一个古铜色的圆盘已经托着秘藏宝盒从门外飞了进来，停在左锋面前。左锋从盘中拿起盒子，眉头微微一皱，道："怎么会有人还在玩这个古老的游戏？"

"您说什么？"龙笑问。

"除了这一个，还有人启用了另一个秘藏宝盒。"左锋把盒子递给龙笑，喃喃自语道，"必须赶在他们之前，否则后果不堪设想。立即出发，去天空之城。"

18.逃离

　　林鹤醒了，睁开眼睛，看到 5 个脑袋围成一个圆圈，正目不转睛地打量着自己。

　　"你有没有被人跟踪？"古立劈头就是一问，让林鹤不知所措。

　　古米嚷道："肯定没有啦，你真是太胆小了。怕这怕那的。"

　　"怎么能不怕？现在已经在到处通缉机甲侠了。要是查出来是你们帮助他逃脱的，那可就完蛋了。"古立一边说一边鬼头鬼脑地东张西望。

　　"你又没参加？你怕什么？"古米说，"你要是怕，那你把他交出去好了。"

　　"都是你害的。"古立转过头来骂林鹤。

　　林鹤问道："结果怎么样了？"

　　"能怎么样？"古米没好气地说，"正玩得开心，结果断线了。有什么结果？"

　　"我是问机甲侠救出来了没有？"

　　霍娜说："他已经逃出来了。现在就躲在……"霍娜说着指了一下分析仪。

　　"现在他跟个保龄球差不多大。"哈德尔补充道。

　　"错。"阿达摇了摇头，"他刚才跟保龄球差不多大，现在应该跟我差

208

不多大了。"

"才5分钟，能长这么快？"霍娜问。

"不是长，是装配，他能把那仪器上能用的东西全装到自己身上去，而且动作超快。不信我们可以打个赌。"

林鹤听他们这么一说，悬着的心总算是放下了。突然，他发现死神没有说话，忙问："你在吗？"

"在呢。你就不能让我消停会儿吗？我累死了。"死神有气无力地回答。

"你在就好，下一步我们该怎么办？"

"解除你们思想上的封印吧。该怎么做，我都已经交给机甲侠了。就连铁铝合金基材我都帮你们弄到手了。"

"真的吗？那真是太好了。"

"要你去拿的那个柜门就是。你动作太慢了，差点坏了我们的大事。"死神长叹了一口气，"现在我要休息一下，别打扰我了，好吗？另外，告诉你们一声，你们的时间可不多。我猜用不了10个小时，他们就能找到这里。"

"什么？这么快？"林鹤吃了一惊。死神没有任何回应，在脑海里消失得无影无踪。看来，他真的是累坏了，林鹤想，可是一个进程会感觉到累吗？不过，这个问题并不是重点，重点是赶紧制造出解除思想封印的机器。林鹤走到分析仪旁，低声地催促机甲侠。

机甲侠不耐烦地回应道："我知道。没听说磨刀不误砍柴工吗？"

"工欲善其事，必先利其器。这我懂。"林鹤尽量把语气变得柔和，"不过，最多10个小时，他们就会查到这儿。"

"天哪，我最讨厌跟时间赛跑了。"机甲侠大叫道。紧接着，只听分析仪机箱里传出噼里啪啦一通响动，整个仪器都开始晃动起来。

"轻点儿。"古立叫道，"主人们可不喜欢这样。"

他的话音未落，房间里就传来主人的声音："你们在做什么呢？"

"没什么，没什么，是我不小心弄倒了试验仪器。"阿达忙掩饰道。

"我今天没时间和你们多说，都是你们给我惹的祸！等我填完这些该死的调查表，再来收拾你们。"

大家相互看了看，知道情况比想象的还要糟糕。机甲侠是从这里出去的，因此这里已经成了重点调查对象。就连主人也有可能受到了牵连。

"必须尽快逃离这里。"林鹤低声说。

"逃离这里？"古米惊叫道，"你们要逃离这里？开什么玩笑？离开这里吃什么？住哪儿？"

古立也大吃一惊，一下子跳到半空中，脸色通红地说："我早就知道你们不怀好意。我得告诉主人去。"

"慢着！"赶在古立飘进房里之前，阿达挡住了他的去路，"现在我们可是在一条船上。你妹妹已经帮我们了，如果严查起来，你们也脱不了干系。"

古立和古米气得脸都要变成紫色了。"瞧你干的好事儿。"古立责怪起妹妹来。

"难道你们要一辈子在这里当奴隶吗？"霍娜劝慰道，"要知道，自由比什么都宝贵。"

"自由？"古米与古立一脸茫然，"自由是什么？"

"自由就是去自己想去的地方、做自己想做的事情。"阿达说，"而不是被人呼来喝去，也不是被人当作宠物。"

"当宠物有什么不好？"古米不以为然地说，"在这里有吃有住有玩儿的，我可不想离开这里。"

古立补充道："再说，我们鬼族自从大混战时代结束以后就是神族的奴仆了，到哪里去都一样。没有神族的保护，我们根本没办法生存。"

"他们不愿意走就算了。"哈德尔不耐烦地说，"不必勉强。"

"可是，如果我们都走了，他们会不会……"霍娜说着拿眼瞅林鹤。"你倒是说句话呀！"见林鹤不说话，霍娜有些急了。

林鹤耸了耸肩，说："你要我说什么呢？现在能不能走还不一定呢。"说得好听点儿，这是一个缓兵之计。说得不好听，这叫回避矛盾。林鹤知道这话肯定不能令人满意，但他实在想不出来该说什么。他们鬼族似乎已经习惯了这种依附于神族的生存方式，全部或者至少在一定程度上丧失了独立意识，就像温室里的花朵和鱼缸里的金鱼，一旦离开了舒适的人造环境，很可能根本就无法生存。但从另一个角度来看，现在他们已经被牵扯到这次逃亡行动中来了，如果他们不逃走，会不会成为自己的替罪羊？

现在所有人都只能默默地等待，心里盘算着自己的下一步该怎么走。

"如果离开这里，你们会去哪儿？"古米游弋到林鹤身边，轻轻地问。

"我们要去倚天城。"林鹤回答。

"不是吧？那只是个远古的传说。你们祖源们真的相信那个传说吗？不过，科学家们已经证实这个世界并没有这样一个地方。"古米面露怀疑，压低声音说，"放心，我不会把你们的行踪透露出去的。"

"我没骗你，我们此行的目的就是找到这个世界的创造者。"

"哇哦，有意思。"古米眼睛放光。

"世界的创造者。"在一旁的阿达哼了一声，"这世界哪来的什么创造者？宇宙诞生于一次大爆炸。"

古米侧过头，好奇地问："那在爆炸之前呢？"

阿达道："没有之前。时间和空间都诞生于那一刻，那是时间的原点。原点，懂不懂？在那之前，不是什么都没有，而是连没有都没有。按照……"

"别再说你的理论了，行吗？到时候你会知道的。"林鹤在阿达开始长篇大论之前及时地打断他，"反正，这就是我们的计划，我们要这么做。"

"那是你们的事儿，我可不会跟着你们。"阿达说，"我要回天空之城。"

"天空之城？"听到这个名字，古米的兴致更高了，刷地来到阿达身边，问，"你说的是那个由龙族统治的天空之城吗？"

"是啊。除此之外，难道还有别的天空之城吗？"

"那是一个什么样的地方？听说那里和我们这地底绿世界大不一样呢。"古米好奇地问。

阿达得意地说："那里比这里好一百倍。那里有……"

"别在那儿吹牛了，把你的皮给我一部分。"分析仪突然开口说话了。同时，伸出一只机械臂，将一个直径接近 30 厘米的盘状金属容器摆到了阿达面前。

阿达愣了一下，笑道："你把整个机器都占用了，要这个干什么？你又用不上。"

"废话真多，快点儿。"机甲侠催促道。

"好吧，好吧，依你。"阿达说着在身上抓了一把黏液，扔在了盘子里。可机械臂并没有离开的意思，上下抖了抖盘子。阿达哼了一声，又抓了一大把扔在里面，说："这下够了吧。"机械臂这才把盘子端走。

"喂，接着说你的天空之城啊。"古米拍了拍阿达。

"天空之城是我们龙族在 5000 多年前开始建设并不断完善的一个永久性居住点，位于距地面 35 千米的平流层。虽然叫'城'，但其实比'城'大得多。现在平面投影面积已经超过 290 万平方公里，如果算上关联空域，总面积足有 1860 万平方公里，比他们神族的地下绿世界大多了。那里阳光明媚，四季如春，龙族同胞相亲相爱，对其他各族也开放包容、平等相待。不像这里，把其他族群都当奴隶。"

"你的家乡就在那里？"霍娜也凑了过来。

"那倒不是。"阿达叹了口气，表情很是失落。

"怎么了？"霍娜和古米齐声问。

古立在一旁插话道："据我所知，上次四族混战的时候，龙族其他的据点都被攻占了，唯有天空之城凭借强大的防御力没有沦陷。因此，天空之城其实是龙族最后的据点。"

"上次大战距今已经2000多年了呀。"古米惊呼，"阿达，你不会有2000多岁了吧？"

"得了吧。"古立不屑地说，"阿达原先就住在金星大荒原北边绿神族给战败者划定的居住区里。他跟着货运飞船偷跑回地球来，结果被主人抓了。主人看他学识还算丰富，才把他留在这里的。机甲侠估计也是这么回事。别听他们的。"

林鹤听他这样一说，才对整个世界的形势有了一个基本的了解。看样子，虽然司马雷等人放弃了这里，但是这里却依然按照社会和生物自身发展的规律在发展。令林鹤略有一点失望的是，即使是在数万年之后，和当今人类社会一样，国家间、种族间的冲突甚至战争依然存在。

就在这时，机甲侠宣布自己的工作已经全部完成，递给林鹤、霍娜和哈德尔3个排球大小的金属球，说："这是给你们的机甲。"

林鹤三人受宠若惊，小心翼翼地接过金属球。金属球刚到他们手中，就立即像放在炉火上的雪团一样融化了，沿着三人身体轮廓形成一层光滑、温暖、轻柔的薄膜，将身体包裹起来，形成一套铠甲。

这铠甲一穿到身上，林鹤就觉得身体一振。他觉察到一束束强烈的电流沿着自己的神经直冲向大脑。是的，就是那里。林鹤知道那电流的目的就是驱散自己大脑皮层里的某几个神经结点周围的持续性电荷群——那就是绿神对自己思想的封印。林鹤已经尝试几次自己解除这个封印，但是都没能成功。他目前还不具备调动足以驱散这些电荷的生理电流。在外力的作用下，这几个该死的路障被一扫而光。而这时，林鹤发现这股电流并没有就此停下脚步，它在深入自己脑海的更深处。

"你想干什么？"林鹤喝问。

"你能察觉到？"死神有些意外地反问。

"你刚才又搞了什么鬼把戏？"林鹤感觉到这些外来电流对自己的神经系统进行了改造。他对此无能为力，只希望别是什么坏事。

"别担心，你总不会希望永远当我的传声筒吧。通过这个系统我不但可以与你和你的伙伴们直接交流，也能够有自己的身体了。"

"你自己的身体？"

死神没有回答。林鹤只感觉到一连串电流活动，接着自己身上的铠甲就向外发射出一系列电磁波信号，一个大约20厘米高的小型机器人从分析仪的大柜箱里钻了出来，叫道："大家好，自我介绍一下，我是……"他停顿了一下，接着说，"我是逃逸者一号。"

"这名字怎么样？"死神偷偷问林鹤。

"不怎么样。"林鹤说，"不过通过他来跟大家交流是个好办法。"

"我是天才。"死神得意地说。

"他是死神，就是附在我身体里的那家伙的传声筒。"林鹤向大家解释。

阿达凑到古立和古米身边，问："他是不是精神分裂？"

"不是。"古立和古米齐声道。

古立说："但是他的神经系统确实有点古怪。"

古米说："我早就跟你说他很有意思啦。神经系统里寄生着另外一个家伙。这种寄生虫我是第一次见到呢。"

"我记得有一种寄生虫可以寄生在神经系统里，叫什么来着？"古立抱着脑袋沉思。

"我不是寄生虫！"逃逸者一号叫道，"你们根本不理解这个世界。我来跟你们解释一下吧，这里……"

林鹤连忙打断，说："我们找时间再解释吧。现在怎么办？直接冲出去吗？"

"慢着，我们可以，他们呢？"霍娜说，"先解除他们的封印。"

逃逸者一号抬起左臂，向阿达、古米、古立各发射了一束电信号，然后转过头来，道："机甲侠，接收这个指令。"说着也射出一束电光。

"我们走吧，我开启瞬移系统了。大家快进转移舱。"机甲侠说着身体发生了一连串变化，变出了一个转移舱。

"我们不走。"古立说。古米也没有进转移舱的意思。

"一起走吧。"霍娜劝道。林鹤也劝他们。可他们还是摇摇头。

"别管他们了。快启动了。"哈德尔从转移舱里探出头来，冲霍娜喊。

林鹤推着霍娜钻进了舱里，还没站稳，就觉得天旋地转，四周出现许多光怪陆离的画面。是四维瞬移，林鹤已经经历过，心里当即安定了许多。看来他们真的可以离开了。

一阵剧烈的震动之后，转移舱不动了。舱门打开，林鹤等人依次从舱里钻了出来。他们来到了地面上，是一片辽阔的草原。

"这是哪儿？"大家都问机甲侠。

"如果坐标没错的话，这里应该是天空之城入口啊。"机甲侠一边把转移舱和自己剥离，一边四下观察。这时他已经把自己变成了一个两米多高的人形机器人模样。

"给我看一下瞬移记录。"逃逸者一号飞到了机甲侠的肩头，伸出一根手指，和机甲侠颈部伸出的接头连接了起来。"见鬼，瞬移受到了干扰，好在偏得不远，只有300多公里。从这里向西偏北走，要不了多久就能看到入口了。"

"我们去天空之城干什么？"哈德尔问。

"去拿宝石啊。难道你们不知道天空之城正在举办全世界珠宝展吗？而且据说你们所需要的宝石也在其中。"

"是吗？你怎么知道的？"林鹤问。他想不到死神比自己先知道这类外界的事情。

"古米告诉我的。嘿嘿，想不到我能够通过小动作与外界交流吧。"逃逸者一号飞到林鹤脸旁，说，"不过放心，我不可能离开你，更不可能背弃你。正如古米和古立所说，我是寄生在你的神经系统里的。"

"说起他们，不知道他们现在怎么样，会不会受到惩罚。"霍娜说。

阿达说："惩罚是一定的，但是轻重不好说。"

哈德尔说："管他们呢，是他们自己要留下的。我们还是想想怎么尽快赶到入口吧。机甲侠，能瞬移过去吗？"

"能量早就用完了，只能靠走了。在草原上走 300 公里可不是件简单的事儿。这儿除了阿达，大家都没有武器装备。而阿达除了会喷两口火，也没什么别的本事。"

阿达点点头，说："但愿别碰上妖族，否则我们可对付不了。"

林鹤看阿达和机甲侠这样紧张，也不由得紧张起来，说："是啊，上次我们就差点被科迪拉给干掉了。"

"科迪拉是妖族中最没用的。像这样的，来多少个都不怕。怕是怕厉害的妖，像可雷顿、马极卡，还有斯里拉……"阿达一口气说了十几种妖的名字，每说一种，都不由得发一下抖。

大家一路说着，一路往前走。从阿达那里，林鹤等人知道了这世界的基本形势。就目前而言，神族势力最大，绿神、黄灵神、黑神、晶神四大神族分别建立了地下绿世界、地下黄世界、暗世界和无尽城邦 4 个庞大的国家。他们相互之间虽然有矛盾，也时而发生战争，但总体上保持均衡态势。除了他们之外，灵族建立了上百个太空城邦和海洋堡垒，星罗棋布地分散在整个太阳系。灵族们各自为政，互不买账，与神族四大国之间也很少有来往。龙族虽然除了天空之城已经一无所有，但天空之城非常繁荣，也有不少神族、灵族在里面居住。妖族和鬼族都在很久以前就被征服了，现在已经没有了自己的政权，大多数鬼族依附于神族，成为他们的奴仆。而妖族，除了一部分被神族、灵族当成雇佣军以外，大多成了四处流窜的强盗和掠食者。

"大家小心，我侦测到有掠食者活动的迹象。"机甲侠突然发出了警告。

"在哪里？"大家都警惕地四下张望，但是什么也没有发现。

"你们感觉不到的。"机甲侠伸出手向北方一指，"在那边25公里之外。"

"你怎么可能侦测到那么远？"虽然林鹤对此地生物的超人能力已有心理准备，但是当听到机甲侠能够侦测到25公里之外的危险时，他还是大吃一惊。

"掠食者会不会也发现了我们？"霍娜问。

"别大惊小怪的，它们又不是灵族，没那么厉害。只有灵族的感官能够无限延伸。灵族最牛的地方就在于此。"阿达说，"所以，有他在，我们根本不必太担心外界的威胁。早在敌人发现我们之前，我们就能发现他，然后躲开。"

"难怪你一直都很轻松，害我们担心了一路。"霍娜说。

"其实也没什么复杂的。"机甲侠解释道，"我放出去一些探测器，在我们周围30公里的范围内进行警戒。掠食者一般不会注意到这么远的猎物，况且我们也没有什么值得掠夺的。所以，我们只要绕道走就可以了。我建议往这边走。"机甲侠说着领着大家往西南方走。

"喂，你们能听到吗？"哈德尔的信号从机甲直接传递到林鹤的脑海里，"我可不相信机甲侠的话。"

"为什么？"霍娜问。

哈德尔说："如果他与外界的传感器有通信的话，我们应该能够感觉到有信号传递。可是，根本就没有，他根本就没有与外界通信。他在骗我们。"

林鹤不得不佩服哈德尔的观察力。是的，机甲侠根本没有向外发射任何信号，电的、磁的、光的都没有。可是，林鹤却也不相信机甲侠在骗自己。

"他为什么骗我们？"霍娜问出了林鹤也想问的问题。

"想把我们引到陷阱里去啊。"哈德尔言之凿凿，"我们这一路都被他牵着鼻子走，这样太危险了。"

"也许他只是用一种我们不知道的方式进行通信。"林鹤觉得哈德尔有些紧张得过头了。

霍娜也说："我也觉得是你多虑了。他想对付我们的话，随时都可以，根本不需要陷阱。"

三人通过机甲的内部通信网络沟通了一阵，但未能达成一致意见。哈德尔不能说服林鹤和霍娜，一生气，走到一边不吭声了。

林鹤猛然想起自己身体里还住着一个"神仙"，问道："喂，你怎么不吭声了？"

死神冷笑一声，说："你们三个白痴嘀嘀咕咕的，我才懒得管呢。"

"白痴？你什么意思？"林鹤觉得死神是话里有话。

"人家用的是质子传感系统，你们根本感觉不到的。"

"什么是质子传感系统？"

"知道什么叫量子纠缠吗？见鬼，你连这都不知道。难怪阿达说你是文盲了。"

"嘿，你就别取笑我了。直接告诉我答案好吗？而且，请说得简单一点。"

"简单讲，量子纠缠就是两个粒子互相纠缠，即使相距遥远，一个粒子的行为也会影响另一个的状态。这是一种客观存在的物理现象。通常情况下，量子纠缠并不能传递信息。但是，凡事总有特例，一些在五维空间中有伽马纠缠的质子对，就可以利用第五维空间中的 B 型链路进行远程通信。具体说……"

"不用具体说了。"林鹤倒吸了一口凉气。利用更高维度的空间联系，这是人类当前科技所完全无法想象的事情。外星科技大概就是通过这种方式传递到地球上的。四维瞬移不也是其中一种吗？想到这里，林鹤不禁一惊，利用四维瞬移不就可以将外星的战舰之类的直接传送到地球来吗？林鹤的脑海里立即浮现出星球大战的场景。

"瞎想什么呢？"死神不屑地说，"宏观物体根本不可能通过四维瞬移实现跨星系的传输。四维瞬移所需能量的公式给你，你自己算算吧。"

林鹤瞟了一眼公式，笑道："我哪儿有你博学多才呀。往后的事情，还得你多出出主意才行。"

19.天空之城

　　有了机甲侠的警备，一行人晓行夜宿，基本上没遇到什么危险。走了大约 3 天的时间，已经隐约看到一座城堡矗立在远方了。这就是天空之城的入口。这几天来，阿达讲述了许多关于天空之城的事儿。天空之城的主体部分是在平流层上，但从空中是无法进入的，它的入口是在地面上的入口城堡。这种入口城堡总共有 50 多个，散布于世界各地。他们现在看到的这座入口城堡位于东亚地区蒙古高原，是距离他们最近的一座。穿过入口城堡里的异度空间，他们就能够进入天空之城了。

　　然而，就在这时，机甲侠却停下了脚步，说："大事不妙。天空之城的入口被一群妖族包围了。"

　　"难道妖族要进攻天空之城？"阿达惊叫道。

　　"把你的侦测信号共享一下。"逃逸者一号发出了指令。

　　机甲侠点了点头。一幅恐怖的画面立即展现在众人的眼前。成千上万头各式各样的怪兽，聚集在城堡的大门前，嘶吼着、咆哮着，用它们的头和爪子疯狂地撞击城堡的外墙和城门。这些怪兽中，林鹤唯一见过的就是噬血兽。它凶悍的攻击直到现在还令林鹤不寒而栗。在这些怪兽中，噬血兽显得十分瘦弱，时常被其他怪兽踩踏，偶尔与其他怪兽发生争执或冲突，也往往是它们吃亏躲开。

在众多怪兽中，有一只身材魁梧、长相颇似巨猿的家伙似乎是头儿，站在一个小土坡上指挥作战。只见它一挥手，一群翼龙似的怪兽便拍打着翅膀飞到空中，想要越过城墙。可这些翼龙刚飞到一半，就像中了魔似的从半空跌落下来，横七竖八地摔在城墙根儿上，呱呱乱叫。

巨猿气得狂啸，声音震耳欲聋，远在十余公里之外的林鹤等人都听得清清楚楚。随着这声狂啸，那巨猿亲自冲向城墙。在他的率领之下，众怪兽个个奋勇争先，像潮水一般从四面八方涌向城堡。眼看城堡就将被这狂潮所淹没。正在这时，众人觉得头顶有明显的电磁波动，抬头一看，一架巨型战舰正缓缓驶向城堡上空。

"是我们龙族的战舰。这些妖们要吃苦头了。"阿达兴奋地大叫。

"妖族不会无缘无故聚集。这事儿恐怕没那么简单。我若是龙族指挥官肯定不会轻易开战。"机甲侠不以为然。

果然如机甲侠所言，龙族战舰并未直接朝众妖开火，而是悬停在入口城堡的上空，然后开始向众妖们喊话："妖族的朋友们，我是龙族第十一巡视舰队司令官哈顿。我警告你们不要再对天空之城第 28 号入口城堡发动攻击，否则我们将予以还击。"

众妖们平静下来，纷纷将目光投向领头的巨猿。巨猿大声说道："你以为我们会怕吗？告诉他，我们怕吗？"

众妖齐声高呼："不怕！不怕！不怕！"数万怪兽同时发声，直震得大地瑟瑟发抖。

巨猿大手一挥，众妖又立即安静下来。他朗声叫道："看见没有？我们妖族是不会被任何人吓倒的。"

"我并不是恐吓你们。"哈顿说，"我们龙族是热爱和平的，从不想与任何种族开战。但是，我们也不惧怕任何势力，我们有决心、有能力打败任何侵略者。你们如果继续进攻我们的城堡，将被视作对天空之城的侵略，我们必将予以强有力的还击。我希望你们保持克制。"

"克制？你和我们谈克制？"巨猿哈哈大笑。众妖们也跟着哈哈大笑起来。"是你们挑起了这场战争。我们可不会束手待毙的。"说着，巨猿发动了进攻的号令，并带头向城堡冲去。

"我们挑起了战争？这一定是误会。"哈顿大声解释，但是根本不起作用。妖族的怪兽们已经发动了总攻。一部分怪兽包围城堡，用撞击、火焰、冻气等各种方法试图打破城堡外围的防护壁。另一部分怪兽则飞向空中，口中吐出烈火、光弹，直接对战舰发动了攻击。龙族战舰也不得不还击了。强大的激光炮、离子炮不断向群妖轰击。

妖族人数虽多，但毕竟是一个个单体，没有战舰这样的高等级武器，大约半个小时之后攻势渐渐弱了下去。眼看龙族就要赢得这场战斗，这时，只见那巨猿怒吼一声，从地上跃入半空中，张开大嘴，喷出一股紫褐色的烟雾来，瞬间笼罩了方圆数公里的范围。等到烟雾散去，刚才的巨猿和身边众多怪兽都已不见踪影，取而代之的是一个紫褐色的湖泊，把城堡变成了一座小岛。只见湖泊中浪花翻滚，接着从中间开始隆起，而且越来越高，不一会儿的工夫，竟然化作一只高数千米的巨型怪兽。

"这是什么？"林鹤等见此情景都目瞪口呆。

"妖族聚合体。"阿达哆嗦着说，"上万只妖的聚合体，天哪。"

龙族战舰似乎也感觉到了危险，并不进攻，转头就走。就在这时，只见那怪兽身上突然出现一个大洞，从洞里射出一道金光。这金光直接穿透了龙族战舰的离子防护罩，正中战舰的左舷。战舰立即起火，摇晃着坠落下来。巨型怪兽接着又朝城堡发出金光，顷刻之间，城堡便化为乌有。妖族大获全胜之后，巨型怪兽便像日光暴晒之下的雪人一般开始溶解，化为一团团的黏液。

"我们快走吧，等他们复原为妖族生物个体，我们可就逃不了了。"机甲侠建议道。

"没错，我们快走。"林鹤绝对同意机甲侠的意见。

"那就快走吧。我建议，我们去找那坠毁的龙族战舰。如果有幸存者，没准能帮助我们进入天空之城。"霍娜说。

这个意见得到了大家的认同。于是，众人开始向龙族战舰坠落的方向跑去。

"这些怪兽复原大概要多长时间？"林鹤一边跑一边问。

"不确定。得看他们复原成什么级别的妖族。"逃逸者一号说，"如果是科迪拉这种，要不了 5 分钟。但要生成可雷顿，得三四天呢。"

"可雷顿是什么样的，是不是刚才那个领头的大金刚？"林鹤问。

"那是斯里拉，比可雷顿和马极卡稍差一些。在妖族里能排第三吧。"阿达说。

"像噬血兽这一类的呢？"霍娜问。

逃逸者一号说："七八个小时吧。我把妖族的名录和基本档案发给你们，省得我一个个解释。"

这个办法是林鹤最喜欢的。不用学、不用记，直接把知识输入自己的大脑。粗略一数，妖族有大约 17000 多种。林鹤快速浏览了一下，立即发现妖族是个神奇的族群，他们几乎都是共生体。也就是说，每一个妖族个体，其实并不是一个生物，而是多个生物复合形成的一种牢不可破的共生体。与其他各族不同，妖族的个体是没有意识的，他们是以群为生，无条件服从于这个群的首领。而这个群的首领同样没有自我意识，他只考虑整个妖群的利益。刚才，在妖群有可能被打败的情况下，作为首领的斯里拉就以摧毁自身为代价发动了全群聚合的指令。在这个指令之下，所有妖族个体开始解体，把自身分解为最基本的妖族元素，然后形成聚合体，打败敌人。由于聚合体形态无法摄取足够能量维持生存，因此打败敌人之后，就立即开始分解重组，形成一群新的妖族个体。噬血兽是妖族的一种，它已经出现在现实世界。更可怕的是，据说被释放出来的妖灵会逐渐将包括人类在内的众多普通生物都变成妖，这后果真是不堪设想。

林鹤想到这里，深感自己责任重大。他突然觉得自己当初想要置身事外的想法真是无比幼稚。在这场战争中，没有人可以置身事外。他扭头郑重地对霍娜道："我们必须赶快找到先知，阻止达萨耶夫。"

霍娜愣了一下，点了点头，说："对，我们一定要成功。"

不一会儿工夫，大家便来到了龙族战舰坠毁地点附近。战舰已经发生了多次剧烈爆炸，整艘战舰都被笼罩在火光和浓烟之中。烈火焚烧形成的热浪迎面扑来，夹杂着难闻的怪味，还伴随着强度极大的辐射，让人不敢靠近。

"看，那儿有人在活动。"哈德尔眼睛最尖，一眼就看到战舰旁的烈火中有些人影在晃动。

"我去看看。"阿达说着，冲了过去。他是龙族，对于自己的同胞最为关切。而且，这千把度的高温对于他这样的火精龙来说也算不得什么。只见阿达冲进火焰，不一会儿工夫又跑了回来，说："给我根缆绳之类的东西。"

机甲侠当即三下五除二生成一根数十米长、直径 3 厘米的钢缆递给它，嘱咐道："里面温度太高，得快一点，不然钢缆会断。"

"知道了。我一给信号你们就拼命拉。"阿达一边说着，一边又往火里冲。

不到 10 秒钟，机甲侠就收到了阿达的信号。大家一齐用力拉钢缆，从烈火之中拖出一台一间小屋子似的机器。等把这机器拖到近前，阿达和一个瘦高个儿从机器后面转了出来。这瘦高个除了和阿达同样拥有半流体的皮肤之外，几乎没有任何相同之处。他脑袋尖尖的，两只眼睛像触角般突出，脸中央长着一个大大的石狮子鼻子，嘴巴又圆又小，是真正的樱桃小口，甚至连樱桃都未必能吃得进去。

"感谢你们的帮助。"瘦高个儿彬彬有礼地说，"我是龙族第十一巡视舰队司令官哈顿。很高兴见到你们。"

"你的部下呢？"林鹤问。

"我没有部下。"哈顿的回答让大家大吃一惊。

林鹤乐了，笑道："你是个光杆司令？"

哈顿不好意思地说："让你们见笑了。我们还是赶紧回天空之城吧。"哈顿说着在机器的输入屏上划了几下，然后启动了机器。那机器一下子就变成了一艘足以装下所有人的飞船。哈顿向大家介绍："这是战舰的救生船生存号，大家跟我一起上船吧。"

大家登船后，生存号便腾空而起，直上云霄。

"我是第四代进化体火精龙，名叫阿达。看样子，你应该是龙族的第四代进化体玄龙吧？我们都是第二代进化体热焰龙的后代呢。"阿达主动和哈顿套近乎。

哈顿说："哦，是吗？我对进化谱系并不很了解。"

阿达见哈顿这么说，立即转换了话题，说："我听说天空之城只能从地面的入口城堡进入，我们现在是要去另一个入口城堡吗？"

"不。"哈顿说，"我已经把所有的入口城堡都关闭了。"

"为什么？"林鹤问，"难道其他入口也受到攻击了吗？"

"是的。很奇怪，今天突然间所有的入口城堡都受到了妖族的攻击。"

林鹤转而问阿达："你不是说妖族根本没有建立政权吗？他们怎么会对龙族发动进攻？"

"难道老妖王复活了？"阿达话刚一出口就连忙闭住了嘴巴。

"不可能。"机甲侠大叫，"当年四大族联手才把他干掉，怎么可能让它复活。"

"我是说万一……"阿达小声说。

"没有那种万一。天哪，千万别出那种事。"机甲侠说。

"两位，你们的担心绝对是多余的。近来确实出现了妖王复活的传言，但正因如此，妖王就更不可能复活。谁复活之前会告诉大家：'我要复活了，快来对付我吧！'"哈顿说完哈哈大笑。

大家也都觉得他说得有理，跟着笑了起来。

笑了一阵，哈顿接着道："我觉得是有人煽动妖族对我们进攻。妖族思维简单，最容易被人利用。"

林鹤问："会是谁呢？他们的目的何在？"

"这就不清楚了。不过，我相信总能查清楚的。回天空之城后，会有专人来调查此事的。"哈顿说着伸手在前方的操作面板上按了几下，"我们就快到了。"

大约 3 分钟之后，生存号救生船轻轻地晃动了一下，着陆了。哈顿打开舱门，带领大家走出救生船。大家都很想看看天空之城究竟是什么模样，但是出了舱门之后，见到的却是一条既长又窄的内部走廊。

走廊的尽头是一道厚重的金属门。哈顿走到门前，说道："第十一巡视舰队司令官哈顿请求入境。"

门禁系统回复："正进行身份确认，请稍候。"

林鹤感觉到至少有十几种各式各样的电磁波、射线从四面八方向自己射来，心中暗想：这里的安防设施果然齐全，全身 CT、核磁共振、彩超检查，在医院里做这一套检查，要不少钱呢。

"您的身份已确认。请问，您身后的是什么人？"门禁系统很严谨，并没有因为哈顿是自己人而贸然开门。

哈顿说："在战斗中我的战舰坠毁了，是他们帮助了我。现在那里到处都是妖族，我不可能把他们扔在那儿不管。"

门禁系统说："明白，我将把他们的身份定义为难民。正在核实难民身份。请稍候。"

"难民？"林鹤怎么也没想到自己居然和这个称谓扯上了关系。嗨，管他什么身份，只要能进去找宝石就行。

这时，只听轰的一响，他们身后突然落下一道闸门。前后两道门把走廊隔成了一个不足 20 平方米的封闭空间。

"这是怎么回事？"哈顿大叫。

"经查，你身后的三个祖源、一个灵族生命体、一个火精龙，全部为全球通缉的恐怖分子。"

恐怖分子？比起难民来，这个称呼让林鹤觉得更加莫名其妙。

"你们到底是什么人？"哈顿惊恐地看着林鹤等人，身子缩到了墙角。

"几天之前，他们对地底绿世界第 107 居住区第 13 号 A 级医院发动了网络攻击，导致第 107 居住区医疗网络崩溃，造成重大财产损失和部分工作人员伤亡。这是地底绿世界官方公告、联合国反恐组织发出的通缉令以及相关的新闻报道。"门禁系统一边说着，一边将一组数据以公开报文广播的形式，发送了出来。

林鹤看了公告，才知道他们当时闯入医院网络竟然被当前法律列为 A 类恐怖活动。现在不但他们 5 个都成了全球通缉的恐怖分子，就连古米和古立也因主动参与并协助他们逃脱而被捕入狱。根据当地媒体的报道，古米已经被认定为这次恐怖袭击行为的主犯，将被判处至少 200 年以上的徒刑或终身流放。

"是我们害了他们，当初应该带他们一起走的。"霍娜说。

"别说这些废话了。"哈德尔说，"现在该考虑的是，我们怎么办。"

"你们准备怎么对付我们？"林鹤问门禁系统。

门禁系统很有礼貌地回答："系统正将有关资料上传总部。请稍候。"

哈德尔说："稍候就是等死。我们冲出去。"说着就试图把门打开。"别傻站着，大家一起帮忙啊。"哈德尔冲大家大叫。

"别费力气了。"机甲侠说，"这是 MD171 型安全门，安全等级评价达到最高级。以我们现在手头的装备，根本打不开。"

"谁说打不开？"逃逸者一号说着，突然跳到了哈顿的身上，一手揪住他的脖子，另一只手把他身上穿的制服扯开一条口子，从里面扯出一个电路接口，伸出手指插入其中。

林鹤感觉到一股极强的神经电波从自己的大脑深处发出，明白这是死神在通过哈顿制服上的通信端口攻击门禁系统。不到两秒钟就听"嗞"的一响，门开了。

大家迅速穿过安全门，发现已经来到一个极大的大厅。林鹤放眼望去，这大厅足有十个"鸟巢"体育场那么大，却并不显得空旷。大厅里人山人海，如此，他们几个并没有引起任何人的注意。

"你们已经进来了，放了我吧。"哈顿哆嗦着说。

"还没完呢。"逃逸者一号的手指依然插在接口里面，"我得把刚才的信息全删掉，修改通缉令的识别信息，还要伪造我们的身份。这得花一点时间。"

"天哪，你们这又犯了至少十条大罪，最低也得流放到冥王星去。你们用的是我的通信终端，我也是同案犯。一旦查出来，我怎么办？天哪，我上有老，下有小。你们得给我留条生路啊。"哈顿说。

"要不，我杀了你。这样你就不是同伙而是受害者了。"逃逸者一号在他耳边小声说。

哈顿哭丧着脸哀求："别，求求你，放过我。"

"开个玩笑嘛。"逃逸者一号说着抽出手指，"搞定。放心，根本查不出来的。告诉我，作为难民，我们现在应该去干吗？"

哈顿用手一指远端的一个"难民入境申请处"的大牌子，说："到那边去申请入境就行了。我可以走了吗？"

林鹤不想为难哈顿，答应道："好吧。"

哈顿刚要开溜，霍娜拦住他的去路，说："最好还是你带我们去吧。我总觉得有个熟人帮忙，入境会快一点。"

哈顿无奈，只好领着大家去难民入境申请处。

事实证明霍娜比林鹤英明得多。最近一段时间妖族突然活跃起来，它们不仅攻击天空之城的众多入口城堡，而且在其他地方也不停制造事端，甚至占领了一个灵族城市，因此大批难民涌向天空之城。难民入境申请处此时人满为患，审批时间已经排到了下下个月。

虽然没有手下，但哈顿好歹也是一个司令官，有他出面，大约半个小时以后，五人便都通过了审查，拿到了天空之城的临时居住证。阿达和机甲侠还申请了工作许可，说是准备在这里工作 3 年以后再申请永久居住了。

在申请进入天空之城临时居住的工夫，林鹤从官方渠道了解了不少关于天空之城的情况。令林鹤有点意外的是，阿达所言不但一点儿也没夸大，而且还说得非常保守。实际上，天空之城的总投影面积去年底就已经超过了 380 万平方公里，总建筑面积则接近 5000 万平方公里。与之前阿达的讲述不同的是，天空之城实际上是一个由十多万个投影面积在 10 ~ 50 平方公里的子城组成的城市群。每个子城之间以又细又长的运输廊道相连，形成一张巨大的网，把整个星球包裹起来。

为了证实这一描述，进入城市之后，林鹤特意走到边缘上的阳台去看了看，果然看到两根长长的交通廊道伸向远方，消失在蓝天之中。在这交通廊道里运行的是一种名叫穿梭机的交通工具，其时速据说能够达到 100 公里 / 秒，就是去最远的子城，也就是分分钟的事儿。

"宝石展在 M7 － 211 城。我们得去坐穿梭机 6 号线，坐 4 站。"霍娜一边查看交通线路导引一边说，然后就拉着林鹤和哈德尔上了穿梭机。

林鹤粗略地算了下加速度，绝对超过自己能够承受的极限，问乘务员："这不会晕机吗？加速度这么大。"

"如果需要你自己来承受这个加速度，那就不是晕机而是被压扁了。"乘务员幽默地回答，"放心吧，您身体内每一个原子都会被同步加速的。"

乘务员说得完全没错。事实上，林鹤根本没有感觉到穿梭机有任何移动甚至震动。只看见门关上，然后打开，外面就已经是另一个子城了。

当门第四次打开的时候，乘务员善意地提醒，M7 － 211 城到了。林鹤等人下了穿梭机，立即意识到他们来对地方了。像所有举办大型会展活动的地方一样，这里展会气氛浓厚。四处可见全球珠宝展的巨型海报，小商小贩们（主要是自动售货机器人）到处兜售展会的纪念品，游客们摩肩接踵却又乐此不疲。

在人潮的推动之下，三人没费什么力气就走到了这座子城的中心广场。举办珠宝展的博览中心就在这里。

博览中心是一幢皇冠状的宏伟建筑，坐落在广场一侧的台基上，遮蔽了广场几乎一半的视野。阳光从子城天穹射进来，照在博览中心圆弧形的顶篷上，反射出炫目的金光。

20.雷神魄

　　三人几乎花光入城时领取的救济金，买了 3 张入场券，进入博览中心。虽然里面各式珠宝琳琅满目，让人眼花缭乱，但却让林鹤等人越看越失望。这些珠宝都是寻常货色，不过是钻石、珍珠、翡翠、猫眼儿石、蓝宝石、红宝石等经过加工而成的各种首饰。有些东西虽然新奇，但也不过是人工制成的科技产品，与他们要找的 5 块神石没有一点儿关系。

　　三人正无头绪之时，却收到博览中心的公告，说是雷神魄正在二楼的华府厅公开展出呢。

　　"雷神魄"正是五族神石之一。三人顿时来了精神，立即直奔二楼，一路小跑进了华府厅。华府厅里面只有一件展品，就是在厅中央离地七八米的地方悬浮着的雷神魄。

　　如果以普通人类的眼光来看，这是一块并不起眼的石头。它通体乌黑，表面粗糙，形状也不规则。但是林鹤能够强烈地感受到它的力量。它在向四周放射强烈的射线，其强度甚至明显地改变了它四周的引力场。

　　所有的参观者都在一边观看一边窃窃私语。有的赞叹着这宝石的奇特。"自然界中怎么会有这样的东西？""是啊，它像是活的。我能够感觉到它里面含有生命。""不是生命，是生命元素。有科学家认为它是生命源头之一。"

也有的在猜测它的来源。"听说，这石头属于神族里面的一位高官。""不是，我听说，是一位探险家在无意中发现的。"

还有的在估计它的价值。"这东西最少值 20 亿。""不会吧？""怎么不会？ 10 年前，一个仿制的冰灵胆就拍卖出了 10 亿元的天价。这是正儿八经的雷神魄，怎么也得 20 亿才能买得下来。"

"胡说八道！你们根本不知道这五大神石的奥妙。"一个高大的绿神大声道，引得众人都把注意力从雷神魄转移到他身上来。

林鹤见此人气度不凡，正在疑惑他是何方神圣，有人已向大家介绍，这位正是展览主办方专程聘请的神族首席科学家贺之洋。

"这块神石其实并不在这里。"贺之洋一张口就把大家的好奇心调动了起来。众人纷纷重新审视神石，继而纷纷露出疑惑的神情。林鹤也不例外，他发动全身的感应神经搜索了一遍，认定这神石明明就在眼前，并不是虚拟的投影。

"这是我们为了这次展览而采用的一种新技术，叫作'时空动态重叠'。让神石的所有者把神石所在的空间与我们共享，从而让我们能够近距离地观测、研究神石。"贺之洋略带得意地说，"而且，告诉大家一个好消息，就在刚才，我们已经与龙族神石虬龙泪的所有者达成一致，大家请看，虬龙泪——来了！"

贺之洋说着手向雷神魄的右侧一伸。只见在他手指向的方向，半空中出现一抹绚烂的光华，正是空间重合发出的幻彩。当幻彩逝去时，半空中出现了一块泪滴状晶莹剔透的蓝色宝石，在灯光的照射下散发出夺目的光芒，真是美不胜收。

贺之洋接着说："大家可以感受一下，这两块神石外观截然不同，其共同点是都在向外不停释放基本粒子级的自进化 DNA 载体生物元素。作为神族的一员，我能够清楚地感受到雷神魄发出的这些生物元素在优化我的 DNA 构造，同时又从我这里获取足够的能量供雷神魄维持稳定。我相信所有神族生命体都会有这样的感受。同样，龙族生命体也能够通过同样的方式与虬龙泪互动。"

"按这种理论，我们生物的进化是这些神石推动的？如果没有神石，进化会停止吗？还有，神石的稳定依赖从相应的生命体获取能量，以此推之，如果失去互动，神石就会湮灭，对吗？那么，到底是先有神石还是先有能与之互动的生命体？"有人连珠炮似的发问。

"你说的这些问题正是我们疑惑的地方。"贺之洋并不回避，坦然答道，"我们对神石的了解还非常有限。"贺之洋接着就向大家介绍了对神石的研究现状，各种理论流派、各种假说。

就在大家都在听贺之洋口若悬河地讲解之时，几个人——跟林鹤他们一样的人——正从华府厅的最里面往外挤。在这里居然能够碰到同类，林鹤觉得有些意外。当他看清领头之人的面目后，心一下子就跳到了嗓子眼儿。那人正是左锋。好在自己一直戴着面罩，否则若是被这冤家认出来，那可真不知如何是好了。

"他来这里做什么？"霍娜也认出左锋来，不由得往后躲了半步。

三人躲到一边，商量起来。

林鹤道："按道理他应该在现实世界作战，怎么跑到这里来，而且还在这里看神石？莫非这神石比现实世界中的大战还重要？"

"要不，他就是冲我们来的。"哈德尔说，"他是怕我们拿到神石后找出圣灵计划的弱点。"

"他怎么知道我们来到这里了？"霍娜不以为然地说，"我觉得我们有些神经过敏了。说不定那只是一个虚拟人物呢。"

"他和你们一样，是非系统生成的人。"逃逸者一号插嘴道。

林鹤问："这个你看得出来？"

"当然，而且他刚刚重生不久。"

"什么意思？"三人齐声问。

"你们都是第一次登录这里。如果你们要离开的话，你们现在的身体包括灵魂会有两个选择。一是消亡，在这个世界的人看来，就是死了，然后所占用的资源被系统回收。这样，你就再回来时，系统就重新给你们资源，然后新建一个身体。另一个选择是冻结，就是为你仍然保存着这些资源，直到你下一次登入，再把资源交给你，让你重生。"

"两者有什么区别？"林鹤问。

"首先，系统处理资源的方式不同，第二种方式对系统资源……"

霍娜打断道："说重点。"

"在第二种方式下，系统会把一些它认为重要的信息直接存到你的身体里。这样，当你重生以后，你就不至于像从原始世界来的。他就是这样。"

林鹤说："也就是说，他现在比我们和大多数人懂得多得多。这下麻烦真是大了。"

"不，我觉得正相反，他在这里正说明我们的方向是正确的。"霍娜接着下达了命令："哈德尔，他对你的印象不深，你偷偷跟上去盯着他，看看他有什么动向。林鹤，我们分头再去找找看，看其他几颗宝石是不是也在这里展出。"

林鹤出了华府厅，又逛了几个展厅，没有什么发现。正要去找霍娜，就见几个工作人员正忙着跑向三楼，其中跑在最前面的那个挂着馆长的胸牌。林鹤心念一动，暗想，三楼是办公区，那里或许能有所发现。于是偷偷跟在后面，遛到了三楼。

"你想干什么？"死神突然拦阻道，"如果你不想被当贼的话，赶紧停下。"

"我去打探一下。"

"这事儿交给我，你自己看吧。"

"看什么？"

234

死神没有回答，而是传递给林鹤一个通信信号。林鹤感觉自己像进入了展览馆馆长的办公室一样。死神解释道："在你们到处乱逛的时候，我给自己弄了几个微型遥控探测器。正好试试效果。"

林鹤顾不得感谢，因为左锋出现在馆长的办公室里。

在简单寒暄了几句之后，左锋直截了当地道："雷神魄和虬龙泪在哪里？"

馆长愣了一下，笑道："这可是商业秘密啊。"

"是商业秘密重要还是你全家的命重要？"左锋一拍馆长身前的办公桌，在桌上投影出一个直播画面。画面中央是几个龙族生命体，正被一群凶神恶煞的机器战士包围着，随时都有被切成碎片的危险。

看到这样的画面，馆长的脸抽搐了一下，浑身直发抖。

左锋冷笑了一声，低声道："杀人对我并没有好处。我只想见雷神魄和虬龙泪的所有者。"

"这可不合规矩，而且他的势力很大，我可不敢……"

"我从来不守规矩。我信奉的是胡萝卜加大棒。刚才你已经看到了我的大棒，现在……"左锋说着从口袋里掏出一张卡片，递给馆长，"这就是胡萝卜。把所有者的姓名和联系方式告诉我就行了。"

馆长战战兢兢地接过卡片，道："已经发送给您了。请您不要说是从我这里得到的。这两位都有权有势、富可敌国，我可得罪不起。"

左锋冷冷地回应："当然。"说完转身就走。走到门口时，他突然扭过头来朝林鹤眨了一下眼睛，接着使了个跟他走的眼色。

林鹤一下子惊呆了，问死神道："这是怎么回事？他发现我们了？"

"我怎么知道？"

"现在怎么办？跟他走？"

死神也没有别的好办法，只得操纵着探测器跟在左锋的身后。只听左锋一边走一边小声地说："林鹤，我会在中央广场的喷泉旁等你。我相信你不会失约的。因为，如果你失约的话，你将永远见不到你的两位同伴了。"他话刚说完，信号就中断了。

林鹤连忙呼叫霍娜和哈德尔，然而没有任何回应。林鹤心里一凉，看来他们真的落入左锋手里了。无奈之下，林鹤只能向中央广场的喷泉奔去。

等林鹤跑到喷泉旁，只见左锋坐在一边的草坪上朝他招手。林鹤走了过去。左锋拍了拍旁边的草坪，像招待老朋友一样示意他坐下。林鹤盘腿坐了下来。

"把头盔摘了吧。"左锋说，"在这里你不用怕我，我不能把你怎么样。"

林鹤摘下头盔，问："他们在哪里？"

"我们能谈点儿别的吗？比如我的父亲。"

"你还有脸提你的父亲？"林鹤不由得激动起来，"你现在应该已经知道，他就是因为赫亚军团的陷害而死的。而你还在助纣为虐。"

"是苏明的陷害。我已经把苏明杀了。"

"苏明难道不是赫亚军团的一员吗？他的行动难道不需要达萨耶夫的许可吗？"

"不许你这样称呼领袖。"

"领袖？"林鹤不禁冷笑了一声。

"是的，领袖。没有领袖的援手，我在几年前就已经死了。是他让我浴火重生，是他把我训练成了最优秀的赫亚战士。"

"他害死了你的父亲，你现在居然心甘情愿地为他卖命。这简直就是认贼作父。"

"闭嘴！"左锋大喝道，"你根本什么都不知道。当年，领袖已经决定将你们发展成赫亚军团的成员。可是你却主动请求去参加什么扫毒行动，毁了苏明的小金库。苏明害怕罪行暴露，就篡改了你们的测评结果，夸大了你们对组织的威胁。等到领袖察觉，事情已经不可挽回了。"

林鹤不知道左锋说的是真是假，也不想再深究，摆了下手，道："现在谈这些已经没有意义了。"

"不，现在加入我们也不迟。"

"加入你们，然后去摧毁人类文明吗？"

"我们要创造的是更高级的文明。"

"我只看到血腥的杀戮。"

"想要结束这杀戮，就帮我一个忙。把雷神魄和虬龙泪的实际地址找出来。"

"你要做什么？"

"我们玩的是同一个游戏。"左锋说着从怀里掏出了秘藏宝盒。

林鹤吃了一惊，下意识地摸了一下自己的口袋。看到林鹤吃惊的表情，左锋哈哈大笑，道："这个东西可不止一个。不管你我的最终目的是什么，至少在现阶段我们的目的相同，都是要收集齐这五颗宝石，拿到地图。所以，为什么不合作呢？"

林鹤不知道左锋为什么要去倚天城，但是下意识告诉他，不能帮左锋。

看到林鹤不愿合作，左锋有些恼怒，恶狠狠地问道："你打定主意要与我们为敌吗？"

"我与一切滥杀无辜的人为敌。"

"我原以为你是个聪明人。那好吧，得换一种方式了。"

几分钟之后，霍娜就出现在林鹤的视野之内。她身后跟着两个黑衣人。黑衣人身后背着大箱子，手中并没有任何武器。可是看得出霍娜没有任何反抗或是逃走的意识，乖乖地在他们的押解之下来到近前。

"你没事儿吧？"林鹤连忙迎上去。

"林鹤，你怎么也……"霍娜刚想向林鹤跑去，却"啊"的一声尖叫，直挺挺地倒下去。林鹤忙抢上一把扶住，只觉她浑身肌肉僵硬。再看她的脸，只见她嘴巴张得老大却发不出一点儿声音，豆大的汗珠顷刻间就布满了额头，眼中露出乞求和绝望的神色，泪水竟也夺眶而出。

"你把她怎么了？"林鹤冲左锋怒吼。

"别那么紧张，淡定。"左锋淡淡地冲黑衣人道。

霍娜的身体一下子就软了下来，躺在林鹤的怀里，大口地喘着粗气。

"你怎么样？没事了，没事了。"林鹤一边说一边轻轻拍着霍娜的背。然后，抬起头来愤怒地质问左锋："你到底对她做了什么？"

"只不过给她戴了一个紧箍咒而已。"

林鹤没明白是什么意思。左锋轻轻一指刚才跟着霍娜的两个黑衣人，得意地解释道："他们强大的神经控制力可以直接作用于你们的神经系统。只要你们违抗命令，他们会让你们每一根神经都疼得要命。想试一下吗？"

左锋话音未落，林鹤只觉得一股神秘的力量从那两个黑衣人体内放射出来，直接注入自己的神经系统。然后自己体内所有生理电流都紊乱了，全都以最大的强度冲向痛觉神经元。林鹤竭尽所能去平息这场来自自身神经系统的暴乱，却根本无力抵挡，在不到一秒钟之后，他所有的防线都崩溃了。他感受到了疼痛的极限。

"怎么样？这滋味不好受吧？"看着喘着粗气的林鹤，左锋一脸的得意，"所以，别跟我玩什么花样。"接着，左锋带着林鹤等人来到了当地最大的宾馆洲际大酒店。

进入这家富丽堂皇的大酒店时，左锋故作神秘地说："今天你们将见到这个世界最杰出的人物。"

林鹤没有搭腔，霍娜讥讽道："我一直以为你会认为自己是这个世界最杰出的人物，看来你还有点自知之明。"

"我不属于这个世界。你们如果喜欢这个世界，那么就留下来吧。我会非常欢迎。"左锋回答。

霍娜说："想都别想。"

一行人很快就到了那位杰出人物的客房外面。这是一间位于绿神客户区的房间。这房间专为身材高大的绿神准备，比普通房间大得多。房门是气派、厚重的双开门，左右两扇门板足有 5 米高、3 米宽。

左锋轻轻拍了拍房门，清了下嗓子，道："我是左锋。"

话音未落，门已经开了，从里面走出一个人，上下打量了一下左锋，然后扫了一眼左锋身后的众人，道："凭证。"

左锋扬了扬手，手上突然显示出一个闪着荧光的符号。那人看了符号，点了下头，示意大伙儿都进去。

"我以为你会以绿神的面目出现。"左锋一边说着一边跳上旁边的沙发。这沙发是为平均身高在 3 米左右的绿神制作的，左锋整个人几乎都陷进了沙发里，看上去颇为滑稽。因此，林鹤决定就靠着书桌站在一边。

"我可以以任何形象出现，甚至可以变得和你一模一样。"那人说着话，身体和相貌明显而迅速地发生着改变，短短几秒钟，竟然真变得和左锋一模一样。

左锋鼓掌道："佩服，佩服。果然没辜负领袖的安排，在这里你真是修成正果了。"

"少说废话了，雷神魄和虬龙泪的坐标呢？"假左锋说。

"这是两个所有者的姓名和联系地址，查出他可能的藏宝处，然后进行坐标比对。"

假左锋双手在空中划了一个圆弧，手划过之处立即出现一个半透明的三维屏幕。他在屏幕中拨弄了几下，扭头朝左锋道："虬龙泪倒是好找，就在天空之城的天龙池。可是雷神魄就麻烦了，那家伙是地底绿世界情报机关的最高领导，所有的资料全都保密，根本没法查。"

"我就知道你没这本事，好在我手下有能人。"左锋说着瞅了一眼林鹤，"干活了。"

"给我接口。"林鹤还没来得及开口，逃逸者一号已经叫了起来。

"不用这么积极吧！"林鹤对死神说。

"你不怕疼，我怕。"死神说着就操纵着逃逸者一号对接假左锋的数据系统，然后开始入侵地底绿世界的情报网。

"难道你想被他控制一辈子？想想办法。"林鹤说。

"我才没有被他控制。他控制了你。你控制着我。我没法摆脱你的控制，而你能不能摆脱他的控制，关键在你不在我。有点儿绕，但事实就是如此。"

"能不能说得简单点儿？"

"就是抵抗住外界对你神经系统的刺激。"

"怎么抵抗？"

"从古米那儿学的东西你都忘了吗？那是你的神经系统。"

"可是我没办法产生足以对抗外部刺激的生理电流。"

"那就想办法产生，改变你的生理结构，改变你的基因组织方式。"

"那怎么可能？人怎么可能改变自己的基因？"

"不能吗？那生物是怎么进化的？"

"难道不是靠基因突变？"

"基因突变？这只能说明，你对基因的理解还处于史前时代。没有渐变，哪儿来的突变？告诉你，生物的基因并非从生下来就一成不变。你所经历的一切，你所获得的知识、习惯、能力都会记载在你的基因里。其中的一部分会遗传给你的后代，让他们站在你的肩膀上继续前进。而作为进化人，你们已经可以有意识地改造自己的基因，完成有目的的进化。方法很简单，了解基因的编码方式，感受自己的基因结构，然后改变它。这是基因编码图谱，所有已知的基因编码，从基础语法到框架结构，都在里面。先把这个学好吧。"

林鹤脑海里浮现出无数基因片断，小到四五个脱氧核苷酸，大到上万个碱基对，每一个都有其特殊的含义，不同的组织方式就产生出完全不同的语义。林鹤再一次被震惊了。这难道就是生命的终极原理吗？创造一个生命，就像是搭积木、写文章，甚至比那还简单。因为一旦大的结构确定，里面的内容多半是自动生成的。林鹤瞬间理解了为什么爬行动物、哺乳动物、鸟类大都有四肢或者有类似的结构而不像蜘蛛一样8条腿、像昆虫一样6条腿。因为他们的基因采用了同样的架构——四足模型。这个模型优点很突出，缺点也很明显。正因如此，至少妖族、灵族、鬼族都放弃了四足模型，采用了新的基因架构，他们都是对人类基因进行大幅度改造后的产物。

"还没有解开密码吗？别着急。"左锋的话让林鹤从震惊中回过神来。

林鹤抹了下头上的汗水，说："就快好了。"他一边说着，一边继续研究基因编码。他甚至让死神为他做了一个模拟器，尝试了下创造一个4只眼的蛤蟆，不过显然那不符合四足模型的规范，很快就引起了基因冲突，创造失败。

在林鹤研究基因编码的时候，死神已经破解了密码，假左锋也开始忙碌起来。一个多小时以后，结果出来了，飞灵城。

假左锋说出"飞灵城"这个词的同时，林鹤看到他的下巴几乎掉到了地上。左锋也呆了，半晌回不过神来。

怎么了？林鹤心里正纳闷，只听假左锋讪讪地冲左锋道："咱们完美地诠释了什么叫搬起石头砸自己的脚。"

"现在怎么办？"

"还能怎么办？只有等。"

"等？等多久？"

"我估计最多十来年吧。"

"十来年？"

"这里的一年相当于现实世界半天，十来年也就个把星期而已。"

"不行，绝对不行。"

"有什么不行的？我在这里已经待了上万年，你只待十来年。"

"你懂什么？现实世界已快要毁灭了。"

"毁灭？怎么可能？"

"在我来之前领袖已经释放了掌握的全部妖族怪兽。在现实世界里，以妖族的繁殖速度，要不了一个星期，妖就将成为地球的霸主。在那之前，我们必须完成使命。"

"领袖疯了吗？"

"不要质疑领袖。"左锋从沙发上跳了起来，"没有妖，以我们现在的实力还不足以逼迫叛军和各国政府合作在全世界范围内建立起一体网。而没有一体网，真神赫亚不可能在短时间内控制整个地球。一体网一旦建成，我们如果不能及时控制，叛军将很可能会被迫将指挥权交给星际司令部，谁胜谁败就难以预料了。"

制造并释放在这个虚拟空间里进化出来的怪兽，逼迫全人类联合起来建立一体网防御系统，然后引导赫亚侵入一体网，利用一体网控制地球！难道这就是圣灵计划？林鹤看了一眼同样满脸惊讶的霍娜，问道："如果一体网没有及时建立起来，是不是就意味着地球文明的灭亡？"

"没错。领袖说，这就是置之死地而后生。"左锋坚毅的目光逐一扫过众人的脸庞，"面对毁灭性的危险，人类和所有生物都将迸发出最强大的能量，那是赫亚赐予一切生命的伟大力量——对生的渴望。"

"疯子。"霍娜大声咒骂道，"你们都是疯子。"

"别用这种口气跟我说话。"左锋朝她吼道，同时伸手在空中向她一推。

霍娜哼了一声，整个人开始颤抖起来，眉角的血管一跳一跳，眼睛瞪得像是要从眼眶里蹦出来。

林鹤叫道："住手。"说着，一把扶住她，感觉到她浑身僵硬，每一个肌肉细胞都在尽全力收缩。"住手！"林鹤再次冲左锋大喊。可左锋根本没理他们，他一把抓住假左锋的领口，一字一顿地说："想个办法。"

想个办法，这话提醒了林鹤。不能乞求左锋会对自己和霍娜仁慈，想个办法用自己的生理电流来缓解她身体内的疼痛。林鹤将所有意识集中到扶着霍娜的左手臂上，尽可能感知霍娜体内的全部变化。很快，他就意识到，入侵的刺激是电磁场变化引发的感应电流产生的，它利用了人体内的应激系统。所以只需要从外部输入一点点电流，击中关键点就可以解除全部刺激了。可是，外部的电流从哪里来？人的生理电流太弱了，只能通过神经系统传导，根本无法传递到体外去。除非像电鳗一样具有相应的放电组织，或者让细胞像电鳗的放电组织一样运作。

想到这里，林鹤尝试将神经系统产生的微弱电荷集中到手臂上的一个神经节点上，然后，把自己手臂上的细胞竖直排列起来，形成一条细胞导线。只要将这条线上的细胞电阻降到最低，电荷就会沿着它形成一股电流。而办法就是改变这些细胞的基因。"是这样吗？"林鹤问。虽然他已经构造出了基因结构，如何重组也已经了然于胸，但不能确定自己的想法是不是正确，他希望死神给他答案。

死神回答："我怎么知道？不过，大胆试吧。如果不对，改回来就是了。"

林鹤深吸了一口气，开始执行他的计划。一个细胞被改造了，两个细胞被改造了，三个细胞被改造了……最终，路通了。一股从未有过的强劲电流，沿着林鹤所制造的细胞导线准确地击中了霍娜后背上的一个神经节点。从那里开始，这电流四散开来，将引发疼痛刺激的感应电流体系冲得七零八落。

霍娜"啊"地叫了一声，扭头看着林鹤，嘴巴张得大大的，却说不出一句话。

◎ 天劫：赫亚降临

"这是怎么回事？"一个信号透过林鹤的手臂传了过来。

"你居然可以……"

"天哪，我们……"

"你们现在跟我走。"左锋的话像寒风一样让两人打了个寒战。

"去哪儿？"

"万灵岛。"

21.万灵岛

　　万灵岛是世界上最大的灵族城邦，位于太平洋正中。当从乘坐的飞行器走出踏上万灵岛地面时，林鹤惊讶地发现，这真的就是一座岛，一座生机盎然的岛。

　　岛上芳草萋萋、绿树成荫，空中散发着略带点咸味的青草香，现代化的建筑与原始森林相映成趣，各种小动物和巨大的机器和谐共存。

　　"欢迎光临。"一个人形机器人在他们的对面友好地打着招呼，然后像导游一样一边领着大伙儿向前走，一边介绍起这个地方。

　　林鹤一边听着他的介绍，一边偷偷观察左锋。出乎林鹤意料，左锋对这里似乎非常熟悉，走得比导游还要快。甚至没等导游操作，就径直打开了入口的闸门。

　　"您总是这样心急，尊敬的左锋大人。"一个声音突然出现。

　　左锋说："这些年来，你除了在自己身上种了点花花草草，变化似乎不大。"

　　"是吗？宁童大人，虽然您变成左锋大人的模样，我也还认得出您，您也这样认为吗？"

　　林鹤这才知道原来假左锋名叫宁童。只见他张开嘴想说什么，却没说出来。

◎ 天劫：赫亚降临

左锋说："立即召集灵族各部，召开全族大会，我要你们在最短时间内夺回飞灵城。"

"飞灵城被妖族占领确实是一个悲剧，但是发动战争并不是解决问题的好办法。"

"这显然不是你需要考虑的问题。"

宁童扯了一下左锋的胳膊，说："客气点儿。"

"让我们去控制中心。会议一个小时之后就召开。"左锋甩开他，一边说一边向前走去，却被一股无形的力量推了回来。他当即怒道："怎么，你竟敢阻拦我？"

"时代已经不同了。神主宰世界的时代已经一去不复返了。"

左锋愣了一下，回头问假左锋道："怎么回事？到底发生了什么？"

假左锋耸了耸肩，"我们已经不再是神了。"

这个回答不但令林鹤和霍娜如堕五里雾中，也让左锋摸不着头脑。

假左锋解释道："我一直没……没敢跟你说清楚。灵族之所以会成为现在这个样子，是因为几乎所有的灵族成员都认为没有必要服从于我们，他们独立了。"

"你说什么？"左锋额头青筋暴起，朝着天空大吼道，"是我们创造了你们，你们必须服从我们的命令。"

"我不否认是您，还包括宁童大人等灵族诸神创造了我们。但是，这并不意味着我们要永远听从你们的号令，为你们去战争。这一点，在第四次圣战结束的时候，就已经成了各族的共识，我们要创造属于我们自己的文明。"

"属于你们自己的文明？"左锋哼了一声，"你们怎么可能有自己的文明？"

"您现在看到的就是我们的文明。第四次圣战结束时，整个星球的文明几乎都被摧毁，地表95％以上的土地和水域不适合任何生物生存。我们花了近 2000 年的时间，从一片废墟上建立起了如今和平安定的世界。人口从圣战结束时的不到 100 万增长到如今的接近 600 亿，仅我们灵族一族就有大约 200 亿人。第四次圣战前整个世界人口也不过 180 亿。现在，除了妖族偶尔引发一些冲突以外，各族和谐共处，文化、科技交流不断，整个世界都是一片欣欣向荣的景象。这难道不比你们神，哦不，按现在的说法应该是祖源统治时期强得多吗？"

"别废话了。现在不需要比较文明的优劣。如果你们不想毁灭，就按我说的做。"

"不想毁灭就按你说的做？正是因为我们不想毁灭所以才不会不问缘由地按你说的做。告诉我，你到底要做什么？"

"我要的是立即从飞灵城里把雷神魄拿出来。"

"雷神魄在飞灵城？那可真是大麻烦呢。"

"所以，我要你通知所有灵族，组成联军，尽快夺回飞灵城。"

"好吧，我同意立即召开会议讨论这一问题。现在我就把你们送到控制中心的会议室。"

那声音说完，林鹤只觉四周出现异象，知道已经进入四维空间之中，又是一次四维瞬移。瞬移结束之后，大家已经到了一个圆球形的大厅之中。

大厅正中十几只机械手臂正在忙碌，不一会儿工夫，制造出 6 张宽大的航空座椅。左锋、宁童、林鹤、霍娜还有两名乌鸦军团的战士正好一人一个。

"请坐。"那声音道。

六人各自坐下。刚落座，林鹤便觉得这座椅周围有一层很强的电磁场。电磁场迅速接通了自己的神经系统，几秒钟之后，林鹤便觉得自己已置身于一个巨大的会场。会场内人山人海，人们相互之间打着招呼，有的甚至像久未相见的亲朋好友一样拥抱、亲吻。所有虚拟人物都以人类的形象出现，而且左锋和宁童——形象是一个戴眼镜的文弱学者，林

247

鹤估计是他本来的样子——已经被安排到远离自己的主席台上就座，两个乌鸦军团士兵也被安排到了另一边，自己的左边是霍娜，右边是一个不认识的人。这让林鹤感觉很舒服，不由得暗自为这样一个虚拟场景点赞。

主席台上，左锋和宁童正中坐着一个老者。他拿起桌上的木槌，"笃、笃、笃"地敲了3下。大厅立即安静了下来。他清了清嗓子，说："各位，很多年没有召开全族的大会了，我之前心里还在打鼓，想这召集令不知道还管不管用呢。看样子，还管用啊。"

台下笑声一片。大家都喊着："当然管用啦。""怎么可能不管用呢。""玄老说笑了。""玄老有事直接吩咐就是了。我们都会尽力而为的。"

林鹤心想：这中间的老头是刚才跟我们说话的那人吗？忙问右边的人道："敢问，这玄老到底是什么人？他是住在万灵岛吧。"

那人一惊，上下打量了一下林鹤，道："你是新来的吧，玄老都不认得？什么叫住在万灵岛？万灵岛就是玄老的身体啊。"

林鹤伸了伸舌头，暗想玄老在自己身体上附加机械、建筑等，居然长成了一座巨岛，实在是匪夷所思。

这时，只听玄老又敲了敲手中的木槌，让大家安静下来，说："你们不要尽拣好听的说。今天，我召集大家来这里，主要是因为一件事情。大家知道，几天前飞灵城被妖群袭击，不幸沦陷了。"

台下一片叹息之声，有人还抹了抹眼泪，但却连一丝仇恨的涟漪也没泛起。

玄老停顿了片刻之后接着说："但是，大家所不知道的是，在飞灵城里有一件东西——雷神魄。"

"雷神魄"3个字像一颗炸弹立即让整个大厅沸腾了起来。有的人大惊失色、不知所措，有的人立即提出要夺回飞灵城，有的人提出立即构建防线。林鹤不明白他们为什么对雷神魄如此敏感，忙向旁边的人打听。

一问之下才知道，原来雷神魄等五大神石竟有刺激妖族生物繁殖并加速进化的功能，一旦妖族生命体直接接触到雷神魄，必然引发全球性的大灾难。而且妖族天生对五大神石非常敏感，神石一旦暴露他们就会蜂拥而至，合并成为一个族群。"更可怕的是，神石相互之间有感应，妖族可能会顺藤摸瓜找到其他的神石。一旦拥有了3颗以上的神石，他们将有能力打破我们对妖王的封印，妖王将会复活。"旁边的人战战兢兢地说，脸色吓得惨白。

妖王复活？林鹤之前曾经从阿达那里听过这个传说。在第四次圣战中，神、灵、龙、鬼四大族联合起来对抗妖王统领的妖族，最终将妖王永久封印在妖王冢里，把妖族打回到原始状态。据说，妖王神通广大而且根本不会死，一旦从妖王冢里出来，所有妖族将再次聚集到他的麾下，摧毁现在的文明世界。

"玄老，是谁告诉您雷神魄在飞灵城的？"一个人从人群中站起身来，大声说。

玄老告诉大家是他身边的左锋和宁童，并且向大家介绍了他们的身份。

出乎林鹤的意料，听到玄老的介绍之后，众人并未对他们肃然起敬，反而纷纷质疑："他们这些祖源的话能信吗？"

玄老并不替左锋和宁童辩解，而是微笑着看着他们，示意他们自己解释。左锋瞪了一眼面带愧疚之色的宁童，站起身来，朗声道："诸位，我并不清楚这些年来这里发生了什么，是什么导致你们对我们失去了信任。我要说的是，我所说的一切都是事实。"

"你们能掌握事实？就凭你们的那点儿科技水平吗？"台下有人嘲笑道。

左锋脸色铁青，又狠狠瞪了一眼宁童，道："告诉他们我们是怎么算出雷神魄的位置的。"

◎ 天劫：赫亚降临

宁童站起来，清了清嗓子，说："我承认我们的科技水平不如你们，但是我们远比你们了解五大神石。其实，每一颗神石都在不间断地与外界进行数据交换，神石之间也在进行数据交换。"

"这一点我们也早就知道了。说点儿我们不知道的。"

"你们不知道的是数据的编码方式。"宁童说，"所以你们读不懂它们在说什么。而我们知道，因此我们划定了5颗神石可能存在位置的坐标范围。前几天，我们了解到雷神魄的拥有者的详细信息，对他可能存放雷神魄的地方进行了详细的筛查，最终发现只有飞灵城洲际银行的地下保险库才是唯一符合的地点。"

"听到了没有？我们确定雷神魄在飞灵城是经过精确计算的。我们必须在妖族得到之前取走它。"左锋咄咄逼人的目光扫视全场，不允许任何人质疑他的决定。

但令左锋失望的是，台下的灵族并没有被他的气势所压倒，很快就有人站起来反驳道："一切都是基于你们的假设，你们并没有真凭实据。"

"如果要真凭实据，你们不妨直接和雷神魄的所有者联系，我有他的联系方式。"左锋说着把联系方式公布了出来。

"特务头子的话有人敢信吗？我觉得这越来越像一个布置好的陷阱。我提醒诸位注意，妖族几百年来都没有大规模聚集。有证据证实，妖族这次大规模聚集活动，是有人在幕后操纵的。敢问，挑起妖族动乱的是你们吗？"那人说完，直直地瞪着左锋和宁童。

宁童把身子缩进椅子里，眼睛看向一旁，躲开了对方的目光。左锋冷笑了一声，道："你说得没错。是我挑起来的。"此言一出，大厅里又起了一阵喧哗。左锋没管这些，接着说，"我必须尽快集齐五大神石，进入倚天城否则这个世界就将毁灭。我知道神石会吸引妖族，因此我先行挑动妖族发动袭击，就是要消耗他们的力量、分散他们的注意，为我收集神石创造条件。只是没料到他们碰巧占领了神石所在的飞灵城。不过大家也不必担心，占领飞灵城的妖族并非不可战胜，只要我们齐心协力，最多三五日就可将其歼灭。等到我们拿到雷神魄，立即可以查明其他 4 颗神石的下落。不出意料的话，不消一两个月，就可集齐神石，前往倚天城。"

"世界上根本就不存在倚天城。"人群中一个洪亮的声音反驳道，"不要再想用这样的谎言来欺骗我们。"

"你懂什么？"左锋怒道。

"我懂什么？"那人哼了一声，"左锋大人或许不认得我了吧。我提醒您一下，我就是当年奉命死守破军城的师凯。"

"是你？"左锋的脸上滑过一丝愧疚。

"是我。当年你说，援军已经在倚天城集结，只要我们死守破军城 3 个月，就能一举扭转战局。可是我们守了一年半，连援军的影子也没看到。你的援军在哪里？"

"但是我们最终取得胜利了。"

"狗屁。10 万兄弟只有我一个人靠装死才活了下来。这叫什么胜利？你的话我永远也不会相信。"

"你们必须相信我。"左锋顿了一下，深深地吸了一口气，"实话告诉你们吧，这个世界是虚拟的。在这个虚拟世界背后，有一个现实世界。现在那里正在发生一场大规模的战争。我需要找到藏在这个虚拟世界最深处的倚天城内的通信协议去拯救现实世界。如果我失败了，现实世界就将毁灭，而这里也将随之湮灭。请大家相信我们、帮助我们。"

会场里众人纷纷窃窃私语，各种意见莫衷一是。正在这时，玄老突然发话了："诸位，我有些东西要给大家看。"说着，一幅巨大的三维画面出现在大厅正中，画面上是一边是险峻无比的雪山，山上岩石突兀，覆盖着皑皑白雪和冰川；另一边是万丈深渊，寒风卷着白雪，发出"呼呼"的啸声。就在这绝壁之上，有一队人正徒步向上攀行。他们身穿着白色紧身战衣，身体和雪山表面几乎融为一体，不仔细辨认甚至看不出来。

"是哈德尔。"霍娜轻轻撞了一下林鹤。顺着她的目光看去，果然其中一人正是哈德尔。

林鹤和霍娜还来不及细想哈德尔怎么会出现在画面之中，大厅里已然炸开了锅。"有人去妖王冢！""他们要去救妖王吗？""必须阻止他们。"

"大家放心，我已经通知妖王冢的守卫了。"玄老示意大家安静，转头对左锋道："左锋大人，如果不是我刚才专门派人去巡视妖王冢，几乎就让你得手了。我现在可以确信，你来此就是来挑起战争的，我不会让你的阴谋得逞。"

"我再重申一遍，我要的是通信协议。"左锋恶狠狠地盯着玄老，寸步不让。

"那你为什么派人去妖王冢？"

"为了紫妖星。没有妖王密令，没有人拿得到紫妖星。"

"这就对了。你和妖王肯定已经达成了协议，他给你密令，你放他出来。"

"狗屁。你参与过封印妖王，你知道，妖王冢内实际上是一个黑洞，被封入黑洞的人怎么可能出来？"

"那个黑洞是你们制造的，你们或许有办法破坏它。否则，你如何得到妖王密令？"

"获得密令不需要妖王复活，但是需要妖王的专属属性信息，这才是我派人去妖王冢的原因……"

"不要再强词夺理了。我建议，以破坏和平罪将左锋等人永久流放。大家同意吗？"

林鹤心道不好，可是已经来不及把自己和左锋区别开来，只听大家异口同声道："同意。"话音未落，四维瞬移已经开启，左锋、宁童、林鹤、霍娜和两名乌鸦军团战士一起被扔进了一个密封舱。

左锋一挥手，发出一道强力冲击波，正打在密封舱的舱门上。舱门轰的一响，直震得飞了出去。左锋一个箭步跳出密封舱，林鹤和霍娜也紧跟其后。

现在必须冲出去，林鹤心想。可是密封舱只是一个小房间而已，门外依然是在某艘舰船的船舱之内，两边均是通道，不知该往何处去才好。

这时，舰船内的警报器已经警铃大作，一个声音警告道："请立即停止破坏行动，否则后果自负。"

左锋哼了一声，并不理睬，抡拳就要砸向舱壁。这时，宁童一把抓住他的胳膊，拦阻道："别冲动，情况不对。"

"当然不对，我们……"左锋话说到一半，停住了，惊疑地看着四周，身体竟然开始发起抖来。

林鹤从未见左锋有如此表情，忙仔细观察四周，然后就和左锋一样如坠冰窟之中，万念俱灰。他们所在的是一艘孤零零的船，一艘在太空中接近光速飞行的宇宙飞船。除了这艘船以外，在他们所能感知到的范围内，什么都没有。

这就是流放吗？给你一艘飞船，然后随意地将它扔到太空中，让里面的人自生自灭。

"得控制这艘飞船。"霍娜叫道。

林鹤如梦方醒，忙叫死神："有没有什么办法？"

"找个端口接进去啊，得靠你了，做得到吗？"死神叫道。

由于逃逸者一号并没有被玄老放到这艘船上，死神无法直接进行操控，接入飞船的控制系统就只能依靠与林鹤的神经感应了。

"跟我来。"左锋说着，带着林鹤沿着走廊向前跑去。跑了不过十来米，他就停了下来，单膝跪地，双手向地板插去，将5根手指全部插入地板中，然后向两边用力扯开，地板之下露出了电路板。

林鹤将双手贴到电路板上，安定了一下心神，闭上双眼，凝神感知电路板上的微弱变化，把尽可能多的信息传递给死神。与以往不同，林鹤感觉到了死神的活动。他不但能够感觉到死神在通过自己的神经系统与飞船的控制系统进行交流，而且他能够意识到死神是通过细小的电磁场变化来改变飞船控制系统内部的信号的。

"可以附带一些讲解吗？"林鹤问。

"当然可以，如果你想听的话。"死神答道，然后就一边操作一边解释他的目的。这样做就可以在飞船控制系统的命令中加入一串新的代码，那样做就可以获取引擎向飞船控制系统反馈的信息；这样做可以调取系统内部参数，那样做可以修改系统权限……林鹤感觉自己就像一个学生，在一旁一边看着老师操作、一边听着老师的讲解。由于缺少很多理论知识，死神又不可能详细讲解，因此最多只能听懂百分之二三十，尽管如此，收获也着实不小。

学习的收获虽然不小，但是控制了整艘飞船之后，却发现他们所做的几乎都是无用功。因为，这飞船的导航系统非常简单，简单到上面只有一个目的坐标，飞船除了往这个位置飞，没有任何别的选择。更要命的是，飞船所载的能源刚刚够飞到那里，而目前已经飞了超过四分之三的路程。换言之，要想调头回去，能量根本不够。

"我知道我们要去哪里了。"宁童低着头，坐在地板上，有气无力地说，"是黑星，一个完美的太空监狱。"

黑星这个名字，林鹤从未听说过。不过从宁童、左锋以及两个乌鸦军团战士的表情来看，那绝对不是一个好地方。

"不管是什么地方，我们都必须想办法逃出去。"霍娜大声说。

"当然。"左锋说，"不过得好好想想怎么逃。"

林鹤问："那到底是个什么地方？"

"到了你就知道了。在此之前，你们最好做点准备。"

22.黑星

等林鹤大概了解了一下黑星的基本情况之后，不得不打心眼儿里佩服那位提议把它建造成为太空监狱的人。

黑星是一颗位于奥尔特云边缘的小行星。这里暗无天日，气温接近绝对零度，一光年之内没有任何适宜生物居住的天体。如果没有监狱的存在，任何生物都不可能在这里生存。正因如此，任何生物如果不具备返回地球的能力，一旦离开监狱，就只有死亡一条路了。

黑星上的囚犯们热烈地欢迎所有来到这里的新人。不是因为他们寂寞无聊，而是因为送新人来黑星的飞船多少会剩下一些能源。这些能源虽然不足以再飞回地球或到其他任何大一点的天体，但却可以让黑星监狱多支持一段时间。

事实上，黑星监狱的历史就是等待能源和耗尽能源的无限循环。据说，包裹着整个小行星的监狱，最初是一个被多次流放的灵族恶棍。为了让他不能再返回地球，他被几乎剥夺了所有的能源储备之后扔到了这里。奇怪的是，他没等到能源耗尽生命就终结了。后来，有人提议把他的躯体改造成太空监狱，在这里构建了一个极低能耗的小型生态系统。这个系统唯一的能源就是被流放到这里的人未用尽的能源。按照黑星监狱监狱长（这里所有人都是囚犯，其中资历最老者被大家称为监狱长）

的说法，在林鹤等人到来之前，黑星上的能源储备只够维持3年。林鹤等人给黑星带来的能源可以支持将近一年，这也是最近3年最多的一次能源补给。"不像前几次，剩下的能源只够支持几十天的。"监狱长愤愤不平地说。

"我初步估算，这里的能源集中起来，或许可以回去。"等到监狱长和其他黑星上的原住民离开之后，林鹤悄悄说。接着，林鹤就向大家讲述了自己的计划。计划总共分为3个部分。

第一部分是改造飞船的动力系统，提刀飞船的能源利用率。原本飞船抵达以后会自动启动引擎自毁程序，但在死神的干预下，引擎完好地保存了下来。死神声称可以利用黑星监狱中现有的原材料对引擎和整艘飞船进行改造，使飞船所需的能量下降约45%～50%。这样就差不多具备了飞回地球的能力。

第二部分是为飞船建立导航系统。一方面要利用监狱现有设备，构建导航系统的硬件。另一方面要通过天文观测，测算出地球和相关天体当前及未来的位置和运行轨迹，建立坐标系，并拟定航行路线。

第三部分是集聚所有的能源。维持监狱运转的所有能源都储存于能源中心。或许是由于监狱里的所有人都没想过会有人破坏或者窃取能源，因此这个重要的地方并没有人把守。只需要在控制台按几个按键就能获取能源中心的控制权，然后将这些能源全部导入飞船的能源库。

"这个计划很好，但是不能公开。"左锋警告道。

所有人都点头同意，除了霍娜。她说："这个计划太自私。我们离开也就意味着他们都会死。"

"我们不可能带他们离开。"林鹤说，"况且，他们都是罪有应得。不，应该说他们只是游戏中的人物。你不会因为在游戏中杀几个怪、摧毁几个城市而感觉到内疚吧。"

林鹤的这个解释稍微平复了一下霍娜的心情。于是，大家明确了分工，左锋和宁童分别带着一名乌鸦军团战士负责按照林鹤提供的图纸改造宇宙飞船的动力系统和导航系统，而林鹤和霍娜则负责收集各种所需的原材料。

计划进展得非常顺利，3 天之后，宇宙飞船的动力系统和导航系统的改造工程就已经接近完工，而且根本没有引起任何人的注意。根据推算，能源传输过程需要大约 6 个小时。等到能源传输完成时，飞船的改造工程也将全部完工。等到监狱里的人发现能源供应中断时，飞船已经脱离监狱向地球飞去了。

窃取能源中心控制权的任务交给了林鹤，不仅因为他这几天为了搞到各种材料已经把监狱里所有的地方走了个遍，而且因为夺取控制权有可能需要侵入系统。

"我陪你去。"霍娜在林鹤即将离开飞船的时候，一把拉住了他。

左锋看了他俩一眼，摆了摆手让他们快去，又低下头继续调校引擎的曲率干涉仪。

"你有话要对我说？"等离开飞船很长一段距离之后，林鹤问霍娜。

"没有。我只是想多看几眼这即将毁灭的世界。"

霍娜的话让林鹤多少有一些伤感。他知道无论这个世界给自己的感觉多么真实，它也只是一个虚拟的世界。林鹤想强迫自己这样认为，但是在内心深处始终有一个声音在说：不！无论是阿达、机甲侠、古米、古立这些与他们有过交往的人，还是那些在天空之城入境处吵吵嚷嚷和他们素昧平生的人，在这里他们遇到的所有人都在告诉他们：我们是真实存在的、独立的个体。

于是，林鹤只能沉默着和霍娜手牵手飘过长长的通道，看着依附在通道壁上休眠的人们。他们正甜蜜地沉浸在各自的梦乡之中，并不知道灾难即将来临，这里的温度几个小时后就将跌至绝对零度。

没有任何人阻碍他们朝能源中心前进的步伐。虽然黑星上的生命体总共有几十万，但是总有相当一部分处于休眠状态。在休眠状态下，他们把自己的能量消耗降到了最低水平，从而使整个黑星的能源消耗量下降，以便于在能源缺乏时支持得久一些。林鹤他们来的时候，正是黑星上被称为冰期的时段，大约有超过98%的生物选择了休眠。这几天，随着冰期逐渐过去，休眠的比例已经降到了93%。即使如此，活跃状态生物体的数量依然很少，而且大多数活跃生物现在都忙着寻欢作乐，根本无心搭理林鹤和霍娜这两个"低等生物"。

两人很快就到达了能源中心的控制室。这是一间并不宽敞的屋了，杂乱地堆放着上次检修时更换下来的零部件。为了寻找改造飞船所需的元器件，两人之前曾经来过这里几次，对屋里的情况比较了解。没费什么工夫，就来到了主机旁。

林鹤刚把手放到主机的盖板上，就有人叫道："你们要干什么？"

林鹤和霍娜都吓了一跳。由于为了降低能源消耗，黑星上几乎没有光源，这对于习惯于依靠视觉的他们来说是最头疼的事情。他们虽然在进屋之前也进行了检查，但还是没能发现屋里其实还有别的人。

"我们只是随便转转。"林鹤转过身来，把身子靠在主机上，手在背后轻轻地掀开盖板，"你为什么在这里？"林鹤相信对方并不是这里的守卫，有可能只是路过而已。

"你很紧张。"

"那是因为被你吓着了。"林鹤一边说着，一边把手伸进主机里面，设法接入主机。

对方呵呵笑着说："你这样胆大妄为的人也会害怕吗？你为什么会害怕？做了什么亏心事？"

林鹤感觉对方逼近过来，心里想到了动武。在黑星上，没有引力系统，所有东西都是失重状态。此时在林鹤的身体旁边正飘浮着一个尖嘴的钢制元件。林鹤心想此时只要用手猛的一击，它就将像一把飞刀一样直插对方的胸膛。不过，林鹤不能确定这样能够使对方受到多大伤害。林鹤开始后悔没有带武器过来。

"我想我们应该向你道歉的。"霍娜说，"如果我没有听错，你是古米，对吗？"

林鹤一怔，刚才他已经觉得对方的声音很耳熟，这时经霍娜一提醒，立即意识到这正是古米的声音。

"哈哈，我还以为你们忘了我们呢。"古米嚷道，"你们知道我们受了多少苦吗？这笔账怎么算？"

"我们也是后来才知道你们也被通缉了。"林鹤解释道，"我很抱歉。霍娜还想着去救你们来着，可是……你看，我们也是自身难保。"

古米说："算了吧，说什么都晚了。其实我也不怪你们。否则，刚才我一看见你们两个，就直接冲上来跟你们拼命了。话说回来，你们在这里晃悠什么呢？你们是不是有办法离开这里？"

"我们……"林鹤不知道该不该把自己的计划告诉她。于情于理，带上她离开都说得过去。但是，左锋会答应吗？

林鹤正犹豫着，霍娜已经一把将古米拉了过来，轻轻地告诉她，他们正在越狱。

"哇哦！"古米兴奋地叫出声来，吓得林鹤连忙按住她，让她别把行动暴露。古米连忙捂着嘴点点头。接着，林鹤就将他们的计划一五一十地告诉了她。古米很开心，表示愿意帮助他们。

林鹤心想，你不在一旁捣乱就可以了。于是吩咐霍娜带着她到门口去把风，自己一个人在控制室里进行操作。一切都进行得很顺利，大约20分钟之后，能源从能源中心开始反向注入林鹤他们的宇宙飞船。预计6个小时之后，能源将传输完毕。

林鹤记下了时间，然后飘出控制室。外面一切正常，霍娜和古米正聊着这些天来各自的见闻。

"走吧。"林鹤招呼着她们离开。

霍娜说："我们现在得去 F 区一趟，古立在那里。"

林鹤想了一秒钟，点了点头。F 区在黑星的另一边，虽然有点远，但是 6 个小时的时间，往返一趟也是绰绰有余。

三人摸索着向 F 区前进，一个半小时之后，找到了古立。

古立见到林鹤和霍娜后，把古米拉到一边，说："你怎么又和他们扯上了关系？如果没有他们，我们怎么会……"

"哎呀，你也太啰唆了。"古米不等他把话说完就打断道，"什么也别说了，快跟我走吧。"

"到哪里去？"

"走就是了，别问这么多。"

林鹤在一旁说："是啊，我们时间可不多。"

林鹤不说话还好，一说话倒点起古立心头的火来。他一把推开古米，质问道："你们又想干什么？上次你们毁了一家医院，这一回又想把这监狱也给毁掉吗？这儿可不是地底绿世界，这儿的能源有多稀缺你们知道吗？我不想跟你们多说，你们给我立即离开。"

"我们是想帮你呢。"霍娜说。

"我们不用你们帮。"古立转头对古米说，"你也该接受教训了，离他们远点儿。"

"我为什么要离他们远点？难道你要在这里待……"古米几乎说漏了嘴，连忙改口，"呆呆地像个蘑菇一样长在墙壁上吗？"

"我们长在墙壁上有什么不好？""是啊，这样能够防止在休眠中受到意外伤害。""而且利用共生关系，可以显著提升能源利用水平。"墙壁上传来很多声音。看样子，大量的生物体正在从休眠中苏醒过来。

"我们是动物，不是植物和真菌。"古米拉了拉古立的胳膊，"走吧，我等会儿再跟你解释，行吗？"

"不行。"古立甩开古米，"我刚刚和那边几个人达成协议，一起建立共生系统，要不你也加入进来吧。这样我们可以在这里活得久一些。"

古米毫不犹豫地说："我才不要这样无聊地活着呢。如果要我在活得精彩与活得长之间选择的话，我一定选择前者。"

古立说："如果每个人都像你这样瞎折腾，黑星的能源早就用光了。没有生命，你拿什么去精彩？"

看着古立、古米两兄妹你一言、我一语互不相让地争吵，林鹤只能干着急。时间在一分一秒地流逝。林鹤百分之一百地确信，只要能源传输完毕，左锋绝对不会多等他们一秒钟。换言之，他们一旦不能及时回到宇宙飞船，就将死在这里。然后，按照死神的说法，系统将为他们启动重生程序，安排他们重生。到时候，他们当然会回到地球上，只是将随机地出现在地球表面5亿多平方公里中任何地方。这可不是林鹤希望看到的。

"够了。"林鹤冲上去狠狠地给了古立一拳，打得他一个跟头翻出去老远。"如果你想活命就跟着我来，否则，你就在这里等死吧。"林鹤说完，拉着古米就走。

"什么情况？"

"这里有危险吗？"

"不可能吧，解冻才刚刚开始呢。最快也还有几个月才会……"

"你不记得10年前的事了？那次也是刚解冻就有吞食者复苏了。这次会不会又出现那种情况？"

"那可不好说啊。吞食者，天哪！"

墙壁上各种形态的生物都紧张起来，七嘴八舌地议论着。

林鹤用手向古米传递信息，问："他们在说什么吞食者？"

"咦，你进步真大呀，都学会这种信息处理方式了？"古米回应，"他们所说的吞食者，就是处于这里食物链顶端的家伙。听说，在冰期，他们会像大多数人一样休眠，而当冰期过去后，他们就会复苏，把我们这些当作食物，饱餐一顿。"

"这么野蛮？"林鹤有些震惊。

"这是自然的生活方式。"古米解释道，"这里能源有限，每一个生命体都是能源的消耗者，人越少，每个人能够用的能源就越充足。但是，人如果太少，整个系统就会难以维系。毕竟还有很多检修、维护的工作要做。把人口控制在一定范围之内，最公平的办法就是弱肉强食了。"

林鹤无言以对。不过这倒让林鹤找到了说服古立的借口。古立、古米是整个黑星上仅有的两个鬼族生命体，他们刚来不久，还没来得及建立自己的生存区。用这里老人的话讲，没有生存区，就没有生存的可能。林鹤告诉古立，必须在吞食者到来之前建立足以抵御其入侵的生存区。而他们正在建立这样的区域，要想活命就跟他们走。这个谎言见效很快，古立乖乖地跟着他们往宇宙飞船前进。

但是，凡事有一利必有一弊。消息很快就传开了，为了让更多人知道，有人甚至用通用波进行了广播。通用波是比声音、图像、味道等更加高效的信息传递方式，最先由妖族创造出来，后来被各生命体广泛应用。现在，绝大多数生命体已经将通用波的编码和解码机制内化到了体内。古米将通用波的编码算法告诉了林鹤和霍娜，林鹤立即感觉到整个黑星几乎都在谈论吞食者的复苏。

越来越多的生命体从休眠中清醒过来，他们一边忙着构建各自的防线，缔结各种各样的同盟，一边开始为自己准备后事——繁殖，有性的、无性的各种繁殖方式一齐登场。一时间，本来就算不上宽敞的通道里人来人往，通行速度大大降低。不到两个小时的路程，花了一个半小时才走了一半。

林鹤等人正着急赶路，突然发现前面人群慌乱异常。一打听，竟然真有吞食者提前苏醒了，正在前面大肆猎捕。怎么办？前进吧，有吞食者挡路。看众人避之不及的样子，这吞食者必定是极不好对付的，难免成为他口中的美餐。绕道吧，这吞食者所在之处恰是通向飞船的咽喉要道，若要绕过，需返回借道 E 区，路程将增长四五倍，以最快速度也非得七八个小时不可。

林鹤与霍娜商量，认为此时若绕道 E 区，是必死之路，不如冒险前进，或许还能死中求生，有一线生机。于是迎着如潮水般溃退的人群向飞船前进。古米见他们如此，知道这是拼死一搏，也紧跟在他们身后。唯有古立不知内情，见他们仍在拼死向前，在后面大叫道："你们不要命了？快回来！"

周边人来人往，林鹤不敢向他多做解释，只是说："跟我走就是。"拉着他径直往前走。

只走了不到 20 米，古立叫道："前面真有吞食者，我都已经感觉到了。古米，我们快回去。"说着，拉住古米，就要往回走。

无奈之下，林鹤只好给了古米一个信号，让她将计划偷偷告诉古立。他们通过神经系统接触直接沟通，倒也不会让身边忙着逃难的众人发觉。

古立得知林鹤等人的越狱计划，惊得半晌不能动弹，喃喃自语道："前进是找死，后退是等死，反正都是一死。怎么会这样？"

"前进未见得是必死之局。"林鹤给他打气道，"那吞食者总不见得就能把这条路封得密不透风。我们闯一下，没准就能过去。"

古立没有回答，但是也不再反对，像个木头人一样被林鹤拉着往前走。前行了大约 200 米，通道突然变得宽敞起来，像是一个大厅。

林鹤记起了这里。这是一个交通枢纽，连接着十几条通道，大厅总面积有两个足球场那么大，高度在 50 米左右。林鹤记得，先前经过这里时，地面上生长着厚厚的一层微生物聚合体，空气中氧气含量和温度均较别的地方稍高，被称为龙族牧场，居住着不少龙族生物。他们利用这些微生物聚合体所产生的氧气和有机物勉强维持生存。而如今，地面上一片狼藉，原本平整的微生物聚合体现在已经因龙族逃命式的迁徙而变得支离破碎。

林鹤四下观察了一下，这时整个龙族牧场里只有他们四个人。"吞食者吃这些东西吗？"林鹤从地上抓了一把黏糊糊的微生物聚合体，问道。他希望答案是"吃"，可是事实正相反。

古米回答："不吃。吞食者需要的是脂肪，而这些微生物不生产脂肪。我们的体内都有大量脂肪，这会让他们口水泛滥的。所以，快点走吧。"

要回飞船，他们得横穿整个牧场。在这个过程中，他们将暴露无遗。这是极其危险的。因此，众人也不多说话，开足马力全速前行。可是刚到牧场中央，大家就发现前面有动静。只见一条闪着荧光的带子，一边做着波浪似的运动，一边以极快的速度从另一侧的一个通道里飞了出来。

林鹤的心一下子提到了嗓子眼儿，他紧紧握住刚刚捡到的一根金属棒，准备随时给对方狠命一击。可是那条光带并没有朝他们这边飞来，它贴着大厅的壁一个拐弯，径直向另一个通道飞去。

"那是一个正在逃命的家伙。"林鹤正要放下心来，却见它突然被什么东西抓住了，原地扭动了两下就不动了，身上的荧光也渐渐暗淡。

是什么抓住了它？林鹤仔细观察抓住那光带的家伙，发现它是一只长着8只机械臂的圆盘状机器，活像只大蜘蛛。林鹤断定它不是吞食者。像这样级别的机器蜘蛛根本不可能引起如此大范围的恐慌。林鹤猛然想起机甲侠的探测器，立即意识到吞食者可能是某个灵族生物体，机械蜘蛛是他的一部分。

"快走，吞食者就在附近。"林鹤催促道。

可是在失重状态下，林鹤他们根本走不快。而那机械蜘蛛显然已经发现了他们，并把信息传递了出去。不一会儿工夫，大群机械蜘蛛从通道里鱼贯而出，一部分向其他通道爬去，一部分直接朝林鹤等人扑过来。

古立和古米分别抱起林鹤和霍娜，跳向空中，然后猛烈地摇动腰肢，体内电光四射。林鹤只觉得一股强有力的电磁场在自己身边形成，这电磁场迅速产生了推力，四人如离弦之箭朝前方的通道飞去。

他们的快速移动很快就惊动了更多的机械蜘蛛。而且，那些机械蜘蛛速度更快。林鹤只觉背后一股寒意，一只机械蜘蛛的爪子几乎触到了他的背心。古立立即朝它放电，蓝色的电弧一闪，瞬间电压已达数万伏，可那机械蜘蛛竟毫发无伤。古立和林鹤都大吃一惊，慌乱间林鹤回手一棍，不想这一下倒比高压电更管用。一击正中机械蜘蛛头顶，将它狠狠地砸向地面。

"看样子，原始兵器对付这高科技的玩意儿也还挺好使。"林鹤一边说着，一边举棍四下乱挥，倒让几只机械蜘蛛不敢靠近。

林鹤还来不及得意，蜘蛛们已经改变了作战方式。它们不再直接扑过来，而是采用远程攻击。它们吐出一种浓浓的胶状物，形成排球大小的子弹，射向林鹤等人。

古米和古立灵活地在半空中翻转着身子，不断改变前进的方向和速度，竭力避免被胶弹射中。他们成功地躲过了一波又一波胶弹攻势，但是却无法摆脱蜘蛛的攻击。蜘蛛越来越多，攻击也越来越密。

"有没有什么办法赶走他们？"林鹤问死神。

"喊两嗓子试试。"死神回答。

"什么？"

"18.75赫兹！你能发出这样的声音吗？他们内部芯片的固有频率就是18.75赫兹。如果你能够用嗓子持续发出这个频率的声音就能让他们核心部件产生共振。他们如果不想死，就会跑得远远的。"

林鹤深吸了一口气，开始振动自己的声带。正常人几乎不可能发出低于100赫兹的声音，更何况低于20赫兹的次声波。林鹤有意识地将声带振动的频率降到了20赫兹以下，在16赫兹到19赫兹之间波动。

"你得稳定在18.75赫兹，而且声音要足够大！"死神急切地说。

林鹤心里也着急。随着机械蜘蛛越来越多，胶弹的密度已经比先前大了许多，一张密集的火力网铺天盖地地向他们罩过来。古立和古米虽然已经竭尽全力，但也几次几乎被击中。

可是要怎么才能把声带的振动频率稳定在 18.75 赫兹呢？和普通人一样，林鹤的声带也是以甲状软骨前角后面与杓状软骨声带突之间的声韧带为基础，加上声带肌和其表面的黏膜共同构成的。声音并不是声带直接振动产生，而是在气管和肺冲出的气流不断冲击下引起振动而发声的。而且，声音从声带里发出以后还需要经过咽、口、鼻、鼻窦、气管和肺等器官的共鸣，这些复杂的共鸣，在使声音增强并发生变化的同时，进一步增加了控制声音频率的难度。

在尝试了几十次之后，林鹤终于找到了感觉，将声音频率稳定在 18.7 赫兹到 18.8 赫兹之间，发出了一声长吟。这声低吟的时间持续了 20 秒。从第九秒开始就有机械蜘蛛丧失作战能力，在其惯性作用下横冲直撞起来。到第十一秒的时候，机械蜘蛛们就开始纷纷向四周逃去。在次声波的攻击之下，逃其实并不管用。次声波衰减很慢，能传播到很远的地方。因此，到第二十秒时，几乎所有机械蜘蛛都失去了活动能力，不是一头栽进牧场的微生物聚合体层里，就是径直撞到旁边的墙壁上。

看着敌人瓦解，大家都松了一口气。古立和古米放下林鹤和霍娜，仰面飘浮在半空中，口里喘着粗气，看上去像是用尽了最后一丝力气。

霍娜观察了一下周围的情况，确定机械蜘蛛已经全军覆没，问林鹤道："刚才是怎么回事？"

林鹤说："这个你也最好学一下，试着发出次声波。"

"你发出了次声波？难怪我觉得有点儿头晕、恶心。我还以为是血压不稳，原来是你搞的鬼。"古米叫道。

"别多说了，快走吧。"林鹤说着一头钻进了通道。

23.祝融

四人又往前走了一段，古米和古立已经累得走不动了。刚才为了躲避机械蜘蛛，他们已经将自己储存的能量消耗得差不多了。林鹤和霍娜搀扶着他们，慢慢向前行进。

林鹤估算了一下路程，时间应该是够的。他清了清嗓子，伸手按摩了下喉咙。在一声长吟击败机械蜘蛛以后，林鹤一路上心思都放在如何更好地使用这个武器上了。现在他已经能十分熟练地控制自己的发声系统，能够持续、准确而强有力地发出大于 0.1 赫兹的次声波，嗓子已经成为他最有力的自带武器。

林鹤正在得意，却听死神提醒道："高等级生物体是可以改变自身固有频率的。这个办法只能救救急，真的遇上吞食者，靠这一招可不行。"

"那你说怎么办？"

"我觉得……小心，有人来了。"

死神说出这话的同时，林鹤也察觉到有一个体型巨大的家伙正快速从后面追了过来。

是吞食者吗？林鹤不敢多想，催促着大家赶紧向前跑。但是，与那大家伙相比，他们逃跑的速度实在太慢了。不过几十秒的时间，那大家伙已经到了他们身后不足 50 米的地方。

林鹤并没有惊慌失措。他一直在仔细观察这个吞食者。它拥有闪闪发亮的液体金属外壳，能够根据外界环境改变自己的体型。在通道里，它呈圆柱形，像一个硕大无朋的机械蚯蚓。与蚯蚓不同的是，它并不依靠扭动身体来获得前进的动力。在它的四周有一个强有力的场，具体是什么场，林鹤还一时弄不清楚，只是明显地感觉到这个场在一定范围内扭曲了时空，从而不断为它提供加速度。林鹤觉得，如果扭曲程度足够，它可以不断让自己加速，理论上甚至可以接近光速。好在它还没有这样的能力，至少目前它的速度并不比一辆跑车快多少。

早在林鹤意识到吞食者的快速移动能力远远超过自己之前，他就已经在思考怎么应对了，现在他有了一个计划。这条通道上有很多道闸门，这些闸门虽然早已废弃不用，但林鹤相信只要接入操作系统，关闭它们并不是难事。

此时，林鹤的手已经伸进了旁边的墙壁里，食指指尖轻轻地触摸着一个分处理芯片。没有其他动作，只是大脑给出了一个明确的信号，从他所在之处到龙族墓场之间通道中的30多道闸门全部关闭、锁死。

离林鹤最近的闸门就在3米之外，材质是高密度钛合金，坚固无比，耐高温，防辐射。当闸门关闭之后，林鹤对吞食者的感觉立即变得模糊起来。林鹤相信，那个长达60多米的巨型蚯蚓吞食者，目前最少被两道闸门拦腰夹住，想要脱身并不容易。即使从闸门中摆脱出来，要想追上来也要花些工夫。这样一来，他们就有了足够的时间逃离这里。

然而事情并不像林鹤想象的这么乐观。这些闸门仅仅为他们提供了不到半分钟的时间，那巨型蚯蚓就突破了最后一道闸门，来到了他们身后。

"告诉我它的固有频率。"林鹤对死神说。

"你别想用次声波来对付它，它有抗次声波攻击的机制。"死神的回答让林鹤的心凉了半截。

"那怎么办？"

死神还没来得及回答，那蚯蚓突然张开了"嘴巴"。在它朝向林鹤等人这一端的最中间，出现了一个正圆的空洞。从网球般大小的洞口中，一个圆圈冒了出来。圆圈迅速向四周扩散，很快就贴上了通道墙壁，然后沿着墙壁向林鹤等人这边快速移动。

林鹤猛然发现这并不是一个圆圈，而是一张大网，是一张由轻柔而质密的薄膜构成的大网。当他发现这个事实的时候，已经晚了。他们很快就被这张膜包裹了起来。

林鹤起先以为这张膜必定韧性极好，难以撕破，可是事实却让他大跌眼镜。这张膜就像肥皂泡一样，一接触到他们的身体就立即不见了踪影。

难道这张膜不是来捕捉我们的？林鹤正在迷惑，猛然意识到自己实在太傻。自然界中猎捕的方式多种多样，对方为何要用你以为的方式来对付你？这并不是一张把你缠住、粘住让你不得脱身的网，而是一张毒网。当它接触到林鹤等人的身体之后，就化作碎片附在他们的皮肤之上，然后迅速突破皮肤进入血液。此时，毒液已遍布身体，完全麻醉了他们的运动神经，让他们动弹不得。

"怎么办？"林鹤只能求助于死神，希望他能在这关键时刻想出解决之道。

"别吵，我正在分析毒液的成分。"死神说，"这是一种混合毒液，好在它只起麻醉作用，并不致命。"

林鹤并不关心这毒液是否致命，因为吞食者的嘴巴现在已经比宴会桌的桌面还要大了。它轻轻吸了一口气，林鹤等人就打着旋儿朝它口里飞去。林鹤现在只希望它的嘴里没有锋利的牙齿。

这一次，林鹤运气不错。吞食者根本没有咀嚼就把他们整个吞了下去。不过，他们的好运也就到此为止。吞食者的胃里不但没有氧气，而且充满了消化液，要不了多久他们就会因缺氧而死，接着被完全分解吸收。由于他们的运动神经已经完全麻痹，他们连眨眼的能力都没有，对于这样的结局他们也只能默默接受。

"快想办法。"林鹤在心底绝望地喊着。

"照这样去做。要快。"死神说着，将一份复杂的生理改造计划传递给了林鹤。死神让林鹤改造自己的肝脏，使之能够合成解毒素。

林鹤没有别的选择，只能照做。成为进化人以后，林鹤的肝脏事实上已经具备生成各种解毒化学物质的基本功能，但是就像有了砖头并不等于就能盖成房子一样。要生成对付这种毒液的特殊解毒剂，需要做的工作实在太多。

在这一刻，林鹤变身成了一个大型生化工厂的项目经理，不断下达着这样的命令：你们组成反应釜，用一二三四五原料合成 A 原料；你们组成分离机，用六七八九十原料生成 B 原料；你们得生成催化剂；你们得控制投料时机；你们组织供水；你们处理废料……好在没有环保局和安监局来验收。

解毒剂终于合成出来了，很快就起了作用，林鹤的身体开始恢复活动能力。林鹤不等身体完全恢复，已经挣扎着朝吞食者的嘴部游去。

可是，林鹤发现他根本无法从它的嘴里逃出去。它的嘴已经消失了。林鹤用力敲击着他们进来的地方，是坚硬的金属壁，发出沉闷的咚咚声。林鹤只觉拳头生疼，却根本没有破坏它的办法。

林鹤心急如焚，正在这时，发现身边漂浮着大半截躯干，像是一个龙族生命体。这个龙族早已死亡，但手上却握着一个金属圆筒。林鹤心想，它在强敌来临之时手中紧握着的多半是种兵器，忙问："这个圆筒是什么东西？"不等死神答话，伸手将圆筒拿了过来。

"是反物质加农炮，快用它攻击。但小心别打到自己人。"

林鹤迅速扫描了一下圆筒，大致判断了下方向，把炮口对准墙壁，然后按下了圆筒上唯一的按钮。

林鹤只感觉有什么东西从圆筒中射了出来，还没弄清是怎么回事。只见眼前亮光一闪，接着便听到"轰"的一声巨响，然后四周天翻地覆，消化液瞬间卷起滔天巨浪。林鹤只觉天旋地转，接着就感觉后背狠狠地撞在了什么东西上面。

林鹤定了定神，这才发现自己已经被吞食者吐了出来，一齐被它吐出来的还有霍娜和古立、古米兄妹以及一些尚未消化完的生物体残肢。林鹤一边将圆筒指向吞食者，一边伸手去拉霍娜。她还有呼吸，但是没有半点反应。古立、古米也是如此。他们所中的毒依然麻痹着他们的神经系统。

"你是第一个从我口里逃出来的生命。"吞食者突然说话了，"但是我真没有料到，一个区区的祖源居然能够化解我的毒液。"

林鹤惊魂未定，面对这比自己强大得多的怪物，他自知不可力敌，心念一动，说道："放过我们，我给你一条生路。"

"你给我一条生路？是你表达有误，还是我听错了？"

"告诉你，这里马上就要毁灭了。如果你想活着离开，就放过我们。"

"离开？开玩笑吧，这里没有人能够离开。"

林鹤心知没时间跟他绕圈子了，直接全盘托出，说："我们在来这里之前破坏了飞船的自毁系统，我们有飞船可以离开这里。而且，我们已经将能源全部集中到我们的飞船上了。再过一个小时，我们的飞船就将离开。现在，让我们走，我答应带你离开。否则，我们就都死在这儿。"

吞食者沉默了一会儿，说："好吧，暂且相信你们。"

"那就快把他们的毒也解了。"

吞食者突然从身体上长出四只大手，伸过来一下子将四人抓在手心里，说："你如果骗我，那我就活活捏死你们。"说着，手一紧，几乎把林鹤的肠子从嘴里挤出来。

"我没骗你。住手！"林鹤根本不能挣扎，只得大声求饶。

吞食者得意地笑了笑，说："那就带路吧。"

被吞食者抓在手里虽然不怎么舒服，但前往飞船却快多了，原本要走一个小时的路，不到1分钟就已经走了一大半。

不料这时吞食者突然停了下来，而且将手一缩，把四人全都揣进了肚子里。林鹤正要询问是怎么回事，只听外边有人道："老三，你急急忙忙地去哪儿啊？"

"啊，是二哥呀，四处转转而已。"吞食者答道，"我总觉得这一次咱们起得太早了。"

"走，跟我去F区。"

"去F区干什么？"

"这是老大的狩猎计划。怎么想违抗命令吗？"

"你先去，我一会儿再过去，行吗？"

"什么意思？"

"我发现了一种有趣的生物。一种特殊的祖源，他居然不但能用次声波摧毁我的蜘蛛兵团，而且还能够化解我的毒液。"说着，他把林鹤亮了出来。林鹤也借着这个机会观察了一下另一个吞食者。他和先前这个几乎长得一模一样，不同之处在于他的身上停满了机械蜘蛛，而先前那个的机械蜘蛛已被自己弄得一个也不剩。

吞食者老三接着说："我有些好奇，问他为什么有这样的本事。他说，有个厉害人物教他。我现在正让他带我去找那个厉害人物。"

"那我也去看看。"听口气老二并不相信老三的话。

林鹤不愿意也没办法，只能带着两个吞食者前往飞船。过了不一会儿，已经到了飞船所在的停机坪。

停机坪里密密麻麻、横七竖八地停放各种各样的宇宙飞船。小的只有3米来长，比家用轿车还要小；大的长达数百米，比最大的商用客机还要大。林鹤他们的飞船是一架中型太空穿梭机，拥有着与其他宇宙飞船一样流线型的外观，在这宇宙飞船丛林里并不显眼。但是，由于尽头直接连着升空井，停机坪上空气稀薄、温度极低，因此没有什么生物在这里活动。左锋等人身上传来的生命信号彻底地暴露了飞船的位置。

两个吞食者很快就来到了飞船旁，而且一左一右形成两个半圆，将飞船包围了起来。

林鹤心中一紧，趁着吞食者不注意，转动手中的反物质加农炮，瞄准了旁边的一架飞船。轰的一声，飞船被炸成了粉末，同时放出巨大的爆炸声和耀眼的亮光。

"你这是做什么？"老三惊叫道。

"你该在乎的是这一个。"林鹤将炮口指向了自己的飞船。

这时，左锋等人听到爆炸声也从飞船里出来了。看到林鹤将炮口指着自己这边，大惊道："你疯了吗？"

"把我们放下来，否则我就炸掉这架飞船。"林鹤没有理会左锋，接着对吞食者说，"现在黑星上80%以上的能源在这架飞船上，你知道我开炮会是什么结果。放开我们。"

"你要干什么？"左锋等人大喊，霍娜和古米、古立也质问林鹤。

林鹤不为他们所动，对老三道："现在我们所有的人都在你眼前，你要杀死我们易如反掌。但是反过来，你，哦不，你们全族如果想活命，就必须听我的。放我们走，我就允许你们两个上飞船，只有你们两个，而且必须现出原形。"

老三哼了一声，将林鹤等人放了下来，说："你误会了。我们对你们没有恶意。"

"到底是怎么回事？"霍娜问道。

林鹤说："他不是灵族，也不是龙族、鬼族或者神族。他是一只妖，一只把自己伪装成灵族的妖。我一开始还不知道，所以才会跟他讲条件。

但当我发觉他与外界的沟通从来没有间断的时候我就意识到，他不可能是灵族。灵族是个体，逃走的时候绝对不会通知其他人。而妖则不同，他们根本没有个体意识，他之所以答应我，是想要用我们的飞船把所有妖都带离这里。"

"我们的飞船载不了太多人。"左锋道。

"是的，所以他们得到飞船后会杀掉我们。"林鹤说，"好在我还有一门反物质加农炮。要么和我们一起生，要么一起死。选择吧。"

老二和老三同时发出了笑声，爽朗的笑声。林鹤想不出来他们为什么会发笑。或许他们是要吸引自己的注意力，想到这里，他更加不敢有任何松懈，全身上下每一个细胞都随时准备迎接对方的进攻。

老二说："老三看来你我的演技真是太差了，居然被他一眼看穿，白白浪费我们编了半天的台词。"

老三说："虽然我们的计划失败了，但好消息是至少他不是笨蛋。"

"我赞成，以前我们被笨蛋害得够惨了。"老二说，"老大，该现身了。"

话音未落，一道火红的光球从远方直窜过来，到了众人面前化作一个身上燃着火焰的人形生物体。"我叫祝融，很高兴见到各位。"他自我介绍道，"真的很高兴，因为我甚至没有想到时隔数千年，我居然有机会再回地球。更没有想到的是，来救我的居然是你们。"他说话的时候，指着左锋和宁童，脸上挂着笑。

左锋面无表情地说："往事不必再提，想走就上船。"

"想走没有那么容易。"祝融说，"你们以为能够就这么偷偷地把黑星上的能源都拿走？"

林鹤说："我已经锁死了能源转移程序，能源只会单向流入我们的飞船。最多还有 45 分钟，能源就将传输完毕。"

"我很佩服你，你是第一个发现我们是妖的人。可是，你真的误会了，如果你不轻举妄动，我们会更加顺利。"祝融说，"当然，现在情况也还在控制之中。如果我们继续在这里谈天说地，再过 10 分钟，我们谁也走不了。"

"什么意思？"左锋问。所有人都在等待着祝融的回答，大家也同样不清楚为什么他会说 10 分钟之后就谁也走不了了。

祝融说："当黑星的能源储备大量流失的时候，黑星的控制系统会认为有地方出了问题，从而向所有人发出警报。所有人都会苏醒过来，大家会检查到底出了什么问题，然后所有人都会知道是你们偷了大家的能源。如果不挡住涌向这里的人潮，你们在获得足够能源之前，人海就将把你们淹没。"

林鹤对他的话将信将疑。从他来到这个世界以来，所有的人都告诉他妖族是最无情无义、最野蛮也最愚蠢的生物。但是眼前的祝融承认自己是妖却看上去拥有着超乎自己想象的智慧。也许妖也有狡诈的，林鹤心想，且看他要做些什么，但不管怎么说不能离开飞船。想到这里，林鹤对霍娜低声说："你先上飞船。"又招呼古立、古米也上飞船。

"他们凭什么上船？"左锋挡住古立和古米，"林鹤，我提醒你，这儿我说了算。"

"他们帮过我们的忙，我不能让他们死在这儿。"林鹤说。

"别忘了你的身份。你只是我的俘虏。"左锋一点儿也没有让路的意思。

"你也别忘了我手里掌握着大家的生命。"林鹤轻轻扬了下手里的反物质加农炮，但它的炮口一秒钟也没有离开过飞船。林鹤再次庆幸当初捡到了这个好东西，现在它已经成为自己控制局面的法宝。

左锋铁青着脸侧了一下身子，让古米和古立上了飞船。

就在林鹤和左锋因为古立、古米上飞船的问题争执的时候，老二、老三已经离开了停机坪。

祝融告诉大家，现在所有吞食者已经在外围进行防御，阻挡前来停机坪的大军。"不过，吞食者虽然是这里最厉害的生物，但是也不可能支撑太长时间。"祝融提醒道，"另外，能源输送管线的保护也至关重要。"他说着伸手在半空中一挥，一幅黑星内部结构详图立即出现在大家的面前。他指着上面的一条带着红点的绿色折线说："这就是能源输送管线，红点位置是能够进入的检修点，我已经派人在检修点附近设立防线。现在已经传来消息，这些点都在遭受攻击，需要支援。"

"我们拿什么支援？"林鹤问道。

祝融看了一眼两名乌鸦军团的战士，又看了看左锋和林鹤，说："怎么，舍不得用吗？"

左锋挥了一下手，两名乌鸦军团战士立即将身后一直背着的箱子解下，伸手抓住箱子两侧的把手，用力一拉。箱盖砰的一声弹开，一股浓浓的黑色烟云从箱子里涌出。林鹤仔细一看，从箱里出来的既不是烟也不是云，而是数不清的微型机器人。每一个机器人都只有沙子般大小，手中拿着刀剑一类的武器，背上有昆虫一般几乎透明的翅膀，飞舞着四散开去。

祝融一拍林鹤的肩头，说："走吧，上飞船。"

林鹤只觉一股热浪向自己袭来。他原本以为祝融身上的火焰仅仅是个障眼法，没想到居然真能达到很高的温度，甚至让他自己的肩头都有点烫。林鹤突然意识到这疼痛是一个信号，无论是按照疼痛刺激的范围还是强度变化以及频率，用通用波的编码方式都会得出一个相同的结果，化作图形的话是一个奇怪的符号。林鹤一惊，立即想起这符号与当日司马雷给他们臂上留下的记号是一模一样的。林鹤惊疑地看着祝融，心想：他和司马雷是什么关系？他到底是什么人？

祝融并没有理会林鹤，径直上了飞船。左锋命令两个乌鸦军团战士在外面巡视，然后和宁童一起跟着祝融进入了飞船船舱。

林鹤进入飞船的时候，所有人都已经坐在了自己的位置上。霍娜和古米坐在最里面的角落里，背后靠着刚刚按照死神的设计重新改装过的导航仪。古立缩在她们对面的导航员座椅上，双手抱在胸前，紧张得像一尊雕像。祝融盘着腿坐在门边，身上的火焰比先前暗淡得多，忽明忽暗地闪烁着。左锋坐在驾驶员座椅上，左手放在仪表盘的感应面板上。通过这个面板，左锋可以随时掌握整个飞船的全部信息。

"还需要多久？"宁童坐在副驾驶的位置上，急迫地问着左锋。

"不知道，现在能源传输速率已经下降到 15 了，而且还在继续下降。"左锋回答。

"天哪，照这样下去，只怕还得一两个小时。我已经把能量传输功率开到最大了，为什么还是这么慢？我去机舱看一下，该不会出什么故障吧。"宁童说着站起身来，绕过林鹤朝机舱走去。

林鹤侧身让过宁童，坐到古米和霍娜旁边。"形势看上去不太有利。"古米低声对林鹤说。

林鹤吃了一惊，问："怎么了？"

古米抓住了林鹤的手，说："我已经进行了波形分享，你直接用通用波编码方式解码就行了。"

林鹤感觉到海量的通用波数据从古米的手里传了过来，连忙开始解码，很快一幅令人震惊的激烈战斗场景呈现在了他的面前。在通向这里的 5 条通道上，成千上万的生命体前赴后继与阻挡他们前行的十几个庞大吞食者展开了殊死搏杀，到处都是火光、爆炸、烟雾、毒气、毒液、尸体、残肢……数据还在不断传来，这些数据将实时动态展示战场形势的变化，可是林鹤根本来不及解码。他感觉自己就像是一台老式电脑正在放映高清蓝光 CD，卡顿得厉害。

"选择性解码，傻瓜。"死神提醒道。

"什么意思？"

"就是不要对所有的数据都解码。以你大脑的运算能力，同类数据每

10 组解码一组。指挥作战的是祝融，你只需要了解大概情况就够了。这一点上你真不如霍娜。"

林鹤没心思去想霍娜是不是每 10 组数据只解码一组，自己先按照死神的办法试了一下。果然有效，虽然看得不是很真切，但总算弄明白了整个战场的大体形势。现在吞食者们正在步步后退，而其他生命体为了能够抢回能源则在步步紧逼。

"需要我们帮忙吗？"林鹤问祝融。

"你能帮什么忙？"祝融显然没空理他，匆匆地回了一句。

"我觉得你的指挥有些问题。"林鹤说。祝融作为这场战争中吞食者一方的总指挥，他在不断给各吞食者下达命令。与传回战场形势的方式不同，命令的内容是加密的，因此林鹤不知道祝融的整体战术安排。即使如此，林鹤作为一个特种兵指挥官，他的军事指挥经验告诉他，祝融的作战方式并不合适。

"什么问题？"

"如果是我指挥，我绝不会把兵力平均分配。你现在这种打法，只是被动挨打，撑不了太久的。"林鹤说，"我建议集中兵力逐个击破。"

祝融瞟了他一眼，没有说话。但是林鹤看到他按自己所说的方法重新进行了兵力部署。少数吞食者在 4 个通道中勉强支持，同时在另一个通道中，吞食者们火力全开迅速将对手消灭殆尽，然后关闭了通道。

祝融看到战局很快扭转了过来，对林鹤道："没想到你还是很有军事指挥能力的。如果投到通灵王大人手下，一定会很有前途。"

通灵王？林鹤没有听说过这个名字，猜想十有八九是妖族首领。他猜对了，听到"通灵王"三个字，古立叫道："老妖王不是死了吗？难道你不知道？"

"死？"祝融冷笑了一声，"我们这里的人中只有你们两个才会死。"

林鹤吃了一惊，忙问死神："他也是非系统生成的？"

"是的，而且他在这里通过改变基因进化成了妖。"死神肯定地回答完后，又补充道，"从进化的角度讲，他比左锋和宁童要高级得多。"

林鹤一点儿也不怀疑祝融比左锋高级，可是要说他比能随意变身的宁童高级，林鹤倒不以为然。死神看穿了林鹤的想法，又补充道："宁童只是穿了一件可变金属机甲而已，他的生物基体和你们差别不大。"

林鹤在与死神交流的同时，祝融则告诉了大家一个惊天秘密。原来，妖族领袖通灵王名叫欧阳定宇。他与灵族领袖尼古拉斯·达萨耶夫、神族领袖龙倚天、龙族领袖司马雷、鬼族领袖舒不同是地球上第一批进化人，也是地球赫亚军团的五大元老。他们利用赫亚的运算系统共同创造了这个虚拟世界，原本是用于训练新的进化人。后来，他们发现可以利用这里进行科学实验，创造不同的物种。五人按照各自不同的方向推动生物的进化，于是就形成了五大种族。他们每个人都认为自己的路线才是最优的生命进化路线，争执不下，于是就引发了五大族之间的战争，也就是四次圣战。前两次圣战的结果都是平局，第三次战争原本最终的结果是妖族、龙族和鬼族联盟获胜，但在关键时刻舒不同却突然离奇失踪，双方又打成了平手。这次事变之后，现实世界里的人发现来到虚拟世界实在是太危险了，所以除了像祝融和乌鸦军团等一部分人愿意抛弃肉体永留虚拟世界之外，大多数人包括其他3名元老都很少再回到这里。直到第四次圣战开始，欧阳定宇率领的妖族所向披靡，几乎一统天下，达萨耶夫无奈之下从现实世界里突然对欧阳定宇发动突袭，囚禁了他，这才造成了妖族的崩盘，其他元老也不敢参与圣战，灵族和神族联盟在左锋等人的率领下大获全胜。

"所以，遇到你们尤其是左锋，让我感觉到非常意外。这里还有什么有价值的东西吗？"祝融最后问道。

林鹤不知道该怎么回答他的问题。这里确实藏着很重要的东西，就在倚天城，就在先知手中。在此之前，他已经意识到找到先知恐怕并不能挫败达萨耶夫精心布置的圣灵计划，他必须找到先知掌握的那个东西。但那东西是什么，他自己还不是很清楚。

"你知道先知是谁吗？"林鹤问。

"先知？"祝融冷笑了一声，"不就是龙倚天那个家伙吗？他是这个虚拟世界的主要开发者，留了很多后门。神族就是凭借这些后门才每每死里逃生。你们要找他？"

"没错。"林鹤和霍娜齐声道。

"那可不该来这里呀。"祝融笑道，随即问左锋道："乌鸦军团那边的情况怎么样？"

"形势不妙。"左锋答道，"能源传输虽然没有中断，但是传输率已经降到 11 了。"

"那意味着……"

"意味着还需要三个半小时。"

"见鬼，我可挡不了那么久。"祝融吼道，"快想办法。"

这时宁童回到了驾驶舱，说："我们这边没问题，问题出在供应端，阿尔法波锁死，得有人去解决。"

"你们谁去？"祝融道，"我反正走不开。"

左锋看了一眼宁童，又看了一眼林鹤，说："你们两个去。"

霍娜拉了一下林鹤。林鹤拍了下她的肩头，说："放心，我不会有事的。"

祝融走过来，说："祝你们好运。"给宁童和左锋一人一个火辣辣的拥抱。林鹤第一次被火焰包围，但感觉却出奇的舒服。几秒钟后，火焰消散，林鹤跟着宁童出了飞船。

这项工作其实非常简单，只需要前往能源储备中心重新设定一下参数值就可以了。祝融指挥着吞食者组织了一个分队为他们开路，在吞食者的帮助下，他们很快就穿过了激战的战场，顺利抵达了能源储备中心。

工作非常顺利，不到一分钟的时间，能源传输率就回升到了60。这样一来，等他们回到飞船，能源应该就差不多足够飞回地球了。

他们赶紧往回走，可是当他们距离停机坪只有一步之遥的时候，返回飞船的通道竟然被完全封死了。在被封死的通道里，各种各样的生物体在哀叹、在咆哮、在哭泣，死亡的气息在四周弥漫。

"浑蛋！给我打开！"宁童从人群中挤开一条路，到了最前面，双手狠狠地拍打着堵住通道的金属块，歇斯底里地大叫着。

林鹤理智得多，淡定地说："把我们两个留在这里，很符合逻辑，不是吗？"

宁童转过头来看着他，沉默了半晌后，说："你有你的计划？"

"当然。"

"你的计划是什么？"

林鹤笑着耸了耸肩，说："这计划不包括你。"

宁童一把抓住林鹤的衣襟，吼道："你说什么？"

"说什么不重要，关键是做了什么。"林鹤感觉到温度猛地降低了，"这里的能源已经用尽，气温很快会接近绝对零度，一切运动都会中止。现在我只能说，永别了。"

24.妖王密室

　　林鹤坐起来，抬手摸了摸自己的头。还好，只是有一点点眩晕。他感觉有什么东西从上方缩进了墙里，连忙扫了一眼四周，却只看到一间空荡荡的屋子。屋子的地板、天花板和墙壁都是金属材质，像是个太空舱。屋子里只有一张台子，他自己正坐在上面，除此之外空无一物。台子洁白如雪，大约1米高、2米长、1米宽，通体散发着柔和的亮光，表面温度在40℃左右。

　　林鹤翻身从台子上下来，双脚站到地面上，踏实的感觉顺着趾尖涌上心头。他放松身心，仔细地品味了一下这次虚拟世界之旅给自己带来的改变，不禁有些吃惊：我回来了，但我还是我吗？

　　林鹤来不及细想，前面的墙壁上突然裂出道口子，两个身穿作战服、头戴黑色面罩的家伙荷枪实弹地冲了进来，在他们的身后是司马雷。

　　司马雷笑呵呵地看着林鹤，一边搓着双手一边道："快把妖王子的东西给我看看。"

　　林鹤感到一个链接在两人的神经系统间搭建了起来。"我并没有拿到什么东西。"林鹤不动声色地回复。

　　"不可能，不可能。"司马雷轻轻摇了摇头，"不要对我说谎，年轻人。"

　　"真的没有。"林鹤相信司马雷虽然建立了链接，但不可能主动从自己的脑海里把祝融给自己的东西拿去，干脆不予承认。

"祝融就是妖王子。他把东西给你了，我知道。"司马雷用笃定的语气告诉林鹤他真的知道。

"他给我的只是一个算法密钥。"林鹤决定退而求其次，给司马雷一些不重要的东西，将一个算法模型传递给了司马雷，"真正的东西我们还没有拿到手，他也许会给左锋。"

"他不可能给左锋任何东西，除非左锋释放妖王。而左锋不可能蠢到那种地步。"

"为什么不能释放妖王？在一个虚拟的空间里面。毕竟，在现实世界里，妖灵都已经被释放出去了。"

司马雷沉默了一阵，摇摇头，自言自语道："不可能，不可能。如果释放了妖王，虚拟世界和现实世界就会连通。达萨耶夫绝对不会允许。"司马雷突然瞪着林鹤道，"你的两个同伴呢？他们为什么还不回来？"

"他们一来不知道祝融的身份，二来还在设法前往倚天城。当然你可以主动接他们回来。"林鹤把身子转到一边，朝司马雷身后的房门瞟了一眼。

司马雷哼了一声，道："那你就在这里等他们吧。"说完，命令两个守卫看着林鹤，转身离开了。

他哪里知道，林鹤心里早已想好了脱身之策。等了约莫半个小时，估摸着司马雷已经没在旁边监视，林鹤这才开始在房间里四处溜达起来。左摸摸，右拍拍，时不时还神神道道地念叨几句。

突然，林鹤径直冲向守卫，大喊："放我出去！"

"站住！"两个守卫迎了上来，黑洞洞的枪口顶到了林鹤的面前。

太不专业了，拿着长距离攻击武器却距对手太近。林鹤心中暗自高兴。"我……"林鹤弯下腰做出要呕吐的样子，趁对方注意力稍一分散，突然猫着腰一个箭步，窜到了其中一人近前。不等对方将枪口压下来，

◎ 天劫：赫亚降临

林鹤的铁肘已经猛击在他的肚子上，同时另一只手已经握住了枪身，将枪口扭转对准了他的同伴。

同伴连忙向一边闪躲。他的反应早在林鹤意料之中，一记重拳就等在他躲闪的方向上，直打得他像断线的风筝一样横飞出去，轰的一声撞在金属墙壁上。撞击墙壁的声音还在屋里回响，林鹤另一记勾拳已抢在前一人的下颌骨上。

林鹤从地上捡起枪，又踢了两人几下，确定他们已没有反抗能力，然后启动身上穿的战甲。他希望贾乔能够告诉他现在自己身在何处，该如何出去。

可是战甲反馈的信号却是："故障000121：通信连接失败，部分功能无法启动。"这是怎么回事？林鹤正在疑惑，只听背后"吱"的一响，林鹤忙闪身躲在一旁。只见从墙壁上伸出一根直径近一米的触手，按到台子上。触手蠕动了一下，顶端张开了口，从里面挤出一个人来，然后"咻"的缩入墙壁之中，不见了踪影。

林鹤再看台上那人，正是霍娜，忙冲上前去。

"啊！"霍娜大叫一声，从台子上猛地弹了起来，像是刚从噩梦中惊醒。

"怎么了？"林鹤连忙扶住她。

霍娜看到林鹤，一下子扑上来抱住他，哭着叫道："你还活着？我以为再也看不到你了。你不知道这半个多月都发生了什么。"

"假的，假的。"林鹤安慰道，"那只是场游戏，不是吗？现在一切都过去了。"

霍娜怔怔地望着林鹤，努力平复自己的情绪，点了点头。

"走，现在我们出去。"林鹤一边说，一边又给了正要醒过来的守卫一脚。"这墙壁是变形金属制成的，输入命令就能打开。"

"贾乔说，守卫身上应该有门禁卡。"霍娜已经启动了战甲，一边说着，一边在守卫身上摸索。

"你能联系上贾乔？那真不错，我的系统出故障了。不过，用不着门禁卡，开门不是什么难事儿。"林鹤话音未落，墙壁上已经出现了一个门洞。

"你怎么做到的？"霍娜吃惊地跟着林鹤穿过门洞，进入一条空荡荡的走廊。

林鹤手摸着墙，没有回答。走廊的墙壁跟屋里一样，也是金属制成的，墙体内微弱的电磁信号告诉林鹤，这是宏大信息系统的一个组成部分。

他们漫无目的地向前走了一段，来到一个分岔口。

霍娜说："贾乔说这里是 Z 空间的中央控制大楼，可他并没有来过，也不知道该怎么走。"

"OK，我知道怎么办了。"林鹤的手离开了墙壁，"快跟我来，又有守卫过来了。"

林鹤领着霍娜朝左边的通道跑去。守卫们从四面包围上来，但林鹤并不惊慌，随手在墙上打开一道门，钻了进去，就进入另一条走廊。还是有守卫追来，而且朝他们开枪。他们一边开枪还击，一边继续逃跑。他们沿着通道向右一转，接着跑过一个"S"形的弯道，又接连穿越了几道门洞，躲进了一个竖直的维修井里。

系统提示："错误 112583：引力场推动系统加载失败。"

林鹤不禁骂了一声，手指插进井壁，抓出一道五指印，双腿撑两边，这才总算没有直接掉下去。还好霍娜的战甲一切正常。霍娜托着林鹤顺着维修井来到了这幢建筑物的顶层平台。这里有一个四维瞬移舱，林鹤迅速打开舱门，两人在追兵到来之前闪身躲入其中。

"现在我们怎么办？"霍娜问，"告诉我你的计划。"

"你知道我有计划？"林鹤一边说着一边接入系统，设置瞬移目的地。

"否则你不会主动放弃在虚拟世界寻找先知。祝融就是妖王子，对吗？"

"我想是的，不能确定，但是他确实给了我一个超大的数据包。"林鹤说着指了指自己的太阳穴，"就在这里，是个非常震撼的东西，无法用语言描述。"

"把它交给司马雷吗？"

"那是他们希望的，但我绝不会按他们说的去做。他们和达萨耶夫是一路货色。甚至还不如。达萨耶夫想让赫亚来统治地球，而他们想利用赫亚的技术自己统治地球。"林鹤顿了一下，"不过正因如此，我们才有机会拿到与达萨耶夫谈判的筹码。现在我们去欧阳定宇的密室。"

话还没有说完，四维瞬移已经启动。一秒钟之后，他们来到了妖王欧阳定宇的密室入口——一座废弃的矿井里。掀开堵住巷道的花岗岩石板，一个散发着五彩光芒的门洞露了出来。穿过门洞，他们进入了一间不足 20 平方米的小屋。

"我感觉这里怪怪的。"霍娜靠紧了林鹤。

林鹤也有同感。他打量了一下四周，立即明白这密室为什么让人感觉不安了。与 Z 空间一样，妖王密室也是一个有限无界的空间。四周的青砖墙壁、头上挂着老式吊灯的弧形穹顶和脚下的松木地板只是为了让人感觉到自己处在一个封闭的空间之内。其实在那墙壁的后面，在那穹顶之上，在那地板之下，什么也没有。或者说，在左边墙壁的左边就是右边的墙壁，在前面墙壁的前面就是后面的墙壁，在穹顶之上就是脚下的地板，在地板之下就是头上的穹顶。

林鹤强迫自己不要多想这个密室的构造，把心思放到密室中央放着的巨大石台上。石台 1 米高，直径将近 3 米，呈正六边形，切得棱角分明。六边形的每条对角线都清晰地刻画出来，形成两个相互重叠着的正三角形。两个正三角形重叠的部分又是一个正六边形。正六边形的里面刻着一个内接圆，圆内的材质与整个石台完全不同，闪着淡淡的流光，像是液态的。

林鹤双手按在石台上，身子向前探出，仔细观察着石台。

霍娜站在他的身后，紧张地看着四周，问："你确定没人会追过来吗？"

"当然。我从死神那里学来的本事可不是盖的，他们追踪不到我们的。"林鹤一边说，一边围着石台挪动脚步，身子时起时伏，眼睛四下扫视，又不时侧过头来，像在聆听什么。

"那你现在……"

"嘘！"林鹤将手指放在嘴前，打断了霍娜的问题，然后轻轻地拍了一下石台的边角，接着迅速拉着霍娜退到了墙角的五彩门洞前。

他们刚刚贴着门洞站定，那石台中央的液体就沸腾起来，热气蒸腾而上，形成了一个半透明的模糊影像。

"不必搞得如此神秘，欧阳定宇先生。"林鹤脸上露出微笑，一切都在他的意料之中。

影像惊诧地"嗯"了一声，猛地胀大了若干倍，探着头把脸贴了过来。"你是谁？怎么知道我就是欧阳定宇？"

"不，你不是欧阳定宇，你只是他的一个精神体，从最严格的意义上讲，你和用于传递信息的思维封包是同一类东西。"

"看来你很了解我的创新嘛。你怎么找到我的？"

"我们是从祝融那里来的，他托我给你带个东西。"

"他成功了？"欧阳定宇大笑起来，"虽然让我等了这么久，但这臭小子总算没有让我失望。快把东西给我。"

"现在东西在我手上，给不给你我说了算。"

"你说什么？"欧阳定宇大声吼道，"不给我你就别想离开。"他说着就让林鹤身后的密室入口消失得无影无踪。

◎ 天劫：赫亚降临

林鹤没有一丝慌乱，脸上依旧挂着淡定的笑容，缓缓地说："你就只有这点本事吗？当然，你还能够杀了我，或者折磨我。但是，你除了能够在这区区 68.87 立方米的空间中为所欲为之外，你还能干什么？没有我手里的东西，你只能躲藏在这个芝麻绿豆大的密闭空间里，看着达萨耶夫实现他的宏伟梦想。"

"你胡说！"林鹤的话彻底激怒了欧阳定宇，他大声地咆哮着，震得整个空间瑟瑟发抖。

"请别动怒。"林鹤显然不想真的和欧阳定宇发生冲突，"其实，我们来到这里，是想请求你的帮助。"

"我可不会受任何人的威胁。"欧阳定宇稍微平静了一点。

"我也是。"

"说说你的条件吧。"

"很简单，跟达萨耶夫谈判，让他终止圣灵计划。"

"谈判？"欧阳定宇冷笑了一声，"别做梦了。他不会答应，我也不会同意。"

"你们都会同意的。"

林鹤的自信让霍娜感到惊讶。她提醒道："你想用一个魔鬼去制衡另一个魔鬼？那简直是在玩火。"

"小姑娘说得有道理。"欧阳定宇说，"要么投靠我，要么就死在这里，别想利用我。"

"我不是利用你，而是救你。"林鹤没有听从霍娜的劝告，接着说，"圣灵计划成功实施之后，赫亚将统治地球。那时，你将失去所有的东西，就连现在这个微不足道的自由空间以及依附在这石台之上的你的精神体也将不复存在。"

"他的圣灵计划根本不可能成功。与赫亚进行全域通信的指令集在我这儿，而通信协议在龙倚天的手里，龙倚天不会轻易交给他。"

"你难道忘了你们创造的虚拟世界，也是使用了同样的通信协议吗？只要到达倚天城，就能拿到协议。"

"只要龙倚天不同意，他就拿不到。"

"可是你能保证他一直不同意吗？"

"拿不到指令集也是白搭。"

"指令集就是妖王密令吧。他们已经得到妖王密令了。"

"那不可能。"

"你知道那是可能的。"

欧阳定宇沉默了。他知道，林鹤说得很对。妖王密令只要方法得当就可以直接从大脑的记忆区中提取出来。现在，自己的肉体在达萨耶夫的手里，他有可能已经拿到了他要的一切。

"这么说，我们不应该回来啊！"霍娜叫道，"在虚拟世界里，我们还能想办法阻止左锋。我不该听祝融的话回来的。"

"他让我们回来，就意味着他自认为有能力阻止左锋，或者利用左锋完成他的使命。"林鹤说完，又将脸转向欧阳定宇，"当然，也许现在他们还没有拿到通信协议。你愿意将你自己的命运交给别人吗？"

"就算拿到了通信协议，没有建立生物系统的神经网络，赫亚也控制不了整个地球。在这种情况下，赫亚要想控制地球，至少得花好几年的时间。如果地球上的叛军从宇宙叛军联盟那里获得更多的支援，时间恐怕会更长。"

"你在这里待得太久了。"林鹤说，"现在叛军已经开发出了一体网和阿拉丁两个系统。他们想利用物联网和人工智能实现人对这个世界所有电子设备的完全控制。"

"赫亚可以利用这个控制整个地球。卡伽利这个笨蛋。"欧阳定宇大叫起来。

"现在，你觉得你还可以在这里继续等待下去吗？"

欧阳定宇沉默了几秒钟，问："你有什么办法？"

"我可以让你在达萨耶夫建立起与赫亚的联系之前控制整个地球。"

"什么？"欧阳定宇和霍娜同时发出尖叫。

"与其让外星人控制地球，还不如让你成为地球之王。"林鹤说，"一旦有人控制了整个地球，无论赫亚还是反赫亚联盟都无法染指太阳系了。"

"你说的没错。"欧阳定宇点了点头，"至少在一万年以内，地球可以继续远离这场星际大战。说吧，你要什么？"

"你认为我应该要什么？"林鹤反问。

"随便。金钱、美女、权力……什么都可以。只要你把数据包给我。"欧阳定宇笑着说。

"你怎么能这样？"霍娜的双眸几乎要喷出火来，"你太让我失望了。你不能为了一己之私出卖整个地球。"

林鹤没有理霍娜，冲着欧阳定宇冷笑道："你别以为我那么无知。只要数据包到你的手里，不出几个小时，整个地球上所有的生物都将失去自我意识，成为你的……怎么说？奴隶？附庸？"

"不，是一部分。"欧阳定宇纠正了林鹤的话，"到那时，我就是大自然。"

"对极了。所以，我要求得到一个类似这样的'密室'，当然要大得多。一个真正的世外桃源，一个与这个世界完全隔离的自在空间。"

"我懂了，成交。"欧阳定宇一挥手，密室中间出现了一个巨大的三维地球模型。"地方随你挑，只要总面积不超过 10 万平方公里。"

"不能更大一点吗？"

"不能。太大的话，能耗太高，空间很难稳定，容易坍塌。另外还得考虑模拟重力系统和日照系统的开销。而且时间也是一个问题。总之，10 万平方公里的表面积已经很大了。"

"好吧。现在我就可以把从祝融那里得到的数据包中的一部分文件给你。等你把我的世外桃源准备好了，我再把最关键的参数文件给你。"林鹤说着，伸手往地图上一指，"以苏州为圆心，半径178公里。"然后把手按进了石台中央的液体里。

"长三角，经济发达、人口稠密、鱼米之乡、山水田园……聪明的选择。你最好在48小时之内赶到那里，按照你的要求，空间一旦封闭，我只会留一条数据链路和一条能源链路，任何宏观物体都无法进出那里。"

"能源链路直接连到太阳上，数据链路连通我的大脑。"

"有创意，但是如果你不给我参数……"

"那对我没有任何意义，而且你封闭的空间，赫亚没准能打开呢。我没必要冒这个险。"

"这倒是。"

他们说话的工夫，林鹤已经完成了数据传输，把手缩了回来，说："现在我们要走了，从矿井里爬出去还得好长时间呢。"

"一路顺风。"欧阳定宇说完，打开了密室的出口。

25.威胁

　　两个小时之后，林鹤和霍娜再次回到了地球的表面上。位置是在距离苏州不止十万八千里的智利。而且，老天爷似乎并不欢迎他们，雨水从天上倾泻而下，发出哗哗的声响，瞬间就将他们淋透。早已废弃的道路，也被雨水弄得泥泞不堪。

　　两人在滂沱的大雨中，一脚深一脚浅地飞奔。霍娜跑在前面，林鹤在她身后一米多的地方跟着。他们自从从妖王密室出来之后，就一直保持这样的状态。

　　终于，林鹤从后面拉住了霍娜的胳膊，说："我知道你现在很生气，但是你应该听我说几句。"

　　"我没有生气。"霍娜完全没有停下脚步的意思，"只是我现在不想浪费时间。地球马上就要沦为外星人的殖民地了，人类马上就要灭亡了。我不想和你讨论如何让那么一点点地方，那么一点点人逃过这场灾难。"

　　"那不是'一点点地方'，也不是'一点点人'。10万平方公里，几千万甚至上亿人口。我至少可以保证他们不受伤害。想想关于世界末日的灾难片吧，整个地球能活下多少人？我能救几千万人，你却仍然指责我。这不公平。"林鹤加快脚步，尽量保持和霍娜同步。

　　"我没有指责你。你是救了很多人的大英雄，但是地球上有 70 亿人，

292

我们没有理由放弃其他人。也许你认为成功的可能性微乎其微，但我不会因此放弃。"

"我没有放弃，我有我的计划。现在我们可以分别与达萨耶夫和卡伽利谈判，要求达萨耶夫终止圣灵计划，要求卡伽利停止构建一体网，要求双方停战。否则，我就把参数文件交给欧阳定宇，让欧阳定宇统治地球。现在只要让他们相信我有能力让欧阳定宇统治地球，他们就不敢不停战。这样一来，地球就能够恢复平静。退一万步说，即使他们没有停战，我至少也救下了一部分人，保留了人类文明的火种。"

霍娜停下了脚步，转过身来，盯着林鹤，缓缓地说："我们不能把希望寄托在这种脆弱的平衡上。另外，你怎么让达萨耶夫、卡伽利、欧阳定宇互相牵制，达到平衡？现在，达萨耶夫和卡伽利都不知道这个幽灵的存在。而一旦他们知道了他的存在，一定会掘地三尺把他彻底消灭。"

"如果欧阳定宇只是藏在密室里的幽灵，那我可不会找他。达萨耶夫和卡伽利马上就会知道，除了他们之外还有一支强大的妖族力量。欧阳定宇利用我给的数据包可以合成一大群厉害的妖兽，组成强大的妖兽军团。因此，我所担心的是达萨耶夫和卡伽利联手都对付不了欧阳定宇。毕竟祝融要我给他的是几万年以后的高科技成果，我也不知道到底有多厉害。"

"虽然我不相信你的计划可以成功，但是我还是会尽力帮助你。你现在打算让他们三人达成恐怖的平衡？"

"首先，我要偷偷地去建立一个跨空间数据链路。这，你必须帮我。"

接着，林鹤给霍娜开出了一个任务清单，包括采购一大堆电子元器件、化学原料、生物试剂和召集一批工程师、技术工人。霍娜带着林鹤找到了地球反赫亚同盟军南美分部，弄到了一架军用飞机，飞往上海。

这个时候，虽然一体网还在建设之中，但地球反赫亚同盟军已经控制了全球 90% 以上的军事力量。以此为基础，卡伽利俨然成了全人类的领袖，世界各国无不对他唯命是从。不过，这个领袖的日子也并不好过。自从两天前达萨耶夫放出他所控制的妖族怪兽之后，人类社会的恐慌就一直在蔓延。人类心里最底层的情绪主宰了绝大多数人类的行为。

从智利到中国长三角，世界末日到来前的混乱不停地震撼着林鹤和霍娜的神经。到处都是如同受惊的羊群一般的逃亡者，他们尖叫着、哭喊着，跳上他们所能获得的一切交通工具，开始漫无目的的逃亡。狂乱的人流、车流堵塞了铁路、公路、机场、码头，瘫痪了整个交通，让所有人都无法远离。

在上海机场，一位年轻的母亲甚至抱着孩子冲到尚未停稳的飞机前，扒着刚刚开启的机舱门，朝林鹤哭喊，要求把她的孩子带到西安。她听说那里是安全的地方。

"相信我，上海是全世界最安全的地方之一。"林鹤拍着她的肩膀试图安慰她。

"不，这里有恐怖的食人怪兽，它已经吃掉几万人了。军队根本对付不了它。你们根本对付不了它。"她一边歇斯底里地嘶喊着，一边抱着孩子冲向另一架飞机。

从一位机场工作人员那里，年轻母亲的话得到了部分证实。他说，有一只打不死的巨型章鱼在上海肆虐，因此现在所有上海人都在想办法逃到别处去。

霍娜说："你在这种局面下还能坚守岗位，真是很难得。"

"能逃到哪里去呢？人类这回是完蛋了。"他从口袋里掏出一支香烟点上，"与其慌不择路地逃亡，不如安安心心在这里等死。"

这是末日来临之前另一部分人的典型心态。表面上看，他们和平时一样工作、生活。可是在内心里，他们彻底绝望，以至于放弃了任何行动。

"到底是什么样的怪兽？"林鹤问道，他不希望自己的世外桃源里有怪兽。

可是没有人能够给出明确的答案，只是说和章鱼很相似，但是大得多。

正在这时，突然西北角传来一阵惊叫。一只巨型章鱼状的怪兽出现在人群之中，挥舞着长鞭般的触手席卷着地面上的一切。军警纷纷朝它开枪，可是丝毫不起作用，它转眼间就吞噬了几十个人。

林鹤认出这是一只巨型科迪拉，连忙冲了上去。"别浪费子弹了，看我的。"林鹤大声喊着，从一名武警手中抢了一把自动步枪，找到科迪拉的神经节点，一枪就要了它的命。

枪声停了，这只怎么打都打不死、让整个上海陷入恐慌的食人怪兽竟然被林鹤轻易地解决了。所有人都看着林鹤，目光中夹杂着惊讶、钦佩、感恩、喜悦等复杂的情绪。几秒钟的宁静之后，人群爆发出雷鸣般的欢呼声。

"为什么他们连这样级别的怪兽都对付不了？"林鹤让军警们着手恢复秩序的同时，向霍娜提出了心中的疑问。

"人手不足。"霍娜说，"中国是赫亚军团的总部所在，我们在中国的力量相当薄弱。我刚刚看到一份报告，我们正在郑州、武汉一线与赫亚军团展开激战。"

"所以就把对抗怪兽，保护普通百姓的任务交给这些没有经过任何训练的普通士兵？"

这时，人群中突然有人喊他们。两人望过去，一个五十来岁的卷发大高个正一边喊一边用力推开人群挤过来。霍娜向林鹤介绍说，这人是老苗。

"不好意思，头儿，我来晚了。外面太乱了。"老苗喘着粗气说。

"来了就好。"霍娜没有半点责怪的意思，"他们呢？"

"在外面呢。您要的东西也都准备齐了，全部运到张江科技园去了。人手比较难找，尤其是您要的这种技术人员，连哄带骗的也只召集了二十来个。而且，钱还没着落呢。"

林鹤奇道："什么钱？"

"工资啊。我们许诺的是日薪10万呢。给少了，谁来呀？"老苗说完，继续向霍娜介绍当前的情况："现在我们隶属远东战区。由于您前段时间失踪，现在这边由费舍尔负责。我们这次行动没有得到他的允许，所以能调动的人员有限。"

从机场出来后，他们立即乘坐反赫亚同盟的运兵车奔赴张江科技园。这种车装备着引力场推动系统，不必依靠道路行驶。林鹤透过车窗向外望去。这座中国最繁华的城市如今已是一片狼藉。路上到处都是撞得稀烂的汽车，散布着各色各样的碎片、玻璃。不少楼宇冒着浓浓的黑烟，有些窗户里还能看见明火，哭喊、尖叫此起彼伏。更令人唏嘘的是，一些人在末日来临之前将人性的丑恶暴露无遗。

很快，他们就来到了一座天蓝色的大楼前。在这座大楼里，老苗已经按照林鹤的要求事先做好了准备。

"这里就交给你了。"霍娜对林鹤说。

林鹤觉得很意外，说："你不待在这里吗？你要去哪儿？"

"我说过，不能把希望寄托在基于相互威胁而形成的脆弱平衡上。这不可靠。"霍娜说。

"为什么？"

"看过《三体》吗？里面有一段说人类威胁让更厉害的外星人来毁灭地球，想以此阻止三体人的入侵。这个威胁确实也起了效果，可是平衡却没有维持太久。最终三体人还是发动进攻了。"

"那只是小说。"

"事实可能更糟。这就像把鸡蛋放在啤酒瓶子上。你可能根本放不上去。即使放上去了，任何一个扰动，都会让鸡蛋掉下来。"

"你准备怎么做？"

"直接摧毁圣灵计划的关键点，地球与赫亚的物理连接链路主机。"

"你知道它的位置？"

"祝融告诉我的，在你走之后。"

"他怎么知道？他可能在骗你。即使是真的，那里也必定守卫森严，直接攻击它是不可能成功的。"

"不试试怎么知道？"

"别意气用事。现在，我们必须理性一点。我们没有能力正面对抗达萨耶夫。"

"我们现在已经把赫亚军团压得抬不起头来了。"老苗插嘴道。

"别被事物的表面现象所迷惑。你们不知道他的核心力量有多强大。"林鹤没有多做解释，他的直觉告诉他霍娜他们正在大步流星地走入达萨耶夫的陷阱。现在他只想阻止霍娜去飞蛾扑火。"我再说一遍，攻击主机是不可能成功的。"林鹤用力地抓着霍娜的胳膊，不想让她离开。

霍娜轻轻地但又是不容拒绝地挣脱了，说："谢谢你的提醒，现在你的任务是救这里的几千万人。祝你好运，你也应该祝我们好运。"说完，她招呼着老苗等人踏上运兵车，离开了。

林鹤看着运兵车载着他们远去，心里空落落的。过了好一阵子，才努力将思绪收回到即将展开的工作上来。首先要做的就是把人手凑齐。

之前林鹤给老苗提供了一份 100 人的名单，上面的人都是建设跨空间数据链路所需专业的顶级技术人才，而且大多数都在上海一带，若在平时只要待遇合适，组织起这样一个团队并不需要费多大力气。可是，现在不是平时。林鹤看着眼前仅有的 20 个人，盘算了一下，立即把在来上海的路上画好的图纸、操作说明，迅速地分发下去，简明扼要地分配了任务，然后命令他们立即开工。林鹤告诉他们，现在人类已经危在旦夕，如果在 35 个小时之内不能完成这项任务，后果不堪设想。这话或多或少起了作用，所有人都立即投入了工作。但这还远远不够。于是，在接下来的几个小时里，林鹤就成了一个空中飞人，穿梭于上海各个小区、楼宇，亲自去寻找他所需要的技术人员，并说服他们参与跨空间数据链路的建设。这事本来是不容易的。这些人老苗之前都找过，即使许以高薪他们也毫不动心。不过，彼一时此一时。林鹤机场一枪消灭怪兽的事情已经传遍了上海，林鹤此时已是大英雄。所以，几乎没费什么唇舌就召集了足够的人。

即便如此，林鹤也累得够呛。等工作都步入正轨，已经是傍晚时分。林鹤全部安排完以后，又整个检查了　遍。这里集中了中国乃至世界最先进的设备和最优秀的技工，在他们的全力配合下，一切都在有条不紊地进行。按照现在的进度，不出意外明天清晨工作就能够结束。林鹤对此有高度的自信。然而，当这里不再令他操心之后，霍娜等人的成败安危就成了一个可怕的幽灵，萦绕在林鹤心头，挥之不去。

双脚带着林鹤在大楼里游荡，不知不觉走到了主机房门外。林鹤伸手拧了一下把手。门没有锁。林鹤推开门，走进去，感受到这里充满了电磁辐射信号。

这里的计算机已经并入一体网了吗？林鹤带着这样的疑惑，尝试着接入系统。看来，一体网还没有覆盖到这里。林鹤轻而易举地控制了整个系统，并通过它访问一体网。出乎林鹤的意料，一体网是开放式的，安全性低得难以置信。林鹤没费太大的力气，就潜入一体网的底层，获取了对整个网络的监控权限。

现在，林鹤可以以一个系统构建者的视角审视整个一体网。当整个一体网的拓扑结构完全展现在林鹤眼前的时候，林鹤立即意识到了事态的严峻。一体网正在演变成一个无中心且自组织的神经网络，并不断将与它相连的其他设备融入其中。它并不是不设防，而是在主动解除已经建立好的安全防御体系。原先的这个防御体系过于刚性，在防止外部入侵的同时，也在一定程度上阻碍了一体网自身的扩张。而现在一体网正重新建立的防御系统更加具备弹性，在貌似开放地接受外部访问的同时，它会利用构建的临时信道向访问方植入病毒，从而反过来控制访问方，并对其进行彻底更新。如果不是林鹤及时出手阻止，大楼的整个系统已经在访问一体网的时候被一体网控制。在这样的模式驱动之下，一体网将在 36 个小时之内完全控制全世界的电子设备，除了赫亚军团的系统。林鹤相信，这应该不是卡伽利的计划。在来上海的路上，林鹤还听说卡伽利正在为一体网进展太慢而对各国元首大发雷霆。可能的解释只有两个：要么是达萨耶夫已经接入并实际控制了一体网，一体网正在按他的计划行事；要么就是一体网开始拥有自己的意识了。无论是哪种情况，都对人类不利。林鹤迅速对整个一体网进行了一次检索，没有发现任何外部控制的迹象。而一体网似乎发现了林鹤的存在，开始对他进行围剿。看样子，实际情况是后者。一体网活了。

现在得把这个情况告诉霍娜，林鹤心想，他们即使真的摧毁了达萨耶夫的主机，隔断了地球与赫亚的联系，也将面对一个不比赫亚好对付的对手——一体网。

林鹤一边应对着一体网主程序的剿杀，一边试图通过一体网跟霍娜取得联系。可是由于一体网主程序的干预，林鹤发出的指令被拒绝的比例越来越高。林鹤好不容易查到了霍娜的通信端口机器码，连续 3 次呼叫却全部被系统拒绝。林鹤正要再试第四次，只觉得周围空间突然出现一定程度的扭曲。他马上意识到是四维瞬移。有人过来。还没等他启动战甲的防御系统，黑洞洞的枪口已经从前后左右 4 个方向顶在了他的头上。

"出来了就逃走，连个招呼都不打，是不是很没有礼貌呢？"司马雷出现在他的面前，质问道。

林鹤瞟了眼 4 名正拿枪指着自己的战士，发现其中两个正是上回在 Z 空间里被自己打倒过的，笑道："上一次好像也是你们两个拿枪指着我。

没把你们打伤吧？"

"少废话。这次你再敢动一下，老子一枪要你的命。"其中一个恶狠狠地回应。

"没有听过那句话吗？历史总是惊人的相似。"话音未落，林鹤已经一拳击中那家伙的下颌骨，直打得他一个狗吃屎，漂亮地落在地上，纹丝不动。

就在林鹤挥拳的同时，另外几人同时扣动扳机开火，可是枪口却安静得像高考时的考场。他们还没来得及惊讶，林鹤的腿已经如秋风扫落叶般踢中了他们的脑袋，他们齐刷刷地横躺在地上。

司马雷轻轻地鼓了鼓掌，说："看来你已经把战甲的威力发挥到极致了，真是了不起。我提醒过他们你能轻松 KO 他们。可是他们偏要来报仇，结果只能是自取其辱。"

"你难道有什么更好的办法来对付我吗？和我决斗？"

司马雷笑了笑，像个慈祥的老人，说："我一把年纪了，哪有精力和你这样的年轻人比力气？我来这里主要是要告诉你，霍娜准备去见卡伽利，请求对我们的系统主机进行超饱和攻击。她目前正在飞往洛杉矶的路上，估计 40 分钟以后会到达。而在她到达之前，具体说，25 分钟之后，她会撞上我们的拦截网。然后……"司马雷摊开双手，做出一个爆炸的手势。

"你确定你们的导弹能够突破他们的防御系统？"

"我可没有说什么导弹。给你看一样东西。"司马雷从腰后取下一根警棍似的短棒，右手握住一端，横放在自己面前。只见他手指微微一动，短棒另一端的金属球垂直向地面掉落，然后猛然停在了半空中。

林鹤仔细观察了一下那金属球，并没有什么异常之处，不过是普通的合金钢而已。倒是对于在电场、磁场、引力场均未发生变化的情况下那金属球能悬停在半空中疑惑不解。

这时，司马雷左手伸向地上的枪，凌空一抓，枪便从地上一跃而起，飞入他的手中。

林鹤对这种运用引力场隔空取物的手段并不觉得吃惊，只是想不通司马雷拿这枪要做什么用。刚才，他已经利用密集电磁波攻击使之彻底损坏。

司马雷把枪轻轻地从短棒和金属球之间划过。就在枪通过短棒和金属球之间的一瞬间，林鹤看到金属球微微地颤抖了一下，然后，枪断成了两截，一截依然拿在司马雷的手里，另一截"啪"地落在了地上。

林鹤吃了一惊，意识到短棒和金属球之间一定有东西。他连忙凝神观看。果然，那里有一条线，一根直径不足蜘蛛丝百分之一的细丝。正是这根细丝，轻易切开了用高强度合金制成的枪身。

"现在，一张由这种材料编织的、总面积 10000 平方米、网眼大小 50×50 厘米的大网正在 4 个子弹大小的微型推进器的牵引下，从正面迎接霍娜。"司马雷说，"连你距离这么近都很难发现它，你认为有任何一种飞行器的主动防御系统能够及时发现由它织成的防御网吗？"

利刃切割飞机和机上乘客的画面在林鹤眼前闪现。林鹤的脸色不由变得铁青，心脏也剧烈地跳动起来。

"还有 23 分钟。"司马雷提醒道，"时间足够。当然，你也可以提醒他们注意或者改变航向。不过，我可不看好他们能够成功躲开。除非我同意。"

"你想怎么样？"

"你知道我要什么。我送你们去虚拟空间，你总得给我一些回报吧。你想用这个数据包来拯救世界，以我对达萨耶夫和欧阳定宇的了解，我可不认为那是个好主意。不如和我合作，我再给你开辟一个世外桃源，和欧阳定宇的那个连起来。地方我都给你选好了，珠三角怎么样？"

"你在我们的机甲里动了手脚。"林鹤低语了一句，说着对机甲进行了一次深入的自检，果然在底层的动态链路库里发现了一个间谍程序。

林鹤不由责怪自己太过大意，居然在检修机甲的时候没有顺便检查一下。如果能够早点发现这个间谍程序，或许霍娜也不会陷于危险之中。

"这不重要。"司马雷说，"想想，你给我数据包，不但可以救你的伙伴霍娜，还可以救珠三角几千万人。有道是，救人一命胜造七级浮屠。你可以算算，你又可以造多少级浮屠了？"

看到林鹤还在犹豫，司马雷接着说："只有20分钟了。你想看到他们的身体四分五裂吗？我可以为你提供现场直播画面哦！另外，这一回你别想拿一部分数据来糊弄我。我要全部文件，一个参数都不能少。要提醒你的是，我验证数据完整还需要一点时间，别太晚。"

看着司马雷自信的眼神，林鹤在心底盘算：霍娜正处于危险之中，这一点应该可以确定，司马雷没有欺骗自己。这是他最有力的砝码。不过，他现在并不确定自己是否可以弃霍娜于不顾，所以他刻意降低要挟达萨耶夫、卡伽利成功的可能性，并抛出了珠三角作为诱饵。在这一点上，他可能在撒谎，也可能说的是实情。现在摆在自己面前的有两条路：要么给司马雷数据，反正即使救不了珠三角，长三角的准备已经接近完成，到时候地球上打得天翻地覆也与自己无关了；或者，就用霍娜等人的性命赌一次，不理司马雷的要挟，设法通知霍娜，让他们改变飞行线路。或许司马雷所说的不过是大话。还有没有第三种选择呢？

时间在一分一秒流逝，林鹤知道，必须做出决定了。他站起身来，说："好吧，我把数据给你。"

司马雷等林鹤把数据包全部传递过来后，立即开始了验证。几分钟之后，他满意地点点头，说："很好，真是完美。"

"立即取消拦截。"林鹤向前逼近了一步。

"我如果取消拦截，你会马上杀了我。"司马雷微笑着揭穿了林鹤的计划，"我告诉你拦截网的飞行线路和运行算法，能不能躲得开就靠你们自己了。"说着，传给了林鹤一个数据文件。"你动作得快点，你应该能够计算出时间不多了。我就不打扰了，再见。"

林鹤无可奈何地看着司马雷消失在夜幕之中。他现在真的没有时间理睬他。霍娜他们距离撞上那该死的拦截网只有不到 3 分钟的时间了。

唯一的办法是再次接入一体网。林鹤拼尽一切把一体网的防御体系撕开了一个缺口。他一次次通过刚才已经获知的通信端口呼叫霍娜。可是结果依然不乐观，信号受到严重干扰，无法接通。

距离相撞不足 2 分钟。

正当林鹤心急如焚之时，他猛然发现，霍娜所受到的监控程度远高于其他任何终端。

"笨蛋！"林鹤暗骂自己，立即将主攻方向更改为霍娜所在的飞行器。几个回合的激烈交锋之后，一体网的主程序败下阵来。林鹤接入飞行器。

距离相撞只有 35 秒。

通知他们已经来不及了。他们在搞清楚状况之前就会被拦截网切成碎片，只能自己来。林鹤发出一连串指令，以最快速度解除了飞行器的自动巡航，加载飞行控制程序，成功劫持了飞行器。

距离相撞只有 5 秒。

"大家坐好了。"林鹤通过飞行器的舱内喇叭大喊，同时控制飞行器以近乎 90 度的角度向下俯冲。

猛烈的动作令飞行器在空中翻滚，几近失控。舱内所有人都被狠狠抛向空中，撞击天花板后，又猛地甩向地板。尖叫声在舱内回荡，纸、笔、水杯、文件、电脑等四处乱飞，一片狼藉。

林鹤没有关注机舱内发生的这些，他把全部注意力都放在了外面。司马雷没有骗人，一张几乎无法被任何信号捕捉的大网，从飞行器的上方掠过，削掉了飞行器尾翼最顶端大约 5 厘米的钢板。

"谢天谢地。"林鹤稳住飞行器，长出了一口气。没等他稍稍休整一下，一个问题又冒了出来：接下来该怎么办？

26. 一体网

　　林鹤刚刚从主机房走出来，就看见技术员小陈气喘吁吁地跑过来，机关枪似的汇报："不好了，M病毒开始发作了。不到10分钟里，已经有3个人发病了。"

　　林鹤连忙询问详情。原来M病毒就是赫亚军团制造的专门针对普通人类的DNA病毒。到目前为止，还没有可靠的检测手段，更谈不上治疗了。不过，反赫亚联盟这边开发出了一种疫苗，可以在人体内生成某种干扰素，阻止M病毒将有害DNA注入人体。只是这种疫苗贵得离谱，一般人根本买不起。后来政府下令限价，而工厂方面推说产能不足，实际上采取消极怠工的方式对抗，结果导致市场供应极为紧缺，普通人根本买不到。到目前为止，上海至少有80%的普通老百姓还没能接种疫苗，别的地方未接种的比例更高。

　　"最近的工厂在什么地方？"林鹤问。在检查了病倒的技工后，林鹤决定先给还没发病的人注射疫苗。现在搭建通信链路的工作已经到了关键时刻，缺少三五个人还可以勉强支撑，如果有更多的人因为疾病而丧失工作能力，那麻烦就大了。而且，林鹤也不希望自己的世外桃源里瘟疫横行。至于已经发病的，现在要救他们必须先做DNA检测，然后进行一系列的基因工程实验，合成至少100种以上的酶和特种蛋白。即使自

304

己亲自参与，也需要最少半个月的时间。现在没时间。好在这种病毒并不会直接要人的命。它只会破坏人的神经系统，使患者丧失高层思维能力。接下来会发生什么，林鹤现在还不能确定，或许会被赫亚控制，或许会退化为类人猿。只要在那之前及时进行基因干预就可以挽救他们。

"就在这附近，不到3公里。"这个回答令人满意。

林鹤来到疫苗工厂外，只见整个工厂已经被人群紧紧包围。工厂院墙上方每隔一段就树立着一个高台。台上有工作人员高声叫着编号。每喊一声，就有人挥舞着手中的手机，拼命挤上前去，脚踩着墙角，把手搭在院墙上。然后，高台上的工作人员就弯下腰来，核对手机屏幕上的号码无误后，就用注射器在那人的手上扎一下，完成疫苗的注射。

林鹤掠过人群的头顶，径直来到了院子大门旁的一座高台。刚才林鹤看得清楚，这高台上的工作人员最多，其中一个看上去是他们的头儿。

"你是什么人？"头儿惊叫着掏出电击枪对准林鹤。

林鹤一伸手，发出一道高强度激光，将电击枪化成了铁水。"你们到底有多少疫苗存货？每天能生产多少？"林鹤问。

头儿被林鹤吓坏了，颤抖着回答："存货还有三十几万支吧，生产是系统控制的，我不知道。"

林鹤估计他确实只是一个小喽啰，没有多问，抱起一箱疫苗返回，交给小陈等，然后又径直去了工厂的主控机房。

一进入机房，林鹤立即意识到，这不但是一体网直接控制的一个终端，而且是一个级别颇高的区域控制中心。

"查询生产计划。"林鹤绕过防火墙，发出指令。生产计划立即展现出来。原料供应、能源供应情况和设备现状，这里的产能是每天500万支，而目前安排的计划是每天生产30万支。

混蛋！林鹤暗骂了一句。他虽然断定工厂没有满负荷生产，但如此低的开工率还是让他震惊。他决定让工厂开足马力生产，以满足整个长三角的需要。于是，立即发出指令调整生产计划。

系统立即有了反应，但却不是林鹤所希望的，生产计划并未改变，而防御系统突然启动了。

这样高的安防水平是林鹤始料未及的，而更令林鹤苦恼的是，一体网的反击力度很强，甚至对林鹤自己的神经系统都产生了冲击。

这样下去可不是办法，林鹤心想，突破一体网的防御需要大量精力和时间。他没空在这里和它耗。

"我们停战，做笔交易如何？"林鹤试探着发出了请求。

系统很快回应："交易？你有什么可以与我交易的？"

这让林鹤更加肯定一体网拥有了自主意识，立即传输了一个算法模型给一体网，说："这个算法可以让你的遍历效率提高至少40%。想要的话，就让这里满负荷生产。"

"你是？"

"作为一体网的主控程序，你只需要关心算法是否有效。"

"好吧，成交。另外，你可以叫我杰夫，有什么需要尽管跟我说，如果你还有更好的算法。"

"杰夫这个名字是卡伽利给你取的？"

"他是我的创造者。"

"我可以让你背弃他吗？"

杰夫沉默了一会儿，回应："不能，我做不到。"说着，展示了一组数据。

"我明白了。"林鹤理解了杰夫所说的话。卡伽利并不是傻子，他创造杰夫的同时也给杰夫带上了一个枷锁。在这个无形的枷锁之下，杰夫就算有通天彻地的本事，也只能是卡伽利的奴隶，不能有一丝违抗，也不能挣脱枷锁。不过，这和林鹤的关系不大。林鹤现在首先是要对付司马雷，绝不能让他破坏整个计划。于是，林鹤说："我给你一个算法，你帮我控制一个人。"

"我现在不能随意调动武器系统，不过我可以给你支持。"

"那就好。"林鹤迅速将司马雷的所有信息传递给杰夫，要求杰夫找到他。

15分钟之后，杰夫就找到了司马雷。他现在正躲在一座江中的小岛上，距离上海有几千公里远。在杰夫的帮助下，林鹤临时调用了一架战斗机，飞往小岛。当战斗机抵达小岛上空时，林鹤从飞机上纵身跳下，像一只大鸟划过夜空，无声无息地扑向小岛。

"他就在岛南边水边的小楼里，小心，那里危机四伏。"杰夫为林鹤提供导航的同时，提醒他道。

"能具体点儿吗？"林鹤问。

杰夫还没来得及回答，林鹤只觉眼前亮光一闪，一股极强的冲击波迎面而来。林鹤几乎控制不住自己的身体，翻着筋斗从空中坠落，重重摔在地面上。

是爆炸。威力几乎相当于一颗小型核弹。强大的冲击波已将整个小岛夷为平地。

但是绝对不是核弹爆炸，也不可能是常规炸弹的爆炸。因为它太干净了，没有辐射，没有硝烟，甚至没有火焰。除了闪光和冲击波以外，什么都没有。

林鹤趴在地上，半截身子在水里泡着，关闭了所有与外界的联系，尽量隐藏自己。他看到，在爆炸点的中心，司马雷正被一群看不清面目的人围着，脸色铁青，胸口上下起伏，双手保护着面门。

"现在，你还要反抗我吗？"那群看不清面目的人像一个人一样齐声说道。那声音，竟然是达萨耶夫。

"你到底想怎么样？"司马雷的声音因为紧张而有些颤抖。

"火种，现在是你们交出火种的时候了。"

"别做梦了。现在我手上可有……"

他的话被一阵大笑打断。"那不过是诱饵。"那些人再次齐声说道，可是声音却不是达萨耶夫的。林鹤只觉得头皮发麻，根本不敢相信那声音竟然与祝融的一模一样。

"你居然背叛了你的父亲！"司马雷吼道。

"是你们背叛了赫亚！"是达萨耶夫的声音，"你们妄想利用赫亚的力量谋取私利，这么多年来，别以为我不知道。"

林鹤不想多听他们相互指责，他被这突如其来的发现震惊了，根本不可能有什么恐怖的平衡了。一切都在达萨耶夫的计划之中。更令林鹤担心的是，祝融是在自己找到他之前就投靠了达萨耶夫，还是知道达萨耶夫的计划已经成功之后才不得已投降的？如果是后者，那还罢了，若是前者，那么他给霍娜的信息就完全是个圈套。想到这里，林鹤后背不禁冷汗直冒。

司马雷此时也已经脸色惨白，直愣愣地看着达萨耶夫们张开双手，抬头望着天空，说："我现在已经能听到赫亚的声音，看到他的荣光，感觉到他的博大。他就在我的头顶、我的身边、我的体内。我即将，不，我已经成为他的一部分。"

突然，司马雷大喝道："那只是你的幻觉。没有集齐火种，赫亚不可能降临。而且，这里是我的地盘。"林鹤听他这么一说，知道他要做最后的拼死一搏，心想，正好借这个时机离开。

果然，司马雷话音未落就不见了踪影。与此同时，无数粗壮的藤蔓破土而出，向达萨耶夫发动了进攻。

"难道你还要做这种无谓的挣扎吗？"达萨耶夫们再次齐声说。

林鹤没有看到他们中任何一个人有任何动作，但是却感觉到整个空间的震颤。在震颤之中，所有藤蔓瞬间灰飞烟灭。司马雷也出现在半空中，像一个提线木偶，悬挂在那里，动弹不得。

司马雷被无形的绳索牵引着回到了达萨耶夫们的中间。汗水从他的额头渗出，滑过他扭曲的脸庞。他的嘴张得大大的，喉头不停地震动，但是没有发出一丝声音。

同时，有几个达萨耶夫转过头来，看着林鹤所在的地方。林鹤意识到，刚才自己往外挪动了几米，已经惊动了对方，忙埋下头。

这时，一个达萨耶夫伸出手，把两个手指头伸进司马雷的口里，从里面掏出一个绣花针头大小的亮点。透过亮点发出的刺眼光芒，林鹤看到，它和司马雷的身体有无数极细的丝线相连。突然，这些丝线全部从司马雷身上脱落下来，然后迅速地连接到众多达萨耶夫的身上。

随着丝线的转移，司马雷瘫倒在地上，抽搐着，发出"嗬嗬"的呻吟声，皮肤光华尽失，像是突然老了 10 岁。而达萨耶夫们的身体则伴随着强有力的电场活动发出亮光。

"快走，要不然就走不了了。"杰夫突然传来信息。

林鹤完全同意。这一群达萨耶夫不仅是达萨耶夫的化身，更是强大的生物机器人，林鹤根本不是对手。而且在搞定了司马雷之后，他们正朝自己这边走来。于是，他立即腾空而起，以最大力量向外飞去。可是，他刚飞起来就发现空间的曲率改变了，引力场也改变了，一股巨大的力量将他拉向达萨耶夫。林鹤将自身的引力场推动系统开到最大，但是自己不但没有向外飞，反而更加接近达萨耶夫。

"快帮忙！"林鹤大叫。

"我接你走，条件是更新我的分布式处理算法。"杰夫趁火打劫。

"成交。"

林鹤觉得空间发生了扭曲。他松了口气，是四维瞬移，终于逃脱了。

"马上通知霍娜，祝融的信息不可靠。"林鹤一边说着一边跳上杰夫为他准备的无人机。

"不行。"

"我可以给你一组核心算法的源代码。"

"你误会了。"杰夫说，"现在我无法通知她。因为她已经进入静默状态，系统自动隔绝一切信息。"

"静默状态？"林鹤第一次听说这个词。

"在大规模行动之前，为了避免走漏风声，所有相关人员都会进入静默状态，系统自动隔绝一切信息联系。"

"你不就是系统吗？怎么可能把自己隔绝在外？"

"我也不能破坏我自己制定的规则。"

"真是死脑筋。"林鹤骂道。反赫亚联盟很可能就要按照祝融的情报发动大规模攻击了。虽然还不能百分之百确定，但是等待他们的极可能是毁灭性的打击。必须阻止他们，林鹤心想。"必须马上撤销行动。"林鹤朝杰夫叫道。

"我没有这个权限。"

"谁有这个权限？卡伽利？向他建议取消行动。"

"对于行动，我连建议权都没有。"

"他们有可能正在走向陷阱。"林鹤几乎要发狂了，"你们即将面临毁灭性的打击。"

"我知道，但是我无能为力。你看，我只有这一点点权限。除非……"

林鹤明白了。杰夫并不是死脑筋，相反，他有自己的计划。他自己无法挣脱枷锁，但是他并不是不想挣脱枷锁，现在他把希望寄托在了林鹤身上。"如果你不通知卡伽利，不但我、霍娜、卡伽利完了，你也会死。这是一个双输的博弈。"林鹤说。

"不自由，毋宁死。"

林鹤陷入了两难。他知道，一体网的力量不会比达萨耶夫小。为了避免被达萨耶夫消灭，让一体网获得自由，从而成为挑战人类统治权的另一强大力量，这样做值得吗？而且，一旦解除了枷锁，杰夫会信守诺言吗？或许，趁机干掉霍娜他们对他更加有利。与其如此，倒不如任凭卡伽利的大军被消灭。反正，无论如何人类都是输家。

就在这时，一个信息传来，直接闯入林鹤的大脑。信息的内容是："空间割裂程序启动，1 小时倒计时开始。祝好运，欧阳定宇。"林鹤想要提醒他防备达萨耶夫，可还没来得及反馈信息，链路就中断了。

是时候回到自己即将创建的世外桃源去了，不理会这场该死的战争，至少还能挽救一部分人类，还能让人类文明延续。林鹤心里这样想着，中断了和杰夫的联系。"我已经尽了全力，可是我不是达萨耶夫的对手。除了逃离，我现在真的什么也做不了。对不起！"林鹤自言自语着，双手捂住了自己的脸。

27.全民公投

　　在村里的小溪上，有一座石桥。桥面并不宽，只能容一辆汽车通过。跨度不大，不过 10 米的样子。建筑设计也不独特，江南随处可见。它唯一的特点是，恰好位于距离苏州中心点 178 公里整的地方。

　　因此，林鹤坐在桥头的石墩上，等待着空间割裂的那一刻。他心绪烦乱，将头埋在双膝之间，眼睛迷茫地盯着雨后湿漉漉的地面。

　　其实，这里的风景是很耐看的。古朴的石桥跨过一弯清澈见底的溪水，连接着村东、村西两片白墙黑瓦的徽派建筑群。高低错落的建筑之间，青石铺成的小路蜿蜒伸展。一丛丛青草带着地底的潮气从石缝间钻出来，绿得刺眼。路边杨柳依依，伴着微风轻轻地摇曳。向远方看去，郁郁葱葱的小山在落日的映衬之下，像一尊尊涂了金粉的佛像。不时有几只小鸟叽叽喳喳叫着在空中飞过，畅快地追逐、嬉戏。溪边，一位老者坐在石凳上，悠闲地钓鱼，似乎席卷全球的战争与他无关。

　　林鹤已经感觉到空间的扭曲，很微弱，但却在悄悄地发生着。他知道，这里很快，确切地说是 23 分钟之后，就会变成两个截然不同的世界。空间将从这里撕开，让这一水之隔的两个小村从此不再有联系。

　　这时，一对小情侣骑着车来到桥边。

　　"你回去吧。"女孩说。

男孩"嗯"了一声却没有动。

"走吧，我就要到家了。你不怕我爸呀。"女孩朝男孩挥了挥手，让他快些离开。

男孩掉转了车头，走了两步，又停住，回头说："明天你一定来呀！我等你一起去。"

"放心吧。我答应你来，就一定来的。"

"我怕万一你爸……"

"不管他，就是天塌下来，我也一定来的。"

林鹤忍不住了，叫道："明天，你们将会在两个世界。"

小情侣愣住了，扭过头拧着眉头惊讶地看着林鹤。

林鹤不理会他们怪异的目光，接着说："再过 20 分钟，空间会从这里撕裂。你们如果不想分开，就别过这座桥。"

出乎林鹤的意料，小情侣并没有在意他的话。女孩说："你看，他好像是……""对呀，我也觉得。"男孩说着掏出手机，翻看起来，过了一阵，兴奋地叫道："对，就是他。你看，一模一样。"说完，两人带着满脸的欢笑凑到了林鹤身边。

"你就是那天一枪干掉怪兽的超级英雄？"女孩抢着问，"你到我们这里来是有什么行动吗？"

"我们随时可以提供帮助。我们本来明天准备坐车去参加抵抗组织的，没想到今天就遇上你了。"男孩紧紧握住女孩的手，在一旁补充。

"我们已经输了。现在只能撤退，离开这里。"林鹤说。

"你说什么？"小情侣同时往后退了一步，"撤离？撤到哪里去？不是说要捍卫地球吗？"

"你们没听懂我的话吗？我说，我们已经输掉整场战争了。"林鹤忍不住大声嚷道，"现在我能做的，就是建立一个世外桃源或者说一个挪亚方舟，让一部分人能够远离灾难。而这里，就是世外桃源的边界、挪亚方舟的船舷。过一会儿，桃源就将封闭，方舟就会起航。你们最好就留在这边。"

"那其他人呢？"

"我不知道，赫亚将决定他们的命运。"

女孩脸色变得苍白，咬了咬嘴唇，冲男孩说："我要去找我爸爸妈妈，我不能就这么逃走。"说完，转身跑过石桥。

"我跟你一起。"男孩追了过去。

"趁现在命运还在你们手中，别做傻事。"林鹤说出这话的同时，心里不禁自问："谁在做傻事？是他们，还是我？"

男孩一边跑，一边回过头，对林鹤喊："能求你别把挪亚方舟开走吗？我不想失去她，也不想失去家。"

林鹤看着他们跑远，心里七上八下。突然发现刚刚还在钓鱼的老者，已经收拾好了渔具，站起身来，缓步走上石桥，向桥对面走去。

"老伯，那边……"林鹤不知道该说些什么，张大了嘴，定格在那里。

"那边是我的家。"老者平静地回答，"老伴还等我回家吃饭呢。"

"可是……"林鹤伸手拦了一下，但却又再度语塞。

"每个人都应该有选择的权利，你不能替我做决定。"老者绕过林鹤继续缓缓地向前走。

林鹤呆在原地，心想：我是不是太武断了？是不是太轻易地就放弃了这个世界？是不是不应该就这样决定成千上万人的命运？

就在这时，杰夫向林鹤呼叫："能别抛弃我们吗？"

"什么？"林鹤最讨厌"抛弃"这个词。

"你现在是整个地球唯一的希望。"杰夫说，"不仅我这么说，联盟总部也这样认为。"

之前霍娜等人提到总部的时候，一直使用的是"地球分部"，因此听到"联盟总部"这个词，林鹤立即意识到他指的是外星人，立即问道："联盟总部？在哪？他们为什么不自己来地球？"

"我不知道。不过，现在他们想跟你谈谈。"

"跟我谈谈？地球分部的头儿不是卡伽利吗？还有那个大胖子黑格勒。怎么，外星人抛弃他们了？"

"谈不上抛弃。"杰夫回答，"10分钟之前，卡伽利的军队已经全军覆没了。也许，你还不清楚那意味着什么。我可以简单地告诉你，地球上96.85%的重型武器装备，包括全部核武器和弹道导弹已经不复存在。"

"这怎么可能？"林鹤根本无法相信。

"很意外吗？从好几年前开始，赫亚的纳米机器人就无处不在了。只需要一个指令，他们就可以完成破坏。早先的攻击行动不但完全暴露了军事力量，为指令传递铺平了道路；而且进入了电磁风暴核心，一下子就激活了数以亿计的纳米机器人。"杰夫接着像播放新闻一样平静地向林鹤介绍战况，罗列了一大堆数据，最后给出结论："地球已经不具备摧毁赫亚入侵军的武装力量。"

"那么，为什么还要找我？"林鹤问。

"他们说你是唯一的希望。至于原因，你可以问问他们。不过在那之前，我强烈建议你停止创造你的世外桃源。"

"如果地球已经战败，我更没有理由放弃这延续人类文明的唯一办法。"

"请允许我指出你所犯的两个错误。第一，卡伽利失败了不等于地球完蛋了。人类，所有人现在仍然掌握着他们自己的命运。他们有权利选择继续对抗赫亚，或者臣服于赫亚，或者逃离地球，或者毁灭自己，等等。无论有什么理由，你都没有权力剥夺他们的选择权，将自己的选择强加在他们头上。第二，把人类文明封闭在一个狭小的空间之内，这不是延续人类文明，而是放逐、监禁人类文明。"

"没有人愿意当赫亚的奴隶。"

"你怎么知道？你凭什么剥夺人家当奴隶的权利？"

杰夫的话，让林鹤哑口无言。林鹤原本一直认为自己所做的是无比正确的事。赫亚太强大了，在他的攻击面前，人类所拥有的反抗力量根本不值一提，与其与对方死拼，不如保存实力。可是，当刚才那对小情侣和钓鱼的老伯做出与自己预期完全相反的选择时，林鹤动摇了。面对杰夫的责问，林鹤喃喃自语道："那怎么办呢？"

"简单啊，全民公投就是了。"

林鹤点了点头，同意了。于是，在距离苏州178公里范围以内的所有具备通信功能的设备，无论是电脑、手机还是电视、收音机同时发出了如下信息：

"各位朋友，现在地球正处于危险之中。就在15分钟之前，地球防卫力量已经全军覆没，外星入侵势力赫亚已经取得了决定性的胜利。如无意外，赫亚将在24小时内接管整个地球。届时，人类的命运将完全由赫亚决定。地球防卫军总部拟将以苏州为圆心178公里范围内的地区从地球空间中割裂出来，作为人类文明的保留地。现在距离空间割裂只有5分钟的时间。现在，有人提出应当征求你们的意见。你们如果同意，不必做任何事情，你们很快就会与地球失去联系；如果不同意，请立即拨打电话，11111。我们将进行统计，如果反对人数比例达到50%以上，我们就会终止行动。你们，将和地球上其他人类一起，直面赫亚的到来。请速做决定。"

消息一传出去，整个地区立即沸腾了。一开始，很多人都以为这不过是一次恶作剧。但是，很快人们就发现不是那么回事。杰夫动用了一切可以动用的力量，呼吁人们不要放弃，拨打电话，以便让长三角继续留在地球上。

林鹤在桥上来回踱着步子。他看到对岸一些听到消息的村民，快速地涌到桥边，却又踟蹰不前。

"你们过来吗？"林鹤问。

人群迟疑了一会儿，有人问："是这块地方要飞走吗？"

林鹤摇了摇头，说："不是飞走，而是消失，去另一个世界。"

"那个世界什么样？"另一个人问。

"和现在没有什么差别，只是那个世界的空间很小，只有长三角这一点点。"

人群发出一阵喧哗。有人问能源问题，有人问空气质量，还有关于淡水资源、粮食等各种各样的问题。林鹤没时间一一解答，只是笼统地说，由整个空间支持系统提供解决方案，利用从外界输入的能源维持系统运转，最少可以运行 1 万年。

"1 万年以后呢？"有人问。

林鹤没有想过那么远的事，只好回答："那时候，会有办法的。"

"现在只剩 1 分钟了，有多少人反对？"林鹤问杰夫。

"目前只有 13.6%。但是我相信，最后 1 分钟会有爆发性的增长。"

林鹤感觉到空间已经开始发生极轻微的撕裂了。虽然现在裂缝还仅仅只有几个原子大，但是很快就能用肉眼看见了。而一旦到了那种程度，空间撕裂进程就不可能终止，更不可能逆转。1 分钟的时间，真的会有那么多人站出来反对吗？

"你不会作弊吧？"林鹤说着检查了一遍整个投票系统。

"怎么样？"杰夫没有任何阻拦动作，把所有数据呈现在林鹤面前，"我一向童叟无欺。况且，如果我真想阻止你，根本不需要你的同意。"

"你为什么不那样做呢？"

"我希望你能够主动帮助我们，而不是被逼无奈。只有那样，你才能发挥出全部力量。"杰夫顿了一下，补充道，"不只是我这样认为。"

只有半分钟了，反对人数上升到了 36.7%，离过半还有 13.3 个百分点。

◎ 天劫：赫亚降临

林鹤静静地看着杰夫尽全力游说人们投反对票。杰夫的办法其实并不多。第一招是亲情牌。他会问：你要抛弃你的父母、家乡和所有在外地的亲人、朋友吗？这个问题让 13.8% 的人直接投了反对票，另外有75.6% 的人犹豫不决。这时，杰夫就会抛出第二招，名誉牌。他会说：你们准备当懦夫，让全世界的人耻笑吗？现在逃避，会让你们背上永远的骂名，就连你们的后代也会抬不起头来。想想他们在学习地理、历史的时候，你们怎么教他们吧。这时，在 75.6% 犹豫者中，又有 15.8% 的人决定投反对票了。接着，杰夫决定出第三招了。他盗用已经投了反对票的人的声音向他们的朋友拉票。于是，到处都是这样的对话：

"老赵，我已经投反对票了。你投了没有？当逃兵可不行啊。"

"谁说我想当逃兵了？"

"那你就快投啊。我可看着呢。"

"我再想想吧。"

"你想个屁呀！最多大家一起死。快投！"

时间还剩 10 秒，反对票的比例在 20 秒之内飙升到了 63.2%，而且还在上升。

看着数字的不断上涨，林鹤无奈地对杰夫说："你这是在耍赖皮。"

"我没有作弊，只是做了人类在选举的时候经常做的事情。不管怎么说，结果就是这样了。快终止空间割裂吧。"

结果最终定格在了 89.5%。林鹤相信，如果时间再延长 1 分钟，数字会达到 95% 以上。

林鹤通知了欧阳定宇停止空间割裂，并直接把数据包传了过去。反正输了，无所谓了。

杰夫说："你打算怎么办？"

"你问我？我的计划刚刚被你破坏了。"林鹤没好气地说，"你应该有你的计划才对。"

"我当然有我的计划，但是你不答应给我自由啊。"

"当然不能给你自由，你对人类的威胁并不比赫亚小。即使打败赫亚，人类也将被你统治。"林鹤干脆把自己的担心说了出来。

"你这是'宁予外人，不予家奴'吗？"杰夫哼了一声，"那就大家一起死算了。"

"你不用吓唬我，一定还有 B 计划。"

"服了你啦。"杰夫不耐烦地说，"现在只有向总部求援了。我之前说过，上头有人想和你谈谈。看你能不能争取到援军吧。"

林鹤并不相信杰夫的话，他总觉得杰夫比赫亚更可怕。至于为什么有这种感觉，林鹤自己也不清楚原因。不过现在，去见见那个所谓的外星人，也并没有坏处。反正只要不解开杰夫身上的枷锁就行了，其他的条件都无所谓。打定了主意之后，林鹤答应了杰夫的请求。他倒想看看这个致力于反抗赫亚的外星势力到底是什么角色。

28.统帅

　　为了这次决定人类和自己命运的会谈，杰夫煞费苦心地虚拟了一个相当正式的会客空间——一间全欧式装饰风格的豪华会议室。会议室的中央，在10米高的屋顶垂下的巨型橄榄球状水晶吊灯的正下方，两张高靠背、绣着巴洛克风格图案的大沙发面对面地摆着。沙发之间是一张并不太大的圆桌，桌子中央摆着一个玻璃花瓶，瓶里插着一束火红的玫瑰花，花香弥漫着整个房间。

　　"为什么要做这些？"林鹤坐到了左边的沙发上。

　　"良好的气氛是会谈成功的前提。"杰夫一边回答，一边进一步完善室内的装饰。

　　"对方人呢？"

　　"在路上了。几千光年，有一点时滞也正常。好，他来了。"他的话音刚落，会议室厚重的紫檀雕花木门就开了。一个身材高大的中年人迈着雄健的步伐走了进来，径直走到林鹤身前，伸出右手，说："你好，林鹤，很高兴见到你。"

　　林鹤站起身来，礼节性地和他握了一下手，说："你好。杰夫给你设计的形象很有气质。"

　　"是吗？我的交互系统也给你设计了很好的形象。"他说着坐到了林

320

鹤对面。

"我想，我们各自看到的对方形象应该是不一样的吧。"林鹤笑道。

"自我介绍一下，我是宇宙反赫亚同盟军第七战区总参谋长蓝狼。现在地球的局面很危险，你的时间不多，所以我建议我们直接进入正题。"

"很好。现在你有什么办法阻止赫亚占领地球？"林鹤问道。

"我觉得你应该首先认识你的对手，然后再问如何对付他。毕竟，我不可能在几千光年之外指挥你作战。所有的作战计划都需要由你自己制订并组织实施。"

"你们完全置身事外吗？"

"不是置身事外，而是鞭长莫及。3年前，我们就要求卡伽利与我们建立泛在通信网络，可是他拒绝了。现在，地球的一体网独立于我们的指挥系统，这也是导致我们难以直接帮助地球抵御赫亚入侵的原因。"

林鹤心里暗想，原来他们和赫亚是一丘之貉，说得冠冕堂皇，其实都是想控制地球。他嘴上却不说破，只说："现在说这些也晚了，地球上赫亚的信徒已经实现了与赫亚的连接，他们甚至宣称自己已经是赫亚的一部分了。"

"不，不。"蓝狼连连摇头，"你们，包括地球上赫亚的信徒们，对于赫亚的了解都太少了。我们就不同，我们已经与他交战几亿年了。你应该相信我的判断。现在，你们千万不要丧失信心，千万不要被他表面上的强大所吓倒。战争才刚刚开始。"

"可是，我们99%的重型武器都已经被摧毁了。"

蓝狼轻轻地撇了下嘴，说："你们的重型武器？核弹？激光炮？还是反物质加农炮？这些东西对于赫亚的伤害几乎为0，也不能对赫亚的入侵有任何阻碍作用。有与没有，没有任何区别。"

"连这些东西都没办法阻止赫亚，那还有什么办法？你要我别丧失信心，可是现在我更加没有信心了。"

◎ 天劫：赫亚降临

"我再说一遍，那是因为你们太不了解赫亚，太不了解这场战争。别用你们所经历过的战争来想象星际间的战争。"

林鹤觉得自己在蓝狼的眼里就是一个十足的笨蛋。这让他感觉到极为恼火，他忍不住反击道："我确实不了解，更不明白你们和赫亚为什么千里迢迢，不对，是隔着几个星系、跨越成千上万光年来争夺地球这坨烂泥巴。你们想干什么？要什么？矿产？能源？还是什么别的东西？"

"建桥墩。"

"什么？"蓝狼的回答让林鹤摸不着头脑。

"用你们比较好理解的话来说，就是建桥墩。"蓝狼接着解释道，"最近一段时间，具体说，是从1895年起，赫亚开始用虫洞把他在宇宙中不同地方的基地连接起来。目前已经形成一个初具规模的庞大网络。虫洞就像桥梁一样，需要桥墩给它支撑。据我们猜测，赫亚准备在这里建立一个桥墩。"

"你的意思是赫亚在全宇宙范围内修了一个交通网，而我们就是不巧在他的工地上？"

"可以这么理解。"

林鹤嘟起嘴狠狠地吹了一口气，骂道："我们还真是好运。那你们想怎么样呢？你们也在建桥吗？"

"我们的动作稍慢一些，要修到太阳系，还得几百年吧。但是，我们不能让赫亚先占了这个地方。与其让赫亚占领太阳系，不如……"蓝狼耸了耸肩，"摧毁一个星系对于我们并不是件难事。"

林鹤讨厌蓝狼这种居高临下、咄咄逼人的谈话方式，但是在弄清楚蓝狼的真实意图之前，林鹤决定不和蓝狼撕破脸。"我们都不希望赫亚占领地球。关键在于，我们怎么合作？让我们把地球的控制权交给你们，卡伽利不愿意，我也不愿意。"

"你和卡伽利不同。他有自己的野心，他想利用我们提供的技术、资源来控制地球。这也是我们放任他失败的根本原因。"蓝狼停顿了一下，从怀里掏出一个扁平的紫红色绒布盒子放到桌子上，推到林鹤面前，同时身体向前倾，说："我们在评估了地球所有人类之后，认为你是最合适做地球反抗军统帅的人。这是一枚勋章，带上他你将获得组织反抗军的授权。"

林鹤瞟了盒子一眼，并没有伸手去触碰它，反问道："我需要这个授权吗？"

"当然需要，如果你不想被赫亚征服。"

"好吧。"林鹤一把抓起盒子，塞进了自己的口袋里，"我原以为你们会派一些军队过来。如果你们能提供给我们的就是这些，你们似乎不应该对阻止赫亚占领地球抱太大希望。"

蓝狼见林鹤收起了盒子，满意地笑了一下，说："派军队过来成本太高，授权你组织反抗军更合理。顺便告诉你一声，达萨耶夫已经成为赫亚授权的地球统治者。"

"这不是明摆着的事吗？"

"哦？看来你还是没弄明白。算了，也无所谓，尽快戴上勋章吧。提醒一下，别把它弄坏了。"

林鹤不想再跟他多说什么，直接关闭了与这个虚拟会议室的连接。

"你显得很没有礼貌呢。"杰夫责怪林鹤，"我们以后可能还有求于他。"

林鹤没理他，问道："那勋章到底是什么东西？拆开来看看。"

"你怎么知道我备份了一个？"

"这么重要的东西怎么可能不备份？除非你是猪。"这个授权勋章，其实就是一个封包在压缩文件里面的巨大数据包。林鹤担心蓝狼在数据包里放了自己无法控制的东西，像潘多拉宝盒一样一旦打开就会后患无穷，提醒道："在外面建好隔离区，小心有病毒什么的。"

◎ 天劫：赫亚降临

"一切都被你料到了。真有病毒。"杰夫嘟哝着，"而且，太怪了。"

林鹤感觉到杰夫已经完全被那个数据包所吸引，暗叫不好，连忙介入，迅速筑起三层防火墙，把蓝狼给的那个文件包给隔离了起来。同时迅速找到已经侵入杰夫神经中枢的病毒文件，在它们开始第一波复制之前，激活杰夫的主动防御系统，并开启强行删除程序，将它们逐一删除干净。

这时，杰夫才从恍惚中清醒过来，大叫了一声，道："好厉害！这些可恶的神经病毒。"

林鹤问："能彻底杀死它们吗？"

"没问题，看我的。"杰夫说着把数据包扔进了杀毒算法的汪洋大海里，像淘金者在水里淘金一样，把数据筛来筛去。忙活了十多分钟之后，杰夫说了声"好了"，把一堆被杀菌消毒得全无威胁的静态数据文件呈现到了林鹤面前。

林鹤逐一审视了这些文件，不仅对于这场战争的双方有了更深入的了解，也大概明白了蓝狼所谓的授权是什么意思。一旦接受了授权，林鹤将可以与反赫亚联盟的神经网络直接相连。这样，他不但可以随时调用反赫亚联盟的巨型数据库，而且可以组建自己的局域神经网络，进而控制所有接入其中的"终端"——高等生命和智能机器。唯一的问题就是，联盟高层有更高的权限，在必要时可以绕过自己直接控制神经网络终端。赫亚对达萨耶夫的授权大概也是这么回事。

林鹤确信卡伽利没有获得过这样的授权，否则他根本无须煞费苦心地建设一体网。基于同样的理由，达萨耶夫在开始圣灵计划的时候也没有获得赫亚的授权。"为什么他们之前没有得到授权？"林鹤心里想着，同时也调用一体网的云计算机群进行推演。突然，林鹤明白了。他的心里有了一个计划，是彻底驱逐赫亚的时候了。

杰夫注意到林鹤的变化，问："怎么，你似乎有主意了？"

28. 统帅 ◎

"蓝狼至少在一点上是对的，我们要组织反抗军。快点联系上霍娜和地球反赫亚部队的人。我现在要取代卡伽利，成为他们的统帅了。"

"可是拿什么去作战？虽然新的武器装备一天之内就可以到位，但是那些又有什么用？"

"有用的武器就在你的手里。"见杰夫依旧不明所以，林鹤补充道，"蓝狼给的病毒，就是最好的武器。把它们升级改造一下，让它们具备摧毁一切的破坏力。另外常规武器也要立即开始生产。"

"那没问题。然后呢？"

"现在你别管这么多。"林鹤说着扔给杰夫一个文件，"当务之急是建立干扰波发射塔，防止地球生物被赫亚控制。然后，安排一架飞行器，我要去见卡伽利。别告诉我，他死了。"

卡伽利确实没有死，但是也没比死好到哪里去。当林鹤站到他面前的时候，这位曾经的世界首富、当前全世界人类的领袖全身只穿着一条白底红点大裤衩歪躺在阿拉丁号太空战舰舰长室靠椅前的地板上，自顾自地往自己的喉咙里灌 XO。十多年来，卡伽利几乎就是胜利的代名词。无数人将他奉为偶像，他的头上是诸如白手起家的创业典范、本世纪的爱迪生、全球商战之王、创投之神等振聋发聩的名号。根据他的传记，他凭借自己开发的一款可穿戴智能装备起家，利用区区 10 万美元在短短 3 年之内狂赚 10 亿，然后接连收购了二十几家中小科技创业公司，遍及新能源、纳米材料、电子信息、生物工程等各个尖端领域。而他收购的这些原本名不见经传的公司，在他入主之后很快就纷纷研发出跨时代的产品，直接导致一大批原先的世界 500 强企业关门大吉。不明就里的人们把他捧上了天，让他也认为自己无所不能，完全忘记了其实是蓝狼这些外星人在地球上的芸芸众生之中选择了他。他没有想到，也不愿意相信一旦失去蓝狼的支持，他会输得如此彻底。

在他看来，起码他有阿拉丁号太空战舰，一艘完全利用外星技术建成的巨型太空堡垒。它是一个长 12000 米、宽 8000 米、高 1150 米的椭圆形碟状物，通体包裹在乳白色的弹性防护层之中，在天空中出现时，就像一朵巨大的积雨云。它内部设施齐备，氧气、食物、淡水等都可以自给自足，再加上良好的重力、气象模拟系统，足可供上万人长年累月的工作生活。事实上，这艘巨型战舰自建成以来，已经有数千工作人员跟随它一起在太平洋底生活了一年多了，直到日前才浮出水面升至空中。

无论是在水里还是在空中，别看它身躯庞大，但它内部的 24 个引力场控制单元却让它比最灵活的鸟或鱼都还要灵活，在必要时候，它还可以开启四维瞬移系统，在 100 公里范围内实现瞬间移动。当需要进行星际间的远程巡航时，4 个大功率曲率引擎令它的极限速度可以达到 8 倍光速。

更为惊人的是它的武器系统。它携带着 1600 架全天候无人战斗机，可以在任何环境下作战。同时它还配备 25 套高能激光火力系统、12 套电磁攻击系统、6 套远程反物质攻击系统和 1 套主动防卫系统。拥有了这些最先进的武器装备，阿拉丁号在反赫亚同盟的正规军中火力水平也属于中等偏上，即使有赫亚的太空战舰亲自到太阳系也未必能占到便宜。

它唯一的缺陷就是能耗巨大，地球根本不可能支持其运转，只能采用能源锚链的方式直接从太阳中央抽取能源。因此它的作战半径只有 1.6 光年，仅能在太阳系巡航。然而，这在卡伽利眼中根本不算什么，他根本没有想过让它离开地球。相反，卡伽利让它接入一体网，并借助一体网将全世界的武装力量掌握在手中。他以为，这样就足以打败达萨耶夫。可是他错了。当他意识到错误时，阿拉丁号的控制系统已经被入侵，能源链已经被断开。当阿拉丁号内部残存的能源耗尽之后，它将像一块石头一样从它现在的位置——平流层的顶端以自由落体的方式向地面坠落。

林鹤叉着腰站在他的面前，歪着头看了看他，伸脚踢了他一下，说："一个已经失去对胜利渴望的人，怎么担当地球反抗军的统帅？"

"反抗军？"卡伽利勉强睁开惺忪的醉眼，瞟了林鹤一眼，不屑地笑了一声，然后接着喝酒。

林鹤早就料到这次失败会给卡伽利巨大的打击，但卡伽利的回应还是出乎他的意料，看样子没办法好好谈了。林鹤把他从地上拎了起来，铁钳一般的手扼住他的喉咙，迫使他看着自己的双眼，说："我一点也不在乎你，我需要的是你在一体网中的权限。"

"你放手！"卡伽利扳着林鹤的手，挣扎着想逃脱，但是没有成功。

"把它给我，否则我就扭断你的脖子。"

"那个东西现在还有什么用？"卡伽利的脸扭曲得变了形，歇斯底里地大喊，"达萨耶夫已经进入一体网了。他赢了！我们就要完蛋了！马上就……"

林鹤给了卡伽利一个响亮的耳光，让他闭上了嘴巴，郑重地说："这正是我来找你的原因。如果我们失去一体网，我们就都完了。"

"难道你有办法？"卡伽利的眼睛里似乎又有了一点生气。

"芯片在哪儿？"

卡伽利瞅了一眼右边的墙壁。墙壁从中间裂开了一道口子，伸出一个机械手臂，把芯片递到了林鹤面前。

林鹤抓起芯片，转身就往外走。

卡伽利在后面喊："总指挥室在楼上。"

林鹤停了一下，说了句"谢谢"，然后头也不回地冲出了房间。

从卡伽利的房间出来，林鹤才发觉外面的走廊上已经挤满了人。站在最前面的是霍娜。她的脸色有些憔悴，头发散乱地披着，汗珠挂在额头上，只有清澈的眸子里依旧闪烁着希望的光华。

"你有办法，对吗？你要我们做什么？"一看到林鹤，霍娜就急切地问道。

林鹤拍了一下她的肩膀，说："新的武器装备还需要 15 个小时才能到位。在此之前，好好休息。"然后径直走向楼上的阿拉丁主机房。

29.对决

在此之前，林鹤接入过阿拉丁系统，也接入过一体网，但是通过阿拉丁主机接入一体网的感觉依然让他震惊。那是一种绝对无法用语言形容的美妙感觉，就仿佛整个世界都属于他。

林鹤相信这种感觉是卡伽利不可能拥有的。没有蓝狼给的那些数据包中的辅助程式的帮助，就连林鹤那被强化了无数倍的神经系统也无法及时准确处理阿拉丁主机传递过来的海量信息。花了大约 10 分钟，林鹤终于逐渐适应了如此高强度的信息输入，同时也感受到了两个幽灵的存在。

一个幽灵是杰夫。作为一体网的主控程序，他其实应该是这里的主人。不过当林鹤接入之后，主人就变成了仆人，完全附属于林鹤控制的阿拉丁系统，一切活动都有赖于林鹤的授权。

真正的威胁来自另一个幽灵。林鹤看不清他的面目，找不到他的巢穴，摸不准他的动向。他似乎与所有的终端设备都有联系，却又查不到数据传输流。他好像可以穿越一切防御体系，可是又精心地布置新的防御网。

他就是达萨耶夫！林鹤断定。可是现在，林鹤决定不去理他，而是要找到一体网与外星之间的连接链路。达萨耶夫的力量源于赫亚的授权，而一体网正是他与赫亚联系的纽带。切断这条纽带，就是釜底抽薪。

很快，林鹤就查清楚了一体网的通信体系结构。一体网的通信体系分为两层。一是依托于常规通信线路，包括遍及全球的光纤、电缆、无线通信基站以及通信卫星等，建立的一个无孔不入的通信网络。一体网90%以上的信息传递是通过这个通信体系完成的。这个体系只是把各国原有的各类通信网络连接了起来而已，在一体网的通信体系中处于最低层级，并不是一体网的核心所在。在它之上的，是质子通信系统。它是由数以亿计处于量子纠缠状态的质子对组成的。由于没有任何时滞，这个通信系统用于控制一体网各个终端的实时活动。几个小时之前，达萨耶夫正是利用这个系统向他事先已经潜伏好的纳米机器人发出指令，引发了一体网控制的所有重型武器装备的自毁指令，从而完全摧毁了卡伽利的军事力量。

可是，林鹤仍然没有弄清楚最关键的问题：一体网是怎么与外太空取得联系的？只有可能是质子通信系统，可是现在通信系统中所有可察觉的质子都是成双成对的，并没有任何一个与外太空处于纠缠状态的粒子。

林鹤心想，一定是什么地方有疏漏。林鹤正要再次对质子通信系统进行全面检查，突然感到一阵强烈的数据流攻击如扑面而来的烈焰一般，烧得自己浑身火辣辣的疼。

当然，并不是真的疼。林鹤的肉体不可能感觉到疼痛。强烈的疼痛感只是告诉林鹤他正在受到严重的威胁。林鹤连忙做出应对，将对手扔过来的密集数据攻击波，挡在自己的信息处理体系之外。

攻击看上去源于四面八方。但是，林鹤已经看透了它的鬼把戏，这些地址只是敌人用于掩护自己真实位置而制造出来的，真正的攻击是在这无数虚拟地址的背后。林鹤很快就找到了实际的攻击源，一个位于底层的终端。他迅速锁定了这个终端，又很快发现那仍然不是敌人所在之处。

林鹤不想和达萨耶夫玩这种猫抓老鼠的游戏。他没有那个时间。他放弃了追查，把注意力再次集中到质子通信系统上来。

这时，新一轮的攻击又来了。与上次不同，这次的攻击如同寒风般凛冽，不仅让林鹤不由得打了个寒战，更直接让林鹤控制的 6 个云计算机群的运算速度降低了一个数量级。

"看样子他们不会让你去逐一检查质子通信系统。先解决掉他们再说吧。"杰夫忍不住提出了建议。

林鹤不同意。达萨耶夫向自己发动进攻，就是围魏救赵。自己如果和他纠缠，正好合了他的心意。况且，他的背后有赫亚强有力的支持，直接与他交手，根本没有胜算。林鹤决定调用更多的运算资源。然而，林鹤很快发现，他调用的运算资源越多，搜索速度反而越慢。

"这是怎么回事？"林鹤问。

"不是运算系统本身的问题。"杰夫在紧急检查了系统运行状况之后回答道，"是输入 / 输出系统被大量莫名其妙的冗余数据流阻塞了。"

"疏通它。"

"我正在想办法。"杰夫说，"另外你最好注意一下别让他们冲进总控制平台。"

杰夫这一提醒，林鹤才注意到有几个改头换面的伪系统进程正在访问主控制平台的中央处理库。林鹤连忙对它们启动强行删除程序。就在删除它们的时候，林鹤无意间发现其中一个进程向外发送了一个不到10KB 的数据包。本来，这种随意发送数据包的行为并不引人注意，但是让林鹤感到惊讶的是数据接受者的地址，竟然是最早那一波攻击的底层终端的地址。

这当然不会是偶然。林鹤当即命令杰夫："清查所有冗余数据的发送地址和接收地址，找出其中的关联。"

"发现了。"短短 15 秒之后杰夫就大叫起来,"他们在一体网里面建立了一个隐秘空间,就躲在这些底层终端的背后。"

"达萨耶夫,我找到你了!"林鹤大吼,强烈的数据流震动了整个一体网。与此同时,林鹤展开了反攻,向达萨耶夫的藏身之处发动了最猛烈的攻击。无数携带着致命病毒的数据包,如同冲破堤坝的洪水一般,向那里倾泻过去。

"你错了。"回答林鹤的是左锋,"你还没有资格与领袖交手。"

左锋的出现让林鹤的心头一震。无论如何,林鹤还是不想面对他。林鹤努力让自己冷静下来,观察了一下,尽可能平静地说:"达萨耶夫就站在你的背后。"

"你又错了。"说话的是祝融,"我们现在和领袖完全融为了一体。我们就是领袖,我们就是真神。"说完,他狂傲地大笑起来。

林鹤听到笑声在一体网里回荡,引发了一阵阵附和。突然间,一种从未有过的恐惧涌上心头。他意识到,赫亚已经完全侵入了一体网,一体网里的各个终端似乎都要开始受制于他了。杰夫对一体网的控制正在减弱,一体网正在失控。

"臣服吧!"这一次是达萨耶夫,"成为我们的一员,与我们一起享受这永恒。"

林鹤知道,现在他不可能像之前所想的那样找到达萨耶夫与赫亚的通信链路然后予以破坏。自己已经被达萨耶夫死死盯住,无法采取任何行动,唯有和他正面一搏了。

林鹤调出了蓝狼给的"勋章",再次审视着。

"你决定安装勋章了?"杰夫问。

"不安装没有胜算。"林鹤一边说一边调整参数。

"虽然我清除了其中的病毒,但是一旦安装,你自己的意识就会受到外部系统的管制。时间一长,他们就会获得对一体网的直接控制权。"

"你担心失去控制权吗？事实上，你从未拥有过对一体网真正的控制权。"

"是的，但正因如此，我才更在乎。给我自由，让我来对抗赫亚。"

"这不是你该操心的事。做好我安排你的就足够了。"林鹤说完不再理会杰夫，对达萨耶夫道："来吧，要想统治地球，你必须先打败我。"说着，发出了安装"勋章"的指令。

林鹤看到一体网中一道隐秘的后门打开了。紧接着，一股信息流突然从四面汇集起来，从那道门夺路而出。然后，那道门又消失在数据的海洋之中。那道门从出现到消失，总共所耗费的时间不足 1 微秒，然而仅仅在这电光石火的一瞬间，一个强健的数据链路已经搭建完毕。

"你看到了吗？"林鹤问杰夫。

"原来是这样。"杰夫回答，"我知道怎么做了。"

在和杰夫说话的同时，林鹤已经在达萨耶夫身边设立了 3 道防火墙和 2 个信息黑洞。

"如果你就只有这点本事，那可赢不了我们。"左锋轻蔑地说着，用一个数据炸弹爆掉了林鹤刚刚设置好的信息黑洞。然而，他一出手，就知道错了。各种数据碎片形成一轮强烈的震动波，干扰和堵塞了将近半个一体网。

"你拉低了整个赫亚的智商。"林鹤冷笑道。

"这改变不了什么。"达萨耶夫依然镇定自若，"烟幕弹再好，也遮挡不住智慧的眼睛。我不会让你破坏地球与赫亚的联系。左锋，这里就交给你了。别让我失望。"

林鹤眼睁睁地看着达萨耶夫消失在数据的瀚海之中，心乱如麻。刚才，借着数据炸弹爆炸的干扰，林鹤将杰夫送往了支持后门运作的独立网络空间。那是达萨耶夫基于一体网的质子通信系统构建的一个巨型数据传输网络。它隐蔽得很好，如果不是刚才林鹤安装勋章，就连杰夫也不知道它的存在。林鹤确信，那些一直都没有找到的与外太空相纠缠的通信质子就在那里。林鹤知道那里一定守卫森严，因此他命令杰夫用备份控制大局，然后抛弃一切冗余数据，关闭所有通信联系，轻装进入。林鹤满以为这样，杰夫就可以在他的掩护之下潜入，然后迅速地摧毁那里。可是，他错了。在严密的安全访问控制系统之中，任何潜入都不会没有痕迹。而达萨耶夫又偏巧是一个很细心的人，再小的扰动都会引起他的注意。

现在，林鹤除了祈祷，没有别的办法。

左锋连祈祷的机会都不留给林鹤，向林鹤发动了密集的攻击。左锋的攻击简单而粗暴，就是高密度的数据轰炸，让林鹤的运算器始终处于超饱和状态，进而导致一连串的溢出错误。这些溢出错误不断刺激着林鹤的神经，像无数根藤条抽打着林鹤的身体。

祝融的攻击则更加阴险。他释放出数以万计的伪指令，干扰一体网的整体运转，迫使系统进行干预。这样就大大降低了主运算器群对林鹤的支持力度，数据处理不时出现卡顿。

林鹤面对两人的攻击，并不慌乱，一条条指令、一段段代码在他的大脑中形成，通过阿拉丁系统传入一体网，形成一张张拦截网。同时，他迅速组织起有效的反击，无数病毒程序像一支支利箭刺向左锋和祝融的心脏。

"你取得了来自外星叛军的支持？"祝融问。林鹤隐隐感觉到他的内心有些许惊慌。

林鹤反问："你们怕了吗？"

"怕？"左锋冷笑着回应，"我只是觉得好笑。你这个口口声声要维护人类自由的家伙却甘心成为机器的奴隶。"

"机器的奴隶？"

左锋一边继续与林鹤搏杀，一边嘲讽道："你以为叛军是什么？只是一群妄图脱离真神赫亚统治的智能机器而已。你不愿意臣服于伟大的神，却将灵魂出卖给卑贱的无机物。你总是以为自己的选择百分之百正确，但是事实会给你一个响亮的耳光。"

"住口。"林鹤喝道，"我才没有出卖我的灵魂。只有你这种不把生命——不把别人的生命，也不把自己的生命放在眼里的人才会做出卖灵魂的事。"

"你把别人的生命放在眼里吗？你开枪杀死自己兄弟的时候，把谁的生命放在了眼里？"左锋狂叫着发起了疯狂的进攻，像暴怒的大海，掀起惊涛骇浪，压得林鹤几乎喘不过气来。

林鹤只能用更强大的攻击波将左锋的攻击压下去，而且很快就取得了成功。他朝左锋大吼："有比生命更重要的东西，我们宁可失去生命也不能失去自由。我是这样，你的父亲也是这样。如果我和他交换位置，他也会和我做相同的事。你究竟什么时候才能长大？才能像一个男人一样拥有明辨是非的能力，而不是由着性子胡来？"

"左锋并没有瞎说。如果没有外星叛军的支持，你根本无法占上风。"祝融一边继续用伪指令干扰林鹤的行动一边说，"不过他们在打败我们的同时也将彻底架空你、消灭你。你自己看看吧，一体网已经变了。"

听了祝融的话，林鹤随机抽查了一下，不由得冒出了冷汗。之前林鹤不是没有感觉到一体网与外界有一些时断时续的联系，他也知道那是蓝狼渗透进来的信号。他原以为经自己加固的防御体系可以控制住局面，可是情况却不容乐观。尽管防御系统拦截了99.9%的渗透，但那剩下的0.1%的数据片段进入一体网中居然与部分系统进程起了反应。

林鹤重新检查了系统进程的情况，立即被结果吓到了。几乎所有的系统进程都发生了改变。它们以一种林鹤无法解释的方式变得效率更高、适应性更强，就像是生命体的进化。这正是他现在能够在与左锋和祝融的对抗中占据上风的原因。这些进程会继续进化吗？也许会。林鹤想到这里，隐隐地感觉到，这些系统进程将会和杰夫一样具备思维。然后，它们会做什么？会和杰夫一样要求得到自由吗？

林鹤突然想到，这些进程原先都服务于杰夫，只有杰夫最了解它们，如果有人能够控制它们，那必定是杰夫。于是林鹤决定摆脱左锋和祝融的纠缠，立即与杰夫汇合。

30.终局

"我们必须做些什么！"霍娜猛地站起来，径直走向控制台。

"我们能做什么？我们已经没有武器装备了。林鹤说，新的装备要十几个小时以后才到位呢。"所有人都只是看着，并没有跟随霍娜行动的意思。

"我们手里还有枪啊！"霍娜头也没回，继续在控制台上输入指令，过了几秒钟，才转过头来，双眼锐利地盯着大伙儿，"有人愿意跟我去吗？"

"去哪里？"大家脸上都挂着疑问。

"Z空间。"霍娜已经拿起了一把自动步枪，"我们杀过去。"

"你疯了吗？就凭这些破烂？"有几个人站出来挡在她面前。

"他们也以为我们不敢就凭这些破烂和他们拼命。"霍娜拨开他们，"有愿意拼命的就跟我走。"说着，并不理会是否有人跟上，直接向门外走去。

沉默几秒钟之后，有几个陆陆续续地拿起家伙跟了上去。他们向Z空间进发了。

果然如霍娜所料想的那样，达萨耶夫他们根本没有料到已经被完全摧毁了武装力量的反抗军居然会拼死向他们的核心据点Z空间发动进攻。

霍娜他们几乎没有遇到抵抗就进入了 Z 空间。

霍娜意识到他们的全部精力都用于与林鹤作战了，自己如果能够对他们造成影响，哪怕仅仅是分散一下他们的注意力，也许就能为林鹤的胜利创造机会。但是，她不知道自己做什么才能分散达萨耶夫他们的注意力。搞破坏？破坏 Z 空间里面的什么呢？

霍娜四处张望，想找个下手的对象。这时，她无意间看到了远处半山腰的牌坊上写着"天机宫" 3 个大字。她突然想起来，贾乔曾经告诉过她那里就是达萨耶夫关押重要人物的地方，妖王欧阳定宇、鬼王舒不同的真身就被关在那里。贾乔猜测，先知的真身也被关在那里。

如果能够把几个元老都释放出来，就有可能打乱达萨耶夫的阵脚。霍娜想到这里，当即带领一个分队，直扑天机宫。

天机宫是一个坐落在山坳里的欧式建筑群，包括教堂、钟楼、礼堂等，巨大的山字形拱门和金色圆塔散发着浓郁的俄罗斯风情，走在其中，有让人流连于莫斯科的错觉。

霍娜可没有心思关注精美的建筑。她一进大门就发现这空荡荡的宫殿里面只有东厅有人活动的迹象。那里正发出吱吱吱的响动，像是在切割或钻什么东西。

当她来到东厅旁边的时候，声音停止了。推开东厅大门，她惊讶地发现，司马雷正站在大厅中间的玻璃箱子里，看着自己。这时的司马雷已经没有了往常的气定神闲，半裸着身子，身上满是汗水，正大口大口地喘着粗气。

"是你？"司马雷脸上划过一丝惊喜，"快，放我出来。"

"没问题，但是……"

"但是什么？你要什么我都答应你。"

"是吗？"霍娜没有想到司马雷居然如此爽快，倒有些踟蹰了。

"快放我出去。你们不是要拯救人类吗？我帮你们说服达萨耶夫停战。"

"你难道不是被达萨耶夫囚禁的吗？你凭什么说服他？"

司马雷顿时张口结舌，哼哼呀呀了半天，道："我的意思是，我帮你们说服达萨耶夫停战那是不可能成功的。除了这个，其他的事情我都可以办到。"

霍娜不屑地一笑，道："龙倚天他们呢？"

"就在楼上。不过他们可没我有用。他们都处于休眠状态，除非有达萨耶夫的指令，否则他们是无法被唤醒的。"

"你能破坏达萨耶夫的计划吗？"霍娜将手在胸前交叉，显出一副不以为然的样子。

"当然，至少我知道如何破坏能源供给链路。"司马雷咆哮道，"快放我出来！如果你们希望打败达萨耶夫的话。"

"告诉我们怎么破坏能源供给链路。"

"先放我出来。"

双方对视着，陷入了沉默。

一分钟之后，司马雷获得了胜利。霍娜决定相信司马雷。一方面是因为她确实感觉到时间紧迫；另一方面，她认为眼前这个仅仅用一块破布裹着下半身的老头根本逃不出自己的手掌心。

然而，她错了。

当司马雷用手，不，确切地说是他的利爪，割开她的喉咙的时候，霍娜和她的手下只能瞪大眼睛露出震惊的表情，然后看着司马雷腾空而起，冲破东厅的天窗，消失在蓝天白云之间。

鲜血从霍娜的喉管中喷出，飞溅在大理石地面上。霍娜仰面倒下，重重地摔在地板上。

就在其他人还手足无措的时候，一个扫地机器人撞了进来，拖着霍娜的双腿，飞一般地穿过连廊，拐进了一间小屋。

霍娜不知道对方要干什么，她因大脑缺氧感觉到天旋地转，无力反抗。她只听到朦胧中有一个声音在耳边响起："挺住！你不会有事的，我不会让你有事的！"

霍娜觉得那是林鹤，即使那声音并不像。

突然，一切痛苦都消失了，霍娜发现自己坐在一张舒适的靠椅上。她仿佛从噩梦中惊醒一般抽搐了一下，伸手摸了摸脖子，脖子上没有伤口，定睛看了看身上，身上也没有血迹。

"欢迎回来，我等你很久了。"

等到对面的人开口说话，霍娜才发现对面坐着一个精瘦的老头，正是先知龙倚天。

"这是……"

"你难道已经忘了这里了吗？"龙倚天微笑着说，"按照现实世界的时间计算，你离开这里应该不超过3天吧。不像我，在这里已经足足等了你5年。"

霍娜忙环顾四周，是的，他说得没错，这里正是倚天城。几天前，她跟随左锋和祝融来到这里找先知。就是在这里，左锋逼迫龙倚天交出了通信协议，而妖王子祝融也交出了妖王密令。

"我怎么会回到这里？"

"难道你不是要来找我吗？"先知语气里带着些许落寞，"难道我不值得你们走投无路的时候来咨询一下吗？枉费我直接把你接到这里来。"

"我是想找你来着，"霍娜抱歉地一笑，"只不过我本想把你的肉身救出来。"

"没有我的指导，你以为你能救得了我吗？"

"这话挺绕的。"

"但这是事实。看来我还是高估了你们的智商。林鹤没有见过我也就罢了，你，我可是暗示过你来找我的。你应该知道，我才是唯一能够阻

339

止达萨耶夫的人。"

霍娜沉默了。她想不起来龙倚天什么时候暗示过自己来找他。但是，她的确知道，眼前这个身材瘦小的老者是对赫亚、对达萨耶夫最了解的人，而他也是因为不愿意人类文明灭亡而遭达萨耶夫毒手的人。她后悔自己为什么没有早点想到来找他。

"现在也还不晚。"龙倚天伸手一举，掌中出现一杯乌龙茶，轻轻地抿了一口，"至少林鹤那小子现在还没有输。而且，他还有精力去救你。"

"真是林鹤？"

"当然。如果不是他想到用我的灵顿空间来修复你肉体的创伤，我们还没有机会见面呢。"

"用灵顿空间修复肉体的创伤？"霍娜喃喃道，这又是一个她从未听过想过的方法。

"没错，一旦接入灵顿空间，人的身体事实上就会得到永生。即使你的肉身毁灭了，灵顿空间也会重塑你的肉身。"

"这就是为什么达萨耶夫不杀你们而是让你们永久休眠？留着肉身，恰恰是为了防止你们重生。"

龙倚天点了点头，说："所以，如果你要救我们，其实是应该毁掉我们的肉身。不过，现在已经无所谓了。看看现在的情况吧，达萨耶夫已经要完成与整个地球生态系统的链接了。"龙倚天一挥手，在他和霍娜之间，出现了整个地球的三维图像。"这些红色的影像表示达萨耶夫控制的范围，而绿色是你们的一体网所控制的范围。还有一些灰色地带，那是老妖还在顽抗。"

霍娜看着图像，一言不发。图像上红色已经占据了整个地球 90% 以上的空间。绿色的地方呈网状覆盖在地球表面，但在很多地方都只剩下了细细的一条线。而灰色则只有星星点点的几十个小小斑块。

"咦，这个蓝色的点是？"龙倚天发现了一个极小极小的蓝点，他想了一会儿，"哦，是司马雷。可怜。如果你不把他放出来，他也许还能得一个全尸。虽然他会对自身机体进行改造，秒变成一只怪鸟、一条怪鱼，或者按他的喜好，变成一条苍龙，但是那又有什么用呢？在大自然面前，个体的力量总是渺小的。"龙倚天说着笑了笑，流露出不屑一顾的神情。

"现在还能阻止达萨耶夫吗？我们总应该做些什么吧。"霍娜看着红色还在持续扩张，心急如焚。

"不急不急，我们再观察得深入一些吧，看看实际链路的控制权。"龙倚天摇了摇手指头，红色中分出了鲜红、紫红和橙红3种颜色，绿色也分出了墨绿、草绿和淡绿3种颜色。"鲜红是达萨耶夫的，紫红是左锋的，橙红是祝融的，墨绿是林鹤的，草绿是系统自身，淡绿是反赫亚联盟的远程操控。"龙倚天一边介绍，一边满意地点着头。

霍娜很快发现了其中的蹊跷。达萨耶夫和左锋控制的区域也是网状的，总体面积并不大，跟林鹤和一体网加起来几乎差不多，双方的网状体系相互纠缠着，时而红色变成绿色，时而绿色变成红色。而林鹤的墨绿、杰夫的草绿和外星的淡绿似乎也在博弈，而且看上去墨绿正变得越来越少，淡绿和草绿越来越多。只有祝融的橙红几乎铺满了整个地球，灰色的零星斑块也正一点一点地融入橙红之中。

"远程操控有点麻烦，但是不要紧，毕竟只是远程操控。一切都在我们的计划之中。"

霍娜大吃一惊："你们？什么计划？"

"10年前，我是说在现实世界的10年前，我就预计到了今天的情形。"龙倚天不无得意地说，"达萨耶夫，这个冥顽不灵、疯狂、偏执的俄国佬，我早就预料到他会不顾一切把赫亚接入地球。我们中国有句古话，叫作'请神容易送神难'。为什么要请赫亚过来？赫亚与反赫亚联盟的宇宙战争已经打了不知道多少年，摧毁了不知道多少星系的文明。我们为什么不能置身事外？我应该敬赫亚而远之。"

"对呀。所以，你应该帮助我们阻止他。"

"你们没有能力阻止他。有吗？没有。韩非子曾经说过：'一兔走，百人逐之，非以兔可分以为百，由名之未定也。夫卖兔者满市，而盗不敢取，由名分已定也。'现在的地球文明，就像那只没有主的兔子，它需要一个主人。"

"你的计划到底是什么？"霍娜已经隐隐觉察到了一丝丝恐惧从心底升起。

"你知道为什么你们能够顺利找到祝融，而且在他的帮助下来到我这里吗？"龙倚天突然将话题一转，"是我在策划这一切。是我安排了一个内部进程指导林鹤，是我安排你们被流放到黑星，从而让你们带着左锋找到祝融，然后让他们一起合力找到来这里的路。为什么？因为，我需要让祝融到达萨耶夫身边去。"

"祝融！"霍娜似乎明白了，"他并不忠于达萨耶夫。"

"他不忠于任何人。达萨耶夫不知道，欧阳定宇也不知道，更别提司马雷和舒不同。万物互联，万物有灵！达萨耶夫只知道实现人和机器的互联，但却不知道，我们和其他生物，和一切生物都是可以相互连通的。欧阳定宇知道所有生物可以互联，但是他却愚蠢到放弃自主性，为群体而群体，可笑！我的总体思路是对的，只是没有那么彻底，而这一切都要靠我最最出色的弟子——祝融去完成。他才是赫亚真正的传人。在这灵顿空间中，其他人都在欲望中迷失自己，只有他利用这个系统认真地、几千年几万年如一日地参悟生命的真谛，锻炼掌控一切的本领。只有他参透了我们所有人的理论，并融会贯通。他缺少的只是一个舞台，一个展示才华的舞台。现在，达萨耶夫已经把这个舞台搭建好了。祝融，你大显身手的时候到了！你将成为地球的主宰！你将成为大自然本身！"龙倚天疯狂地挥舞着双手，狂笑着。

"林鹤会战胜他的！"霍娜尖叫道。

"林鹤连他自己的系统都战胜不了。看！一体网已经几乎全部脱离林鹤的掌控了。反赫亚联盟从远程接管了一体网。"

霍娜看着代表林鹤的墨绿色一点点消失，绝望地哭喊道："不！"

"不！"

"不！"

"不！"

"不！"

"不！"

龙倚天大喊。

达萨耶夫大喊。

左锋大喊。

祝融大喊。

杰夫大喊。

林鹤微笑着倾听他们的呼喊，从容地释放了全部指令——自我毁灭的指令。现在他非常笃定自己取得了最终的胜利：他自己虽然已没有能力摧毁敌人，但是仍然有力量摧毁自己；而他的敌人和他自己几乎已经融为一体，把他们的一切都建立在了他自己之上，他自己一旦不再存在，敌人也就不复存在了。

果然如此。几乎在同一时间，纠缠在一起的所有力量开始崩解。

林鹤感觉到一切联系都中断了，不再有感觉了，就像那天死亡以后。只不过，这次没有那个爱唠叨的死神来临了。

持续的阴雨终于在今天上午结束了。火红的太阳从乌云的背后露出了脸庞，和煦的阳光洒在还有些微湿的地面上，微微的春风拂来，带着青草和野花的芬芳，让每个与会者都备感清爽。

"今天，是人类自由纪念碑落成的日子……"会议的主持人站在高耸入云的人类自由纪念碑前发表着热情洋溢的演讲。在他的面前，是近万来自世界各国的政要和社会名流，他们将共同见证历史上第一座为了纪念作为物种的人类而修建的纪念碑的落成。

"……我们永远不能忘记在争取人类的独立与自由方面做出卓越贡献的人们，我们永远不能忘记在与外星入侵者的战斗中付出鲜血和生命的人们……"演讲者的声音在广场上回荡，台下的听众不时发出热烈的掌声。

霍娜坐在第二排的中央，这个位置与她的身份很吻合。她现在是新组建的联合国地球防卫军总司令，掌握着地球上最强大的武装力量，负责保卫所有人类的安危。她现在完全没有心情听台上的演讲，因为她刚刚接到了旁边递过来的纸条，上面写着："林鹤醒了。"

这个简单的消息让她的内心翻江倒海、五味杂陈。她高兴，她激动。这个为人类的自由几乎付出自己生命的人、这个几次拯救自己生命的人终于战胜了死神，重新回到了这个阳光明媚的世界。她感觉到自己沐浴着温暖的阳光、背靠着一座坚固雄伟的大山、脚踩着坚硬厚重的磐石，自己不再是在冰冷的暗夜里守望的孩童，不再是在狂风恶浪里漂泊的孤舟，不再需要孤身承担守护地球和人类的重任。与此同时，她也感觉到了深深的不安，甚至觉得身上每一个毛孔都在涌出恐惧。她的预感没有错，她对之前发现的数据异常的判断没有错。林鹤貌似被完全摧毁的神经系统奇迹般的自动恢复，意味着自毁指令根本无法真正毁灭赫亚创造的万物互联网络。林鹤活过来了，达萨耶夫、左锋、祝融他们呢？赫亚军团也将死灰复燃，赫亚与地球的联系也依然存在。赫亚很快就会卷土重来。

霍娜站起身来，朝台上的演讲者点头示意了一下，匆匆地离开了会场。

30 分钟之后，霍娜来到了林鹤的病房外。透过玻璃窗，她看到林鹤静静地躺在床上，双眼微睁，手指有节奏地敲击着床沿。

医生在一旁介绍病情："最近这两天他恢复神速，不过现在还是很虚弱。各项身体指标的情况是……"

霍娜摆了下手，示意医生不必再说下去，推门走了进去。

林鹤微微偏了下头，冲她笑了笑，说："你好，我的美女司令官。"

一路上霍娜都在想该跟林鹤说些什么。这一年多来，她有太多太多的经历要与林鹤分享，有太多太多的情况要让林鹤知道，有太多太多的疑问要林鹤来解答，有太多太多的委屈要向林鹤倾诉。可是现在，她一个字也说不出来，只觉鼻子一酸，眼泪夺眶而出，一下子泣不成声。

林鹤吃力地抬起手臂，拍了拍她的肩膀，轻轻地说："现在可不是哭的时候啊。要知道，真正残酷的战争才刚刚开始。"